当代中国文学书库

幻想曲

王文澜◎著

中国文联出版社

图书在版编目（CIP）数据

幻想曲 / 王文澜著．-- 北京：中国文联出版社，2023.3

ISBN 978-7-5190-5129-7

Ⅰ.①幻… Ⅱ.①王… Ⅲ.①短篇小说—小说集—中国—当代 Ⅳ.①I247.7

中国国家版本馆 CIP 数据核字（2023）第 034606 号

著　　者　王文澜
责任编辑　贺　希
责任校对　李佳莹
装帧设计　中联华文

出版发行　中国文联出版社
地　　址　北京市朝阳区农展馆南里 10 号　　邮编　100125
电　　话　010-85923025（发行部）　　85923091（总编室）
经　　销　全国新华书店等
印　　刷　三河市华东印刷有限公司

开　　本　710 毫米×1000 毫米　1/16
印　　张　16
字　　数　270 千字
版　　次　2023 年 9 月第 1 版第 1 次印刷
定　　价　78.00 元

窗外大雪纷飞，

诗与幻想在悠然的茶烟中升起……

——王文澜

目录

七 月

真爱，只有开始，没有结束。

——题记

引 子

省城来的扶贫干部离开村子那天，天上下着鹅毛大雪。七月决定从这天开始写日记，写回忆自己生活的日记。

按七月自己的话说，是要写一本给自己的书。她说，虽然还没活到三十岁，可自己走过的路，已经可以写成一本书了。

七月只读过初中。可是听熟悉她的一位大学老师说，天生聪慧的七月，论智商、情商、办事能力，绝不在一个读了大学的文化人之下。只是不知道为啥被恶作剧般硬生生窝在那样一个小山村。

“听人说，我是一个有娘没爹的私生女。我出生在雨水特别多的那年七月初七的清晨，那是割完麦子的季节。出生的当天夜里，我被一个陌生人从那个叫董家川的镇子上抱到了我后来的爸妈家。董家川离我爸妈家有三十里地……”

七月的日记，或者说七月写自个儿的书，就是这样开的头。

1

爸爸妈妈，也就是我的养父母，结婚十年了一直未能生育。求签、问卦、找郎中，什么法子都想过了，但妈妈的肚子一直没动静。奶奶做主四处托人打听，最终如愿以偿抱养了我。

奶奶、爸爸妈妈待我可好了，和亲生的没有两样。家里的日子一直过得不宽裕，可打我记事的时候，爸爸妈妈总是把最好的吃喝穿戴，都给了我。在我刚过五岁的时候，又有了我的弟弟。跟我一样，弟弟也是抱养的。我们这儿从来都是重男轻女，家里没有一个男孩儿传承香火是没法给祖宗交代的。我想这就是家里有了我之后还要想法子抱养弟弟的原因吧。跟我不一样的是，我是知根知底从那个董家川抱来的，而弟弟至今也不知道是从哪里来的。

我和弟弟没有任何血缘关系。可在我的记忆里，我从一开始就异常地喜欢和疼爱我的弟弟。等弟弟长大一些了，也开始异常地依恋我这个姐姐，时常与我形影不离。无论我们在不知道自己的身世时，还是知道了我们的身世以后，我们姐弟的感情始终如一，跟世上最亲的亲姐弟没有两样。

我隐隐约约知道自己的来历，是在开始读小学那年。邻里几位爱拉闲话的婶婶凑在一起嘀嘀咕咕，那些我听上去似懂非懂的话，留在了我年幼的心里。

“七月长得这么水灵，听说她的亲娘是个很俊俏的姑娘。”

“那男人肯定也不会难看，要不咋能生出这么好看的娃呢！”

“真不知道那家人怎么忍心把这么惹人心疼的娃送人呢！”

“一个十八还没过门的姑娘，生了娃，不送人咋弄嘛？”

“据说那男的是工作组的，是个唱戏的？”

“哪搭的事呢，没，听说是一个……”

那说话的人故意压低了声儿，后面的话听不大清了。

爸爸妈妈没有因为抱来一个儿子而疏远和怠慢我这个女儿。或许是如今儿女双全的缘故，奶奶和爸爸妈妈比以前更疼爱我了。不幸的是，有了弟弟四年之后，妈妈因突发急性脑膜炎去世。几个月后，奶奶脑溢血去世。奶奶之后不出三个月，本就体弱多病又连续失去两个亲人而悲痛欲绝的爸爸，也撇下我和弟弟离开了人世。

真不知道，我们这个善良本分的可怜人家，到底怎么触怒了老天爷。不到一年的时间，我的三位亲人相继离世，留下只有九岁大的我和刚满四岁的弟弟。

我们的天塌“干净”了。

我和弟弟成了苦命的孤儿。我记得灾难接踵降临的日子，惊恐和乌泱泱的悲伤笼罩了我们那个家，也笼罩了我们的村庄。

眼看遭了如此大劫，我和弟弟唯一的长辈亲人——姑姑，看在死去的母亲和弟弟、弟媳的份儿上，二话不说，收养了我们这对无依无靠的孤儿。

小孩子遭遇不幸的痛苦感觉，不像大人，那样剧烈、那样深重。小孩真正懂得自己的不幸和痛苦，得等到他们长大了以后。我就是这样。我真正懂得自己的不幸和痛苦，是在我长大成人以后。这份痛苦随着年龄的增长而增加，年龄越大，懂得越深。

2

来到姑姑家，原本该读小学二年级的我，因为插不了班，只好又从一年级开始。上学本来就晚，又被这样落了一级，我便成了班里年龄最大的学生。尽管如此，我因为天生爱学习，成绩在班里始终数一数二，加上平时勤快又少言少语不惹事，几个老师都很喜欢我。有人在背后说老师喜欢我是因为我长得好看，其实不是的。我在老师眼里是个公认的懂事孩子。

我是个生来爱干净的女孩儿，无论在家里还是学校都是如此。不仅喜欢主动打扫教室卫生，还喜欢打扫老师的房间。替老师洒水，扫地，整理书本作业什么的，我全做。我从一开始就喜欢语文。我的语文老师梳着两条长长的乌黑乌黑的大辫子，我可喜欢她了！她说我是她见过的最懂事、最勤快的女孩儿。她开玩笑说真想让我做她的女儿。其实她那时候也就二十多岁，刚结婚，还没有孩子。我真想做她的女儿，可是我太大了些。

放学回到家，姑姑使唤我干各式各样的家务活儿，在我看来是天经地义的。就这样，我早早学会了摘菜、做饭、做针线活儿。在我的村子里，像我这么大的女孩儿，做饭、做针线活儿等家务，没有几个比得上我。一切都是因为姑姑的细心调教。

自从来到姑姑家，院落外面的花园成了我平时最喜欢的去处。说是花园，其实是一块半亩多点儿的菜地。园子里不仅有各种蔬菜，还有春夏时节长得青翠鲜艳的花花草草。蔬菜花草间还有可爱的花姑——小甲壳虫。喜欢菜园，溺爱花草，连同那些可爱的蝴蝶、蚂蚱、七星瓢虫、花姑什么的，好像都成了我的最爱。

我对这块菜园的亲近从每年的春天开始。我亲手种了各种菜籽，有葱、蒜、韭菜、包心菜、蚕豆、瓠子、向日葵什么的，我就天天等待着自己播下的种子发芽。看着种子从土里探头探脑发出嫩芽，是我最有趣、最快乐的事情。一个个嫩芽就像是刚出生的孩子，有的纤细苗条，有的白胖白胖，全都鲜嫩鲜嫩，一尘不染，一天一个样。我会时常瞅着幼苗发呆，觉得它们都能懂得我的心思。花草菜蔬种子从土里探出幼苗一直长到成熟，我没有一天不牵挂它们，浇水施肥，都是我的事。干那些活儿，我从来不嫌烦，也不觉得累。我特别喜欢它们，因为我从中能得到太多的快乐。我跟我的菜园有着别人不能理解的感情。菜园里有许多小昆虫，趴在瓠子藤蔓上的“花花姑娘”是我最喜欢的。我敢肯定“花花姑娘”是有灵性的，它懂得我的心思。我伸出手，它想一想，然后轻轻爬到我的手上。它在我手上转悠一圈，停下来，再想一想，又不紧不慢回到瓠子藤蔓上，特别有趣。生长在向日葵脚下，跟身材高大的向日葵纠缠不清的牵牛花，也是有灵性的，懂得我的心思。我看着它的时候，它就会友好地朝我开放，从待放的花苞到完全绽放开来，只需一分钟，紫色的、蓝色的、粉红色的，水水嫩嫩像芙蓉似的。我家花园里的大蝴蝶也是有灵性的，它是昆虫家族里的仙女。大蝴蝶会冒着胆子战战兢兢落到我的手上，一边缓缓扇动美丽的翅膀，一边轻轻摆动它头上好看的触角，像在给我表演……每当这样的时候，我会暂时忘记周边的一切，也会忘记自己本是个没爹没娘的孩子，觉得生活很美好。

读书的年月里，我的学习成绩越来越好，尤其是作文写得好，好到有时候老师会认认真真地询问：“七月，这篇作文真是你写的？”看看我的神情，老师便不再追问，知道那肯定是我写的。老师拿我的作文给全班同学朗读是经常的事。有时是老师读，有时是我自己。每当那一刻，同学们会向我投来各式各样的目光。我每年都是三好学生。评上三好学生的日子，有的同学就不跟我说话了。我会为此感到一点点难受，但很快就不再计较了。由于学习成绩好，我后来跳了级。

我真的好想读书，真想就这么一直读下去。可是，刚刚读完初中，便不得不辍学回家。表哥在外打工，家里的农活需要帮手。

离开学校是我记忆中最伤心、最痛苦的事，替我难过的还有我的语文老师。记得那天，她把我搂了好长时间，没有说话。我的眼里全是泪水……

我敢说，我是属于天生爱读书、喜欢书的那种女孩儿。虽说学上不成了，但我越发爱书了。辍学之后，家里凡是有字的东西，我见了就读。我几乎读完了我能够见得到、找得到、借得到的所有书。很多人不理解，一个命里注定要活在大山里的女孩儿，怎么就这么爱书呢？

3

自从到了姑姑家，比我年长整整十六岁的表哥对我一直蛮关心，对于一个缺失了亲情的孩子，表哥的那份常人眼里或许算不了什么的关心呵护，给天生敏感的我留下了温暖的记忆。在我的心目中，无依无靠的我和表哥从来就是亲兄妹。表哥的关心呵护之情，在我缺失亲情的心底无声无息地增长着、蔓延着。

表哥的相貌随了姑姑。模样一般般，天生红发，但也不算太难看。表哥身上的最大缺点就是磨叽，说话办事总是黏黏糊糊。这是我对他最犯嘀咕的地方。作为家里大自己许多的哥哥，因为关心我，我便觉得表哥的一切我都能理解，连同他的黏糊、磨叽。一家人，一旦亲情和私心占了上风，彼此身上的缺点包括他的长相什么的，都会退隐到你忽略不计或是看不见的背处。我看表哥，就像是看自己的弟弟和姑姑，他们都是我的亲人。

到姑姑家的第二年，表哥外出打工去了省城。在省城，表哥遇到一个自己十分可心的姑娘。打那时起，表哥不常回家，即便回来，看我的眼神、对待我的态度，和过去完全不一样了。表哥的变化真是令人吃惊，过去的一切在他身上像是找不到了一样。起初，我很不适应，但是这样过着过着，自己也就习惯了。表哥有了对象，姑姑和姑父高兴，我也高兴。我想，只要表哥高兴，过得好，对我的关心少一点也没关系。

不尽如人意的是，三年之后，那姑娘还是离开了表哥。我猜想，一定是那姑娘嫌弃表哥家里穷，没有出息。

那件事情对表哥打击巨大。他从此像是变了一个人似的。本就其貌不扬的表哥，突然开始大把大把地掉头发，以至于过早地开始谢顶，精神方面似乎也出现了问题。为此，我一度甚是同情自己的表哥。

十六岁那年，我初中毕业。因为姑父说家里需要帮手，我被迫辍学。对于一个寄养在姑姑家的人，我能有什么理由不听从家里的安排。可我确实太爱读书了。现在想想，当时的那份绝望心情真是不堪回首。我只觉得自己从此没有了希望，我的一切全完了。

比辍学更为糟糕的是，在我心情郁闷、情绪十分低落的时候，姑姑突然提出要我嫁给已经三十出头的表哥。听了姑姑的话，我就像是挨了闷棍一样，五雷轰顶。我以为自己的耳朵出了问题。这突如其来的安排，简直无异于把我活活扔进绝望的深渊。失学的痛苦和心情的郁闷早已被这突如其来的痛苦吞噬了。

嫁给表哥？这可是我从来都没有想过的事！想想要和表哥睡到一个炕上，我突然有一种昏天暗地的厌恶感。那种心情，真是太逆反了。

那晚，绝望的我离家出走了，摇摇晃晃像一个死了爹没了娘、天不收地不管的孤魂野鬼。

说是出走，其实也没走多远，因为我根本就没有地儿可去。我在邻村一家人的牲口饲料棚待了一夜。有好一阵，我听得很清楚，我的村子里像是出了大事死了人一般，到处人喊狗叫、鬼哭狼嚎。我知道，那是他们在找我。我寻思姑姑他们不是怕我出走，而是怕我寻死跳崖。

去往邻村那个饲料棚，要经过那个传说夜里经常会有恐怖事物出没的“野狐沟”。那天是八月初一，夜很黑，四周很静很静。我是个天生胆小的女孩儿，但是那一夜我没觉得害怕，也没担心会有可怕的事物出现。

黑夜是这样的宁静。待在村口的饲料棚里，正好可以容我在黑沉沉的夜色里，静静地想想心里的事。我的心好乱好乱。想来想去，发现也没有太多的事可想，或者值得我去想。整整一夜，跟以往一样除了想想我的亲娘在哪里，余下的，从头到尾也就想了一个人——小刚。

小刚是我来到姑姑家不久在村子里见到的第一个男孩儿。我至今清晰地记得第一次见到他的情景。暑假不久，那天小刚在村口的那片谷子地里头放驴，一青、一灰两头小毛驴。见我走近，小刚就好奇地定定瞅着我。或许是因为此前没见过这个女孩儿，或许是因为别的什么原因，他要那么看我。

他瞅着我，就忘记了看管一旁的毛驴。那毛驴，真是有心眼儿的聪明畜生，心眼儿跟人一样多，很精。趁小刚不注意，两头毛驴伸长脖子，舌头像卷帘似的大口大口地吃起了地里半生不熟的谷子。

“小刚，干啥啦！我敲断你的狗腿子！”耳边传来雷神一般的吼叫怒骂声。

小刚像是从噩梦中惊醒，这才知道自己犯下了“狗头狗腿”难保的滔天大罪。

那个扛着一把铁锹、铁青着脸、凶神恶煞的老头，我也没有看清是突然间从哪儿冒出来的。看那副尊荣，看那双瞪得像庙里的金刚一样的眼睛，我当时真担心他会用手里的铁锹敲断小刚的腿。那一刻，我只觉得自己那颗被惊吓的心，凉凉地悬在脊背。

老汉骂了几声也就止了。我后来知道，那是小刚的宗亲二大爷。可能是曾经受过惊吓的缘故，我至今见到小刚二大爷都有点发怵，尽管村里人都说，这个二大爷人其实挺好的。

遭到“敲断腿子”恐吓的小刚，可怜巴巴地一边拿鞭子没完没了抽打着自家的毛驴，一边还侧过脸来看我。

人就是这样。不知咋的，从那一刻起，这个叫小刚的男娃，就给我留下了特别好的印象——怎么都抹不掉的那种印象。

从那天开始，以后的日子里我隔三岔五总能见到小刚。每一回他都看我，但不像第一次那样，看我的时间越来越短，眼神里流露出越来越多的羞涩，属于男孩儿的那种羞涩。我将这份羞涩的原因归结为：我曾经看到过他不幸差点被二大爷“敲断腿子”那可怕又丢人现眼的一幕。

开学了，我上学的路上时常和小刚同行。他高我几级。我们很快成了男孩儿和女孩儿间彼此心照不宣的知心朋友。我们彼此嘴上不说，可只要一个眼神便一切都心领神会，是心里很贴很贴的那种。从小学到我初中毕业，我们的情谊一天天增长，就像我种在菜园里的那些蔬菜、花草。

人活在这世上，喜欢一个人跟讨厌一个人一样，既有说得来的原因，也有说不出的原因。我和小刚就是这样。

小刚是我今生一辈子的牵扯和念想。

……

4

第二天一早，我离开草料棚回到家。我明确告诉姑姑：我不情愿。口气十分坚决。

听了我的话，姑姑露出吃惊的神情，就像是给没饭吃的娃眼前放了个大锅盔偏又遭了拒绝一般。随后姑姑和姑父轮流做我的工作。那天夜里，姑姑耐着性子说了一大堆“开导”我的话，见我死活不吱声，便拉下脸来生气了。姑姑没完没了的劝导我大多记不清了，可唯有最后几句深深留在了我的记忆中：“七月，你可给我听好了，如果你不同意，等哪天你哥娶了媳妇，你和你弟弟还能在这家里待下去？你未来的嫂子会让你们在这里待下去？到那个时候，你就一条路——带上你的弟弟离开这个家，单独过去……”

我心里明白，姑姑这是给我的最后通牒。

从那天开始，好长一段时间，我整夜整夜地睡不着觉。我把一切仔仔细细地重新想过。这样的日子我可是打死也没有想过，这辈子竟要嫁给表哥。原本感觉挺亲近的大哥哥，一扯上这档子事，心头的一切全都变了味儿，过去曾有的兄妹感情一夜之间荡然无存。我突然间觉得，姑姑姑父又讨厌又可憎，表哥跟他们一样讨厌、一样可憎，讨厌、可憎到了让我恶心的地步。我的身心被他们紧逼挤压得近乎喘不过气来。而插在我和表哥之间挥之不去的，是小刚的身影，和他那双比以往任何时候都更加清澈、明亮的眼睛。

抗拒归抗拒，但我心里明白，一直这样硬扛下去的结果会是怎样。最大的问题是，年纪尚小的弟弟怎么办呢？想来想去，我不知道该怎样是好。我感觉得到，再这样下去，我会崩溃。

无依无靠，我终究是弱者。

面对命运的压力，我最终选择了屈服，无言的屈服。在姑姑的再三劝说下，我答应了。说是屈服，实则是反复说服自己之后的“解脱”。我将它说成是“报恩”，为了报答姑姑家对我和弟弟的收留之恩。

按我自己当时自欺欺人安抚自己的话说，就是“从来没有走出大山出过远门的七月，不知道外面的世界长啥样。嫁谁都是个嫁。”

我们的婚礼十分简单，简单到近乎偷偷摸摸。我对这一切根本无所谓。我只有一颗冰冷得几近没有温度的心和一肚子没处倾诉的苦水。也许是因为表哥知道我对这桩婚姻的态度，知道我内心对他的极度反感和冷漠，结婚的那天表哥和我一样，郁郁寡欢，脸上没有丝毫的喜气样。

结婚那天，小刚也来了。他是以小学到初中一直是我同学的名义来参加我的婚礼的。瞅一眼他的神情，我心里便像明镜儿一样。我能够看见他的那颗苦水包裹的心，我能听见翻腾在他心底里的酸楚的声音。爱，在每个人的心底都有一副特有的模样。我明白小刚的心如同他明白我的心一样。有过真爱的人都懂，所谓真爱，那定然是属于一辈子的事情。真爱，只有开始，没有结束。

我虽遭遇如此龌龊的人生，可我生来偏偏对什么都敏感。我喜欢这个世界天上、地下和人世间的一切美好，可我的命运偏是这样。

似乎是恶作剧似的，我喜欢的一切被摆到我看得见甚至触手可及的地方，却又隔上一层玻璃，不让我真的得到它们……

5

婚后，我和表哥彼此过着心猿意马的生活，我们之间有一种无法化解的冰冷的陌生。这种冰冷的陌生把曾经有过的那些美好，一股脑儿全都拖进了冰冷陌生的雪窟窿。

更为麻烦的是，随着弟弟一天天长大，他和他姐夫之间的矛盾也日益凸显。他俩之间几近水火不容，像是天生的仇人，说不了三句话就磕火。我看得出，他们没有一样是相互看着顺眼的。弟弟是个急性子，本来就反感表哥，看着表哥蔫不拉唧的那副德行，再加上我们夫妻间是这样一种状况，他就恨不得伸出拳头捶上表哥一通。

在弟弟的记忆中，我这个姐姐是他在这个世上唯一的亲人。生活到了后来这番境地，弟弟的脾气开始变得越来越暴躁、越来越倔强。我能感受到他内心一天天增长的孤独。我知道他很疼爱自己的姐姐，但由于心情郁闷、压抑，心里有话也不愿意跟我说，把一切都窝在心里。

一边是弟弟，一边是表哥，我夹在中间，陷入深深的茫然和无助之中。我的身心是如此的疲惫，疲惫到有时真不知道自己的日子该怎么过下去。直至后来弟弟参军，这个矛盾才得到缓解。

日子在日复一日的沉闷和没有生气的死寂中度过。

生活中的沉闷、黑暗和死寂在日益加重，就在我感到活不下去的时候，却被拖住了后腿——

——我怀孕了。

人生，更不容易的是活着，为你必须担当的天职和责任活着。母性天然的责任、善良和爱心挽救了我。

孩子的出生改变了我的生活。看着牙牙学语的孩子，我心中有一个声音在反复告诉自己：你必须坚强地活着。

6

曾一度，小刚说如果实在过不下去，就不要勉强。可我怎么也迈不出这一步。我觉得自己背上的石头太重，重到我迈不开远走高飞的脚步。我无法说服自己拖累深爱着自己的人。

小刚是我在这个世上的朋友。在我最困难的时候，他给我钱，默默帮了我很多事情，说了很多安心的宽慰话。在他的心中，仿佛为我做一切都是应该的，无怨无悔。

小刚的意外身亡让我在情感的世界里万念俱灰。我们最后一次相见，我真诚地告诉小刚，他也是我在这个世界上的一个精神依靠和念想。

他走在田里的麦子快要熟了的季节。

过后小刚的父亲告诉我，他的儿子在建筑工地上的脚手架倒塌时，为了搭救伙伴而付出了自己的生命……

7

表哥（我不愿意称呼他是我的男人）一天比一天颓废，有了孩子也丝毫没有阻止他的颓废。他时不时手里拿着一张照片出神。

表哥像个不懂事的混混一样，变得越来越无所事事，根本不像个有半点责任心的男人。即便是一直护着自己这个宝贝儿子的公婆，也不再好意思在我面前替儿子辩护，倒是常常当着我的面指责两声自己的儿子。我知道，那多半是做样子给我看的。

表哥成天游手好闲，从来不考虑家里的日子怎么过，老婆、娃娃靠啥养活。好在公婆身体还算硬朗，里里外外的许多活儿都能帮上我的忙。

后来表哥实在是没心思在家维持了，他就跑外面混日子去了。说是打工，可一年到头才赚上两三千，差不多等于只糊了自己的一张口。据一同外出打工的人说，他在外面晃悠，还染上了赌博的恶习，逢赌必输。这样的一个人，我对他不再抱有任何希望，权当世上早就没有了这个人。我想到过离婚，但是看看自己还没有长大的孩子，就打消了这个念头。

日子就这样过着，自己的男人是眼看着靠不住了。有时候，我的手头可怜得连买化肥的钱都没有。孩子拖累着我，我即使有打算，也没法真的出去挣钱养活我们母子……

村子里那位在城里工作的长辈几年前见到我的时候，差点认不出曾经熟悉的那个七月了。我从他的眼神里看得出他无法掩饰的诧异和诧异之余的那份遗憾。他言语委婉地跟我说，“他始终记得没有结婚时候的那个七月的样子”。

这位心存遗憾的长辈对别人说的话，后来传到了我的耳朵里：七月若是成长环境没有这么艰难，不知道会有什么样的人生，如果读了电影学院，或许会成为一个走红的电影明星呢！这话，跟后来我又遇到的一位长辈说的，几乎一模一样。

8

有时候，灰蒙的生活中也会点亮一盏灯，不管它是一种真心的安抚还是一个随便的玩笑。

两年前，省里的扶贫干部来了。我所在的这个乡，每个村都有一位或者两位。

来我村的干部叫马向前。乡党委胡书记介绍说他是省里某个单位的党委书记。从那天开始，村里人见了他都叫他马书记。

马书记四十开外，平素里看上去有点严肃。可跟他聊起话来你就会发现他蛮和蔼、蛮亲切，属于那种典型的外冷内热的人。村民们一致评价马书记又勤快又干练，是一个十足的好人。

马书记住在村党委书记的办公室。办公室有简单的炊具，大多时候他都是自己做饭吃。村委会临近乡政府，有时候他会吃乡政府的公共食堂，有时候也来村民家里吃顿粗茶淡饭，但从来都是饭后留下伙食费。现在不同从前，大家不缺吃，省里来的干部吃顿饭还付伙食费，大家感觉很不自在，心里特别过意不去。可马书记说，这是不能违反的纪律。

我跟马书记相识就是他在我家吃饭，吃我做的荞面酸菜鱼鱼的那一天。他说，荞面鱼鱼吃多了，但这么好吃的还是头一回。看他说话时和蔼舒畅的神情，不像是恭维。

我当时特别不好意思。我知道自己的脸一定红了。但无论如何，听他那么说，我的心里有种说不出的高兴、暖和。马书记那天问长问短，跟我聊了好一阵家常。后来我知道，那天他是有意来我家走访的，村里像这样被走访过的农户有很多家。无论如何，就是从那一天开始，我感到灰暗的生活中有了久违的晴朗，我走路的脚步不像过去那样沉重，有时候还会不由自主地哼上两句小曲，我从来没有过这样舒畅的心情。

村里搞联户式药材种植，少言寡语的我成了技术员，这事是马书记提议的。这件事让我十分意外，但村里不少人说，马书记就是马书记，看人一眼一个准。我知道，村里人认可我的能力。一直以来，在大家伙儿的眼里，把我这个初中生始终当有文化的秀才看。

做了技术员，马书记安排我去临县一个大的药材种植基地参加了短期的技术员培训班，让我在药材种植方面开了眼，有了很大的长进。

做了村里药材种植的技术员，因为工作上的关系，跟马书记接触的机会更多，相互间变得也越来越熟悉。

下雨的那天，我特意去村委会，给他送去我做的芹菜饺子。那天他的心情看上去很好。看他心情那么好，我也似乎受到了传染，好心情让我们聊了许多。后来他竟然提出要我给他讲一个有趣的故事。

讲故事，一向严肃的马书记真是难得有这样的兴致。欣喜之下，我突发奇想，搜肠刮肚踅摸着想给他讲个有趣的笑话。现在想起来，我那天不知咋的会那样狗胆包了天。

讲完了，我方才意识到，自己这是做了多么不得体的一件蠢事！可事实不像我想象的那样，马书记没有生我的气。他捂着肚子，一时笑得前仰后合。

“七月呀，说句心里话，你真的很能干，聪明又有才。不夸张地说，你比我在省城里见到的许多女子都聪明很多。我想象得到，你是属于把世上很多事情都能够做好的那种人。”这是马书记那天晚些时候说的一番话。

有一阵，我甚至这样想，我是个生来无父无母的人，他若是愿意答应做我的长辈，认我做他的干女儿该多好。但是很快，我就悄悄地掐灭了自己这个念头，甚至在心里狠狠扇了自己一个耳光，觉得自己可怜又荒唐。

马书记，一个真正的好人。我不会忘记他对我的关心，他对我的好。说到头，他是个非常认真和严肃的人。我无数次地想过，这可能跟他曾经做过的工作有关。有时候，我心里暗暗这样想，这样希望：他若是没有做过那些工作，不要那样过于严苛地约束自己，该有多好。

两年来，他风里来雨里去地给村里百姓干了太多实实在在的好事情，帮大家伙儿解决了太多的生活难题。

两年时间飞一般地过去了。工作期满临行之时，有心的马书记，特意送我许多书。是的，他知道我爱读书。我无比珍爱他送我的这些书，还有那些至情至性的人生建议，将在我心中永远珍藏。

他回省城了，在大雪纷飞的日子。

“妈妈，我回来了。”是上小学的女儿像小鸟一样充满阳光的声音。

女儿是我生命中温暖的阳光，她天真的声音把我的思绪从梦一样的幻境唤回现实。我一边回应女儿，一边合上自己的书本。

外面的春光很好，像此刻女儿清脆的声音一样，清新、明媚。

我知道，生活会在不以你的意志为转移的阴晴圆缺中继续，但我更知道，一个人有自己的信念、精神的支撑，她就一定会越来越坚强地生活下去……

窗外大雪纷飞

他信一个真理：
这世上，没有任何东西比爱情更脆弱。
——慕容雪村

此刻，窗外大雪纷飞。

漫天雪花无尽地落下，没有半点歇缓的意思。放眼望去，天地间整个世界仿佛都在动，都在缓缓飘落。如此飘然、洁白、无声无息地落下，美到极致。

如此的大雪纷飞，可真是再好不过的天。这样的好天，你可以想很多你所要想的事情、做很多可以做的事情。你可以坐在落地窗前，煮杯醇美的咖啡，而后伴着咖啡的满屋飘香，读书、写作。或是顶着纷飞大雪，独自一人走在旷无人烟，连一条野狗的影子都看不见的去处，天马行空一般，想你心里最愿意想的那些私房心事。当然，你更可以曼妙如诗人乔菲所说的那样：就待在屋里，待在一个很是遥远的连最聪明的金丝鸟都不可能知晓的屋里。暖暖的，静静的，关了窗帘，四下里朦朦胧胧不明不暗刚刚好，和你心仪的人相拥一处。我坚持认为乔菲一定是对的。想想看，人这辈子，能和自己心仪的人相处，那自然是再惬意不过了。尤其在这样一个大雪纷飞的日子。

在这大雪纷飞的日子，我，说不明究竟是一种什么心绪。带着说不清道不明却又觉得极合适不过的心情，合适不过地坐在桌前，给你写下这个此前从没想过要写的故事。这是一个从堪称“遥远”的岁月开始，走过几十个春秋的真实的故事。我的朋友慕容先生——这个故事的主人公，曾一再强调：除了我，这个故事是绝不可以讲给任何外人的。

可我最终还是食言了。一切皆因这场纷飞的大雪。大雪搅动了我的心肠思绪，让我的心绪不自禁地像这漫天的飞雪一样不得安宁，背叛了曾给老朋友许下的铮铮诺言。

1

那个她，让这个名号慕容雪村的孤居画家，体验到了一个早已有过人生体验的男人所始料不及和难以想象的情感。

没错，就是那个叫乔茜的女子，那个看上去温柔得像天使一样的女子，为慕容雪村打开了一扇从未体验过也从未想象过的粉红色的大门。

乔茜对慕容雪村的那份爱，像是充盈了她的每一个细胞。八年时光，乔茜为慕容雪村做他想要的一切、做慕容雪村想不到的一切……她的无微不至和一以贯之，让这个男人深信：世间没有比这更美丽、更令人陶醉的爱情。

八年是多少个日日夜夜呢！乔茜一丝不苟地给予慕容雪村的一点一滴，让慕容雪村刻骨铭心，让慕容雪村不再去想，人生有了这样的知遇，还需要什么别的所求。

爱的浪漫日子里，自从听了慕容雪村说“我的眼里，这个世界唯有你才美得如同爱神维纳斯”以后，乔茜心甘情愿为他做每一件事。

激情奔涌的日子里，才华横溢的慕容雪村为这个冰雪一般的女子，用心画下一幅又一幅的画作。在慕容雪村的眼里，乔茜是他身心和艺术的伊甸园，是他的灵魂可以独居、独守、独有的温馨天地。和乔茜身心交融的日子，变成了他人生的绚烂诗篇。这诗篇如梦一般的时光，化成了他心底一条飘着七彩花瓣的清澈溪流。溪流所到之处，滋润孕育出一个恍如世外的烂漫世界。他忘我地行走在这梦幻般的天地里，他专心面对这里的一切，感受这里的鸟语花香，拥抱这里的秋冬春夏，抒写自己的诗意人生……

面对慕容雪村为她而作的艺术，乔茜动心讲下的最让他感动的一句话是：“若真有来生，即便到这个世上再来十次、百次、千次，我都永远爱你——你是我的唯一……”

曾经一度，乔茜的爱让彻底迷幻其间的慕容雪村相信，这个世界，真的有永远行走在月光下的、不为人知的温馨爱情……

2

天气的变化有时完全是“莫测”的，这你是知道的。

殊不知，人心的变化亦如莫测的天气。只是生来天真的人想不到这一点或者压根儿不去这样想，就像每个人都无法预料也不大去想自己哪天会离开这个世界。

他们相恋八年之后的那个严冬季节。在那个漫天大雪纷飞的日子，慕容雪村被戏弄似的从梦中唤醒，仿佛一下子被撂到天寒地冻的雪地里。是的，一切就像一场梦一样，在他以为像抒情诗一样的爱的世界里，发生了让他始料不及的变化。

乔茜以一种在慕容雪村看来算得上平静的方式告诉他，她跟一个合适的人恋爱了——认认真真地恋爱，那种需要结婚的恋爱。

听到这话的最初一刻，他的神情是平静的。他并没有当下号啕大哭，而是神情木然、紧闭着嘴唇一声不发，甚至连让人能听得见的大声的喘息声都没有。

望着乔茜，慕容雪村为她祝福——发自内心的祝福。他深知，他没法给乔茜如她所要的恋爱。一个做人、做事有底线的人必然懂得，人是不可以太过自私的。问题在于乔茜随即采取的方式，让从梦中醒过来的慕容雪村真正陷入了无法自拔的崩溃境地。

种种迹象表明：这个叫乔茜的女子，当要重新开始一种生活的时候，她找来一头重型的身心挖掘机，决意要把过去的一切，从心的深处洗涮得干干净净、清理得荡然无存。

慕容雪村百思不得其解。一个与自己相处八年的女孩儿，她不是不可以变，她可以变，但不可以是如此的变法。满心无奈的慕容雪村眼睁睁看着自己深爱过的女人，她的心像是被偷换了，换得干干净净。

他不能相信，感情的世界里会有、能有、可以有如此决绝的变故。

他不能理解，这个女子是怎样做到自己给自己洗脑的，而且会清洗得如此彻底。

后来他知道了，是因为一夜之间，她“觉悟”了——走过八年缥缈、虚幻的梦境，她需要回到实实在在的现实当中。这是她自己的原话。

看看，这是乔茜写给他的绝交信：“梦再美，终究一文不值。我需要在现实中存活，我需要在我认为的太阳底下呼吸。我把自己的生命浪费得太多了。罪过，不可饶恕的罪过……面对而今与我牵手的人，我的灵魂无法原谅我曾经犯下的深重罪孽！人生若能回去，我愿回到原点。忘记过去的一切，清洗一切的记忆。”

慕容雪村没法相信，这些话会出自乔茜这个自己曾深信不疑的女子之口。曾几何时，她可是给他用心写下过这样的话的：“生命是何等的奇妙，爱情是何等的奇妙。今生有你，今生有你给我的情和爱，这诗一样的情感，我将它视作上天的恩赐。这样的爱，即使拥有短暂的一刻，也值得我永生铭记……我要用我的身心、我的灵魂拥抱这一切……”

他终于隐隐约约懂得：这世上，没有任何东西比爱情更脆弱。无情，原来就是这样的无声、无息、无色、无味……

3

慕容雪村穿着一件单薄的衬衣站在雪地里，神情漠然。

他像是完全变了个人，从那天开始的好一段时间，周围的一切都不再让他感兴趣。他可以脑子抛锚到看不见视野中的东西、听不见周边的任何声音的境地。

那天一早从梦中醒来，他的大脑里莫名出现了一个警报一样刺耳的增四度长鸣音……

那一夜，从不沾酒的他，一口气喝了个酩酊烂醉，横在酒吧的地上不省人事，服务员不敢靠近他……

那一夜，他不知道自己怎么回的家。第二天醒来，脑子里像是塞满了石头、灌进了水泥。他知道自己病了，病得着实不轻。

在身心崩溃的日子里，他的眼前时常出现这样的幻象：乔茜的脸变成了一块平面白板。白板上面没有嘴巴、没有鼻子、没有眼睛，什么都没有。可是，他明明白白记得，那曾经是多么美丽的一张脸啊……

在整整三年的时间里，处于崩溃边缘，时好时坏的抑郁症折磨着他。他将自己封闭起来，除了画画，不再跟这个世界说话，自个儿认为周边的空气，头上的太阳，仿佛都在与他为敌。

受到伤害的他进入偏激状态，不再相信世间有真爱。他只信一个理：这世上，没有任何东西比爱情更脆弱。抱着这样一个意念，他每天只知道将自己的脑袋埋在画里。

即便是像慕容雪村这样有着前心贴后背的铭心记忆的人，也发誓不再相信人间有真爱。

可是，三年后那个春暖花开的五月季节。像冥冥之中有所安排的游戏一样，那个像是命里注定要出现的“白玉兰花”一样的女子，受爱神指使，侍弄着摇曳的花瓣，脚步轻盈朝慕容雪村走来……

4

那是一场大型的作品展览会。

在慕容雪村的巨幅画作《沉默者的土地》前久久停留，一个如梦幻一样女子的身影，像一块施了魔法的磁铁吊钩子一般，将这个自称是已经安葬了所有红尘念想的男人的神经勾扯过来，悄无声息地拨弄他灰蒙蒙沉寂已久的心弦。但是很快，他在内心深处紧紧扼了一把自己摇摇晃晃的神经。他在心里沉着脸警告自己：不可以糟践自己，再度变成廉价的羊杂碎。

那一夜，慕容雪村做了一个梦。他梦见绚丽彩虹之下，自己行走在厚厚的雪地上。不远处他看见了那个摄人魂魄的侧影，他的心开始不听使唤地狂跳起来……

从梦中醒来，慕容雪村静静躺着，仔细回忆梦中情景。而后貌似严肃地抓住满脑子的矛盾，开始重新思考和审视自己。他像曾经学习绘画人体解剖时那样，决定深入肌理地剖析自己……

折腾了许久，他在心底里抽过自己三遍耳刮子之后，采用幻觉身心分离术，开始厚着脸给好似坐在对面的自己讲课："情欲、爱欲，这实在是人性中很难掐灭，或者根本不可能掐灭的东西，即便你知道有一天它会把你拖进消极、低迷乃至通向可怖的人生谷底，对不对？你无力把控使你进入人生谷底的情爱，肯定是你人性的弱点，可这种致命的弱点不只属于缺乏抵抗力的慕容雪村，而是属于天下所有和你一样有七情六欲的动物，对不对？情欲、爱欲，皆为人的天性、人的本能，对不对？既然是本能，它就永远潜藏着被唤醒的可能——即便被封存、被镇压在冰雪之下都可能被唤醒，对不对？"

这，就是他那一夜颠来倒去思考和探讨的理论。

你已经猜到了，对情爱，终究缺乏根本性免疫力的慕容雪村——这个用他自己的刻薄话来讲是"失去记忆功能之人"，被那个迷心的倩影和转身后勾魂一般的凝神而视，于他的防洪墙上掀开一个大大的口子，敲击了他昏然沉睡的神经。

若无其事的爱神，再一次将慕容雪村没有商量余地地拖进了粉红色的漩涡。慕容雪村继续在心里安慰似的暗暗骂自己，他自言自语责备自己像个不要脸的贼。尽管如此，心弦颤动的眩晕中，曾经的痛苦，夹杂着撇不清的疑心，从他记忆的屏幕上开始扭扭捏捏地模糊并逐渐淡出……

这女子，和慕容雪村曾经的那个"第一次遇见"何等的相像。看见他的第一眼，她便深深爱上了他——因为一个无须告诉这世上任何一个人的原因，或者说任何人只能猜测却没有理由知道的原因。

最初的日子里，他不无冷静地告诉她：“你一定是被我蛊惑了心，迷了魂。”可她说，她的脑子根本没有一刻不清醒的时候。她说话时，一脸的沉静决绝。

慕容雪村发现，这个性子特别的女子，对他一见钟情和忘乎所以的风格，与曾经的那个她几乎毫无二致。所不同的是，这个她，是一个貌似单纯、貌似一根筋的女子。很长一段时间，慕容雪村仍难以相信世间真有这样单纯的“一根筋”。

即使这样无所顾忌的爱，对于做过噩梦的慕容雪村而言，灵魂深处那一处爱的阳光很难照得到的犄角旮旯，始终不能完全彻底地敞亮起来、火热起来。就像那梗塞的心脏和管道堵死了的暖气，总有缺血的地方和永远热不起来的死角——再次遇到爱情的慕容雪村就是这样。无论她把那颗火烫的心怎样凑在他跟前，这个男人潜意识中有一种永远清扫不掉的灰蒙蒙的戒备尘埃。

多少的温情蜜意，日复一日的一言一行，让慕容雪村在心里告诉自己：她真的爱他。这女子，看上去是何等的冰清玉洁。如此女子，对于任何一个正常的男人，不喜欢她是不可能的。但是慕容雪村的心底始终有着没法消除的“心梗”，因为他再也不能相信出自一个女人之口的任何许诺，即便他为此感到痛苦和愧疚。没人可以相信，与情、与爱、与痛苦、与愧疚同时并存的，是他这份顽固到不能动摇的意识——在他们的生活中，这成了他永远跨不过的坎儿：他不能相信“月光下的世界里”会有可以“持久到永远的真爱”；世上最不能相信的，就是陷入爱情迷雾中的男女信誓旦旦许下的海誓山盟，即使这诺言有无数个实例来作证它可以是真的。这，成了他死死窝在心里不能改变的魔咒。

行走在月光下的恋人，让慕容雪村越来越感受到心的滚烫。她一次又一次告诉慕容雪村：只有她的心里明白，自己有着何等的爱；只有她坚信这一切的真实和恒久；只有她坚信自己是这个慕容雪村，她心仪的男人的永恒恋人。

岁月在日复一日中流淌，不寻常的女子，为这个“铁石心肠”的男人创造着多少人眼里可望而不可即的浪漫人生……

慕容雪村的故事有点戏剧化。当他越来越美滋滋感受着这位激情女子的迷人温情的时候，来了一位不陌生的造访者——乔茜，那个曾经想要掘地三尺把他和他们曾经有过的一切深深埋葬的绝情女人，那个曾让他崩溃了的女人，像是从失忆中苏醒，又出现在他的面前。

这个又回来，重新站到慕容雪村面前的人，还有她带来的“滔滔不绝的倾诉”，对于患过严重心梗的慕容雪村来说，该称之为美好还是痛苦?

慕容雪村躲到一个遥远又陌生的地方。在那里，他用了很长一段时间，独自一个人踩着海边的砂砾，听着大海的狂潮，行走在宁静的月光下，整理自己的情绪。

他凝神望着自己曾为她而死亡的情感。他甚至想看看那份情感会不会重新活过来，因为那毕竟是曾经绝无仅有的情感。可是，一切终归是徒劳。他明白，已经被掐死的、被掘地三尺埋葬过的感情，已经腐烂，是再也活不过来的……

5

日复一日，他的“一根筋”红颜爱他爱得一往情深，让他越来越不忍心对她有怀疑。她将所有的对他的感情凝结成为一句，一脸真诚地向他宣誓：“今生我会爱你到地老天荒——即便你是个犯人，即便全世界的人都说你是个坏人，我也爱你。爱你，我什么都不图，我就爱你这个人。”

日月更替，面对这样的痴情，慕容雪村再也不可能不动心、不热切地爱她。但矛盾的是，他一边迷心地爱着她，深感世上不可能还会有比这更强烈的爱；一边在心底里却死磕着依然不相信世间真会有地老天荒的真爱。他对着她说，“除非等到我生命的最后一刻，如果你依然如此，我才愿对天说：世上有真爱”。

从听了这话的那年开始，为了证实自己的“恒久之爱”，每一个爱的春夏秋冬，她都在七夕——慕容雪村的生日这天，为慕容雪村编织一个小小的桃心千千结。红色桃心结，每年一个。

连她自己都从不怀疑，她对慕容雪村的爱，一定会，一定一定会天荒地老，永世不变……

可是……

你自然知道，这个“可是”意味着什么。

是的，爱神的脸其实是经常被人扇嘴巴的——终有一天，那女子，天知道遇见了什么长着一条尾巴三条腿的鬼，一颗突然间变得泥鳅一样拿捏不住的心，背着天真的慕容雪村，从他的身边突然消失了——时间刚好就在慕容雪村被她深深感动，抚摸着自己的心情，再度相信“人间还真是有真爱”的时候。

慕容雪村生日那天，突发脑溢血。他在自己这辈子深信的艺术——他正在创作着的画前昏迷倒地。倒地的一刻，他仿佛看见她就站在他的面前，天使般一脸的温柔。永远闭上眼睛的一刻，闪现心头的最后一念便是：啊，这世间真的有永恒的真爱呢——如她爱我一般的真爱。

仅半个小时后，慕容雪村便急匆匆告别了他从不肯相信到最终相信而实际上真的不该相信有“永恒之爱”的这个世界。留在画架上的，是命运让他永远不可能完成的遗作《心问》。

人生有意想不到的遗憾和来不及。可所有的遗憾、所有的来不及，莫过于命运安排给慕容雪村的来得如此突然，来得这般遗憾，最终没能明了他本该明了的喜剧真相。

慕容雪村永远不会知道，自己昏迷死去的那天，他的“一根筋”红颜，忘记了那是七夕，那是他的生日，更忘记了给他再编织一个新的桃心结，而是兴冲冲应约与那个给她“实实在在好处”的男人兜风去了。

生活中从此多了个笑话：可以相信世间有“永恒之爱”——如果愿意把自己变成慕容雪村那样可爱的天真汉。

今生今世

那时候，她
不懂得世界有多大，
但她心里明白从背着自己过河
的那天起，贵顺哥哥就是她的全世界。
——题记

1

她怎么也不能相信，车祸倒在路边的人，会是他。

她的车子离出事地点只差二十米，却眼看着那辆黑色的肇事车辆在她的眼皮底下逃之夭夭。她没有看清肇事车的车牌号，附近也没有监控摄像。

这突如其来的横祸，戏剧化得不像是发生在她眼前的真实事故，倒像是那些善于瞎编乱造的人杜撰出来的“传奇”。

她的心，焦急得快要从胸腔里蹦出来。望着从身体右侧的衬衣渗出的血，她搞不清他到底伤到了哪里。正在急得不知所措，不知道该拨打120还是用自己的车子送他去医院的一刻，马路对面走来一男一女两个青年。她告诉他们，伤者是自己的“丈夫”，央求两人帮她将他抬到自己的车上。

不到一刻钟，她将受伤的他送到了距离最近的这家医院。

此时夜幕已经降临。

“你是病人家属吗？”医生询问。

“嗯，他是我的‘丈夫’。”

幸亏赶得及时。

急诊结果：右侧皮外破裂，五根肋骨骨折，脾脏出血，还有一处静脉血管破裂，必须立即手术。

医生告诉她，手术押金需要六万元。

准备刷卡的一瞬间她略犹豫了一下，当即改变了主意。她收起正准备递给收费人员的银联卡，改用随身所带的现金支付（就这么凑巧！因一笔急需付款的事，两个小时前她刚刚取到六万元现金）。

伤者失血严重，急需输血一千毫升——不巧的是，血库里与他配型的血浆只有五百毫升，也就是说还少一半。

“抽我的血，我是O型血。”

“即使血型匹配，那也不够，你一个人不可以抽五百毫升。”

“没事，我知道的，别耽误赶快抽吧！”

紧急化验之后，在“手术意外事故亲属签名栏”签了自己的名字之后，她和自己的“丈夫”被医护人员一同推进了手术室。

躺在病床上，看着自己的血一滴一滴输给他，心头有种莫名的激动，眼泪止不住泉涌一般流淌下来。

“怎么？感觉身体不适吗？”看着泪流不止的她，一旁的护士关切地问道。

“没有，没有。”她赶忙摇摇头不好意思地回答道，为自己一时的情绪失控感到难为情。

她知道，这是自己近二十年来积聚起来的痛苦、思念和幸福的眼泪。她轻轻闭上眼睛，只觉得这一刻，自己成了这个世上最幸福的人……

三个小时之后，下了手术的病人被推进ICU重症监护室。她请求医生，让她继续守候在“丈夫”身边。医生告诉她，家属不能待在重症监护室。更不用说她抽了这么多血，身体虚弱必须安安静静地休息、输液，补充必要的营养。医生吩咐护士安排她到病房休息，她再三恳求，一定要离自己的“丈夫”近一点。见她心情急切，情绪如此激动，被感动的主治医师破例让护士在ICU病房外的走廊上，给她安置了一张临时床铺。

就这样，她终于得以在监护病房外的走廊上，近距离守候自己的“丈夫”。

她打开他的手机（几小时前的事故现场，她从他的裤子口袋里发现的手机），翻阅新近通话的联系人名录。第一个看到的是他的妻子的号码。她定定瞅着这个她早已听说过的名字看了片刻，随后立即拨通。

电话那端传来声音，问她是谁？她告诉对方：自己是某某医院的外科医生。她将伤者事故发生的经过和手术情况简单告知了对方。

不巧的是，患者的妻子因出差，此刻人在外地，火车赶回来少说也得六七个小时。心急如焚的妻子在电话那端千谢万谢，哭泣着拜托这位救命的“医生”，请她不惜一切代价救治自己的丈夫。她会尽快乘坐当夜火车赶回。电话这端的她，以俨然一位医生的口吻和镇定情绪安慰对方：手术做得很成功，劝她不要着急，注意安全……

2

守候在监护室走廊上的她，睡意全无。

过了十二点，监护室外的走廊变得寂静无声，就像是整座医院只住了她“丈夫”一个人似的。她依稀能够听得见病房内监护仪发出的有节奏的声音。监护室门楣玻璃上透出的微弱灯光和那灯光营造的幽暗静谧的气氛，将她的思绪拖向遥远的过去……

自己的生身父母被洪水双双冲走的那年，她只有十一岁。

那场大暴雨引发的洪水，成了她今生抹不去的痛苦记忆。暴雨突袭。正在河边地头劳作的父母，眼看邻居家放牛的男孩儿宝顺死死扯着牛的缰绳不肯松手，他被卷入洪水的牛拖进了河里。距离宝顺几步远的妈妈，看到挣扎在洪水中的宝顺，听着他惊恐绝望地哭喊：“大妈！救我呀！大妈……”仿佛是自己的亲骨肉卷进了洪水，妈妈不顾一切地扑进了浑浊的巨流。看自己的妻子跳进洪水，急得发了疯的丈夫大声喊着：“巧珍娘呀！巧珍，天呀！天——”自己也不顾命地跳进了洪流……

那真是个令人悲痛欲绝的日子啊！——爸爸，妈妈，邻居宝顺哥，还有宝顺家的那头老黄牛，转眼就被洪水卷走了。

巧珍一夜之间成了孤儿。从此无依无靠的她，由唯一的亲人姑姑收养。事发当天夜里，姑姑见到自己没了爹娘的侄女后将她一把揽在怀里，俩人顿时哭得昏天暗地。想起被洪水卷走的可怜的弟弟、弟媳，肝肠寸断的姑姑跪在地上，虔心向天起誓：即使自己没吃没喝，节衣缩食，也一定要把弟弟留在世上的这唯一骨肉抚养成人。

刚到姑姑家那阵，她总觉得发生的一切就像是一个梦。她不能相信，疼爱自己的爸爸妈妈，真的离她而去了。

一个个夜晚，半夜从梦中醒来，迷糊中总以为是躺在自己家的炕上，躺在心疼她的爸妈身边。可当她清醒过来回到现实的时候，便会忍不住哭出声来。她实在是太想念爸爸妈妈了……

姑姑家有个表哥，名叫大有，大巧珍整整十四岁。表哥跟她完全像是大人和孩子的感觉，彼此没多少话说。好在与姑姑家一墙之隔的邻居有一个小她两岁的小妹可以和她玩儿，否则住在姑姑家可真是有些孤单。不过表哥在生活上还是挺关心她的。

到了姑姑家的第三天，在家门外不远处的那棵大核桃树下，她见到了另一个“哥哥”。一个有着一双黑黑的大眼睛，长她两三岁的英俊男孩儿。男孩儿家跟姑姑家是相隔一两百步的近邻。

一个人喜欢另一个人，有时根本说不清是啥原因。有时或许只是看了那么一眼就会心生好感，就会莫名喜欢，即便是在小小年少时期。他们俩就是这样心生喜欢的，彼此看一眼就觉得顺心，就觉得喜欢了。拿咱们大人的话来说，这可能就叫一见钟情吧。

“你叫什么名字?”男孩儿先开的口。

“巧珍。”

“我叫贵顺，我家就在那儿。”他边说边侧身朝不远处他家的大门指了指。

巧珍点了点头。

“是来浪亲戚的吧?”

她看了他一眼，没说话，伤心地低下了头，接着两颗豆大的泪珠从眼角滚落下来。

望着巧珍的眼泪，贵顺一个字都没敢再多问。再看看她缝在鞋子上的白色孝布，他的心顿时重重地沉了一下。他静静盯着转身离去的巧珍，直到她的身影消失在姑姑家的大门里，他才长长地叹口气，转身朝自己家里走去。

回到家的当晚，贵顺从妈妈口里知道了巧珍的身世和不幸遭遇。那一夜，他没有了一丝的睡意。年少的他，竟然像个懂事的大人一样，换位地想着失去了爸爸妈妈的巧珍，想着她所有的可怜和悲凉。想着想着，他的眼泪止不住地滚落到了枕头上……

贵顺对巧珍的怜惜、牵挂和关爱，就是从这一天开始的。一个人，像这样动了整颗心地怜惜和关爱某人，一旦开始，就再也不会收场。在贵顺的心里，没有妹妹的他，从此把巧珍当成了自己的亲妹妹。

在巧珍的记忆中，贵顺哥给她留下太多的“忘不掉”。尽管有些事情在别人眼里并不是什么惊天动地的要紧事，但在巧珍的眼里，那都是珍惜得想忘都忘不掉的。按她的话说，贵顺给她的那些个“忘不掉”根本用不着那么多，即使只有过其中的一两件，她也会永远忘不掉他。

夏秋之交的那场大雨过后，河里涨了水。巧珍穿着姑姑给她才做的小花条绒新鞋上学，站在足有一丈宽的河边犯难。这时贵顺碰巧来到河边。

“我背你过去吧?”听贵顺这么说，她的脸一下子红了。长到十三岁，她还从来没被一个男孩儿背过。他笑了笑，蛮大方地说了句“你叫我哥哥，你就是我的妹妹了，我背你过去”。她的嘴像是轻轻动了动，却没有叫出来——不是不想叫，而是不知道该咋张嘴。他笑呵呵看她一眼，不再说话，挽起裤腿脱掉鞋，蹲下来侧身说道:“来，我背着。”

就这样，他背她过了河。那一阵，她趴在贵顺的背上，心跳得厉害，感到一种说不出的温暖。可是她的心里也真的想哭，被这么亲的一个哥哥背着，她觉得有一种像河水一样绵软和温暖的幸福，紧紧地、绵软地包住了她的心。自从爸爸妈妈没了之后，再没有这样被人疼爱过。这样想着，她忍不住把自己的脸庞轻轻贴到了贵顺哥的头发上，她觉得贵顺哥真是太好了，太良善了……

最令她恐惧的，是被狗咬了的那次。巧珍给姑姑送捆草绳子，走过巷口，曹家的大黑狗突然“汪”的一声，从她背后猛冲上来，她来不及反应就被狗扑倒在地。虽说只咬破了衣服，但她几乎被吓死了过去。她记得自己当时的呼叫声完全不像是人的声音。真是巧，听到她的哭叫声，不知道贵顺突然从哪儿就蹦了出来。等她从地上爬起来的时候，贵顺已在跟前。因为受到过分的惊吓，她浑身像筛糠一样颤抖不已。贵顺本能地搂住眼看被吓坏了的她，一边安慰着拍打她身上的土，一边怒目盯着那个犯了错不再出声响的大黑狗。两天后，贵顺瞅了个再好不过的机会，把那大黑狗堵在一个犄角旮旯，当着她的面狠狠地教训那只做了恶的大黑狗。那大黑狗显然不是那种没脑子的野畜生，它一看巧珍站在一旁，仿佛立马明白了贵顺这小子收拾它的由头，于是夹着尾巴又哭又叫，龇着牙现出一脸的告饶。邻家婶儿告诉巧珍，贵顺那么做，一来是给她解恨，二来是为了解除她心头受过的惊吓，慰她的心神呢!

最令珍巧难为情的是贵顺已经读高二的那年的正月，打秋千的一幕。贵顺带她一起打秋千，秋千飞得高高，她的心也飞得高高。没想到两人刚从秋千下来，她的那条棉布裤带像是故意跟她做恶作剧似的，突然断了。她简直要难为死了。好在两个人已经从秋千上下来了，否则真不知道会是啥结果。看她那副红了脸难为情的样子，贵顺忍不住笑了一下，但即刻收住笑脸。俨然是亲哥哥一样，他叫巧珍等着，一溜烟跑回家去。跑回家的贵顺，一时找不见合适做裤带的东西，情急之下竟从摆在眼前的花被单上偷偷剪下来一条儿……

因为自己学习好，加上跟姑姑家离得近，贵顺帮巧珍补习功课是经常的事。不仅如此，贵顺凡事都会想到她，经常给她好吃的——他给她苹果吃，鸭梨吃，冰糖吃，饼干吃。最让巧珍难忘的，是第一次同学给了贵顺的那一把花生米。他自己没舍得吃，全拿给她这个“妹妹”吃。都快吃完了，巧珍才想起问“哥哥”吃了没……

在巧珍的心目中，她认定贵顺到这世上是来保护她的。那时候，她不懂得世界有多大，但她心里明白，从背着自己过河的那天起，贵顺就是她的全世界……

十八岁那年，贵顺报名参了军。他本来可以考大学的，但是出于各方面的考虑，征得他本人的同意后，父母决定让儿子参了军。临别，他笑吟吟地嘱托巧珍，要她好好学习，等他参军回来，给她讲“好听的故事”。那一刻，望着巧珍那双明亮的眼睛和粉粉的脸蛋，他很想跟她表明自己的心声。但鉴于她才刚读高一，年龄太小，藏在心里的话硬是忍着没有说出口。巧珍非常聪明好学，他不想影响她，只想让她好好学习。他相信巧珍明白他的所有心思。

可巧珍见贵顺只字不提她特别想要听到的话，心头多少生出一丝酸涩和自卑来。她暗自想着，贵顺去当兵，会不会是看不上她了？或者打一开始他就只是把她当妹妹，压根儿就没想过她想的那档事儿？但她很快就打消了这个想法。想想这几年贵顺对她的关心、照顾、对她的各种好，她相信肯定不会。因为这之前连贵顺妈都有点看出来他们两个人的心思了。临别，贵顺答应到了部队就给她写信。

3

贵顺当兵，一去就是整整三年没能回家。

到部队的头两个月，巧珍天天都盼着贵顺来信。可是一天天过去，却始终见不到贵顺的信，她心里感到纳闷儿。她觉得贵顺不会食言，更不会这么快就把自己忘了。可无论怎样，事实就是一封信没有。日复一日，半年，一年，两年过去了，始终见不到贵顺的信。有几次，她想去问贵顺的妈，但她最终忍住了。巧珍硬是让自己的心渐渐平静了。

十八岁那年，巧珍中学毕业，姑父正式提出跟她商量“一件大事”——他让她嫁给自己的儿子，那个大她十四岁的表哥大有。

嫁给大有这件事，其实是两三年前姑父就琢磨好了的。在村子里精明出了名的姑父，眼看着这个端庄聪明、模样出落得越来越俊俏的巧珍，心想这可是打着灯笼都没处找的儿媳人选。对这事姑姑开始有顾虑，不大同意，但转念一想，觉得丈夫的主意是对的：自己的亲侄女，走到哪里都不如在自己身边更让她放心，更让她感觉踏实。

姑姑将这事一说出口，巧珍当下觉得自己的心口像压上了一块石板，堵得她上不来气儿了。但她并没有像常人想象的那样或是应该的那样，反抗地大哭大闹。相反，她很快就出乎预料地平静下来，像是早就知道有这么回事儿一样。没错，在她的心里，想想自己的身世，想想几年来不给自己任何音讯的贵顺，她的灰暗的心开始相信只能是这样了。

看着妻子、侄女难看的脸色，做姑父的知道是怎么一回事儿了。于是他找个机会，让做姑姑的在一旁配合着，好好给她上了一课。一课不行，连着上第二课、第三课，搜肠刮肚的各种道理讲了八背篼……

巧珍的心中真是痛苦憋屈死了。她是个懂事的女孩儿，更是个懂得报恩的女孩儿。今生报答姑姑，是她想过一百遍的，可就是从来没想过要用如今这样的方式。她真正陷在了两难中：一方面，她深知姑姑于她有多么深重的恩情，她应该拿自己的一生报答；另一方面，她更明白，表哥就是表哥。从前至今，她与表哥有的只是纯粹的兄妹情谊，她对他不曾有过丝毫属于男女之间的那种感情。

这个时候，她像是从梦中醒来一般，明明白白意识到，她的心中始终坚定不移地爱着贵顺。她知道那是一份多么深沉的感情。清楚得如同镜子里瞧自个儿的眼睛一样，她再明白不过，即便是在贵顺没有音讯的日子里，自己潜意识中依然坚持认为这辈子要托付终身的人，只有一个，那就是贵顺。

无论如何，巧珍最终还是跟自己的表哥大有结了婚。

结婚刚刚不到一个月，贵顺回来探亲。听说巧珍已经结婚，而且是她那个木头木脑的表哥大有。贵顺痛苦得当下拔掉了自己的一撮头发……

村外的大树林里。见了巧珍，贵顺再没有了几年前的那般顾忌。他什么话都没说便紧紧抱了巧珍。巧珍也不再有丝毫害羞的样子。像是几辈子前早就被贵顺抱过了似的，一下子紧紧依偎在他的怀里，声泪俱下。

“我在部队给你的信，你怎么一个字都不回啊？”听了这话，巧珍吃惊得目瞪口呆，望着贵顺说不出话来。随即，深深叹了口气，回答贵顺：“我就从来没见过你一个字的信。”一听这话，两个人似乎都明白了这其中的隐情和那几乎可以断定的“缘故”。

是的，巧珍从来就没有见到过贵顺的信。为此，她还曾在心里埋怨过贵顺没良心，把她忘了。其实，贵顺的每一封信都被巧珍姑父压了。压信的原因现在谁都明白了。

贵顺抱着巧珍说了自己心里想说的话，而巧珍说了憋在心里比贵顺更多更想说的话。

没完没了的眼泪。巧珍轻声告诉贵顺，自己至今还是一个好好的女儿身。说这话的时候，她那颗心实诚得就像是封存了千年的石头一样，浑身上下的热血，裹着这颗实诚的心快要从胸腔里蹦了出来。贵顺心疼得跪在地上紧紧抱着巧珍的腿。一个经历过三年部队生活的大男子汉，忍不住号啕痛哭。想来想去，心乱如麻、痛苦万分的贵顺，虽理解巧珍的心，一时却不知道该如何是好——深爱巧珍的他，觉得自己这个时候，像是乘人之危。可是巧珍表现出了从来没有过的决绝……

一周之后，痛苦得像是丢了魂的贵顺，提前回了部队。远远望着离去的贵顺，巧珍变得心如死灰。

表哥大有是个脑子简单的粗人，婚后待巧珍不错。可对巧珍来说，表哥越是对她好她就越是痛苦得要命。随着郁闷的一天天加剧，最终让巧珍痛苦到了几近发疯的地步。

得不到巧珍的爱，大有也是一天天地成了近乎变态的疯子。到了晚上，他就像完全失去理智的疯汉一样，折腾她，抓她，挠她……

身心的双重折磨让巧珍想到了喝农药，想到了跳崖上吊——她想让自己一了百了。

半年之后，看他们实在难以维系下去，在姑姑的主持下，巧珍和表哥离了婚。

4

离婚之后，巧珍跟随一个在外打工的亲戚到了深圳。

跳出了火海，新的环境和繁忙的工作让巧珍心灵的创伤得到有效的医治。曾经有过的笑容又开始出现在她的脸上。她在深圳打工大约半年之后，再度时来运转。经人介绍，她做了一家电子企业董事长的家庭保姆。这一家人待巧珍很好，尤其是董事长的母亲，对巧珍喜欢得不得了。

天生聪明又勤快、利落的巧珍，把董事长家里自己该做的家务打理得井井有条，使得董事长对这位原本出身于北方农家的女孩儿刮目相看，大加赞赏。董事长一再叮嘱，一定给她满意的工资待遇，希望她在家里长期干下去。曾经过惯了苦日子，身心备受煎熬的巧珍，在这里干得十分舒心。不到半年时间，她和主人一家已经很熟了，俨然成了这个家庭的一员。

虽说有一份安定且适合她的工作，但在巧珍的心里，贵顺永远是她的一个解不开的无尽心结。在感情问题上，巧珍是那种天生的一根筋。随着时间的推移和生活的舒适稳定，对贵顺那份藏在心底的思恋，开始变得越来越强烈。干活之余，困扰在心头的无尽思念促使她寻求一个排遣这份思念的通道。她抽空开始跟随董事长读美术学院的女儿学起了画画。董事长女儿很喜欢巧珍的性格，见她有这想法，非常高兴，格外鼓励“巧珍姐姐”。天生聪慧的她，画技长进得很快。不久之后，她开始偷偷画了好多贵顺的肖像，且画得一张比一张像……

她开始给贵顺写信，写下自己心头的无尽思念。信写了一封又一封，但不曾有一封发出去——不单是因为她不知道贵顺的地址，即便知道地址她也不会发。没错，对于巧珍来说，把心里想说的写到纸上，似乎已经达到她的目的了。恐怕没人相信，世间竟会有痴情至如此的女子……

七八年之后，巧珍从老家一位同学的来信中获知了贵顺的近况。她知道他因意外事故受了伤，半年之后转业到了西部一座城市，工作不久之后，跟某单位的一位女士结了婚。这是后话。

长话短说。打工三年过去，巧珍结束了董事长家的保姆生涯——不是被主人辞退，而是因为她凭借自己的能力一跃成为公司一个部门的正式职员。再过三年，晋升为这个部门的经理。

外人眼里，看着工作顺心一切如意的巧珍，却有一件事始终不被人们理解，那就是从来不提谈婚论嫁之事。

事情往往很凑巧。担任经理不到一年，跟董事长一家相处得如同家人一样的巧珍，过节什么的会时常“回家”，给一家人做顿家常便饭是她的拿手好戏。有次回家，不迟不早，正好赶上董事长的母亲心脏病突发。一进门，她发现家里没人，只见老人家栽倒在地，嘴唇青紫，呼吸急促。紧急时刻，她一边给老人及时服用了急救药，一边电话叫来 120 急救。因为救治及时，老人才转危为安。

经过这件事情，这家人跟巧珍更是亲近得如一家人一样了。老太太母子将巧珍看作是自家的救命恩人。为了感恩，董事长决定将自己的一些股份转让给巧珍经营。巧珍非常感动，但她拒绝了老板一家的好意，表示自己继续干已经顺手的工作。见她如此真诚，董事长只好将此事暂时搁下。

不久之后，她知道贵顺转业到了前面提到的那座城市。事有凑巧，后来为了发展产业，半年前公司让巧珍到了贵顺所在的城市。可贵顺一直不知道昔日彼此深恋、而今已经做了部门经理的巧珍，来到了自己的城市。

好几次，巧珍远远地望见贵顺。尽管他走起路来略微有点瘸，但在巧珍的心中，这丝毫不影响她对他的深爱。今生今世，他，永远是自己记忆中那个一往情深的贵顺哥……

5

天快亮了，伤者一切症状稳定。

主治医生刚走，巧珍看到贵顺的妻子急匆匆赶来。她一阵风似的从巧珍身边经过，前往医生办公室。见她到了，巧珍的心放下了，便趁机赶紧离开了医院。

贵顺妻子见到丈夫的主治医生是个男的，感到莫名其妙："昨晚给我打电话的主治医生不是位女士吗？"

"什么男的女的？打啥电话了？你谁？"

"我是伤者的妻子。"

"啊？怎么回事？"

经过一番询问，医生才明白眼前这位才是伤者真正的妻子！那么昨晚守了一夜的那位呢？医生脑子一个吃紧，心里突然犯起嘀咕来，一时不知道该怎么说，怕搞不好会引发说不清的麻烦。但仔细一想之前的种种，他判定前面那位"妻子"不像是一个不靠谱儿的人。不仅如此，贵顺的妻子仔细想想给她打电话之人的语气和所做的一切，也即刻判定，无论如何，这一定是他们夫妇二人的贵人。

等他们反应过来，赶紧跑出去找那位给伤者输了血又守了一夜的"妻子"，却再也找不见她的人影。

"她不是替病人交费了吗？一查就会清楚的。"贵顺妻子提议。

没法清楚——当时交的是现金，没有刷卡……

贵顺的妻子一想，有了，调监控看看不就得了？

是的，心怀感恩的妻子，一心想要知道这位救回丈夫性命的好心人是谁，无论这其中隐藏着怎样的故事。

最后那声叹息

黑色的、如城墙一般的铁墙，散着阴冷的寒气，再一次死死地横在了她的面前……

——题记

1

法庭侧门外。

弥漫着灰色肃杀之气的天空，将覆裹其下的一切，毫不留情地变成了满眼肃杀的灰黄色。

五名死囚，一男四女。他们由刑警押着，一字排开，立在那里。

四周的空气，仿佛被突然袭来的百年不遇的强寒流冻结了一般，出现一片异常的宁静，静得几乎能听见自己胸腔里那日夜跳动的东西被硬生生冻裂的声音。

名叫叶子的女囚，排在第二位。排在她前面的“第一号”，是那位开私人会所实则是开妓院并致死无辜的女富豪。叶子身后，是跟叶子一道贩卖了数千克冰毒，而今跟她捆在一根绳子上的那只两条腿蚂蚱——三十七岁的汪力。

对于大脑早已经不属于自己的叶子来说，此刻该想什么不该想什么，该咋想不该咋想，完全不受她的管束。这一阵，她的眼睛看上去像是十分专注地盯着眼前“一号”女老板的双臂——那被绳索紧紧勒绑得像肥硕的莲藕一样的双臂，或认真仔细地盯上一阵捆绑在那女人膝关节略下一寸处的那根不粗不细的绳索，还有顺着绳索往下位于脚踝处的铁链，那副足够沉重的脚镣。其实那副冰冷的“脚链”跟自己脚上的一副从颜色到形制到质感到长短和轻重分量，毫无二致。可她，还是要不由自主地想：一身肥肉超标的女老板，此刻你心头是何种感觉?

就在她眼看着女老板脏兮兮的浅蓝色裤子的裆里湿了一小片，和那一小片开始不快不慢向下漫延的一刻，她恍若隔世般听见从法庭侧门内，传来女法官“将犯人押上来!”的喊声。

是的，虽说只隔区区几米，但那声音听上去像是隔得很远很远，远得犹如隔世之梦。

拖在水泥地上的五副脚镣的“唰啦、唰啦”声，一齐响起。

叶子忽然好奇地觉得，这一切好像是在拍一部电影。

几天来盘旋在头顶忽远忽近、忽隐忽现的魂儿，轻声告诉她：眉眼如此好看，身材如此漂亮的你，走进宣判大厅的一刻，该无愧于自己的这副天然身姿模样，应该走得标致一点，显得尊严一点。

说归说，想归想，可是这两条天生漂亮的腿此刻被绳子捆绑了，丝毫不得自由，最多只能迈开被死死约束着的八分步子。

进了法庭，面向听审席一字排开。这个空间里的一切都跟其他地方不一样，包括这里的空气，它们是寒冷的，逼仄的。

在一种木然和不经意间，叶子看见了听审席最后排坐着的一位戴眼镜的中年男人。中年男人之所以被她发现，是因为他看上去跟叶子曾在某个地方见过的一个人那般相像。服饰和模样看上去都很像，但她不敢肯定那究竟是不是他。

叶子很快就想了起来，那是她中学时的语文老师兼班主任唐沁的丈夫——一位报社的副刊编辑部主任兼诗人。

刚开学不久的一个下午，不记得是因为一件什么事，难得好心情的叶子很偶然地随一位同学，一位班主任很是偏爱的女孩儿去了班主任家里。那天给叶子印象最深刻的有两件事：一是班主任那个甚是宽敞的家里有很多各种各样的书；二是被班主任老师称为“郝先生”的诗人丈夫那天初见她的一刻，向她递过来的那抹特别的阳光和情不自禁的神情。那是通常情况下一个男人出乎意料地遇到一位让自己心跳的女孩儿时才会有的神情。诗人给叶子的印象是：有种说不出感觉和气质的男人，是那种虽然不曾相识可一见面就能吸引你注意的温暖的男人。那天从见到她以后，他便不停地看她，即便是跟自己同来的那位女孩儿说话的时候，也会情不自禁地时不时将目光折过来落在叶子的身上。叶子清晰地记得，诗人的眉宇之间流泻出来的，是一种洗去尘埃，除了和悦还是和悦的明媚神情，或者其间还有比和悦、比明媚更多的内涵。虽说当时的她不到十六岁，但是早就以为自己已经完全长大了的她，心里明白，那是一个男人欣赏或者心里已经忍不住轻轻喜欢上了一个女孩儿的时候，才有的那份神情……那天，诗人俨然就像是她们两个女孩儿的同龄人，甚至像是比她们年龄还要小一些的男孩儿摆弄自己的得意和心爱之物一样，一本又一本，拿出许多的书展示给她俩，其中还有他自己出版不久的一部抒情诗集《世间没有忘川水》。诗人说话的声音不大，但很好听，笑声也好听，只是对书的那番痴迷近乎令人费解。诗人爱不释手地捧着书，说是给她俩看，实际上主要是指给叶子看，因为他说话的时候总是不由自主地盯着她，像是忘记了面前还有另外一个女孩儿存在。尽管如此，可叶子对诗人深深痴迷的那些书始终亲近不起来。这不能完全怪她，因为不知道为什么，从她小的时候开始就始终对书没有太大的兴趣，即便是众所周知的名著，有时甚至会感到一种莫名的厌恶，一切就像是天生的。看着那位诗人，看着他那般爱书的忘我神情，叶子除了觉得这个诗人有点可爱有点好笑好玩之外，心里再没别的。甚至因为诗人对书的痴迷，无形中淡化了她对他本该有的好感。她实在没法理解，一个人怎么会那样地爱书。叶子在心里轻轻发出疑问：书有那么可爱吗？

那位跟许多人不一样的诗人，叶子不晓得自己此刻还记不记得他姓甚名谁，说不清他算个好人坏人或别的什么人，但她记得那是自己见过的看上去最有气质、最是和悦的一个人。尤其是后来她近距离接触了别的男人之后，她越来越懂得了这一点。更为莫名的是，她好多次不由自主地想起他，甚至在梦里见到他，见到他那与众不同的神情。叶子心想，这是不是属于她那最初的“少女之恋”……

此时此刻，拖着沉重脚镣的叶子的大脑里，管不住似的突然忽闪起一件事儿：记忆里那个情不自禁望着她，爱书爱到神情痴迷的人，当他知道自己深深关注过的女孩儿要离开、要看不见这世界的时候，他心里是不是有一些留恋，有一些难以割舍？还是像她叶子一样，宁愿什么都想不起来？

正这样想着，叶子的大脑突然忽闪出新鲜一幕：那诗人的整座房子还有诗人自己，忽然间变成了一张淡蓝色透亮的偌大画片，画片由新而旧，由浅变黑，形同干枯的焦叶，不知突然从哪里窜出来一簇张着八只眼的火舌，从画片的底端开始烧了起来。看着那画片一点一点地燃烧，看着那诗人已经被烧得只剩下少半拉身子、两只手却把几本书拼命地高高举过头顶的样子，她觉得世上没有比这更天真更好玩的事儿。她几乎要忍不住笑出声来……

叶子离奇的幻梦被女法官的声音打断——女法官宣判“一号”罪犯死刑。

法官高声宣布“执行枪决”四个字的一瞬，站在一号囚犯两侧身材魁梧的刑警，动作熟练地顺势抬脚，像踩踏一块木头一样重重踏向犯人的腿腕，令其如同失去支撑的木偶一样，跪地伏法。

虽说隔着一层裤子，但叶子觉得，那狠力一脚，定是连皮带肉一同踩了下去。麻木已久的她，突然醒了意识似的，觉得那连皮带肉踩下去的，不是女老板的腿，而是自己的腿，是自己这两条曾有“秀腿”之名、迷醉了数不清的“好男人”那野狼一样眼睛的美腿。

那女老板大声呼号“冤枉——，我冤枉——”，声腔里携带着被宰杀的猪羊一般的歇斯底里！吼归吼，叫归叫，红色的批了“枪决”两个大字的亡命牌，还是被两位法警毫不迟疑地“扑哧——”一下，戳在了背上。

看着瘫倒在地的女老板，看着那令箭一样白底红字的亡命牌，叶子的眼前出现了自几天前开始，便一次又一次浮现眼前的那堵黑色的铁墙：黑色铁墙的墙体很高很高，很长很长，高到她看不见端顶，长到她望不到尽头。可她又仿佛能够看穿铁墙的厚度，比她曾经去过的慕田峪和司马台长城的城墙还要厚。黑色的铁墙，倾斜着横在她的面前，阴冷地散发着逼人的阵阵寒气……

她知道，随后的一秒钟被女法官宣判、被刑警一脚踩下去跪在地上伏法的，就是她叶子。即使如此，但她依然觉得自己好像是在做梦，或者是在拍一部有自己参演的电影……

2

几天前那个上午，关押她的号子里来了人，两位。当然了，两人都是穿了警官服的。那位国字方脸生着浓黑眉毛，眉心有颗豆大黑痣的威严法官，开始面无表情地跟她讲话：“人犯可是叶子？……”

谈完话的那一刻，叶子半昏半醒意识到，自己能够看见这个世界，能够用脑子想想这个想想那个，能够听到这世上一些声响的日子，该是所剩无几了。

可是，她觉得自己仿佛用各种木质材料或者混合了一些石头瓦砾造成的脑袋，并没有如常人想象的那般惊恐。

没有惊恐的她，就像是此前或者比此前更早一点的时候，就在默然等候着这似梦非梦一刻的随时降临。

虽说没有惊恐，可是脑子深处还是清清楚楚发出了有生十九年来从来没有过的一个“刺啦——”声响。这声响竟是那样的寒冷和刺耳。她搞不清楚那声响是从自己的前额三公分的地方发出来，还是从后心的某一个地方被撕扯出来，或者是从脑壳离天不远的地方喷射出来的。那声音，极像是两把雪亮雪亮的钢刀利刃，刃对刃，以极快速度用足力气“刺啦——”一下。

正在“没有丝毫惊恐”的那一刻，随着利刃般强有力的“刺啦”一声，她的面前出现了一面黑色的铁墙。

没错，她认得，那是实实在在的铁墙！铁墙，横在面前的铁墙，天一样高，地一样广，那么高，那么厚，那么森然，那么阴冷、寒气逼人。黑色的铁墙倾斜着，仿佛即刻要向自己的身体倾塌下来。

就在黑色铁墙死死横在面前的那一刻，她突然发现——不，不是发现，是清晰地看见，有红、黄、蓝三色的三颗小圆球，从她的身体里无声地悄然飘落出去。随即，她的眼前横现一道阴森无比的万丈深渊。那三颗圆球的其中一颗，以惨不忍睹的神情望了她最后一眼，随即凄厉地哀鸣着，向无底深渊落了下去。那下落的速度不是很快，带着哀鸣的悲伤和留恋，像是不忍，更像是没有任何的分量。剩下的两颗，一样地哭丧着脸，其中一颗连滚带爬重又爬回到她的身体里，另外一颗，从那一刻开始便低沉地哀鸣着，恸哭着，在她的头顶忽远忽近、忽隐忽现地盘旋着。

好像有个声音在轻轻告诉她：叶子，这三色球，就是生来一直伴随着你身心生命的三个魂魄……

也是从那一刻开始，她不再觉得自己的大脑由她来管制——大脑或像不舍昼夜的飞轮一样不停地旋转，或是一片空白僵死一般发木发呆；想什么，不想什么，什么时候醒着，什么时候睡去，一概不受她的管控……

有一刻，她的眼前浮现出一望无际的罂粟花。那花儿们，身姿轻盈，随风摇曳，血样猩红，鲜艳无比。可没过多久，那每一朵花全都变成了一具具黑色的骷髅。骷髅们，齐刷刷向着她不停地点头，有的狞笑，有的流着眼泪，随即将它们那一双双又细又长的手臂，一起向着她，缓缓伸了过来。那一阵，像是无边无际的寒冷和恐惧，吞噬了她的整个身心……

她像是忘记了惊恐，或者不知道什么是惊恐或惊恐是什么。不经意间她看到有趣的一幕——那是童年做过的一个梦。梦里，她和几个小伙伴去野外游玩采野草莓、野蘑菇，在一大片生长得整整齐齐的桦树林子边缘，看到一簇差不多跟他们个头一样高的花，那是一簇他们所有人都叫不上名来的花，血红色的。那花，很美很美，像是有灵性一样，摇曳着，像是在挤眉弄眼微笑着跟她说话。同行的那位小男孩儿——那个让每个女孩儿都喜欢的小男孩儿，特意采下其中最是艳丽的一支，一脸灿烂旁若无人地递给了她。她的心，喜悦得像又蹦又跳的小兔子一样，接受了小男孩儿递给她的红色花朵……后来，当她在南边那个地方第一次见到罂粟花的时候，她忽然想起小时候梦中见到的那一簇花儿，想起那情有独钟的小男孩儿递给她的那一支血红色的花儿，跟眼前的一模一样。所谓宿命，可能就是这样吧……

望着冥冥之中的花儿，没等她回过神来，幻觉中她突然发现整个天空像下冰雹一样，垂直落下拳头一般大的石头，漫天的石头，全是黑色的。无声地、无情地砸向地面，所有的花儿草儿们，神情惊惧，瞪大着眼睛，大张着嘴巴，来不及做任何反应，一时间全被砸成了血肉模糊的烂泥，沉沉地淹埋在了冰冷的黑色石头下面……

3

前天，或是前天的前天那个上午，舅舅来看叶子。

舅舅给她带来了从里到外的崭新衣服。她没能想起问舅舅一声，为什么爸爸和妈妈没有来？——他们虽然早就离异，各自有了自己的男人和女人，但他们都还没有死，都还活着。这个名叫叶子而今成了死囚的女孩儿，不管怎样，总归是他们两个人的孩子。

见面的时候，舅舅好像没说什么话，或者是说了什么的，可她都记不起来了。

今天清晨，天蒙蒙亮，她就开始梳妆更衣了。

她记得很清楚，是盘旋在她周围的那个灰不溜秋的圆球——她剩下的那个孤独可怜的魂魄，看着她更衣的。

叠得整整齐齐的一包衣服，从上到下由里到外，全是精心挑选的。

她的号子里静悄悄，无人打扰。

她将叠得整整齐齐的它们，一件件打开。卡腰的阿玛尼新款紧身外衣和同样牌子的显臀迷你短裙，还有达芙妮的长筒袜和高跟鞋，全是黑色的，就连爱丽丝胸罩和提臀内裤都是黑色的。唯有贴身的费丽儿丝质吊带，是白色的，洁白。这些衣服，选择这样合心颜色的衣服，是此前她曾特意叮咛过什么人的？还是家里人的意思？她记不得了。

她格外认真地由下而上由里到外，一件一件慢慢穿上所有的衣服。担心薄如蝉翼的丝袜不小心被拉了丝，她小心翼翼地把它们翻卷起来，然后轻轻地一点一点地拉了上去。穿好了，却又发现右面的一条穿得略有一点点歪斜，心里觉得别扭，于是又将它轻轻地退下去，然后仔细瞅着丝袜细细的纹路，重又小心翼翼一点一点拉上去，然后用两只手由下而上轻轻抹一抹，再抹一抹，直到自己看着完全心满意足为止。认真穿好了内裤、丝袜，戴好爱丽丝胸罩之后，正要准备穿上迷你短裙、吊带和外衣，可是，提起来搁在眼前瞅了瞅，却又轻轻放下了。她没有即刻穿上其他的衣服，而是就这样半裸着，缓缓站起身来，踩上黑色达芙妮，在地上走了几步，又走了几步。步子迈得很轻，迈得很慢，拿出她所有天然的优雅和婀娜，走到墙根的阴暗处，缓缓又款款转身，右手卡腰，左手托腮，摆了一个俨然训练有素的漂亮姿势……幻觉中，她的眼前现出一面大大的落地穿衣镜。她从镜子里隐隐看到了自己天然赛过无数模特、美到如梦似幻的窈窕身姿。停了足足三分钟，她才悄然离开摆了姿势的阴暗角落。来到床边，不紧不慢，无声无息，一件一件，仔仔细细毫不疏忽地穿上所有的衣服，最后戴上嵌了桃心钻石的白金项链。

这一刻，她不由想起往日一次又一次梳妆打扮的情景——有时是为了赴约，有时是为了外出“办差”。不同的是，以往任何一次，都没有像今天这样来得如此认真仔细。唯有今天，一切都是如此精心，精心得就像是要出嫁或是要出外办什么天大的要紧事儿……

4

简单的宣判结束之后，五名囚犯伴着脚镣的“唰啦、唰啦”声，移出了宣判大厅。

被推上囚车的那一刻，叶子突然觉得自己的脑袋变得很大很大，脑壳里边的那团子大脑也同样很大很大，大到几乎要将外面的脑壳硬生撑破。

等候着他们的，是一辆白色的囚车。囚车有窗户，窗户外面是粗粗的黑色铁栅栏。

五个人，按适才宣判时的排列，倒着顺序一个挨一个坐着，此前的沉重脚镣被卸下了，腿脚突然觉得轻飘到有点不大习惯。

她之后最后一个被推进车厢的是女老板。随她顺便挤进来的还有一只很大很大、仿佛生着绿眉毛长着花胡须的资深绿头苍蝇。那苍蝇开始一直围着女老板的下体嗡嗡乱叫。坐在旁边的叶子，闻见一股浓烈的尿骚味，她知道那苍蝇就是迷恋这股子感兴趣的味道，拼命钻进这车子里头的。可是很快，那苍蝇仿佛意识到这里的气氛非同一般，因为它发现这里所有的人对它的肆意动作没有任何反应，无视它的肆意骚扰。于是，苍蝇开始想要从这囚车里飞出去，撞得两边的玻璃“啪啪啪”直响，却发现自己怎么都飞不出去了。

车子里面很静，所有人都像是早已经死过去了。绿头苍蝇撞击玻璃发出的声音成了这空间里的唯一声响。

紧挨着坐在她左边的是她的“老板”汪力。

此时此刻，无论他还是她，都没有像电影里头表演的那样，深情款款地望上对方一眼，或者说句什么。没有，什么都没有。摆放着他们五个的有限空间里，有的只是如同早已埋葬了一般的寂静——如果没有前来陪他们最后一程的那只硕大的资深苍蝇。

她什么也不愿意想，什么都无须再想。可越是这样，那仿佛早已经不属于她管控的不听使唤的脑子，就越是要想。许多的事情，这一刻似乎像做着各种鬼脸的幽灵一样，一起从沉睡的角落里醒来，跌跌撞撞拥挤不堪来到她的眼前，瞪着黑灰色的眼睛，直勾勾地望着她，哀嚎着，硬是要她把那一桩桩、一缕缕愿意不愿意的事情，全都想上一想……

她的第一笔“大钱”，就是此刻在她左边紧挨着她的这个男人帮她“赚”来的。曾经经历的、没法不想起的那一幕，而今像是蒙上了黑色尘土的噩梦——那个雨天和他相遇相识的情景。

夜色里，发生的一切，像是被有意导演的一幕电影：脑子空空荡荡游走在街头昏暗灯光下的她，遇到两个泼皮无赖。纠缠之中，“英雄救美”的他及时出现。一切像是上天安排，命中注定。几年来，因单亲带来的痛苦而动辄离家出走的叶子，那天街头有这样的巧遇，俨然像是曾经在电影里看过的故事。“被救”半个小时之后的那家酒吧，“英雄大哥”对她的那份无微不至的安慰和关爱，给她难以言表的依赖与温情，那种久违了的温情和安全感，一时让她不知该怎么感激。而“大哥”那句：“见到你，我就像是见到了自己很久以来冥冥之中似曾相识的梦中女孩儿。”那句话，更是令她深深感动。在她的记忆里，不曾出现过像这位大哥一样诚实又暖心的男人。

他们就此相识。她的生活中有了一位从未有过的可靠可依赖的大哥——汪力。尽管他年长自己整整十八岁。

相识两周之后的一个下午，大哥约她到自己的住处。像是一位有趣又淘气的大男孩儿一样，他要她帮忙给一家私人会所送去一份包装精美的礼品。理由是借“小妹”的漂亮和魅力，给他未来的药材生意提升一下品位，聚拢一些人脉。这事，不曾引起她的任何怀疑。当天晚上，他提出请她吃饭。他的出手大方让她感觉这位大哥是如此的豪爽大气。大哥说话字字贴心、句句温暖。他们的谈话越来越投机，话语之间，“大哥”对她的喜欢和欣悦之情溢于言表。法国“朵拉”红酒，也是一杯接着一杯，让她感受到了从未有过的惬意和愉悦。她有一种按捺不住的冲动，那就是：特别愿意跟这样一个暖心的大哥在一起，把这样的“朵拉”红酒一杯接一杯、一直惬意快活地喝下去。他夸她长得漂亮，天生丽质，她的一切一切，全都是他“最梦中”的模样……

一个星期后，那个天空堆满了如同重叠的山峰一样的、铁红色沉重阴云的傍晚，也是同样的“朵拉”红酒，也是同样的情景。这个晚上，在那家称得上豪华舒适的会所，这个叫汪力的男人，把她从一个十八岁的清纯女孩儿变成了女人……

一切的一切，完全出于她的心甘情愿。唯一不够惬意的是，“大哥”的过于性急和不无粗野的火急，不像此前两人交杯“朵拉”之时那般温情迷人，没有给她留下她所梦想和期待的那般美好的记忆。也是在那个晚上，在她把一个贞洁女孩儿的所有交给他之后，将她紧紧搂在怀里的“大哥”，问她愿不愿意听他几句心里话——前提是：必须向老天爷发毒誓，拿性命担保。心怀好奇的她，几乎不假思索地痛快答应了。他一下子给了她厚厚一沓钱，足足五万元，说是给她的“辛苦费”。随后，他给她说明三个星期前所送的那件“礼物”究竟是何物，而且告诉她，做这种生意自己多么有经验和把握……

一下子汗毛倒立。她当即表示：坚决不行！坚决！

“大哥”表现得沉稳而有气度，轻声对她说：“不愿意没关系，生意不做，我们依然可以做好朋友。唯一的要求是，此前的事，万不可泄露，一旦泄露，你叶子是肯定脱不了干系的。”

伴着窗外一声惊天动地的巨雷，在一阵按捺不住的痉挛般的惊恐之后，叶子紧紧抱着自己近乎爆裂的脑袋，想了又想，想了又想。她一再警告自己：这事必须就此罢手！绝对就此罢手！绝对！！可是，就在最后的那一刻，夜色里，厚厚的一沓钱——五万元，或者五十万元，散着刺眼又迷人的光芒，从黑暗中狠狠地砸在了自己的眼前。惊恐与挣扎中，她转念一想，看似冒险地经营这门生意，这钱不是来得太容易了吗？一切的一切，只要自己谨慎，只要自己小心……

最终，她接受了胸有成竹的“大哥”的建议和安排，轻轻地向他许下诺言……

从此，叶子和“大哥”汪力，成了不明不白的情人，成了捆绑在一起同生共死的“共同体”。

阵阵惊雷陪伴的夜色里，叶子恍惚看见用一根绳子连接起来的两只光着身子的蚱蜢，两只小得可怜的土黄色蚱蜢，灰不溜秋，时而在刀尖利刃上，时而在一座熔岩沸腾的火山口边沿，跳着令人心惊肉跳的舞蹈。十八岁的她，人生就此走上一条此前从未想过的路途……

绿头苍蝇依然在拼命左冲右突，玻璃发出“砰砰砰”的声音。

伴着一阵心的悸动，她想起了过去的这个夏天在丽江度过的那个夜晚，想起了那位跟自己一夜风花雪月的浪漫画家。

做成了当天的那笔“超大生意”——“货”十分顺利地安全抵达目的地。这一切，让她感到从未有过的兴奋，从未有过的成就感。紧绷多日的神经，只想找一种最给力、最刺激的方式，让自己彻底放松。

她好似忘记了自己所从事的不寻常的营生，反倒像是到丽江浪风景的窈窕淑女，闲暇游客。那一刻，她突然开始清风明月地曼妙幻想着，希望自己能在这月朗星稀的浪漫之都丽江古城，来一点人生的“艳遇”，让自己在这心情最爽的时候，把身心融进迷人的夜色里，肆意妄为地火火浪漫一把。

连她自己都没想到的是，心中的疯狂幻念竟然真会如同神秘的魔咒一般，不耽时辰地得到不可思议的应验。

那个夜晚，那个月明星稀的丽江夜晚，心旌摇曳的叶子漫步来到游人簇拥、热闹如同节日一般的四方街。广场上正在举行着游客和当地纳西人的篝火狂欢晚会。顿时感到身心飘逸的她，兴致勃勃地混在那些围着篝火跳圆圈舞的纳西族女人的队伍里，迈开了自己轻盈美妙的舞步。在她的记忆里，有生以来的任何一次开心都无法跟这一刻相比，这是一种前所未有的充满着得意甚至是肆意妄为的开心。

不一会，她的身边突然挤进来一个人，一个打扮时髦看上去很酷很帅的家伙。那男人，留着长发，一双特别有神的眼睛，望你一眼就会给你留下一辈子都没法忘得掉的记忆。那男人以少有的潇洒大方，像早已相识的熟人一样，用他的眼睛、鼻子、嘴巴还有那坏兮兮性感十足的小胡子，四合一，咧咧嘴眨眨眼，跟她投过来一个算是打招呼的表情，一个很是有趣的表情。这样又坏又可爱的表情，给予叶子过电一般的好感或者刺激感。她觉得他像一个天真的大男孩儿。圆圈舞只跳了小半圈不到，那男人就跟她搭讪上了。

她相信，丽江遇到的这个男人一定是世上最会说话，最会讨女孩儿喜欢的、魔鬼附体的可爱勾魂男。没搭讪几句，他们就你情我愿地脱离了跳舞的队伍。那一刻，她觉得眼前这个认识不过一刻钟的男人，就像是相识已久的老朋友，那感觉，那神情，俨然就像是她前世寻找了很久很久的那个野性男人。海阔天空瞎聊得开心默契，让她觉得人生原来可以拥有如此海阔天空飘飘然的美妙感觉。就是这种飘飘然的美妙感觉，让期盼刺激的她毫无顾忌或者更确切地说是怀揣着满满的幸福、激动、热切与渴望，去了那个魅力男人的住处。她渴望霸占他……

那男人是来丽江创作采风的画家。仅仅说他是画家实在有点太规矩、太文雅，更确切地说，他是一个激情喷涌的彻头彻尾的狂浪疯子，一个可以让她叶子彻彻底底春情荡漾的“伟大的疯子”……待疯狂的激情过后，恢复了常态的画家，开始有点像个正常人的样子了。他双目清澈、不无深情地说，叶子是他见过的最美最可爱最有感觉的女孩儿。他说他一定要给她画一幅裸体画。此话一出，刚刚恢复平静不久的画家，又开始燥热不安分起来。她叫他“疯子”，结果他开心地哈哈大笑，当下把她前后左右、上中下地“欣赏”一圈。那无所顾忌的笑声，像是要飘过整个丽江的夜空。随即，“疯子”捧着她的脸来来回回亲吻，直至像一只性情温顺的宠物狗一样，惊天动地却又不失温柔地亲吻过她身体的每一个部位，那种感觉真是让她开心得只想死去不想活着……

不知道为什么，面对这个肆意妄为、疯狼野狗一样的“疯子”，面对他的一切要求，叶子是那样的舒心、那样的心甘情愿。不过她很快就弄明白了——多少个日日夜夜，没有一刻不是在刀锋刀背提心吊胆走过来的她，实在是太紧张太恐慌太压抑了。她需要以这样的疯狂来缓解，来释放，来补偿。对她来说，这个突然降临的美妙艳遇，这个让她奇遇到的可爱无比的“疯子”，是老天给她特意送来浇灭她的焦灼与热望的天使，满身坏气的天使。

疯子说干就干，而叶子也是以高度的默契全心配合，当下就让他画了那副传神之极的裸体素描……疯子画家的天才和画技令叶子心悦诚服，她找不到合适的辞藻赞美这一切，而只有贴着他的身体无比温柔地送给他一个深深的吻。疯子则告诉她，今夜一切超常灵感的源泉皆出自她的非凡的美丽。

裸体素描画得栩栩如生，灵气四溢，无疑是难得的天才之作。望着自己眉宇间流露出来定格于画面的令人难以置信的爱的神情，叶子情不自禁地想起了学校演出时，摄影师给她拍摄的那张人人称羡的照片……

少女时候，初夏时节的那场文艺演出，她展示青春风采的靓丽表演，让正在读高二的她，成了全校师生公认的校花——那美丽的时刻，定格在她人生十七岁的夏天。当时的她原本已经从几年前成为单亲的不幸与痛苦的阴影中走出来了……真是难忘那个迷人的夜晚，让她听到了整座礼堂内因她而发出的喝彩和令人心情愉悦的欢声笑语……此时此刻，当初那犹如天女散花般的欢声笑语，仿佛依然回荡在耳边。

……

女老板靠她一边的左腿不知何故突然猛抽了一下，惊醒了她的沉浸其间的九霄云天的幻境美梦。

囚车内那只像是早已崩溃、彻底疯掉了资深苍蝇，拼了命似的急速飞来飞去，脑袋依然撞得车窗玻璃砰砰直响。囚笼打开一个缝儿的一刻，那老苍蝇像是仓皇夺命一般，叫着喊着呼着嚎着，以苍蝇家族历史上从未有过的速度，“刺——”一声，直线飞了出去，半秒不到的功夫，早已消失在了看不见的天边，踪影全无。

囚车外，蓝天白云，可以看到天的尽头。

叶子的眼前，重又出现那面黑色的墙面。城墙一样厚的铁墙，散着彻骨的阴冷寒气，死死地横在了她的面前……

5

下了囚车，听号令，所有囚徒本能地、惯性地向前动了起来，像是有组织地去参加一个什么盛大活动。

“一号”像一具早已经死去几个时辰的死尸一样，被两边的刑警拖着前行。她脚下干涸的半硬不软的尘土，被她的两只没了生气的脚尖，划出两道深深的印痕。

黄土路两边，是轻轻瑟缩的树林，静静立在那里，像是她的上老下小的一个个家人。

也许真是于冥冥之中看到了自己的家人，女老板的腿，再也沉重得迈不动了。被刑警像死猪一样拖着，俨然没有了任何知觉。

叶子紧跟着走在“一号”的后面。卸下了沉重的脚镣，两腿轻松了许多，步子也可以迈得开了。她只用放心地闭上双眼低头前行便是——两边有刑警“搀扶”照看着，即便闭了眼睛，也不用担心撞到哪块石头上，不用担心撞到两边的树桩上，更不用担心会走错了路到不了前边不远处今生今世要去的那个生命最后归处。十九年来，她从来没有如此奢侈地被人这么搀扶和伺候过。到了这般时候，这样走着，虽说身心像泥石流一样在下滑，但她依然觉得，一切都像是在进行一种艺术表演前的最后操练……

终于走到了树林深处。随着刑警的一声“向左转”，除了“一号”烂泥一滩，其余四个人像是早已训练有素一般，跟刑警配合高度默契——一起向左转了身。这让她想起上学时的体育课。那时候，听着体育老师费尽心思的声声操练，她向左向右绝对转不了此刻这么好。

听着刑警喊出“第一组”三个字那含铁带钢的低沉号令。女老板被刑警拖着向前几步，跪在那里。紧接着，是枪栓的“咔嚓”声和随即那并不陌生的爆裂声……

叶子想要闭上眼睛，可是一种从未有过的不听使唤和失去知觉的崩溃的好奇，还是让她像看一场新奇的演练或是看电影电视一样，清晰地看到了眼前的一幕：女老板扑向黄土的一瞬，像是没有太多痛苦，只是那左腿轻轻抽搐了一下，然后便没了任何动静。

号令“第二组”，声音依然含铁带钢。

她知道，这是指她和汪力。

她还知道，判决者能够如此照顾他们两个“携手前行”，应该是汪力“大哥”最后提出的唯一要求。

与此前一样的规矩，也同样是向前五步。

双膝跪地的一刻，汪力侧过头来看了她一眼。她从来没有看见过汪力有过如此的表情，那是一种她明白又不完全明白，可猜想又无法猜想的不知道该用什么语言形容的表情。她知道，除了她，除了天和地，这天地之间的整个世界就再没有任何一个人能够懂得那副表情背后的意思。

一个黑色的问号再一次冲撞着，以从未有过的阴沉逼问自己：叶子，你才十九岁，你这是要去往哪里？

周边的桦树林，不再是桦树林；眼前的草地，不再是草地；膝下的黄土，也不再是黄土。周围的世界颤动着，无情的草木全都瞪大了惊惧的眼睛，望着眼前这个模样娇美有如明星的“十九岁”。

她觉得整个世界开始倒立起来，旋转起来，自己的整个身子开始紧抽起来，仿佛被无数双看不见的手提溜撕扯。

叶子，深深叹息一声。这叹息，泄气的皮球一般从即将消失的灵魂深处发出。那是极轻极轻的声息，轻到常人几乎听不见它。

这有生以来从未有过的一声叹息，除了她和身边叫汪力的那个男人，只有天和地知道其中的含义。

但是，你必须相信：有一位有机会“亲历”了这一幕的人中间的一位，他确信，这最后的一声叹息——一声轻得几乎听不见却又沉重如从天落地的磐石一般的叹息，注定要在这个世上落地，而后活过长久的岁月……

叹息过后不到一秒钟，叶子听到了身后刑警用力拉动枪栓的“咔嚓”声。几乎与这“咔嚓”一声的同时，她突然发现自己的后脑勺“唰——”的一声，亮晃晃生张开两只惊惧的大眼睛来。她知道，这是自己的灵魂之眼。这灵魂的眼睛看到的，是距离自己的后脑只有二十公分或者比这更近的那支黑洞洞的枪口……

那一瞬，穿过黑洞洞的枪口，于彻骨的寒冷中，她隐隐看到了一对饱含着甘甜乳汁的乳房——那是小时候每天都能看到的妈妈的乳房，可是此刻，那里流淌出来的却是鲜红鲜红的血……

黑色的、城墙一样厚的铁壁，散着阴冷的寒气，再一次死死地横在了她的面前……

苏贝宁的眼泪

迷蒙中，他隐隐听见拍打着

岸边岩石的贝加尔湖水的叹息声，犹如隔世的天乐……

——题记

1

“苏—贝—宁——”

随着一声绝望的呼唤和凄厉的回声，一身洁白的她，从华山的“九霄绝壁”跳了下去。

跟随她洁白的身影一道急速下降的，是那瞬间飘飞起来、令华山的石崖峭壁感到惊惧和不舍的秀发……

青春生命没入万丈深渊。连一丁点儿声音——哪怕是一片树叶落地的声音，都没给目睹这惊心一幕的游人留下。

2

那年电影学院的入学面试。

已在业内小有名气的编导系教师苏贝宁，是这次面试的考官之一。

几个月前工作中的那次意外挫折和处分，爱情生活的失意，遭人抛弃，让一时深陷郁闷的苏贝宁行走在人生的阴风秋雨季。

面试开始，近一个小时过去，苏贝宁觉得没有一个让他感到满意和瞧着顺眼的考生。哪像有些考官此前跟他描述和炫耀的那样：今年的考生，着实有些好苗子。他觉得大脑昏昏然一片。瞌睡让他忍不住打起了哈欠。木然中，他甚至有种莫名的火气，觉得这样的面试太没劲。他暗暗埋怨这些考生：就这条件，考什么电影学院？起码的自知之明都没有。就这，一个个竟然能进入复试，真是怪事。

他心里犯了别扭，并不得不承认自己的注意力从一开始就压根没有集中到眼前的事儿上。他开始为自己的失职感到惭愧，心里默默责备起自己来。

正在想着如何调整低迷心情，他的眼前突然一亮。有如一道闪电袭来——一切皆因向他走来的这位披着长长的秀发，身着洁白连衣裙的少女……

随后的日子，苏贝宁不止一次地想：那场面试，起初所有的昏昏然，所有平淡、苍白、失望和无精打采的等待，都是为了她的出现，都是为姗姗而来的她所做的必要陪衬和准备，更是为了他这个叫苏贝宁的人而特意预设的安排。

与她初见，苏贝宁沉睡多日的消沉麻木的神经，被击中、被唤醒了。

激动的心情让他的注意力一时难以集中。在他的情感经历中，还真不曾有过如此为一个女孩儿而走心的记忆。那一刻，阅人无数的他，脑海里只有一个想法：所谓“天人”，即是如此。

“天人”出现的一刻，苏贝宁觉得天上的太阳像一把水晶之剑，刺穿了云层，照透了考场大厅的屋顶。心头积压多日的阴云，硬是被眼前如女神一样的冰清少女全身散射出来的清新气息，了无声息地驱散了。

她叫艾琳。就像她这个清新的人一样，她的名字同样让苏贝宁痴迷。

从见到艾琳的那一刻开始，苏贝宁在心底一遍遍地念着这个迷人的、散发着青春芳香的名字。这一夜，被热烈的激情充满心扉的他，久久不能入眠。

凡是受了神秘力量安排的爱情，或许都是如此。对于艾琳来说，看见凝神望着自己的苏贝宁，看见他的那双眼睛和那番不可抵挡的魅力神情的一刻，同样身遭电击，前所未有。在艾琳的记忆里，她不曾看见过一个男人竟然拥有那样的一双眼睛和那般神情。她想，世间真正的一见钟情，就该如此，就该这样。“一见钟情”就该馈赠于他们这样的两个人。

遇见苏贝宁，艾琳如若遇见了自己梦中的白马王子。那一夜，毫无睡意的她，宁愿在没有光亮的黑暗中，始终睁着眼睛体验一份动人心魄的温馨。这双美丽的眼睛，穿过宁谧的黑夜，望着幻想中的苏贝宁的眼睛和那动人的神情，把“一见钟情”四个字深深烙印在多情而柔软的心房。

3

这是两颗一样热烈跳动的激情之心。苏贝宁感觉得到，自己的追求不用花太多的工夫，因为站在他对面的，是和他一样或者比他更强烈的、满含热切期盼和无法收敛的一颗芳心。爱情之于他和她，突然降临却又像是早有准备的水到渠成。

沐浴着清纯和甜美爱情的苏贝宁，走出了近一年来一直困扰自己内心的郁闷。世界的一切美丽，在爱情的曼妙夜曲声中，重新回到他的生活中。

甜美、浪漫的日子总是过得飞快。转眼一个学年过去了。暑假临近，苏贝宁的提议让艾琳激动得心花怒放——七月下旬，两人开始了他们梦寐以求的贝加尔湖浪漫之旅。

盛夏的贝加尔湖畔。这个温柔美丽的星夜，两颗青春荡漾的心，倾心体验人生的温柔、幸福与诗意、浪漫。这对情侣手牵着手，感受着彼此的心跳，沿着湖边漫步，听着月光下湖水发出私语般的轻轻呢喃，像蜜一样灌进彼此心底的，是温柔无尽的爱和惬意……

几个小时后，他们回到了位于那片油画般美丽的白桦林旁。那里有他们的情侣帐篷。

艾琳的无限倾心，她的潮水般的忘我之爱，在七月下旬这个令人销魂的温馨浪漫之夜，得以升华。在满天的星斗和贝加尔湖水的呢喃多情中，在被夜莺的歌声和遍地野花的芳香包围中，艾琳将自己的一切美和温柔，给了让她无限心仪的梦中白马王子苏贝宁……

凌晨。酣睡中的艾琳，被苏贝宁的一声惨叫惊得从甜梦中醒来，苏贝宁被毒蛇咬了。

攻击苏贝宁的是一种安静的冷血冰蛇。这种繁衍在贝加尔湖地区的冰蛇虽是剧毒蛇类，但通常性情安静，一般不会主动攻击人，除非你先侵犯它。冰蛇喜暖，即使在夏天的贝加尔湖畔。这天夜里，进入梦乡的苏贝宁迷迷糊糊中觉得紧挨着自己的身子处，有一根硬邦邦、冰凉的粗绳子。迷迷糊糊中，他伸手捏了它一把。

完了！

被苏贝宁的惨叫声惊醒的艾琳，看到了那条正在慢悠悠爬出帐篷的、令人心惊肉跳、又粗又大的冷血黑蛇。

苏贝宁的腹股沟处被蛇咬了。

他们听说过，被毒蛇咬了必须得及时解毒，耽误不得。没有药物的情况下，可行的办法是尽量将蛇毒用嘴吸出来。

看着额头渗出冷汗的苏贝宁，艾琳心疼得几乎要犯心绞痛。情急之下，她使尽吃奶的力气，用嘴给苏贝宁吸毒……

几个时候后，艾琳感觉身体不适，眩晕恶心。她以为自己这是心理作用，或是夜里折腾，着凉感了冒。她没将这一切告诉受到惊吓的苏贝宁。

4

惊惧中的一对恋人，当天从贝加尔湖返回。

艾琳感觉身体越来越不舒服，她意识到了自己的病情。医院化验诊断的结果出来，医生告诉她是血液出了问题，有中毒的迹象，但一时难以给出结论究竟是中了什么毒。

一切只有艾琳心里明白。好在医生告诉她，血液中有毒素，但这毒素不至于严重到危害她性命。

几天后，艾琳的身上尤其是两腮出现了黄豆一样大小的褐斑。她觉得自己几乎到了不能见人的地步。不得已，她将自己认为可能的病因告诉了医生，却始终没有告诉苏贝宁，怕他为此事感到愧疚。她一时不知该怎么面对深爱的苏贝宁，精神陷入深深的痛苦之中……

新的学期来临。

真是造化弄人。表演系新生中，有艾琳中学时的一位同窗。这位孙某某，堪称绝代美色，且曾与艾琳交情甚好。后来，由于这个孙某某做出一些有点过分的事情，艾琳与她产生过一些矛盾。两年过去，艾琳对此早已既往不咎。更不用说，如今身在大学，换了新的环境，以往的不快就更是忘到脑后，一切烟消云散。

艾琳，这天性善良的女孩儿，被难言的病情搞到郁闷痛苦之际，特别想有一个可以诉说苦衷的人。就这样，她将昔日的好友重新当作自己的知己，将自己的爱情和病情毫无保留地告诉了闺蜜——她曾经一次次帮过她，亲如姐妹、不分你我的闺蜜……

闺蜜不再像是中学时期那样，她变得成熟了。孙闺蜜显得异常同情艾琳，一再地安慰艾琳，陪她去医院。这让艾琳感到无比的欣慰和感动。不久之后，在自己的生日聚会上，艾琳将自己的闺蜜介绍给了男友苏贝宁。

话说到这里，不得不提提往事。由于艾琳的天生丽质，中学时，年轻帅气的音乐老师有一阵甚是关心艾琳，此事深遭这位闺蜜好友的妒忌。她竟然想出一些十分夸张的办法，编造出有声有色的绯闻故事，散布艾琳的流言蜚语，费尽心思离间艾琳和老师的关系……

这次生日聚会，闺蜜和苏贝宁言谈举止看上去似乎都没啥不得体。之前，表现得大方得体的孙闺蜜这次本想做个规矩好人。无奈天生轻浮、躁动的骨子里，压根没那份稳得住自己的德行和品行。加上苏贝宁天生的五颜六色的肠子，麻烦终究还是没能避免得了。艾琳这边，天真的她无疑也给擅长装模作样的帅哥和见腥动心的馋猫，创造了再好不过的条件。尽管苏贝宁和孙闺蜜表面上看似一本正经，但是两个人的心底，打一开始便涌起了一股按捺不住的东西——这天性难改的闺蜜，一夜之间暗恋上了苏贝宁。苏贝宁也当即闻见了这花猫的味道。

没过三日，旧病复发的孙闺蜜，别有用心又极为巧妙地将艾琳的“不治之症”告诉了苏贝宁。同时以十分赞羡的神情口吻，绘声绘色地编造出了艾琳中学时代的所谓“满城风雨的师生恋”。苏贝宁无法知道，女友的这位闺蜜才是那故事的主人公……

艾琳哪里知道，自己这位闺蜜的骨子里深藏着何等不一的人生观、爱情观乃至这个观那个观：人不为己天诛地灭，夺来的爱情最刺激，等等。

5

苏贝宁一时陷入连自己都觉得缺德、坏心、不地道却又难以自拔的矛盾心理。

独自一人行走在往日和艾琳携手漫步的林荫道，心里乱麻一团。回想起和艾琳从相识到相恋的这一年多来，两人相处和一同走来的一幕幕：初见艾琳时的内心荡漾；痴迷到夜不能寐的甜蜜与温馨；贝加尔湖的浪漫与激情；遭遇毒蛇的意外惊惧；艾琳的疾病以及身体上、面部那难看得不敢细瞧的斑块；更有从孙闺蜜嘴里得知的令他深感不快的昔日往事……

就在那一瞬一念之间，苏贝宁人性龌龊阴暗的一面占了上风，他这个不可救药的好色之徒负心汉的情感世界，无声地漫过一层灰色的、无耻的、臭烘烘的泥石流。他在艾琳面前若无其事地装作不知情，但心底已经开始了不可阻挡的移情别恋。

国庆长假，两周前早早买好了机票决定回家的艾琳，去机场途中因遇到一起严重交通事故而误机。她的回家计划不得不暂时取消，几个小时后返回她和苏贝宁的住处。一进门便发现门口紧挨着苏贝宁的皮鞋，多了一双甚是摩登的女式鞋子。刚一抬头，又发现沙发上搁着一件紫红色、十分眼熟的女生外衣，还有搭在衣服上的一条粉色丝巾。她立即认出，那是孙闺蜜的。

她呆呆站着。有一阵，她很想冲过去拧开门锁，但始终没有挪动灌了铅一般的脚步。

突如其来的、从未有过的悲伤和理智，撞击着她憔悴得近乎崩溃的意识。她选择了悄然离去……

病痛和失恋的伤悲带来的双重打击，让艾琳陷入了极度的绝望之中。

这个男人的厚脸皮看来是用特殊材料制成的，苏贝宁事后竟然厚着脸皮装得像无事人一样跟艾琳招呼。艾琳嘴唇紧闭一言不发，只是定定望着苏贝宁的眼睛。然后，一言不发，静静离开。那一刻，凝聚在他们四周的空气，变得像严冬一般异常的冰冷。

于艾琳的平静和无言中，苏贝宁听见了从自己的灵魂深处发出的声音：这世上怎么会有你这样无情无义又卑鄙无耻的肮脏男人。

6

与苏贝宁热恋不到两个月，一次高规格大型演出的机会，鹤立鸡群的孙闺蜜，有幸认识了一位"成功人士"。仅仅十几个小时之后，也就是演出的次日下午，这个八面玲珑迎风摇曳的风流女子，便应了"成功人士"之约，与其共进晚餐。很显然，这个人一见钟情地迷上了孙闺蜜的妖艳美色……

如此豪华的奢靡生活，让孙闺蜜欣喜若狂，回想自己过去的一切，真一文不值……

孙闺蜜对几天前还在一起做梦销魂的苏贝宁，采取了日渐冷落、身心淡出的措施。一个月之后，终于彻底甩掉了苏贝宁。苏贝宁苦心挽留，但对这样一个有着特殊心态和心理的女人来说，一切都不可能有任何改观。

苏贝宁觉得莫名其妙。他觉得自己这是被人硬生生把一坨狗屎喂到了嘴里。他几近崩溃，他暴跳如雷，他怒火万丈。但是很快，他意识到自己不过是一只可怜的蚂蚁。

随后的日子里，苏贝宁看到的是在他面前变得极度冷漠、目中无人的孙闺蜜。他不能相信，生得如此漂亮的女孩儿，怎么可以有如此阴暗和无情的内心！但是冷静下来的那一刻，他又一次听到了来自内心深处的声音：和这个女人相比，你苏贝宁又能好她几许？你俩不正好是一丘之貉么？

秋天的第一场雨，雨水打在脸上冰凉冰凉的。心碎到木然的苏贝宁，想起了自己的前女友，想得没皮没脸。他知道那个叫艾琳的女孩儿，她的心、她的一切，已经冰凉着离自己远去了。他相信，这是自己今生应有的惩罚——一切不是什么命运安排的，是他自己安排的，怪不得别人……

7

获悉艾琳殉情华山的苏贝宁，几天不说一句话。他俨然变成了连自己都不认识的另一个人。

生活有时就这么戏剧。整理遗物当天，从艾琳摆在床头的几本书里，发现了她患病前后的日记。日记记述了发病和治疗的经过，也记述了孙闺蜜对她做下的一切，更记述了她对苏贝宁的感情和苏贝宁最终对她的无情。日记末尾，艾琳以深深的笔痕写下如是一行：今生来世，你可见苏贝宁的眼泪？……

对于苏贝宁来说，这无疑是弄人的老天要粉碎了他心的发现……

心如死灰的苏贝宁，无意间看到一则信息：北方某地的一位小伙，得知女友患了不治之症将不久于人世，拒绝所有亲友的劝阻，决计跟自己相恋了五个春秋的女友结婚。婚礼的当夜，只有他俩静坐，不要任何人打扰，包括他们最亲近的人……得知心爱之人没了任何生的希望，新郎不让医生给自己的新娘做任何没有意义的治疗。一个星期后，身着婚纱的新娘在他的怀里静静睡去……

读完这条信息，苏贝宁抹去自己的眼泪。他觉得自己这一阵的眼泪很自私，很卑鄙，很可耻。他不配为这个故事流眼泪。

三天后，他独自来到贝加尔湖畔，来到那片留在月光下记忆里的白桦林地。静静地站立在湖边草地，听着白桦林和湛蓝湖水的私语。幻觉中，一身洁白的艾琳向他走来……

他吞下满满一瓶安眠药，然后将一瓶白酒一滴不剩喝完。静静躺在草地上，用艾琳曾送给他的那幅肖像画，盖上了自己的脸。

迷蒙中，他隐隐听见拍打着岸边岩石的贝加尔湖水的叹息声，犹如隔世的天乐……

远处，一对情侣正手牵着手，一路欢声笑语朝这边走来……

和鸟儿谈谈人生

望着老太太佝偻的背影
和风中
摆动的衣襟，小鸟想起了自己一个月前
不幸死去的妈妈，她的眼泪终于止不住流淌下来。
——题记

孤独的老人，给每天光临的小鸟撒上一撮小米，然后就静静地坐在园子边上晒太阳，等候小鸟到来。

快乐的小鸟飞来了。她欢喜地打声招呼，随即和老人聊起天来。

鸟儿："好心的奶奶，您怎么总是一个人？"

老奶奶："我的小鸟儿，我不是一个人，我有儿子儿媳，女儿女婿，还有两个可爱的孙子。"

"可是，我怎么从来都看不见他们的影子啊？"

"他们忙，上班的上班，上学的上学，顾不上回来。"

"见不到自己的孩子，奶奶一定是很想念他们吧？"

"知道他们忙，我就尽量不让自己想念他们。你看奶奶现在是个多余的闲人，别给孩子们添麻烦。我让自己不要想念他们。"

"可是，我妈妈告诉我，越是嘴上不说想念，其实心里就越是想念自己的孩子。难道人类和我们鸟儿不一样吗？"

"你可真是个善良懂事的小鸟啊。"老太太咳嗽了两声，接着道，"人类和鸟儿一样，都想念自己的孩子。可话说回来，人和鸟儿也有不一样的地方，比如人与生俱来比鸟儿更明白那份'体恤之心'。"她止不住又咳嗽了两声，"当妈的，要体恤儿女，应该知道什么时候该想自己的孩子，什么时候不可以想、不该想，无论她的心里有多想……"

听着老太太的话，小鸟突然从心底同情起老人家来。

“您的孩子对你好吗?”

“我的孩子对我好，很好！我的儿子在外地，每个星期在规定的时间都会给我打一个电话。我老了，听儿子的电话成了我生活中最最重要的事情。到了听电话的前一天，我感到很高兴。可是听完电话以后，我又觉得心里空落落的。空落落的时候，就由不得自己开始算着下一次听儿子电话的日子……”老太太咳嗽得说不下去了。

“您为什么不和孩子生活在一起?”

“他们房子小，住不下。儿子住三室一厅，有一间小房子，早些年我带孙子那会儿就住那间屋。后来孙子长大了，开始上学，不用我照料了，我就回这老屋来了——我的儿子儿媳，一个是老师，一个是科学家，他们必须得有一间专门的书房，对吧？再说……”

小鸟伤感得不知道该说什么。她的眼圈开始湿润起来，眼泪在眼眶里打转，不知道该说什么。

小鸟：“人应该知道，他们和我们鸟儿一样，都是妈生的。”

老太太：“没错，可这世道变了，能像我的儿子那样懂得孝道的人，如今越来越少了。”顿了顿又接着道，“人什么时候能变得和你们鸟儿一样就好了。”

“您总说儿子，女儿对您怎么样?”

“好啊！女儿就在这城市，离我最近，对我很是牵挂。她每周都来看我，虽说她手头不宽裕，但回来一趟总是给我买吃的买喝的，放到冰箱，够我吃上一个星期的。”

“那样可以吗？食品放冰箱那么长时间，吃了会生病的!”

“哪有那么多的讲究呢。女儿每个星期跑来一趟，不容易。你看我都这把年纪了，要真得了什么病，也没啥要紧的。我寻思着，哪天要能一觉睡过去别醒过来就好了，免得给我的娃添麻烦……”

“现在想想，我这一辈子和孩子待在一起的时间真是太少了。年轻的时候，日子穷，我总是没日没夜四处干活。如今老了，闲了，孩子们却一个个离开我，去忙他们的事儿了……”

老太太陷入沉思，浑浊的眼睛好似望着很远处的一个什么地方，像是在回想往事。

小鸟看着老人头上随风飘动的丝丝白发，心头一阵酸楚。心想：人类怎么还不如我们鸟儿有爱心、懂得孝敬老人呢?

小鸟很想给孤独的老人唱支歌。可是这一阵，她觉得自己的嗓子哽咽得根本发不出任何声音。

从往事中回过神来，老太太告诉小鸟："我的小鸟，奶奶今天不能跟你聊太长时间。今天是我儿子给我打电话的日子。我得回去，要不会错过了儿子的电话。"边说边颤颤巍巍吃力地站起身来。

望着老太太佝偻的背影和风中摆动的衣襟，小鸟想起了自己一个月前不幸死去的妈妈，她的眼泪终于止不住流淌下来。

满心哀伤的小鸟，站在高高的枝头开始唱歌。尽管声音哽咽，音调凄凉，但她还是想唱，唱给一生含辛茹苦如今去到另个世界里的妈妈，唱给眼前这位善良的孤独老人……

回到家里，老太太颤颤巍巍开始收拾家里看着凌乱的东西。她先把地上散乱的东西收拾收拾，最后将餐桌上那不多的几样东西，也重新归整归整。在她的心里，这每周等待儿子的电话，是她生活中最最重要的事情，甚至比自己吃饭喝水还重要。每到儿子给她打电话，就像是儿子亲临一样，房间里是需要收拾干净整洁的。

等把东西归整好了，看看墙上的钟表，老人下意识地将两只干枯的手在自己的衣襟上擦一擦。之后，便静静地坐在电话机旁，开始等儿子的电话，脸上挂着满心的期待和舒心的喜悦。

这些年，老人的电话机旁始终摆着装有儿子照片的小相框。这样，她在接听电话的时候，就会觉得儿子就在自己的眼前。可当儿子要回来的时候，老人却又将照片赶紧收藏起来。她担心儿子看出她的心思会放心不下。这一番心思，在这个世上只有老人自己心里明白……

眼睛定定瞅着电话机，时间久了，眼睛麻麻乎乎早已经瞅花了。渐渐地，昏花模糊的眼前，儿子笑盈盈地从那小小相框里跑了出来——那是儿子小时候的身影。

儿子那心疼的模样，让老人回到记忆中遥远的过去：夜幕降临，天麻麻黑，忙得气喘吁吁回到家的一刻，儿子静静地候在门口等她。望见夜色里走来的妈妈，儿子总是喊着"妈妈——妈妈——"一边喊一边飞快地向她跑来。然后抱着妈妈的腿，或是拽着妈妈的手，或是牵着妈妈的衣襟……那是做娘的最熟悉的情景。那个时候，在儿子的心中，妈妈是他的全世界。儿子心头的幸福和欢乐，痛苦和失望，全系在妈妈的身上。

望着幻觉中儿子那心疼的模样，老人家苍老得像一颗核桃一样的脸上，露出慈祥的笑容，嘴里轻轻地唤一声："我的儿呀，我心疼的小乖乖……"

这一天，老人家最终没有等到儿子的电话。她在心里默默给自己一个肯定的答复：儿子是公家人，他一定有什么重要的事情，腾不出时间给妈打电话。

这样安慰着自己，老人不停地咳嗽着，坐到自己的床边上……

连续两天，没有看见老人来花园。小鸟像往常见不到老人时一样，她轻轻飞到老人的窗台上，满心关切地探望老人。

透过玻璃，小鸟发现老人静静地躺在床上。一只干瘪的手，像是抚摸自己的孩子一样，搭在枕头边的那件心疼的小棉袄上。

老人的枕边放着的这件叠得板板正正的小棉袄，是儿子小时候穿过的，几十年来一直存放在箱底。这几年，跟儿子见面的机会越来越少，于是老人家就把它从箱底翻了出来，摆在自己的枕头边，每天晚上睡觉前，她可以用手摸一摸……

鸟儿难过得流下了眼泪。她明白，老人家这回是真的睡着了——永远地睡着了。

月光下的记忆

人生最大的伤悲
是我知道终有一天我们
总要别离，再也看不到彼此……
——题记

1

中秋午后。风和日丽，阳光明媚，真正的秋高气爽。

已经走过五十个春秋的这对夫妻，如同恋爱中的少年情侣。他们依然情深依依手牵着手，旁若无人轻轻私语着，走在秋日的亲河栈道上。明媚神情挂在自在怡然的脸上。从他们的步履和背影里，都能望得见他们溢在心里挂在脸上的温馨和笑意。

走着走着，他们突然停下了脚步。停下脚步的地方，一旁是好大一片花地。叫它花园不对，因为那花地看上去无人管教，一派悠然自在的样子。这样的花地该叫花海。花海中开满了色彩艳丽却又叫不上名来的七色花。

妻子惊喜道："夫君，你看，这不是咱们曾经的那些花儿吗？这里竟然有这么多呢！"

夫君也是一脸的惊喜："是啊。这里怎么会有这么多我们的花儿呢？多么可爱的花儿啊！"

俩人静静地瞅着眼前的花儿，脸上溢出年轻的喜悦神情，就像是少年那份充满了欣喜的烂漫神情。

"亲爱的，见到它们真是太亲切了，你难道不觉得吗？"夫君开口说道。

"可不是嘛！太亲切了！"她一边说着，一边凑近了，去闻闻花儿散出的香味。

“亲爱的，我们就叫它们爱情花吧？”

“这名儿好！爱情花，我们的爱情花。”妻子应和着。那声音，那神情，好似这花儿是只属于他们俩人的。

像是受到这对天真老夫老妻的感染，花儿们曼妙舞蹈似的轻轻摇曳着，动情地微笑起来。

她大他三岁。常言道，女大三抱金砖，如果可以把人生的幸福和温馨比作“金砖”，那他们这辈子可是真的应了验了，着实抱了块大金砖。虽说大三岁，可她看上去一点都不比身边的“夫君”显老。

牵着手，依依不舍地离开眼前可爱的花儿们。记忆，微笑着的记忆，把他们带回五十年前的梦里，似遥远，又似在眼前……

2

遇见她是在那年的中秋。他刚刚二十岁，刚刚考上大学。

记不得，那天究竟遇到了什么让他高兴的事儿。心情好得如同春天的黄鹂，满心的喜悦挂在脸上，脚步轻盈地从那条一边是桃园一边是七彩花开的道上走过。那些他从来没有见过的花儿，开得鲜艳好看。花儿好多，宛若一片烂漫花海。

身着雪青连衣裙、梳着妹妹头的女孩儿，小鸟一样从他身边走过。那一瞬，他觉得自己身边像是轻轻飘过一个轻盈的梦。

他不由自主停下脚步，回头去望适才飘过的轻盈的梦。心灵感应一般，就在同一瞬间，“梦”也正好回过头来望了他，带着和他一样的神情。那双瞅了他的眼睛，他不知道该用怎样的词语来形容。那清澈如水的眼神，清澈得像是未曾受到尘世的沾染。就是这个梦一样的女孩儿，就是这清澈如水的眼睛，让他心头升起一片伴着激情的温暖，将他二十岁的记忆定格在今生再也不能忘记的雪青色的温馨时空里。

两人都不好意思地赶紧转过头去。心跳着，装作无事一样，沿着开满七彩花儿的小道，各走各的路。各走各的路，可彼此的心再也无法平静。他们不无新奇地寻思：太奇怪了！怎么这么面熟？难道在哪儿见过？

没有。他们真的没见过，若真要见过，那便是在他们的前世。

过了个把月，热心的朋友君大姐提出要给他介绍对象，一副认认真真的样子。

可他对这事着实不感兴趣。青春岁月，人生最浪漫的梦想莫过于幻想着在某一个合适的日子，天仙配一般突然间遇见那个合适的她。一切若能出现在不期而遇的惊喜和浪漫一瞬，那该是多么诗意呢！他压根没有想过，自己今生的心仪还需要他人来介绍。是的，一生唯一的那个人，必须得自己遇见才能不留遗憾。

推辞了好几回，最终还是见了面。一切皆因那位诚心的君大姐。她就像是给自己相对象，见到了合适之人，死活不再放弃。

3

没人想得到，更没人相信。约定的日子相互见面，两个人都被惊呆了——怎么会是她（他）！

两人的心里瞬时被这突然降临的喜悦弥漫着，填得满满。

那一刻，他清晰地感觉得到，爱的喜悦是粉红色的，是镶了雪青色边的粉红色的。他的眼前，他的时空，他的整个身心硬是被镶了雪青色边的粉红色弥漫和裹挟了……

是的，人生的喜悦，莫过于遇见如此意外到令人心跳的惊喜——这是天赐的、人生只可遇而不可求的巨大惊喜。

他至今记得：那一刻，她偷偷地羞涩地却又无比欢喜地瞅着自己的那个眼神。那是令人心动到让他一辈子刻骨铭心的眼神。他认定：这，一定是懂我心思的月老，依照我所思所想的模样，送来了我的梦中人。

第一次约会，他问她：“我们去哪儿?”

“你说吧。”她笑吟吟答道。

“我想去个我想去的地方。”他望着她道。

“我或许知道你想去的那个地方呢。”这样说着，她忍不住笑了。

“不会吧?”

“我们各写上一个地名，怎么样?”

两人一齐写了。他们竟写下同样的地方：那条有花的小路。

两个人看着对方，不约而同笑了起来。

他说：“可是，你穿了这么高跟的鞋子，怎么去?”

“没关系，我走得动呢。”话语中充满了极愿情的喜悦。

他们来到那条小道。梦中的小道，一边是树，一边是开得艳丽的七彩花海。馨香四溢……

4

一个又一个的夜晚，温馨甜美的夜晚。

温馨的夜色里，他们手牵着手从开满七彩花的道上走过。宁谧的夜色里，四处弥漫着沁人的花香。

七彩的花儿静静开放。月光下，他在花的怀抱里拥抱她，亲吻她。

身边的花儿们静静地望着这对沉浸在爱的甜蜜中，幸福到忘我的恋人。花儿们或羡慕得心潮澎湃，或感动得激情荡漾；或被他们的幸福和甜蜜熏染得羞红了脸蛋，羞答答不好意思地扭过身去，闭上自己怀春思情的眼睛……

美丽的花儿们，见证了他们多得数不清的幸福和甜美；偷听了他们多得数不清的甜蜜故事、月下情话……

那个月明星稀的夜晚，热恋中的他们从花海走过。他听她讲述在她眼里像童话一样走来的他；她听他讲述在他心里的她像梦一样温馨甜蜜……月光下的花儿们看得清楚、听得明白：在他的眼里，她是他等待千年的芙蓉仙子；在她的眼里，他是自己前世用心修来的梦中王子……

那个下着蒙蒙细雨的夜晚，他讲下那个让她今生铭心的故事：关于一个人的传奇，那是有关这传奇之人的爱的相知相遇。故事不短也不长，可这不短不长的故事，让她听得忘我，听得身心融化，忘记了周围一切的存在。所谓人生难得的相知相遇，莫过此焉……故事末了，她听他从心底道出这样的话语："有一天，如果这个世界变得一片黑暗，你要相信，有一处一定是亮着的，那是我点燃生命来呵护你的爱的不灭心灯……"

听完故事的一刻，她轻轻依偎在他的怀里，流下感动的热泪。他忍不住亲吻了她粉嫩的嘴唇，轻轻抚摸她水灵灵的冰清如玉的脸庞。

轻轻抚摸她的脸庞，这并非一个热恋情人的一时心动、一时激情。你可知道，就是从那天开始，这个传达着心灵至真至爱的温馨举动，自从有了这第一次，便有了永无止境的无数次……没错，这成了他对自己爱人五十多年来永无间断的源自灵魂深处的爱的神圣仪式。他告诉这世界：真爱，是人类灵魂深处最美最真最纯粹的宗教；真爱，只有开始，没有结束。

就这样，整整半个世纪，他们牵着手，从无数源自灵魂深处的爱的幸福仪式中，温馨走过。

一切看似若美丽的梦。可这，的确不是梦，是他们从青春走到古稀的、实实在在的生活……

5

而今，日日夜夜相伴着把五十多个春秋留在了身后。半个多世纪过去，他们依然恩爱如初，一天胜似一天。

他们感谢生命中太阳永恒的温暖。他们感谢岁月中月亮如水的柔情。岁月的风吹日晒，唯一改变了的是他们的容颜。那永远不改的，是他们望着彼此的眼睛和神情；是他们给予彼此的温暖通透的心情；是他出门总想要牵着的手；是他时时刻刻都要轻轻拍拍的脸庞；是千千万万次每时每刻都想细心看着她的永不变老的仪式。而她，总想总要总愿意跟在他的身后，脚步轻轻像个幸福的小女生。她说，这样会觉得更为安全……

他说，自己年轻的时候，最最看不惯乃至反感讨厌的，莫过于那些上了年纪的人，老夫老妻大庭广众没羞没臊动辄还要牵个手，可是轮到自己到了跟他们一样的年纪，这才恍然大悟。从此彻心彻肺地懂得了世间那句万古长青的“人老心不老”的道理。

人啊，年轻的时候，是多么的不懂事！

用心牵着她的手，他想告诉天下所有的年轻人：

岁月让一个人老去的是他的肉体，而永远不会变老的是他的心、他的灵魂。岁月让彼此相爱的人终将伴着恒久岁月的时光越来越爱，感情越来越深。所谓天荒地老、日久情深，终会让那份感情沉淀到如同“生命同体”一般，相亲相依、相依为命。真爱的过程，一定是一个令人感动的生命过程，一个由表及里、由外到内的情与真的生命过程。回首生命旅程，起初彼此相遇的一刻，让彼此心动、让彼此心生爱慕的或许是青春外表，不管这青春的爱慕充满了怎样的心旌摇曳、心潮澎湃的激情。当两个相爱的人生活在一起，走过无数个看似平淡的平凡日子，这种爱会在彼此的心田无声无息地默默渗透，会像陈年酒酿一样在慢慢地发酵中变得越来越醇香甘甜。这时，两个生命好似无声地化为了一体。你那双心灵的眼睛会越来越清晰地发现，人爱人，绝非停留在美丽动人的外表，而是爱她的整个身心，爱她的所有，爱两个人牵手今生之生命过程的点点滴滴。是的，爱的最高境界，必然是爱了属于这个生命从头到脚、从里到外包括她的肉体、她的灵魂在内的所有一切。到了这个时候，彼此的健康存在，便是他们全部的奢望、最高的期盼。心的深处装满的，是对所爱之人无边无际又无声无息割扯不断的关心、牵挂、心疼、抚慰和怜悯；灵魂深处期盼的，是远远胜过自己的、对所爱之人的健康和快乐的深情祝福。有了如此深情的爱和期盼，即便那曾经美丽的身影和年轻的容颜早已不复存在，可在彼此相爱的两个人心目中，这个一生一世用生命爱着的人，便永远是他眼里的那个如花似玉的她和她眼里那个永远玉树临风的少年……你可懂得，站在血红色夕阳下的深情爱抚和表白，不是老不正经的轻薄多情和肉麻，那是用心用情酿造百年的琼浆玉液，那是生命伴着岁月的风雨沉淀和满溢到终究盛不下藏不住的真情真爱的深情漫溢，那是世间真正如金似玉的生命之爱与真谛……

半个世纪的形影相随，称得上这个世界风和日丽的默契人生。有时候她难免也会生点气。生气的一刻，看上去还真像是生了气那样：站在那儿，朝他大声吼上一两嗓子，很生气的样子。每当这样的时候，他笑吟吟就像个局外人，会细声细语地说："宝贝儿，你别对我这么凶，别骂我，对我好点啊。最最主要的是，生气会伤了你身体的。"说这话时，声音很轻，气息很平静，表情也很平静，甚至有点可怜兮兮，像是真心疼她，像是心疼自己的宝贝女儿，唯恐生气真会伤了她的身体似的。一听他这样的声气儿，她那声调儿就轻了许多，"骂"气儿一下子就泄了。再过几分钟，适才生的气没了任何痕迹，空气一样飘散了，像是啥都没有发生过，甚至就像适才生气的那人根本不是自己。她生气，前后也就那么三两分钟。说白了，只能算作小阵雨，一阵儿便会风停雨止，雨过天晴。从来如此，从来这样。随着年龄的增长，她下雨的机会越来越少，因为他不给她提供打雷下雨的机会。他想要更多一些摸摸她的头发，揪揪她的耳朵的岁月时光……

这样的生活，这般的恩爱，这般的相濡以沫，是信还是不信啊？你只需等着瞧好了——假如还年轻的你也有这样的造化，也有这样的爱。

6

又到中秋。河水流淌着，花儿微微含笑，还是那条走了半个世纪的林荫小道，一边是桃林，一边是七彩的花海。手牵手行走其间，一边是轻声细语的讲述，一边是满脸温馨的倾听。花儿们在轻轻摇曳，像是倾听着他们心头的秘密……

中秋的夜，月亮总是这么圆，夜总是这样的宁静和温馨——宁静到万籁俱寂，没有一丁点儿的声息；温馨到空气中花香浮动，馨香四溢。

躺下来，轻轻摸摸她的脸。该是互道晚安的熄灯之时。

她说："亲爱的，熄灯吧。"

他笑着道："过会儿。"

“为啥？”

“让我再看看你。”

“老夫老妻的，看了一辈子了，有啥好看的？”

“好看，永远都看不够的好看。”

“又来了。”

“不，不是又来了，是从来都没有停息过。”

“早都该看烦了。”

“哪能呢。你知道，我是想永远这样看着你的，永远……”

“好了，这话要让别人听到了，会笑掉牙的。”

“怎么会呢。笑是因为他们不懂；凡是懂得的，没人会笑。”

“好了，外面的月亮都要笑话咱了。”

“不会，月亮是要被我们感动了。”

“你说，人生最大的快乐和伤悲是什么？”

“我说呀，人生最大的快乐就是让我能够永远这么看着你。最大的伤悲是我知道终有一天我们总要别离，再也看不到彼此……”

说完这句，他不再说话。深深望着她，把她的胳膊轻轻拉过来，搂住自己的脖子——就像五十年前的自己那样；就像这世上离不开母亲怀抱，除了母爱暖暖便什么都不想什么都不知道，不懂得也不愿懂得的天真孩童那样。不知不觉间，眼里浸满了泪水……

无数个春秋，他们各自患上了两种病，俩人加起来是四种病：夫搂病、搂夫病、妻搂病、搂妻病。

灯熄了，屋子里一片宁静。月亮挂在天上。

他并没有睡去。宁静的夜色里，中秋夜的心情有种别样的激动和难言的平静。轻轻闭上眼睛，他的心依然是那样的温润，充满幻想的大脑屏幕上，温馨上演着自己和爱妻相亲相依一路走来的欢声笑语模样。渐渐地，从年轻的身影一直变换成今天的模样，一切都是那样清晰、那样难忘。在他眼里，在他心里，妻的模样永远清新，永远好看，永远可爱，永远祥和……

越来越没了睡意。他轻手轻脚下得床来，轻轻拨开窗帘。天上是那轮跟自己一样没有睡意的明月，像是刚刚沐浴过的芙蓉仙子一样，清澈无比地挂在温馨的夜空，把柔辉洒向祝福万物安宁的大地，洒到世间一切善良者的心上。

幻觉中，他仿佛看到明月之下，那些属于爱的花儿——他们的爱的花儿，在静静开放。在这无比宁静祥和的夜色里，悄无声息飘散着越来越温润的气息，馨香四溢，清新怡人……

两只流浪狗

也许，只有悲剧才能
真正净化这个世界的灵魂
——题记

【月亮姐画外叙事】

三天前，丹妮彻底成了一只被主人遗弃的流浪狗。众人皆知，她本来是这世上少有的宠物狗，生活蛮惬意。

此刻，她正披着夜色默然行走在同样孤独的月光下，凄清和忧伤笼罩在她的头顶。

饥肠辘辘的她，已经三天没有吃东西了。之所以如此，不是因为找不到食物，而是根本没有胃口——她不能理解主人为什么要如此无情地抛弃她。

漫无目的地走着，丹妮不知道该去往何方。有一阵，她抬起头望着月亮——也就是望着我。半晌，那神情，仿佛是要月亮姐给心头一片茫然的她，一个生活的指引。

就在这时，她突然警觉地凝起神来，几天来漫无目的、无精打采的神情瞬时消失。她仿佛听到——不，不是听到，是她的心真真切切感受到，远方有一颗跟她一样善良的心灵在呼唤着她，那是一个急切等待救助的同类。

冥冥之中，丹妮随着怜悯之神的指引，朝着那个方向走去……

我们是两只流浪狗

我，丹妮，听着内心奇妙而揪心的呼唤，朝着那个方向走去。

足足走了一个小时，我终于走到了。这是偌大的葫芦形水塘边一片了无声息的静静蒿草丛——一个甚是隐秘的地方。

草丛深处，扔着一只袋口用绳子扎得结实的编织袋。

我灵敏的嗅觉告诉我：口袋里边是一个跟我一样遭到不幸的生命，他正祈盼着营救呢。

三天没吃没喝的我，不知突然从哪里来了这么大的精神和力气。

我的心跳不由得加快了。我用我的牙，我的疲惫的爪，用我全身的力量，撕扯开了结实的编织袋。我看到了他——腿脚被绑着，嘴也被绑着，处在昏迷中奄奄一息的我的同类，我的兄弟。

我解开了捆绑着他的所有绳索，但他处在深深的昏迷之中。很显然，他一时半会儿没有丝毫醒过来的迹象。

这一刻，我多么希望有个好心的人来到我们身边，给予我们一点点帮助。可是没有。视野之内，没有半个人影，死一样的寂静。同胞的生死，仿佛只有寄托于命运之神了。

我守候在他的身边，心里默默祈祷着，期盼着奇迹的出现。

守候着他的这一刻，请您听听我不幸的身世吧。

我的所有的不幸皆来自那个一心赶我出门的富婆——一个容颜娇好却内心冷漠的女人。

用尽手段最终嫁给我的主人——地产界兼电商界的亿万富翁，她带来了自己的宠物狗“希特勒”。见到我的那一刻，她视我像是命里注定的天敌一样，像是三千年前的仇家，硬要自己的大亨丈夫将我送人。大亨不肯，她便背着自己的丈夫想要在我食物里下毒。获知这可怕消息的我，带着自己满心的悲伤、愤恨和尊严，悄然离开了那个我生活了整整三年，度过无数美好时光的家，开始漫无目的地流浪……

也许是上苍怜悯我们，没过多久，我的同类兄弟竟然奇迹般地苏醒了过来。

当他苏醒过来的那一刻，我觉得这世界是如此的美好，以至于完全忘记了此前心头的孤独和忧伤……

【月亮姐画外叙事】

他的名字叫丹酷，这是他醒来之后告诉丹妮的。

丹酷醒来的一刻，迷蒙中望见了静静守候在自己身边的救命恩人丹妮。身体虚弱得动弹不得、说不出话来的他，流下了两行深深感激的泪水。

见丹酷醒来，丹妮欣喜万分。她用无比的温情悉心安顿好丹酷，即刻跑出去为丹酷找来食物，帮他康复。

在丹妮的精心呵护照顾下渐渐恢复了精气神的丹酷，深情地望着善良美丽的丹妮，心中有道不尽的千言万语。他相信这是受了怜悯之神的眷顾，一切就像是一场梦。隐隐之中，他仿佛觉得自己曾经见过丹妮。也许，那是在他前世，在他遥远的梦中……

像是见到自己最亲最亲的亲人一样，丹酷给自己的救命恩人丹妮讲述了自己的不幸，一切皆源于他的女主人——那个因她的轻狂不检点而失恋堕落、一天天变态的女人，那个成天对着镜子画胡须，在自己的鼻子和腮帮上点上豆大的黑痣做各种吓人的鬼脸，到后来四处扬言要去美国做变性手术的“奇葩”。唉，一个原本漂亮聪慧的女人，最终竟然变成了这样，真是令丹酷感到深深的悲哀和绝望。

最初领养他的时候，她口口声声说希望丹酷不要长大，将来成为一只永远都长不大的可爱的小玲珑、小宠爱。可等到后来发现丹酷真的长不太大的时候，满心腻烦的她，逢人便说，自己现在想要的是一只高高大大、气质不凡、英俊威武、多情迷人，可以给自己做宠物、做伴侣什么都能干得了的大狮子狗……

聪明又善解人意的丹酷，同情主人的境遇，理解主人的心情，每时每刻都想着法子寻主人开心，为她弹琴，为她唱歌，为她跳舞，替她看家，陪她散步，给她取快递，帮她搬东西，且以一个玲珑小狗的聪慧和善解人意倾听她的心声，等等。可一切苦心、一切努力全都无济于事。那女人变态到越来越夸张离谱，一天胜似一天。终于，当这个“变态”不可救药的一天，她歹心大发，满脸淫笑，嘴里不停地重复哼哼着老电影《地道战》中“鬼子”进村的音乐，狠心将丹酷扎住嘴绑住腿，装进一只编织袋，癫着屁股扭着腰，时而狂笑时而嚎歌，驾车将他扔到了荒野郊外的湖边蒿草丛。

等丹妮发现的时候，可怜的丹酷已经在荒郊野外的编织袋里闷了快一个星期了。好在丹酷生命力旺盛，好在有命运之神的关爱，有冥冥之中丹妮的爱心祈求，他终究没被闷死。

一对逃过死神门槛的患难狗狗，忠诚、善良和相同的不幸遭遇，让他们同病相怜，让他们彼此依恋，心生爱慕。恰逢十五月圆，他们心存感恩，望着悬在夜空中的明月，邀我为媒——在我的见证下，他们拜了天地，结为永生不离不弃的爱侣。

温馨之夜是丹妮和丹酷人生路上最幸福、最难忘的时刻。那一夜，在宁馨的月亮仙子的陪伴下，他们在郊外幽静的花园度过。夜色多么美好啊！这是月光笼罩下宁馨迷人的夏夜——林木茂密，万籁静寂，参天的菩提树伸向夜幕，蔷薇花散发出迷人的幽香。近在眼前的蜿蜒小路野花青草丛生，如镜的湖面漂浮着洁白的睡莲。朦胧的月亮仙子透过林木空隙，将温柔的银色悄悄洒在这对情侣的身上，使他们显得格外皎洁明亮，诗一般的情境令人陶醉，令人神往……常言道，情人眼里出西施。这一刻，在"帅哥"丹酷的眼里，新娘丹妮无疑是这个世界上最美的花儿。她嫣然可以跟明星相媲美，甚至比明星还要漂亮；而在丹酷的"小女神"丹妮的心目中，即便是把人们公认的帅哥全放在一起，也比不上丹酷的一小半！没错，在丹妮的心目中，又帅又酷的丹酷哥，完全有资格跟人间大帅哥一拼。

丹妮和丹酷生活中最幸福的事，便是蹲在街心公园，望着月亮姐，听着恬静的夜赖，讲述不幸到来前的一件件美好往事和他们两个相逢之后的幸福甜蜜……

我们是两只流浪狗

夜空中悬着那轮怜爱我们的明月姐姐。

才是凌晨五点，可马路上已经有了不少往来车辆，尤其是那些装载超重赶早活的大卡车，沉重地轰鸣着狂奔而过，怪吓人的。

今天是我亲爱的丹妮的生日。我们心情愉快地行走在这座城市的二环路上。望着路边沉睡的小花小草和那些可爱的彩色石头，我们感受着清晨甜丝丝的滋润气息，感受着我们相亲相爱后迎来的丹妮第一个生日的喜悦；我们谈论着我们的幸福人生，憧憬着我们的美好未来。

正在我们并肩行进着快速穿过危险的马路的一刻，丹妮说："亲爱的，等我一点点，我的眼睛里好像飞进了一只小咪咪虫。"

就在我转身的一刻，悲剧发生了——刚刚停下脚步的丹妮，被一辆行驶得飞快的大卡车撞上了……

看到这一幕，我五雷轰顶!

魂飞天外的我，惊惧和痛苦淹没了我的心。我痛苦到不知道自己是否还活着!

身心俱焚的我，俯下身，摇动着我的丹妮，一声声呼唤着她的名字。我多么希望她能够答应我一声啊。

她始终睁着眼睛，像是在深情地望着我，可是不再眨动一下，不再回答我一个字。

明明知道她不能回答我，可我还是不停地呼唤着；无论我怎么呼唤，她都不再答应我。

我用我的脸轻轻贴着她的身体，她的身体是热的；我用我的心口轻轻贴着她的心口，她的心口也是热的。身体是热的，心口也是热的，我的丹妮应该是活着的。再说，她哪能死啊？她怎么能死啊？她死了，我还能活吗？她不能死，我不让她死，不允许她死。

我不知道丹妮究竟伤到了哪里。她并没有流多少血，只是鼻子流出一点点血，为此我心存最后一线希望。

此时此刻，无助的我，多么希望能过来一位好心人，救救我的丹妮，救救可怜的我们，可是没有。

痛苦，绝望！这是妈妈生下我直至今日，从未有过的痛苦和绝望啊！这样的痛苦让我身心俱碎！

我无助地跑来跑去向四周张望，而后又急切地奔回丹妮身旁，就这样无用地来来回回往返奔忙着。绝望之中，我终于不再奔忙——我选择了静静守候我的丹妮，等待怜悯之神的降临……

一辆辆大车、小车行驶得飞快，从我和我的丹妮身边飞速而过，根本无视我们的存在。没人救助我们，我再一次感受到了人世的无情和冷漠，就像我和丹妮曾经的主人一样。

心碎的我，抬起头来看看天空中的月亮，只见月亮姐姐眼帘低垂替我们伤心流泪……

我的脑子里边突然响起一个声音：人怕死，是因为这人活得幸福美好，是因为他依恋生活的幸福和美好；人想死，是因为他痛不欲生，生不如死，是因为他深知死了比活着幸福……

如果丹妮不在了，我是断然不想活的。

【月亮姐画外叙事】

足足半个小时过去了，终于走来了那位善良的宠物保护姐姐。

善良的姐姐啊，你是怜悯之神为丹妮和丹酷派来的天使。

保护姐姐的出现，无疑给丹酷带来了一线救援希望，他摇着自己的小尾巴，不知道该怎样感谢姐姐，感谢这位保护神才是。

保护姐姐即刻跪在地上，凑近丹妮，抚摸着她的身体，仔仔细细地检查了一番，随后将她轻轻转移到一个安全的地方。

看着痛不欲生的丹酷，保护姐姐摇摇头，陪着他流下了同情的眼泪。

保护姐姐将带来的一根香肠剥开喂给丹酷，只见丹酷即刻将香肠含在嘴里，俯下身来尝试着想要喂给他的丹妮，可是丹妮的嘴唇始终紧闭。

姐姐拧开矿泉水喂给丹酷喝，丹酷含了一口，急切切地想要喂给丹妮，可丹妮还是嘴唇紧闭。

善良的保护姐姐用极轻极轻的声音告诉丹酷：她真的不行了……言语中，深含着无尽的哀伤和不忍……

保护姐姐知道小狗狗们有多么聪慧和伶俐，知道他们无论待主人还是伴侣的情感有多么真诚、多么细腻！可是在她的记忆里，从来没有见过像丹酷这样的小狗狗！丹酷的一举一动，那胜过人类的充满痛苦和绝望的神情，给保护姐姐留下了永世难忘、令人心碎的记忆。这记忆让保护姐姐再一次重新认识和思考包括丹酷在内的狗狗们以及所有动物们的心理和情感世界。

可怜的丹酷，终于知道一切都无济于事，流下两行绝望的眼泪。他无声地俯下身去，将自己的脸紧紧挨到爱侣的脸上，轻轻摩挲一下，而后紧紧闭上了自己的眼睛……

像抽去了所有筋骨一样的丹酷，身心贴着地面，静静地趴在丹妮的身边。他的心，被蒙上了透不过气的、厚厚的深灰色雾霾……

保护姐姐抱起软塌塌的丹妮的一刻，心碎的丹酷紧紧跟随其后，用自己的两只前爪紧紧搂抱着他的丹妮。你看看，他多么像个纯真的孩子啊！这一刻，丹酷一定觉得自己再也不能跟心爱的丹妮分离了。

望着这一幕，月亮姐姐和好心的保护姐姐，还有路边所有的小花小草连同那些冰冷的石头，悲伤地低下头来，禁不住潸然泪下……

【月亮姐画外叙事——永恒的结局】

保护姐姐找到附近一位善良的农民，经过一番协商，在农夫庄园附近的菜园一隅，安葬了不幸的丹妮。

丹酷望着好心的保护姐姐和善良的农夫安葬自己的爱侣，原本绝望的他，此刻流露出前所未有的安宁和平静……

整整一个星期，丹酷没日没夜静静蹲在丹妮的坟头，深情地望着。他的神情告诉月亮姐姐：他在向丹妮诉说，诉说着只有在另一个世界里的丹妮才可以听得懂的心中的话语。

善良的保护姐姐和农夫被丹酷的痴情深深感动。此后他们每天都来看望丹酷，给他食物，给他饮水。可是，丹酷根本吃不下也喝不下，仿佛自己曾经那个吃啥都香甜喝啥都甘美的胃，已经从身体里彻底消失了。每一回，保护姐姐都恳请着要领丹酷回家，在新的环境里，在保护姐姐的关爱下，让他开始新的生活。可是只要看看丹酷满含哀怜的神情，她便只好放弃。心里流泪的善良保护姐姐，知道丹酷明白她的心情，而她更是深深理解丹酷的心情。

一个星期后的月明星稀之夜。一次又一次，恍惚中，丹酷的眼前浮现出一个无限美丽的世界。那是一个霞光万道的梦幻般的隧道。这里仿佛成百上千种的色彩像激光一样缓缓飘动着，真是漂亮极了！这里没有一丁点儿的声音，四周一派祥和与宁静。这样的色彩，这样的宁静，这样的祥和气息，是丹酷有生以来在这世上从未见到过和感受过的。在那个色彩绚烂、万籁俱寂的梦幻世界里，他清晰地看见亲爱的丹妮亲昵地对着自己微笑。那可爱的圣洁的微笑，让丹酷的心中充满了一种身心飘荡的极乐之感……

次日清晨太阳升起的时候，人们发现，像最听话的小学生一样坐得端端正正，静静守候和凝视着丹妮坟头的丹酷，已经咽气了。他的眼睛睁着，神情中凝结着永远幸福的微笑……

看着端坐在那里的丹酷，俨然一座凝结了人间万般真情的雕塑。

好心的保护姐姐闻讯赶来，流着眼泪，和善良的农夫一道，将丹酷和他心爱的丹妮悉心合葬，然后在他们的坟茔种上一棵青青的相思树……

梦中的草馒头

阳光照耀下，那一对模样好看的、
仿佛被神明赋予天然灵气的草馒头，一派
安然宁静地在那里，泛着迷人的、笑盈盈的金色……
——题记

蜜多君在学界早已是远近闻名的专家。

人生走过近半个世纪，见多识广，许多在他人眼里关注感兴趣的东西，于他而言不过是身外之物、过眼烟云，一切都不能给他留下值得眷恋的记忆。在他的心底，唯独亲人，唯独儿时的亲情和记忆，才是他永久的眷恋和珍藏。

又是一年端午临近。蜜多君思念远在乡下原上的老母，怀念那里的端午。那是从儿时起便永远扎根在他记忆深处、长大后始终牵动着他思乡之情的节日。现在的人们越来越了解和懂得端午的原本含义，但那个年月的原上乡民，恐怕十之八九只当它是个欢乐喜气的民俗节日。端午前夕，满心喜悦忙着赶集购物看热闹的大人小孩，那些穿得花花绿绿的大姑娘小媳妇，那摆满集市五颜六色的香草荷包，那专门用来系在小孩手腕上的七彩花线等等，让即将到来的节日呈现异常的喜庆气氛。当然，在那个一年四季吃不饱饭的年月，端午那天可以美美地吃一顿平素里吃不到的美味小吃，甜醅、凉粉、韭菜炒鸡蛋，无疑是很多原上人过端午的一个重要念想……

眼下蜜多君手头虽说有一大堆看似撇不下的工作，但他今年还是决定回老家过端午。他认为，与令人心动的童年记忆和由此而生的怀乡之情相比，许多“工作”和“事业”是可以放一放的。

端午前一天，他驾车从古老帝都回家。临近村落，已夜幕降临，平日里那些熟悉的景色看上去有些朦胧。

在蜜多君眼里，故乡的一切无不美好。就连今夜这温馨宁谧的夜色和出奇美丽的云天，也是他的深情眷恋，他的爱。就像是格外懂得他的心思一般，今夜故乡上空的云天，为他呈现异常美丽的绚烂景色。他极爱这样的云天。看那富于层次的由淡蓝至深灰至黛青色的云朵，翻卷起伏着，从他的头顶一直向着遥远的地平线延伸而去，给人勃勃生机之感，令人为之感动。蜜多君心想，端午前夜，莫非会有一场滋润万物的好雨？那可是他真心期盼的。

这样想着，将自己的爱车驶进了老家院落附近的打麦场。

不远处，一对造型极漂亮的、圆圆的麦草垛，于宁静温柔的夜色里像是专门等候着什么似的，在他车灯的映照下，多情地梦幻一般出现在他的视野里。看到这一幕的一瞬，蜜多君的心不由自主突然激灵了一下。

麦草垛造型太好看了。好看得让他从心里叹服打理了麦草垛的人那虽无意却着实有趣的用心。他将车子和灯光调整到一个合适的距离和角度，让眼前的景色在车灯映照下，处于一种隐约可见的诗意朦胧之中。看看，这是多么迷人的景色——近处是两只圆圆的麦草垛，草垛的背后是仿佛有意陪衬着它们的一排树冠茂密的大树，大树的身后便是那令人心动的、正在为大地孕育甘霖的万里云天。如此富有层次，你不能不感叹大自然造物的神奇。

看着看着，突然间，他觉得眼前这不是两个麦草垛，这是一对草馒头——不，它们也不是草馒头，是温柔地呈现在充满勃勃生机的大自然躯体上的一对乳房，一对饱含着青春气息的丰满乳房。面对眼前的景色，蜜多君陷入前所未有的奇妙幻觉之中。

甜美的幻觉中，珍藏在他心灵深处的少女——乞巧那笑盈盈、充满青春气息的脸庞，像出水芙蓉一般，浮现在他的眼前……乞巧的笑颜越来越清晰，离他越来越近，近得让他看得清她俊秀的眉眼，看得清她胸部的起伏，感受得到她的呼吸和浑身散发出来的青春芳香。

时光在幻觉中倒退三十余载，倒退到他的少年时代，倒退到他的剧团演艺时代……

人生路上的许多事情就像是上天默默安排的“巧合”。

那也正好是端午节的前一天。作为同一批新招演员，乞巧和他同一天进的剧团，不久之后俩人又被一同送到陕西易俗社培训一年。他至今清晰地记得两人第一次见面的情景，那是在他们进团报名的那个上午。彼此看见对方，乞巧那嫣然一笑，给蜜多君心头留下永生不可磨灭的记忆，彼此顿生好感，俨然就像是相识在五百年前。在蜜多君的记忆里，这个世上没有模样比乞巧更好看，性格比乞巧更温柔的女孩儿了。他俩很快成了无话不说的少年知已——正如你所猜想的那样，他俩成了今生彼此的初恋。

他始终相信，有些时候，女孩儿比男孩儿更主动，更胆大，即便是像乞巧这样非常懂得自重的女孩儿。当然，主动的前提是，她心中必须怀有对你的真爱。乞巧的那次含羞表白，让一度胆怯的蜜多君增长了敢于爱她的自信。

记忆中的那一夜，隔着一层透明的纱幕，他不小心看见了少女乞巧那对异常好看的乳房，那是世间绝无仅有的迷人风景。平生第一次，朦胧如饮爱的甘露。眩晕之间，蜜多君心跳加速，只觉得有种飘飘然灵魂出窍的感觉……

近处的两声犬吠，将蜜多君从甜美记忆的幻觉中惊醒。

不出所料，端午前夕的这个温馨夜晚，老家天上那积得厚厚的云，果然下起了雨。雨滴打在屋顶的瓦片上，落在屋外巨大的树冠上，发出清脆悦耳的声响。在蜜多君的心中，夏夜尤其是端午前的雨滴声是最动听迷人的，俨然动人的诗乐一般。蜜多君打小有种固执的迷信，总认为端午前夕的雨是最为吉祥的，令人心情愉悦的。雨下得越来越大，躺在自家舒适宽敞的土炕上，让动听的雨声为自己催眠，没有什么是比这更让人感到惬意的。听着沙沙的雨声，渐渐地，渐渐地，迷迷瞪瞪之中，他仿佛看见屋外檐头的雨幕变幻成了三十年前自己登台表演的剧院那道漂亮的紫红色幕布……

“咚咚咚咚咚咚咚咚，仓彩仓彩仓彩彩彩……”随着密集的锣鼓声点，戏台上的大幕徐徐开启。

丫鬟扮相的乞巧，碎步轻盈，一阵风似的登台亮相。一切都是那样熟悉，他却一时怎么也想不起眼前上演的是哪一出。《拾玉镯》《牡丹亭》《西厢记》？好像都不是。台下坐满了各色观众票友，可是乞巧那双好看的眼睛却始终只是紧紧盯着他，神情是那般的迷人。他觉得周围的人全都看出了他俩的秘密。大家都在看他，让他非常难为情。他坐卧不宁想要提醒乞巧，可就是怎么也说不出话来。

他不敢再往下看，只好悄悄溜出剧场。一个人独自走在一条此前从未见过更没走过的陌生大街上。大街上熙熙攘攘都是陌生人。陌生人，有的神情喜悦，有的神情沮丧，更多的则是面无表情。蜜多君感到一种前所未有的孤独和伤感。他只顾孤独地行走在这陌生的大街上，信天游地想着自己的心事……

锣鼓声在继续。但他发现自己不知何时竟已来到黄河之滨。

大河奔流，多么迷人的去处啊，却不见几个人影。

正在他感到纳闷的一刻，微风里突然飘来一阵天籁般的仙乐。抬头望去，发现彩云之上一位飘飘欲仙的女子做反弹琵琶状，神韵极似莫高窟壁画中反弹琵琶的飞天仙子。惊异之间，飞天仙子连同缥缈的仙乐转眼消失了。就在纳闷儿一刻，不远处一位身材窈窕，一袭洁白拖裙的少女，朝他款款而来。定神一看，来者竟是乞巧……

乞巧笑盈盈来到他的面前，惊得他一时不知道该说什么。面如桃花、清澈如水的乞巧，依然是昔日的那份端庄，依然是昔日的那般爱恋，依然是昔日的无尽温柔……

“蜜多君，我会分身术你可相信?”

“你要分身术做什么?”

乞巧笑而不答，一个轻盈靓丽的转身，奇迹般变幻出九个亭亭玉立、出水芙蓉一般的乞巧仙子来。

惊呆的蜜多君，被眼前梦幻般的一切浓浓包围了。

芙蓉仙子一样的九位“乞巧”，依次给蜜多君报上自己的身份和职责：

我是给你读书的；

我是给你弹琴的；

我是给你唱歌的；

我是给你跳舞的；

……

一阵清脆的鸟鸣从窗外传来，将蜜多君从温馨的梦乡惊醒。空气中弥漫着淡淡的、属于端午才有的艾蒿芳香。蜜多君这才发现，适才的一切原来是一场梦。他依旧静静躺在床上，回味梦里的一切，俨然如真实发生过一般。一切都是那样的清晰，惬意得令人不舍得撒手……

夜雨过后，天空变得瓦蓝瓦蓝，大地上花草艳丽，林木滴翠，空气一派清新。

心情如同天气一样爽朗的蜜多君，等回味够了梦中的一切，便从大炕上翻起身来。第一件事情就是赶紧跑到打麦场，满心好奇地去看那一对梦幻般的“草馒头”。

阳光照耀下，那一对模样好看的、仿佛被神明赋予天然灵气的“草馒头”，一派安然宁静地在那里，泛着迷人的、笑盈盈的金色……

呼吸着清新的空气，感恩着上苍的赐予，蜜多君前所未有地感悟到：生活，竟是如此美好！

采风之夜

他们深信，昨夜绝对见鬼了。

——题记

他是那所名牌大学的知名画家教授。

事业有成，声名远播的画家，据说是因为某个晚上做了一个非常奇异的梦，第二天一早从梦中醒来，心头突然生发浓烈到化不开的怀旧之情。

得知了画家的这片心思，那位豪爽大方的商界朋友——近年来崇拜和痴迷其艺术的铁杆粉丝，立马给画家许诺，说这是小菜一碟，答应为他把一切安排妥当。根据画家星星月亮、指天画地的一番描述，这位商人朋友安排他到西部偏远处一个人烟稀少、景色秀美的山区，一边体验生活，一边写生创作，满足和安抚他的怀旧心结。

一个月之后便是暑假，那位殷勤周到的商人朋友将一切打理妥当。画家决定启程前往。

画家临行一个月前的状况：得知画家的此次浪漫行程，平日甚是崇拜他的一男两女三弟子激动不已，强烈要求要与“大师”同行。画家正愁没人陪同前往，一听此话，即刻答应。画家心想，有亲近弟子们陪伴，此番写生自然是惬意满满，心情颇佳了。可到了临行前夕，男弟子不小心踢球崴了脚，出行日期只好推迟两周。

行程两日。临近傍晚时分，一行四人终于到达目的地。

位于大山弯里的村落，人烟稀少。暮色里，稀疏的十来户人家，像画家小时候姥姥的故事里讲的一样。

这里真是安静。放眼望去，像是一个没人想得起、管得着的世外桃源。

世上就有这么凑巧的事情。据商人朋友说，安排他们前往入住的是一座挺不错的宽敞院落。院落主人是以前他生意上的一位铁杆朋友，生意做得蛮大。几年前夫妇二人因自己的生意，带着孩子举家去了南方的一个城市。现如今，这院落暂时交由那朋友的一位亲戚加“好友”看管。商人朋友说，他已经跟朋友的那位亲戚电话联系好了。她会在他们到达之前，提早收拾打扫房子，将他们所需的一切准备停当，等他们到来之时，把院落房间的钥匙亲自送到画家的手上。有了如此细致周到的安排，解除了他们所有的后顾之忧。万事俱备，只等他们美美地前往入住。

没多久便到了村口。在一个两边长满榆树、柳树、大杨树的岔路口，接应他们的人早已候在那儿。

等候他们的是一位二十出头的水灵姑娘。

水灵灵的姑娘，红扑扑的脸蛋，弯弯的眉毛，大大的眼睛，玲珑的鼻子，小小的唇。姑娘梳着两条约莫一尺长的小辫儿，红衣，红裤，连同脚上的鞋子也是红色的。有点古香古色的味道。见了面，女孩儿微微一笑，只说了一句：“我叫乔小燕，就住这村里，是安排好专门来接你们的。”说话的言语神情显得十分端庄得体。简单言语之后，姑娘不再说话，脚步轻盈走在前面，引他们前往那该去的院落。

天生对美色极度敏感的画家，心头一阵美滋滋，愉悦地想：真想不到，这般偏远山村，竟然有如此端庄可人的山间小妹。待我明日一定给这女子好好来张写生，赠送给她。

这一行四人被安排的去处，是一座远离周边邻人的，显得有点孤零的院落。庭院的外边有菜园，园子里有果树若干……一切符合这位画家和三位才子佳人弟子的心愿。

进了庭院的那一刻，眼前的一切简直让画家吃惊到难以置信——院落中的屋舍以及屋舍的坐落位置和结构布局等，跟记忆中小时候姥姥家的那座院落十分相像，甚至近乎“一模一样”。他觉得这一切就像是一场奇异的梦幻，奇异得就像是借了神秘的时光隧道回到了自己的儿时。可此时此刻，天色还不是很晚，周围的一切还隐隐约约看得见。更不用说还有活脱脱三位弟子陪同身边。他轻轻咳嗽两声，看自己是不是在做梦。可眼前的一切，的的确确不是在梦里。

麻利地把一切安顿好，那位叫乔小燕的女子，笑意盈盈地离开了。

常年生活在繁华大都市的师徒四人，难得有机会感受如此宁静的夜色，心中有种说不出的悠然惬意。他们站在庭院中央，仰望苍穹，开始诗意地、艺术地欣赏这深邃夜空里的满天繁星，聆听这夏夜的柔风吹过院落内外的树木发出的令人身心清爽愉悦的声音……

熄了灯，画家的心里依然有些兴奋，久久不能入眠。他生来喜欢这样的夜晚，喜欢这只有偏远山乡才有的温馨宁谧的夏日夜晚。在这样宁谧滋润的氛围里，他又可以重新感受童年记忆中的那份伸手不见五指……

画家和男徒弟住一屋。两位女弟子住在紧邻他们的另一间舒适的屋子里。可是睡了没多久，两个女孩儿全都抱着自己的被单跑他们这里来了。说是她们睡在那屋总感到一种莫名其妙的恐惧。画家听完，一边哈哈笑着一边开玩笑安慰弟子。

胆小似乎是每个女孩子的天性。没办法，画家只好让两位弟子跟他们同住一屋。好在这房间里是一张甚是宽敞的大通炕，平素里随便睡七八个人没有问题，比火车卧铺宽敞太多。按画家的意思，四个人，两位男士靠东墙，两位女弟子贴西墙，各睡一边。三位弟子笑笑，明白师父的心思：免得两方距离过近不大得体、不大正经。要是半夜里某人再来个梦游什么的，会有麻烦。

即使这样睡着，两位女孩儿依然感到莫名的恐惧。画家很是懂得一些心理引导术，他随便给大家讲一些故事笑话，引导她们放松心情，借此帮她们催眠。画家这一套“法术”还真奏效，没过多久，先是两位女孩儿，而后男孩儿，而后画家，四个人迷迷糊糊不知不觉进入了梦乡……

第二天醒来，哎吆，天爷爷的地姥姥！

你猜怎么着？眼前的一切惊得四个人目瞪口呆，全身瘫软差点找不到自己的魂儿。

他们这哪是睡在宽敞的大通炕上！他们这哪是躺在窗明几净的屋子里！他们这哪是住在一座青堂瓦舍的乡间院落里——眼前，整个院落的所有房屋，全被烧毁，他们躺在一片残砖断瓦的黑色废墟里……

吓得魂飞魄散，说不出话来的四个人，胡乱拎起自己的简单行李，逃命似地离开了这个烧得满目疮痍、比噩梦还要噩梦的可怕废墟。失魂落魄，一路只觉得十八个厉鬼依然紧随在他们的身后。

一口气跑出几里地。来到村外，他们这才停下脚步缓口气。他们一个个脸色惨白。上气不接下气地喘着粗气，其中一位女弟子两腿打颤，声音抖抖索索述说自己昨夜做的噩梦，结果，一下子引得其余三个人再次头皮发麻，魂不附体——他们竟然做了完全一样的梦，可怕的鬼梦。四个人，再一次魂飞魄散。

他们深信，昨夜，绝对见“鬼”了。

正在这时，一位神情安然的老者慢悠悠地从他们身边经过。见是几位从未见过的、打扮洋气的陌生城里人，便不无好奇地多瞅了两眼。

画家习惯性地捋一捋自己的头发。顺顺气，便主动凑上去跟老人搭话。三位弟子明白师父跟老人搭话的目的。不出所料，没说几句，画家转个弯儿，用手指指远处的那座烧毁的废墟，将话题引到他们恐惧又好奇的“正题”。

老人告诉他们：那里原本是村里一个在外做生意发了财的商人的院落。他是个远近有名的能干人，生意做得蛮红火，挣了很多钱。这男人呐，有了钱，有了名声地位，就容易变坏，就容易异想天开胡乱来——他背着自己的老婆，跟老婆娘家一个名叫小燕的远房堂妹好上了。那乔家女孩儿年纪轻轻，人长得十分水灵漂亮，在姐夫的公司打工。本来是一件蛮好的事，可没过一年，女孩儿就发现怀上了姐夫的娃。男人说服自己的老婆，给这“小姨子”做了一些“安顿”，好说歹说把她打发回了家。可这姑娘不知道出于什么心思，想来想去最终没想开——一个月前的那个夜晚，就在这座大院，女孩儿一把火将一院房子连同她自己，化成了灰烬……

情是风，吹来吹去

情像一缕风，吹来吹去

——题记

1

“情就是一缕风，吹来吹去，说有就有，说没便没。”一只胳膊搂着闵婕，嘉禾突然冒出这么一句。

闵婕瞪大眼睛，望着他，像是望着一个不曾相识的陌生人。随即，深深瞪他一眼，使劲推掉嘉禾搂她的那只胳膊。转过身，不再言语。

片刻，她又翻过身来。平躺着，眼睛定定盯着天花板，一眨不眨。嘉禾也平躺着，也盯着天花板。他以为她有话说，可她并没说，嘴唇紧闭，只是呆呆地躺着。

两人并排躺着，眼睛呆呆地望着天花板，彼此像是在细心听着外面的声音，或是听着对方呼吸或是心跳的声音。这样足足过了一刻钟，彼此没有说一句话。闵婕突然翻起身，快速穿好衣服，走了，没打一声招呼。他，既没挽留的声气，也没挽留的动作。

外面落着雨，不大不小的蒙蒙雨。

嘉禾明白，这回，闵婕是真生气了。他翻起身，也不穿衣，漫不经心地挠挠自己的胳肢窝。然后，像是没有完全从梦中醒过来似的，继续傻呆呆地坐着，一脸木然。

坐够了，心里开始木不拉唧想一个问题：闵婕对我为啥要这样好？为啥会这么好？世上难道真会有这么痴心痴情的女子？真像她所说的，一辈子都会这样？我希望如她所说，可我就是没法相信。

男人是大骗子。男人从来就没有不撒谎的时候，世上从来没有不撒谎的男人。这一切，都是女人造成的——嘉禾就是这么想的。但同样的话反过来说一遍，那便是女人是大骗子。女人从来就没有不撒谎的时候，世上从来没有不撒谎的女人。这一切，都是男人造成的——嘉禾又是这么想的。然后笑笑，笑自己说了句无聊的话。

嘉禾认为自己就是个大坏蛋，是个撒谎成性的大骗子。他明明以前跟好几个女人有过不清不楚撇不开的关系，可他对闵婕撒谎，说自己从来没有过任何别的女人，半个都没有。说这话时，一脸诚实，像是这世上最真诚的老实人，不管闵婕相不相信。

嘉禾光了膀子坐在床上，点支烟，听着窗外淅淅沥沥的雨声，开始悉数检点起自个儿来。

2

嘉禾想起送他列夫·托尔斯泰《安娜·卡列尼娜》的那个女孩儿。那时候，性情腼腆的她是那样的纯粹，那样的清澈。虽说神情中时常带着一丝淡淡的忧伤，但她的性情真像是纯洁得没有一丝一毫的杂质，俨然远离尘世的圣洁女孩儿。别人爱上她，对她穷追不舍，她会跑来把事情经过详尽地告诉嘉禾，一五一十，唯恐漏掉某个细节。那份真，那番神情，像是渗在了嘉禾的身体里，想抹都抹不去。他想起她像一只温顺的小兔子紧紧依偎着搂着他的样子。他想起她搂着他然后轻轻抬眼望他的神情。脸上那抹泛着淡淡红晕的羞涩，像含苞的芙蓉，静静的，充满了青春的温润和万般生气。那是个如水一样的女孩儿。

可是，这个在他心里如水一样温润的女孩儿，终究还是离开了。离开时连声招呼都不打，没给嘉禾任何的解释。他以为她会重新回来，可是从那之后，杳无音讯，像是从世间蒸发了。后来知道了她的下落，可电话里听到的是异常陌生的声音和嘉禾能感受得到的一颗冷冰冰的陌生灵魂。那木然的感觉，像是一切都不曾有过。淡然、平静、苍白。嘉禾没法相信世上会有这样的人、这样的事。曾经那样的一个女孩儿，怎么会？很长一段时间，他的心里怎么都拧不过这股劲儿。他没法把曾经那个腼腆纯粹的清新女孩儿跟后来那个陌生木然的声音联系起来。越是联系不起来，便越是觉得过去的一切变得梦一样缥缈起来……

外面的雨，下得越发大了。

嘉禾想起为他写了近两百首情诗和抒情散文外加一篇五千言“自我介绍”

的女孩儿。那些才情四溢、充满激情的文字，从第一首到最后一首的时间跨度是十年零三个月。写第一首诗时，她还是一位读外语学院的十八岁大一女孩儿，而完成最后一篇文字时，已是国外读完硕士回国做了大学教师且有了女儿的少妇。这是一个太过个性的、无法用简单几句话描述的女孩儿。如果不是亲历这样一个人这样一番经历，嘉禾断然不能相信世间会有如此性格的奇特女子。那些诗和散文是她化名“含羞草”写在一个专门为他建立的秘密微博里的。微博版面和每篇文字的字体格式、插图、色彩等等，都用心做了精美设计。她将这一切告诉他的时候，便是写下那最后一篇文字的时候。时间是那年的 2 月 14 日。那天，她打了电话给他。他倍感意外。因为电话那头的女子他不熟悉。那女子不无神秘地做了简单的自我介绍。声音不熟悉，但嘉禾很快回想起电话那头的她——外语学院那个被称为院花、校花的冰雪女子。通话末了，她将微博密码告诉他，让他去看。

打开微博，嘉禾近乎傻眼。他抽空用几天几夜的时间方才读完那些文字。毫无疑问，它们全都是写给他的。那些才华横溢、激情烂漫的文字，从十年前第一次遇见他的时间、地点、天气，还有那只有几分钟时间的唯一一次谈话，写得十分具体，一切属实。

阅读这些文字的日日夜夜，嘉禾一次次被这充满了天才灵性的文字深深感染和折服，大为感动。他难以相信，这世界竟会有这般仅凭一次短暂相遇而达到如此这般懂得、仰慕、崇拜、痴爱自己的红颜知己……这是个什么样的女子呢？这些文字告诉他，从“初见”的那一刻开始，她便没有中断对他的用心追随——通过除了与他相会之外可以想到的一切途径和手段。让他怎么都没有想到的是：于他敞开这一切之日，便是中断对他的暗恋之日——她明确告诉他，读到这些文字之后，她便结束与他的联系。随后她发来一则短信，说自己是一个喜欢在梦里生活的女孩儿。她说她如此做法，只是为了完成一个天生热衷做梦女孩儿心灵的一次诗与远方的特殊旅程。

嘉禾提出想跟她见一次面，言辞非常诚恳。可她没有答应。她说如果那样，做了十年的梦就不完美了。多少次，嘉禾梦中都会出现这个女孩儿。时间久了，几近让他产生幻觉。他甚至怀疑那女孩儿不是常人，怀疑自己是被九天仙女的魂儿附了体。

嘉禾百思不得解。这样一个活在梦中的女孩儿，她究竟是因为爱他，还是诚心捉弄他——以一种看似浪漫实则过于变异（他不忍心对她用别的什么不恰当的词）的方式。最终，百思不得其解的他，只能以近乎自欺欺人的解释，安顿了自己悬在空中的心情：一心为了自己的梦想，让自己活在幻想中的文学女孩儿，可能就是这般奇葩。

雨还在下。窗外传来路面积水被车轮溅起的水花声。

嘉禾很久走不出的，是那个走过他身心八年的记忆。算起来，他们开始的时间，恰好就是那写微博的校花为他写下第一篇文字前后。

中秋早些时节。天很蓝，天空中停留了几朵洁白的云。蓝蓝的天空下，湖水被映得湛蓝。湖水里的几朵白云，看上去比蓝天里那几朵更白更耀眼。

第一次遇见她，就是这季节，就在这湖边。那天，她穿了橘红色短裙，沿湖边款款走来。嘉禾此前并不喜欢橘红。可就是从这天开始，他发现橘红是如此漂亮的颜色。那短裙，那颜色，穿她身上好看到极致。她有湖水一般清澈的双眸，很青春的样子。那天他们只是彼此望了一眼。只是彼此望了一眼便将对方留在了像湖水一般清澈温馨的记忆里——这是他们好上了一个月以后说起的。

他们倾吐给彼此的甜蜜和浪漫，可以塞满几屋子。好听的话说多了，没法都记得住，就像是蜜糖吃多了，便忘记了它的甜。但彼此爱恋了三年之后分吃了月饼的那个夜晚还有她说的那句话，却深深种在了他心底。那是他至死都不会忘的。她说，她的生命里注定了要驻扎三个男人——另外的两个：一个是生养了她的，一个是将来有一天她可能要嫁的那个。

八年后。她要远行那天，天下着雨，不大的蒙蒙细雨。他送她到长途车站。离别的一刻，她哭成了泪人。她已经哭了好几天了，但没像这一刻，哭得如此绝望。女人天生是水做的，泪水比天上流下来的雨水还要多。他也哭了，但没有像她那样。他的眼泪是静静倒流的，流进了自己的大脑里。停在他记忆里的，是透过落满细小雨滴的车窗玻璃望他的那双眼睛。那双眼睛，仿佛用尽了她的“所有”，从来没有过的凄凉和绝望。这是她留给他的最后的记忆。

大约是哭过之后的第二个月，或者是第一个月。她说遇见了“穿黑色小西装”的男生。遇见了“黑色小西装”的那一刻，一切都变了。就像是命里注定了的。那黑色小西装，他以前也见过的，是个高个头，文文静静的。她说她这是遇见了帅气得像年轻时的父亲一样的男人，是她今生命里注定的那种，合适的那种，需要的那种。

像是一夜之间被万箭穿心死了心，抑或是身心被什么力量解了放，或者就像是被无良厉鬼领了魂。总之，从此脱胎换骨。她说她的心里现在只能装得下一个人——只能一个，不是她曾信誓旦旦的三个。乌泱泱的黑色语气，很是决绝。

不多久，脱胎换骨的她，在非常坚硬的岩土上掘下去一个大坑，一个很深很深的坑。然后，埋了“他”。面无表情很是决绝的样子。埋了就埋了，还要在上面压了重重的石头，那意思无非是，深埋在了十八层地狱。说是只有这样才能在记忆里彻底清除干净，也就是消亡。

岩石是灰色的，坑也是灰色的，被埋在坑里的“他”，整个的也就变成了毫无生机的黑灰色。

他看得清清楚楚：八年做了一个梦，彻彻底底的一个梦……

3

那回，整整一天的时间，他一直在海滩玩沙子。抓得满满一把沙，不经意间一松手，沙从指头缝里流掉，流得干干净净。他用沙子堆各种各样的东西，画各种各样的图画。他知道，浪来了这一切将不复存在，但他还是做得异常精心，全心投入，一次又一次。浪来了，所做的一切不见了。

沙子没有灵魂，无情无义。他坚信女人就是这样——女人就是你手掌心中指头缝里的沙子。你留不住她的。

深埋在坑里的噩梦之后，他不再相信世间女人会有真情。可是，他又觉得，生活中没有红颜知己不行，真的不行。他说不清其间的理由，或者他明白其中的理由，只是不愿把其中的奥妙道出来。

在看待女人的问题上，他变成了一个非常顽固的人。是的，他不再相信，这世上男女会有真情。

那天，他独自蹲在湖边，给自己定个位：爱的虚无主义者。他坚决把这一切的根源都推向与己无关的他人——女人。他坚持认为：女人不靠谱，没有一个可信的。不要相信她给你说的这三个字：我爱你。

想来想去，平心而论，似乎只有闵婕不同——他这样结论，伴着一份无以镇压的疑神疑鬼和胆战心惊。

在感情上，闵婕是个绝对主义者。她认为女人的心里只装一个人。她说过，她要对他好到“永远”的那一天。

他不信。他觉得天下女人的誓言和男人的骗人鬼话没什么两样。

见他不信，便说：“你就等着瞧吧。”一副绝对的表情。

因为他对她还有她说的一切，总是怀疑。这可能无形中伤害了她。其实他不是没有道理，不要忘了，他可是被发过几屋子誓言的女人捉弄和被深埋过的人。

他坚持认为：只有时间可以回答一切。也许，这可能是对的……

4

雨越来越大。闵婕独自行走在雨中。她觉得自己的心也在落雨。

嘉禾为什么这样待我？他总是这样不相信我，为什么？

她的心里有点乱。杂乱的心里聚满了谜团样的云雾，浮现出一些曾经过往的人事。

那曾被她负了的人，影影绰绰漂浮在眼前的雨幕里：

爱恋我的清纯美丽的那位。两年不到的时间里，给我写了近一百六十封情书。那些情书里，说尽了一个男人对自己钟爱女人想说的所有动听的话。他显然是真的喜欢我。那些无所不写的文字，对我这个人，做了应有尽有的描述。从我的神情到我的笑声，从我的秀发到我走路的步履，从我遮阳的手臂到线条流韵的身影，无所不写。若不是在他亲手编织的文字里，我都不知道自己竟然是美到那般地步。有时读他的信，我会跑到镜子前，看看自己是否如他描述的那样。我是个矛盾的人，不喜欢人家，但还看他的信，还在乎他怎么说我。他有句近似嗜好的话，不厌其烦形容我是仙女下凡的性感淑女——我很不喜欢这句话。觉得他说这话像流氓，很过分，很讨厌，可他似乎觉得这样的表达准确到位。细想想，沉浸在爱的浪漫幻想中的男人，啥话都说得出口。这个男人，那么多女孩儿都觉得他好，可我越看越讨厌。他没法走进我心里。我的心拒绝他，就像拒绝那些吃了会反胃的食物一样。

我也有犯错的时候，莫名其妙。那个想着法子接近我的何姓富二代。说实话，我不讨厌他。我心里说不清我喜欢他什么，可我明白喜欢他的物质财富肯定是个重要的原因。他倾心我的漂亮。曾一阵，在我可接受的范围里，我让他感受到了有我在他身边的那份体面和快乐。在他的朋友客人面前，我是一副听话的样子。可是，我很快就负了他。当我邂逅了茶屋遇见的那位帅哥——那位身板迷人，穿休闲西服的帅男，从前的一切都被取代。那富二代百思不得其解。可我没办法。那一刻，我发现其实我以前没爱过他，他在我心中没什么分量。说白了，我应该不是一个特别物质的女孩儿。我真的不能说，那时的我有什么好。因为没过多久，我把茶馆遇见的白马王子也给“扔”了——我发现他是个腹中空空的绣花枕头。

前头这两人，我不用快刀斩乱麻。我把这团谈不上多乱的乱麻，团在一起扔进了垃圾桶。一切归零。我把过去的一切归结为：从前的那个我，不成熟。不成熟的人犯错，可以忽略。

我的成熟，我的醒悟，是在遇到了下面这个负了我的人之后。我的真爱，我的脱胎换骨，我的死心塌地却是在遇到了嘉禾之后——他是一个让我认定了值得爱的人。

那个负了我的，他曾经也爱我，甚至可以说是很爱很爱。他少年得志，年纪轻轻便做了艺术学院的一个小领导。他一再答应我，一定娶我。我把他说的话都当了真。但是当他遇到那个跳舞女孩儿之后，心变了。发现他爱上那女孩儿的一刻，我真是崩溃了。他竟然当她的面冷落我。那样绝情，让我永远不能忘记。我不能相信，我问自己，这个人是我曾经认识的那个人吗？在我痛苦的心直往下坠落的一刻，曾有过的记忆挡不住涌上我的心头脑际：那次参加爱心活动，我外出手机停电一时失去联系，他凌晨两点还站在雨地里等我的情景……他那一次又一次让我信以为真的爱的倾诉，所有的甜言蜜语……现在想想，一切像是发生在梦里。

落了雪的那个夜晚，痛苦得身心崩溃的我，穿着单薄的衣服，怀揣一颗被他冰冷了的绝望的心，站在他门下，反复按响他的门铃，直到午夜之后。我不怕自己被周围的人看见、一个崩溃了的人是什么都不怕的。我整个人都要冻僵了，可他始终都没给我开门。

生活有时是很富戏剧性的——没多久，他被那个舞蹈女孩儿甩了。他很生气。因为那女孩儿竟然跟一个他所谓的不学无术却有大背景的纨绔“小混混”走到一起去了——舞蹈女孩儿正跟那小混混在一起的时候，被他逮个正着。

他被那女孩儿甩了之后，又想回到我身边。我突然意识到，这人脸皮太厚。至少，我没见过脸皮像他一样厚的男人。我不可能再接受他。他要我原谅他，痛不欲生的样子。看他失魂落魄的样子，我说我原谅了。听我说原谅了，他便提出要和我做个朋友——好朋友做不了，做个普通朋友也可以。我笑了笑，点了头。在我脑子里，这个男人让我有种踩了一坨狗屎的感觉。

一年后，他决定去美国。临行前见了我，显出很悲伤的样子。说我是他今生今世最难忘的女孩儿，他一辈子都不会忘记我，无论走到哪里，都要跟我保持联系。他说啥我都无所谓，只是听听而已。到了美国的他，不像他说的那样，并没有过一个电话给我，更不可能有一封信。听说后来回国探亲，待了一个月，今天这个明天那个跟友人聚会，从未想起我的存在。其实这就对了，否则就不合他的人品。

唯有嘉禾不同。

他心里有隐私不告诉我，以为我不知道，其实我知道的。我知道他受过伤害，因之悲观，消沉。我坚信，悲观和消沉都是暂时的。我知道，他所说的一切，只是一种发泄，只是在有意无意地自戳灵魂深处那一时难以愈合的伤口。他时不时给自己的伤口上撒盐。这样的发泄，这样的自戳，是另种形式的疗伤。我总以为，只有我懂得，嘉禾一定是这个世界上凤毛麟角的男人，离完美不远的男人。不是我偏执，是我真的懂得这个男人。我多么幸运，这不多见的男人，就偏偏被我遇到了。在灵魂深处，他是我今生今世的无以替代。即便有一天他离开了我，我也不会改变我对他的看法。人的一生，说不上会有多少人走近或走过你的生活，但那种只有你心里明白的、无法替代的真爱，只有一个。那是你的唯一。嘉禾于我就是这个唯一。没有了他，我的心里便永远没有了我能给予嘉禾的这个位置。是的，我给予嘉禾的位置，是我生命里的唯一。可是，嘉禾的心会跟我一样吗……

这一刻，闵婕觉得自己无比的真诚，一切都像真的一样真诚。

雨还在下，比适才小了些。

来到那座废墟旁，风轻轻吹着那一株枝叶青翠的紫薇。紫薇轻轻摇曳，显得甚是欢快，闵婕以为这风是专为她而来。可是过了没多久，风停了，风走了。青青紫薇还沉浸在风儿带来的欢乐中，却再也不见了风的影子。闵婕正要离开，却发现，适才那风，又来了。

被她瞅着的那片叶子，好像也在静静瞅着她。雨水不断落在旁边的树叶上面，又从叶尖落到地下，不断地。唯有与她彼此瞅着的这片树叶，始终干干的，无缘获得一丁点的雨水。她突然觉得，这片树叶好孤独。

好孤独的树叶，是我，还是嘉禾？——闵婕这样想。

一阵风从她头上吹过，打一个寒噤，突然觉得身子有点冷。

已经在雨里漫无目的走了两个小时，她不知道自己该往哪里去。

举着雨伞彼此挨得紧紧的一对，轻声慢语从身边走过，惊醒了沉思中的闵婕。定神一看，竟发现自己不知不觉又回到了嘉禾的楼下。再抬头一看，发现嘉禾在窗前望着她。

看着这样的一对男女，树上的一只老乌鸦忍不住摇摇头，笑了，笑得呱呱呱。

永恒之恋

这个叫寒晴的不惑之年的女子，只觉得
自己的一颗心当下掉进了黑色的地狱……
——题记

这是大艺术家三木和自己的红颜知己寒晴的一次聚会，一次不同于往常的欢颜聚会。

妻子随女儿女婿一道，带着小外孙赴日本休闲度假一周。三木难得有如此悠闲自由的大好机会。于是，便乐悠悠电话相约如今身居新城的寒晴，特意前来“秘密”相会，以品茶聊天的名义。

这是三木的工作室——位于碧翠园一套功能齐全的二层复式单元房，一个宽敞舒适不一般的去处。说是工作室，如果要在这居家过日子，一切应有尽有。看看，单是一层他用作画室的这间屋子，就足有四五十平。艺术家的工作室总是极富个性，三木的更不例外。这里不仅有常人必备的各种家饰用品和挂在墙壁上的精美画作，更有一些凡俗之人所想不到的东西。比如最古老的电影放映机、蒲松龄讲故事的一组雕塑、一把据说是曹雪芹用过的扇子，齐白石用过的拐杖，尤其是那只罕见的来自大兴安岭的雪白狐狸标本，等等。尽管如此独具个性，但这里特有的那份清净和艺术趣味，绝非一般的画室可以相比。

三木在这间精心打造的画室里或作画、或读书、或会友。身居其间，神游物外，如神仙一般无不惬意地享受着生活。

寒晴，是真正走进画家生命的红颜挚友。虽时过整整 22 年，可在三木的眼里，她几乎没有什么变化。好似 22 年前突然出现，亭亭玉立在他眼前的那个寒晴，依然的青春芳香，依然的出水芙蓉……

这两年，寒晴因故搬迁到新城居所，来往见面不像以前住在同城那样方便。三木发现，现在每回相聚，他总是喜欢回忆他们走过了22年的件件往事。他自己说，这是人老的表现。话虽这么说，可在他永不服老的心里，从来都不愿承认自己老。对寒晴来说，就更是如此。每当听到三木嘴里说个“老”字，她便紧跟着堵上一句：“你就老吧，好好老吧，拼命老吧，我就爱你七老八十的样子。”

寒晴最喜欢像个孩子一样腻在三木身边，听他给她讲故事。她相信三木是这世上最好的故事能手。无论他讲什么，都是她最爱听的。在她眼里，三木讲的一切，都是这个世上最有趣的。这是寒晴二十多年来形成的一个心理认同。按三木的话说：她已经病得不轻了。

袅袅茶烟中，无数的往事历历在目。他们想起22年前的初见。那是在三木的一次画展上。刚大一的寒晴，那天去看了他的画展。但最终吸引了她的，并不是那琳琅满目的画作，而是画了那画的人。

画家的眼睛生来有毒。她出现在展厅的一刻，他即刻发现了她。他发现了那个有着异常漂亮身条的女孩儿。他悄悄地拍了她几张背影和侧影。他以为自己的举动没被对方发现，其实他的所作所为，从一开始就被这警觉的女孩儿逮着了。问题是，她不仅没有为此生气，反而感到无比的惬意，由心产生的好感是从大厅看见他的第一眼就开始了的。

画家找个机会跟她搭讪。她美丽的眸子望着他，抿嘴一笑。那一笑，便要命地击中了三木的神经。就是从那一刻，他隐约觉得，这女孩儿很可能是艺术之神给自己派来的红颜知己。后来的事实，证明和应验了他所有的感觉和判断。

从那以后，他们有了属于他们的诗意烂漫的交往。这样的诗意人生，一旦开场就没有了结束。伴随着她那句神圣不可侵犯的情爱的誓言：“我要向这个世界证实，我们的爱是永恒的。今生今世，我要爱你到天荒地老的那个‘永远’！”

一晃，他们已经走过人生22年。眼下，她也到了不惑之年。一切如她所说：二十多年来，她对他爱得一往情深……

一边品着茶，一边给她讲故事。这也是他们一直以来的习惯——二十多年来，她总是爱听他讲的故事。按她的话说，这个世上没有人讲故事可以讲得比他更好。

她沉浸在他的故事里。幻想的思绪飞翔到一个遥远的地方，那是一个何等美妙的地方：大海，云天，还有满眼的翠绿。暴雨突止，他们在那个海边的木屋里避雨……

听着听着，她突然就搂住了他的脖颈。那动作，神情，跟一年、十年、二十年前的那个她，没有什么两样……

她无不温柔地伏在他的身上。这不是一时的性情勃发，这是蕴藏在她的心里，蕴藏在他们彼此心里不能改变的情和爱。这情这爱，有太多太多的枝叶和藤蔓……

这两年来，随着年龄的变化，或者说随着身体的变化，他告诉她，两个人在一起的时候，喝喝茶，聊聊天就知足了。可是这话对她没有任何用处。两人在一起——对于寒晴而言，心中的他像二十多年前一样，依然是那个神情迷人的中年男人。她眼里，他没有变老，也永远不会、不可能变老……

二十多年来，她说的最多的一句话就是："今生今世，从遇见你的那一刻开始，我的心就注定了要爱你一辈子，直到永远的永远……"

持续的激情之下，三木突然觉得身体不适。天旋地转，异常的心慌气短。隐约之间，他意识到这一次自己的身体是真的出了问题——不同于以往任何时候的小问题。

是的，他突发心肌梗死——以前从未想过的灾难，就这样突然降临到眼前。

寒晴先是一阵惊恐，但紧接着便镇静下来。她知道，这份镇静是她的心头对他的高于一切的爱。

她即刻扶他在地毯上平躺下来。看来她还真是懂得一些急救常识——就像是冥冥之中早就意识到终会有这样一天，而特意准备了的。

但是一切都无济于事。

他的状况越来越差。寒晴即刻决定打120。但她刚要拨打电话的手，被他一把死死地抓住了。手被他抓着，她丝毫挣脱不得。她不知道他这一刻哪来那么大的劲儿。

用乞求的眼神，他盯着她说，"寒晴，今生如果你还爱我，如果你真的爱我，那就听我一句——为了我们的名誉，请你听我最后一句：现在即刻离开这里，这就是我最大的愿望……"

"你胡说！"她的口气是如此的坚决，"我这个时候怎么可以离开你！你怎么能说出这样的话？你怎么会如此糊涂！我必须送你去医院。"

他依然死死地抓着她的手："不要糊涂，不要感情用事。你知道，对于我来说，名誉比什么都重要的……"

"难道名声比性命都重要吗？"她跪在他的面前，现出一脸哀求的神情。

"是的。"

“你别再胡说!”寒晴哭了起来。

“你这样会后悔的，你会招来给别人说不清的麻烦……”

“我不会后悔，我也不要给别人说得清！我不要!”她终于忍不住痛哭出声来。

望着她的眼泪，他的话语更加恳切：“是的，我以前跟你说过，比金钱重要的是名声，比名声重要的是生命。但我现在要给你说，此刻对于我，名声比生命更重要；而对于你来说，名声难道不重要吗？你想想，如果这事传出去，我们曾经美好的一切都被玷污不说，你的名誉也随之毁于一旦。你以后还怎么做人，面对你的家人……”

是的，社会，家人，怎么面对社会？怎么面对家人？一阵战栗，一阵恐惧，从未有过的恐怖，哗然袭上寒晴的心头。

这样的恐怖，是她此前从未有过也从未想过的。名声？什么是名声？我以前怎么就没有想过这么多呢？名声？什么是名声？……

“可是，可是我们曾有过怎样的誓言呢？我说过，我今生要爱你一辈子，从生到死……”她嘴里念着，但显然缺少了以往的底气。

“我知道，我相信你！谢谢你爱了我一辈子……我这次一定是没救了，你赶紧离开这里！为了我们的名声，也为了你的未来，你的名声……”

不知从什么时候开始，她的眼泪忘记流淌了。

大颗大颗的汗珠从额头滚落。三木呼吸越来越急促，现出一脸焦虑和痛苦：“你若心中有我就足够了。你怎么想的，难道你愿意在我身后，让这个世界把你说得一无是处，把我们说成是一双见不得人的狗男女啊？……”

听话的她，突然间脑子好像明白了。

三木劝告之下，她突然站起身，用绝望、茫然或是一种说不清的表情看了他最后一眼，便急匆匆地离开了。

是的，她选择了离开——为了保全自己所爱之人的名声，也为了自己……

听着寒晴下楼的脚步声，三木因心脏痉挛而显得痛苦的脸上，露出一丝淡淡的、不无解脱也不无嘲讽的微笑。随后，随着一阵更为剧烈的痉挛，眼前出现一道黑幕，死死地挡住了他再往下想的思路……

走出碧翠园的某一瞬，寒晴觉得自己的眼前横空出世一般，突兀地落下来一道黑幕，像一面死死堵住自己灵魂去路的黑墙。

一切都像是走进了从天而降的噩梦里。这个叫寒晴的“不惑”之年的女子，突然间又想起了自己说了22年的那句话：“我要爱你到永远的永远……”

爱的填空题

这心，像是失去了
往日的决绝和果断。
她，不知道自己该朝哪里走去……
——题记

十八年来，她一直用属于自己的方式，爱着先后进入自己生命空间的两个男人。

他，是她从十八岁开始爱上的岁月隔开她一大截的男人。如同正值花季芳龄的她一样——他们相遇在桃花盛开的阳春时节。

情缘，有时候真的很奇妙。遇见了他，便是跌进了一个不愿意醒过来的梦里，一个甜美得让她的身心如沐春风的玫瑰色梦里。那一刻，五彩的花瓣带着盈盈的笑脸，汇聚成烂漫花雨，从她心的天空缤纷落下，轻盈落到她心灵脚下的清澈溪流里。这爱和生命的潺潺溪流，携着缤纷的花瓣，也载着她爱和青春的缤纷梦想，一路欢歌笑语，飘向属于梦的远方……

爱上他的道理很简单，简单得就像是十八年来她踏踏实实爱着他而不需要拿出任何的理由一样。

简单归简单，但这个世界绝对没有无缘无故、没有由头的爱。她永远不能忘记，他们两人那永远令她心动的美妙开始。

没错，他是带着一种无法言喻、无法抗拒的神奇，降临到她世界里的。她记得与他初见的那一刻，记得在一眼望见他那清澈如水的神情目光的一刻，她的眼前豁然一亮。若爱的天幕划过一道耀眼光芒，一道令她身心失去自我的光芒——那是一支发光的激情之箭，一支让她的身心来不及反应的爱之箭。这爱的箭，没有任何的商量，直接扎进了她的青春心房。

人生梦幻般的爱情之旅，毫无顾忌地从那一刻扬帆起航，沐浴着爱的阳光，伴着心的歌唱……

世上就有这么好这么让她觉得完美的人。对她来说，这个如同梦中的“理想化身”的男人，实在是太卓越了，卓越到她无法不信任、不崇拜、不迷恋。而后来的事实又如此一再地为她证实着她所认定的一切。她体会得到，他身上从里到外的每一处，都是那样的适合于她。他的身上仿佛永无止境地散发着一种她没法用言语形容的魅力。她懂得，这魅力源于他天生的品质，源于他的品格，源于他孩子一般的纯粹。她相信，这样的美质，这样纯粹的品格，是需要前世修行千百年才可拥有的。在她的心里，世界如此之大，大到没有边际。可是在这个没有边际的大千世界里，上天不可能再创造出这样一个符合她心愿的人来。随着时间的推移，她一天胜似一天地肯定这一点。甚至到了伴随她人生的另一个男人名正言顺地走进了她的世界，与她组合成了一生唯一的家庭之后，这种感觉也始终没有改变。

她的那份痴迷与执着，有时连他都感到不解。他甚至认为，自己莫非有种与生俱来的妖术和魔力，是这种妖术和魔力蛊惑了她的心，让她爱得如此的固执和偏激？他曾经无数次地问过她：“我哪有你认为的那么好，让你对我贴心又铁心如此？为什么？”她的回答是：“不为啥。就为你这个人——你是我今生情感世界里的唯一，无人替代。即便全世界的人都说你是个坏人，我也依然爱你。”见她如此固执，如此不可救药，他只好开句玩笑：“我就是老天在你打瞌睡的时候，送给你的一碗有毒的迷魂汤……”

未来的日子里，对于自己世界里两个实实在在的男人，她将十八岁遇见的这个称之为“披着月亮的清晖，居住在神秘园里的君王”，而将时隔十年之后再遇到的那一个称之为“站在太阳底下的大庭广众之人”。

对她来说，身心、灵魂走近她的痴爱之人，走近自己深信和折服到五体投地之人，那是只有上帝和她才能懂得、才能领会的惬意和幸福。她一次次地感恩着上苍给予的这样一份幸福。她深信，这是一种凡俗中人非得亲身体验才能明白是何等幸福的身心体验……

怀抱着这样的感觉，她一路春风走来。到了二十八岁的时候，用她的话说，是她的理智提醒了自己那该有的“理智”，平静地嫁给了另一个人——那个一直倾心于她，被她称之为“站在太阳底下的大庭广众之人”。像孩子大了必须考大学一样，为了身边太多的牵扯和督促、催促，她必须完成自己该完成的人生功课。她坦言，自己的丈夫，人很好。可再好，也无法跟她心中的他相比。在她的心目中，爱情和人生义务，跟这世上的许多事情一样，一码归一码。

是的，她爱月亮下的他远远胜过太阳底下的那一位。或者说两人在她的心中不具可比性，也不容许比对。她用自己的身心，给这两个人建造了不同的居所——在她看来“该属于他们各自的”栖居之所。

她让自己活在自认为精神和情感高高在上的、看似平静却天马行空的双重世界里。

她说，自己是一个奇怪的人，奇怪得让许多人可能觉得无法理解。可她又坚信自己是一个灵魂通透且简单的人，简单到自己所做的一切都明明白白——明白到除了面对上帝，她便无须给这个世界的任何人解释。今生，她的心只对自己和她“自以为是”的一切负责。

面对自己人生路上的两个人，她创立了自认为适合自己也可能只属于自己的“人生哲学”。她把爱明确地分为两类：世俗的生活之爱和激情唯美的心灵之爱。她把世俗之爱给了自己的丈夫——替他洗衣、做饭、照顾孩子，打理生活中的各种琐事；她把心灵之爱奉献给自己至高无上的“君王”——和他一道花前月下、两情相悦，尽情享受曼妙爱情世界的激情荡漾和诗意幻想。是的，世间就有这样的不可思议……

十八年来，她时常做他的人体模特。他为她绘制了不计其数完美到令人妒忌的漂亮人体。她的美丽，她的温柔，她像火一样的激情，让他焕发出令人难以置信的生命激情，更无数次地孕育和激发着他的艺术灵感和创作热情。十八年来，他的艺术在突飞猛进令人刮目的同时，他的身心却在她充满爱意的温柔怀抱里，开始难以置信地呈现神秘的逆生长。他将其称之为“青春倒灌”……

真正的爱，从来都是彼此间的温馨滋润。十八年来，他的爱深深呵护着她，紧紧裹挟着她，让她得到爱情滋润的身心一次次沉醉，一次次融化，一次次蜕变，一次次升华。她的身心在他犹如宗教般崇高的世界里无尽地洗礼着，让她最终变成了人们眼中近乎超凡的女神。用她的话来说：他的灵魂他的世界，是一池没有污染的清泉。而她，就是从这一池清水里长出的亭亭玉立的芙蓉。

有一回，他问她：“不要感情用事，冷静地说一句，你是属于物质的女人，还是精神的女人？”

她说：“物质和精神，这两者可以分家。我知道你在问我什么，可你真的无须这样问我。我既是精神的女人，也是物质的女人。在你的面前，我肯定是远离物质的精神女人。这些年来，我的一切无不在告诉你：女人天生跟男人不一样——作为我这样的一个女人，我的爱可以完全跟物质分家。我这种和物质分家的真爱，一生只能给一个人。听清了，是“只能”。十八年了，难道你不觉得吗?”

他又问：“你世界里的两个男人，你最终会更爱哪一个?”

“你!”她回答得如此直截了当，不假思索，言语中没有丝毫的犹疑。

“你在我的生命里，今生无人替代。来世也是，来世的来世的来世，也是，永远无人替代。”

听着她如此决绝的口气，他轻声告诉她：“话，不可以说得如此决绝，听我一句，终有一天，你心中的这架天平说不定会发生变化的——时间有时会改变一切。”

“不，不会，永远不会!”她定定望着他，望着他的神情始终是那样的坚决和不容置疑。

是的，十八年来，她用时间，用无数的事实日复一日地证明着：她对他的爱无怨无悔，不存任何疑虑——在她的心目中，他是今生任何人都无法超越的一座爱和生命的绚丽高峰……

人生，玩弄在命运之神股掌之上的那些变幻不定的棋子，是每个人都无法提前揣测的。更不用说，有时把话说绝了，老天会有意戏弄。

考验很快到来了。那场可怕的灾难，或许就是早有预谋的造物主有意为她安排的一场人生考验。

在那场不幸的灾难中，“物质世界里的丈夫”，为了保护她和孩子而身负重伤。在与死神抗争了十多个昼夜之后，一脸淡定的命运之神，打个哈欠轻轻地挥了挥手，让他重回到了她和孩子的世界……

在被她始终称为“亲人”的丈夫与死神搏斗的日日夜夜里，尽心守候在病床前的她，冥冥之中第一次感受到，有一种与这个世界一样强大的、不可抗拒之力的真实存在。

那不可抗拒的力量，一脸严肃，无声地震撼和洗礼着她的身心，没有任何商量。

如梦复苏的她，前所未有地陷入深深的沉思和无言的静默之中。

沉思和静默中的她，第一次清晰地看到了心中敬仰的造物主。她看到了上帝盯着她的那双足以洞察一切的肃穆的眼睛。那是安静到令人敬畏的神情。那一刻，她只觉得有无数个可憎的魔鬼在拉扯和撕咬着自己的身心……

全屏电影一般。八年来与自己的丈夫一同走过的人生；丈夫默默为她做过的一切，在她的大脑屏幕上一一再现……她的心，开始挣扎着与那无数个撕咬自己灵魂的魔鬼搏斗。

那是多么痛苦的搏斗！有一阵，于奇异幻觉之中，她突然发现，自己陷入了浓浓的迷雾之中。那浓重的没有丝毫能见度的迷雾，紧紧裹挟着她，让她无法看得清自己周围的世界，看得清前行的路。一阵令人绝望的恐怖漫上她的心头。她感觉到心头从未有过的、喘不过气来的憋闷。绝望中，她开始努力地想要用自己的双手拨开裹挟和笼罩自己的迷雾。经过一番竭尽全力之后，她终于拨开了浓重的迷雾。此刻，她的眼前又现出另番幻象：生来从未见过的倾盆大雨，那墨色的、阴冷彻骨的滂沱雨幕，铺天而下。整个世界像是要被淹没。周围的空气也像是被这大雨淹没了，让人窒息到无法呼吸……

令人绝望的大雨终于停下来了。远处的地平线上，两座不无清晰的挺拔山峰拔地而起，直入云霄地横在那里。说不清是自己的心里还是头顶的云端里，一个浑厚而遥远的声音在向她发出指令：看看那远处的“爱之山”。走过去，从你心甘情愿、认为该属于你的那座山，爬上去。

那声音清晰地回响在自己的耳畔，一遍又一遍。可是，她发现自己挪不动脚步。问问自己的心，心不作声。这心，像是失去了往日的决绝和果断。她，不知道自己该朝哪里走去……

无言的她，于心的宁静和默然中，轻轻告诉自己，也像是在告诉上帝：我做何选择？我做何选择？我……

那天，女儿从学校回来，将自己的考试卷子递给妈妈。

她发现，孩子考卷上的两道填空题没有答，空在那里。

她问女儿怎么回事？

孩子告诉她：“两个答案，我思考半天还是确定不下来该选择哪个，所以就没有填写……”

红颜助理

发生在这对离奇男女身上的
离奇故事，恐怕是你所想象不到的……
——题记

这是一个世间少有的集画家、诗人、作家、哲学家、社会活动家于一身的传奇学者，和他前所未有的红颜粉丝间的传奇故事。

中年以后的他，时常身着一袭传统风格的中式深蓝色长褂。作为一种装饰，洁白衬衫的衣袖从来都是长出褂子的衣袖两分。如此看似不合时宜的穿着打扮、古典风格，加上他那一丝不苟的神情，别有风度地散发一种挡不住的魅力，绝没有半点常人想象的“故旧”之感。他给所有遇见他的人一种印象：慈眉善目，天生携带一种气在云天的佛性。受他令人折服的气场和人格辐射，凡认识他的人几乎无不以为，他这身打扮有什么不合适。恰恰相反，大家以为只有这样的一袭打扮，才符合了他的身份气质。

门铃响了。

约定的时间一分不差——他知道，是她来了。

仪态端庄，大方得体——出现在眼前的她，比他此前几次在电话里通过声音判断的那个女孩儿，显得更端庄优雅、楚楚动人。

他们有种一见如故的感觉。人就是这样，对于心有灵犀的两个人来说，于彼此神情中所散发的一切，就能明白，对方是不是自己的同路。他们就是这样，不用太多的寒暄就已熟悉、就已自在。更不用说此前的电话里，他们已经聊过很多。

他们的正式相处，便从这一天开始。

她的身份是他的“日常助理”——在他的身边打理他生活中的琐事。当然，按事先约定好了的，他必须教她一些她想要学习的东西。

在常人眼里，他们两人都是“怪人”。

他，生活在闹市的孤家寡人。常言道：贫居闹市无人问，富居深山有远亲。他这可算得上是地地道道的“富居闹市”，但比起他的“富”来，他的交友不算太广。或者说，跟他的“富有”完全不成比例。凭借他在学界的声誉，他该有很多的崇拜者和造访者才是。是的，他的确有多得数不清的崇拜者，更有许许多多一心想要见他“真人版”的造访者。但是，他们中的大多都被他婉言谢绝。他不得不这样，否则，他的生活就乱了，就没法清净，就什么事情都做不了了。这样一个难得跟外界交往的“孤家寡人”，做画家、诗人、作家、哲学家，做大学问家，肯定没得说。可是，外界为什么还要给他一个“社会活动家”的名号？其实，他的不同凡俗的魅力正在这里。他的那些大大小小的“信仰者”们，一般情况下不会惊扰他，可一旦有了非得惊扰他、必须要他出面的重要事情，只要他发声，一般没有什么“办不成”的。一个人的人格魅力就在这里。他的社会活动家的美名，便是由此而来。

再看看她的怪处——不谈男朋友。依了她天生丽质的优越条件，小伙子早在身后排成了一个“加强连”。更不用说，如今的那些胆大包天的愣头小伙子，一旦瞅见了像她这样出色的女孩儿，不管合适与否，不管有无可能，不管人家理不理，都会不惜一切地纠缠不休。但是她是个例外——她不给任何人一丁点儿的机会。除了说她怪，没有人理解这其中的奥秘。

一个月前，她几次打电话给她心中的大师，向他详细表明自己的心愿。大师觉得这个女孩儿挺有意思，同意了。他从电话里的言谈发现，这是一个异常聪慧、有想法有个性的女子。

这样一个女孩儿，做出自己的一番选择，肯定不会是一个轻易的决定。尽管如此，他们之间的“相知相遇”终究属于蛮有意思的那种。

一次极偶然的机会，她在随意点开的微信上读到一篇有关于他的文字。说起来有点没人相信。当时，她只是随便地浏览了其中一段，甚至只是因为被其中的某一句话所击中，让天生聪慧过人却又办事不无谨慎的她，即刻敏感地意识到：这个人，绝非凡人。她即刻断定，此人就是她今生最想要近距离接触的人物。

从那一刻开始，她三言两语说服自己的父亲，为如何接触他和走进他的生活，认认真真做起了必需的功课。

几个月后，财经大学毕业的她，放弃自己在常人眼里的“可心工作”，想着法子征得“大师”的同意，心甘情愿地做了他的“打杂助理”。当初约定的时间期限是一年（由于种种原因，该期限最后延长至一年又十个月）。

她在大师身边的日常工作有：为他准备书籍、沏茶、整理各种物件，直至插花、打扫书房卫生……从工作的第一天起，她做的各种事情都是那样的令他满意，符合他的心意。她的那番用心、那番细致周到，简直就像是进到他的灵魂里贴着他的习性观察过一般。他不无感慨地说，她是他无与伦比的高级秘书。

随着彼此间的深入了解，他们成了无话不谈的忘年之交，亲密师徒，知心朋友。他们有着各式各样的交流——从人生、学问的严肃课题到“信口开河”似的玩笑，直至她往日一直免谈的男女之爱……

他们的交流为她，也为彼此开创了一种诗情画意的人生。他们于不知不觉间，营造了一个灵魂可以漫游其间的清新宁谧的精神伊甸园……

他们在一起如此清白地度过一年十个月时间，这，能有人相信吗？

肯定没人相信。可真实的情况是，他们的确在一种极端的呵护、关爱、交流、喜欢、依恋和情有独钟似的欣赏中，近乎无人相信地“平安”相处了近两年，直至最后离开的那一刻……

这是她要离开他身边的前三个夜晚。那夜，品着咖啡，她一副调皮的严肃神情，突然问他道：“想过没有，我们两个人若是像情人一样在一起，会是怎样的感觉？”

他没有说话，只是静静地望着她，望着眼前这个被他认定出色到近乎无以复加的女子。

见他不作声，她没有表现出丝毫的意外，定定地瞅着他：“我喜欢你呢，特别喜欢的那种。”

听见她这样说，他没有表现出丝毫的意外。一切就像是早在前世就达成了的心灵默契。

她主动去沐了浴。头发湿漉漉走出浴室的一刻，他看到的是安格尔画中那位“出浴的阿佛洛狄忒”。他的身心，像是进入了一座金碧辉煌的圣殿。她，便是那圣殿里的雪天使。

他们，不，客观的说是她引导他，无言地感受着彼此想要感受的一切。他觉得自已的身心、自已的灵魂飞升进入了天堂……

随后的两个晚上，他们依然在一起。

他说，那是一种人间诗意之爱的尽情表达，是一种灵魂被爱插上翅膀的梦游体验……

她说，那是她今生在这个世上心甘情愿被一个男人拥有和“最终被幸福地拥有过”的唯一证明……

之后，两个人静静地躺着，很长时间不说话。宁谧的夜色里，俩人仿佛一同看见了梦一样为上帝所独有的伊甸园。超凡的去处，超凡的人。

“你爱我吗?”她先开的口。

“你说呢?”声息中，弥散着强烈的磁性。

“一年又十个月了，你为何一直没有表现出来?”

“因为我们两个人一样，都是有着特别‘意志’和‘耐心’的人。”

“你说我们最终是不是依然落入了寻常人的俗套?”她问。

“肯定没有，我们只是步入了‘人性的必然’。一切都是上帝让我们这样。但以后如果有人写我们这样的故事，且把它照实写进去了，那写故事的人便是落入了俗套。”

她笑了。

三天之后，她离开了。

临别，她给他留下一封信。信写得很简短：

“……大学四年，无论老师学生，没有任何人知道我的家庭背景。这么做，很大程度上是为了我的安全……除了我的生身父母，我今生第一个用心崇拜和用心感谢的人就是您——我的人生导师。我懂得，浓缩在这一年多的人生收获，它的丰富，它的厚实，它的常人难以想象的价值意义，超过了俗人眼里一辈子的人生积淀。对于心怀梦想的我来说，它只是个开头——对此，想必你是知道的……”

离开他一周之后，按事先的严格考核流程，她开始了自己的事业：赴哈佛大学学习经济管理——作为父亲的唯一的孩子，准备将来接管自己亿万富翁父亲的宏大产业。正如她自己所说，用短短的一年多时间，在“恩师”这里所接受的包括艺术在内的一切，十倍于一个普通研究生三年的收获。她心里明白，在这里获得的一切之于她未来的人生，具有无可替代的意义。那是任何大学讲堂上都学不到的。

你不得不承认，故事里的男主人公是何等了得的高人。这一年多的时间里，他为她所做的一切，似乎都是在有计划的设计和安排中进行的。一切就像是他事先早已知道这位不平凡的女子未来的人生需求一般。

所谓神奇之人，便是如此。

变奏

前篇

主持完每日晚间那档金牌栏目坐进车里的那一刻，乔溪必做的一件事，就是从身边的手提包里取出手机，翻开相册，瞅着那张即便看上一百年也看不够的照片，凝神良久。然后，轻轻闭上眼睛，不由自主嘴角上扬，按捺不住的幸福顺着漂亮的眼帘、睫毛、嘴唇和两腮，像泛着红晕的桃色溪流，轻轻流淌出来……

伴着粉色的心跳，她开始给他编写发送微信，然后又如愿收到带着他的温暖和心跳也让她同样为之心跳的短信。有的时候，她还没来得及发送，便会收到他的信息。这些年来，这成了他们不能见面的日子里，每天不可或缺的暖心功课，成了他们精神和情感世界的家常仪式。这只有她和他懂得其中含义的仪式，让他们彼此间没完没了地幸福着、甜蜜着——他们的人生，就是在这样日复一日的温馨与甜蜜中，升华成了一首诗，一首如同永无止息的溪流一样的烂漫情诗。

作为电视台的金牌播音主诗和一些大型晚会的兼职主持，天生聪慧的乔溪，这些年不知道有多少或熟悉或陌生的粉丝和崇拜者，他们向她没完没了送来各种不同的目光和鲜花般的爱意。可在她的眼里，在她的情感和爱的时空里，这个世上除了她视为“心中君王”的他，便是一派淡然，乃至一片空白，一片被她自己深以为“雪一样洁净”的空白。

十七年前。十八岁的乔溪，在京城广播电影电视大学播音系读大二。或许是因为冥冥之中有造物主安排好的一种“人生契约”，聪慧过人、条件优越到令人羡慕的乔溪，心中却不时浮上一种莫名的焦虑。这莫名的焦虑时时困扰着她，让她的心头平添一缕莫名的浮躁……

一次偶然的机会，她路过学校附近那家书城，发现书城滚动的电子广告屏上，正在向读者推荐一本新上架的图书《北极魔幻屋》。看那署名——北极，应该是作者的笔名，她此前隐隐约约听说过这个名字。

一种说不清的好奇和莫名感，让她想都不想地走进了书城。

在位置显眼的新作展销台上，几米开外一眼便望见那本装帧新颖的书。乔溪随意翻到其中一页，其间的一句话像雷电一般击中了她那根敏感的神经。她不再往下看——仅凭冲进眼睛的那句话，便不加丝毫怀疑，将这本书买了带回家。

乔溪读到的那句话是："人生真正的缘分，就是在不经意间被命中注定的那人，将你带进梦中向往的天堂。"

就是从这本书里，她相信了人生路上那冥冥之中早已安排好了的某种幸福、诗意和不知未来去向的宿命。

这是一部带有成人童话性质的小说。故事讲的是：小说的主人公北极在鲜为人知的一片世外桃源般的森林湖畔，建了一座朴素却又别致的木屋。在这间如童话一般远离喧嚣的小木屋里，北极像是人间绝无仅有的诗人一样，在大自然满眼的绿色和悦耳的鸟鸣陪伴下，听着清澈湖水的微澜，无拘无束地惬意生活着。视野中令人心旷神怡的美景、大自然的风雨雷电和这间木屋一道，在北极的心中化成了世间最美丽的诗和远方……

乔溪虽此前读过不少书，但她从来没有读过这么神奇的、如同夏日的清风溪流一样，让她青春的心灵感到如此舒适熨帖的一本书。毫无疑问，这本书之于乔溪，有种非同一般攫住她灵魂的魔力。

随后的日子里，这本书为乔溪带来两个神秘到无法解释的奇迹。

第一个奇迹：阅读它的那段日子，几乎是每个夜晚，她无一例外、真真切切总要"来到"书中描写的"北极魔幻屋"。奇怪的是，清净而温馨的屋子里，始终不见屋子的主人，只有木屋门前那棵似有神灵附体的青翠欲滴的菩提。身居其间，乔溪明显能够感觉到这里有一种非同寻常的强大气场弥漫在自己的周围。那气场，一派蓊郁地裹挟着自己的身心。在这样的气场里，她总是觉得自己想要见到的主人公，就隐藏在近处的某个地方……直到她读完此书后的那个夜晚，她于梦里终于遇见了屋子的主人。

遇见他的那一刻，她的心不无惊喜地发现：微笑着出现在眼前的人，就是她冥冥中等待了千年的那人……

就像是早已熟悉的知音。那一夜，他们一见如故似的说了很多话，就在风清月明的菩提树下。

他说的最后一句话是"当你找不见我的时候，你就看看那儿——"边说边指了指树枝间群星闪烁的深邃夜空。顺着他的手势望去，乔溪望见了遥远天际的那颗明亮的北极星。可奇怪的是，当收回目光的一刻，她发现身边的那人不见了。醒来，一切就像是真真切切发生过一样，她甚至能够真切感受到依然弥散在身边的属于他的气息……

第二个奇迹：就在做完这个梦的第二天，她万万没有想到，她竟然意外地“邂逅”了梦中的那人。遇到他的那一刻，她惊得目瞪口呆，说不出话来。因为出现在眼前的人，气质模样跟梦中木屋里的那个“他”一模一样——天下怎么可以有如此奇妙的巧合？

他的名字叫北极——是的，正是让她着了魔的那本《北极魔幻屋》的作者。那天，作为著名“文化学者”的他，正在那座书城为排着长队的粉丝们签名售书。

北极抬眼立起身来的一刻，一瞥惊魂，即刻发现了离他不远处，俨然出水芙蓉般的她——乔溪。

彼此四目相对的一刻，像是冥冥之中受到某种神秘之力的引导。于突然的心动和心灵不受管束的吸引和震颤之中，他们将对方不可救药地深深吸附和烙印在了心灵深处。那一刻，周围的一切仿佛突然之间隐退了——在他们的眼睛里，在他们颤动的心底，瞬间只剩下彼此。那一刻，世界显得空旷和虚无。

世间或许真有这样的人，在上天让他们相遇的那一刻，心灵的窗户将彼此想要诉说的一切，只消那么定神一望，便看得明明白白了……

将不可思议的梦境和眼前同样不可思议的现实联系起来的一刻，乔溪在心里轻轻告诉自己：这一切，都是造物主的刻意安排，是上苍的额外恩赐，是今生抚慰我身心与灵魂的美丽宿命。

乔溪在心底祷告和感恩着：命运之神，因为他的到来，我是多么的爱你……

人生最绚丽的幸福，最迷人的甜梦，像春日的阳光和雨露一般，就这样含着微笑悄悄降临了。乔溪的情感和精神世界，她的人生她的一切，从此发生了彻底的改变——她怀着满心的喜悦，像高傲的女神一样，款款走进北极给予她的新世界——她知道，那是她心灵得以荡涤的绿色伊甸园，且是她生命的诗与远方……

幸福像粉红色的溪流一样，带着北极的呼吸和心跳，一次次温馨地漫过乔溪的生活，漫过她冰清玉洁的心房……

她的这位北极，虽是潜心著书立说的文化学者，却并非职业作家，而是一位多才多艺闻名遐迩的园艺设计师。

从十七年前的那一刻开始，乔溪就像是一棵幸逢甘霖的小树，无穷无尽地沐浴在了北极的阳光雨露之中。在他精心营造的丰满的精神世界里，爱的世界里，她的一切在无声无息中发生着日新月异的变化。

他们越来越坚信：他们就是彼此前世、今生和来世可以把心交给对方的知音。这样的知音无人替代。彼此间的深切默契，让他们一次次地问：这个世界，比他们更懂得对方的知己，会长啥模样？

乔溪一次次地告诉自己：北极就是上帝专门派来净化她灵魂的天使。正是在这位天使的用心呵护和不无神秘的精神花园里，他用那颗温柔的心为她洗去心灵的缕缕尘埃，她的生命因之而一天天升华……

最让乔溪感觉到幸福和自豪的，莫过于她的文化学者被一次次邀请到她所在的电视台做大型文艺节目的点评嘉宾，或者举办大型文艺专题讲座。没错，这样的活动每回主持都非乔溪莫属。对于乔溪和北极而言，那是他们的节日，是他们的精神盛宴。而现场和电视机前的观众，却始终无人知晓，台上这对配合默契的才子佳人，在过去的十七年里，他们是何等心灵交融到令人惊羡的“知音”！

作为知名文化学者，北极有数不清的粉丝和太多的崇拜者，乔溪心里明白，在她这位文化名人的心中，唯有自己，才是他无可替代的“天使般的知音”，一切就如同北极在她的心目中是无可替代的永远的“君王”一样。作为电视台受众人瞩目的金牌主持，北极有的时候也会或有意或无意地吃乔溪的“醋”。为此，乔溪说过这样一句足以让北极感动的话：“这世上，有无数的人用他们的眼睛望着我，而我心灵的这双眼睛只能望见一个人：你——我的北极，我生命的至情。”北极说她是这世上一个真正的“女人”——这出自北极的结论，是乔溪最愿意听到的。

一路走来，乔溪深深爱慕他的才华，他的修养，他的无人可及的人品修为，爱他出淤泥而不染的心灵、他的一切。她懂得，她相信：精神的力量，人性的力量，可以征服宇宙间的一切。而随着时间的一天天推移，她最终发现，她一开始喜欢的好多东西，似乎显得越来越不重要——那一切好像悄无声息地渐渐退隐到她不再关注的边缘地带——她的心明确告诉自己：我就爱这个人，没有任何条件。

一路走来，北极前所未有地欣赏和爱慕着出水芙蓉一样的乔溪。他欣赏和爱慕她的天生丽质，她的迷人气质——他爱她的所有，连同她自己时常提起的那些所谓的“缺点”。可终有一天，他发现乔溪最初让他惊羡让他为之

“痴迷”的美貌、气质等等，越来越显得不再重要——如同乔溪心目中的他一样，气质美色已经渐渐退隐到他不再关注的边缘角落。他告诉自己：我就爱慕这个人，没有任何条件。

心灵的极度融合和忘我之境，让他们比任何人都信仰：人与人，可以长在一起的不是肉体，而是灵魂，是那可以将所有的精神细胞密切交融在一起的灵魂……

乔溪说，人的心灵世界如果能用颜色形容，他们两个人的心灵世界是粉红色、橘红色、明黄色、翠绿色、海蓝色、牵牛花紫罗兰色、五彩缤纷的伊甸园色和温馨宁静的梦幻色……

一对身心痴迷、深深眷恋的知音情侣，他们“心灵蜜月”的周期会有多长？

乔溪的回答简洁到无须任何思索：一生。

一个月前，彼此热恋和痴迷了整整十七年的乔溪和北极，在乔溪离开她所在的首都京城赴日本开始为期两年的研修之前，北极在乔溪命名为“北极魔幻屋”的那个悠然宁静去处，为她践行。

那个夜晚，他们的身心被宁谧的夜色和这夜色带来的温馨浪漫所包围。四周的空气里弥漫着幸福的芬芳。窗外夜空中的那轮明月像清泉荡涤过一样，异常的皎洁明亮。临别时，俨然初恋情人一般，在火一样燃烧的激情下，她为他留下这封或许该让无数堕入情网者为之羡慕和嫉妒的情书：

我的无以替代的“君王”：

今生遇到你，让我铁了心一般地相信：人生可以有梦一样的幸福。这梦一样的幸福源于命运之神的恩赐，源于我前世的七级造化。我为之虔诚地感谢伟大的造物主。

十七年来，我对你的爱慕、崇拜和信仰是绝对的，也是唯一的。生命中一个个伸手不见五指的黑夜里，当我看不清万物的时候，我却能清晰地看见你。因为，你是照耀着我精神世界、照耀着我灵魂的太阳。

你可知道，你为我的生活带来的是何等充满诗意的幸福和美好呢！面对这样的幸福和美好，我从人类迄今为止的所有语言中，找不到任何一个贴切的言辞，来表达我心中的这份光芒四射、足以穿透我身心的幸福和美好。

我无数次地告诉自己，今生若不是因为遇见你，我恐怕至死都不会明白，也无法体验：人的一生，可以幸福甜美如此；人的生命，可以绚烂华美如此……

十七年来，你在我的记忆里是那样的纯粹，我们的一切是那样的纯粹。这样的纯粹不仅净化和滋润着我们的身心，同时也辐射和净化着我们生命时空里与我们有关的一切，包括那些感悟到我们心灵纯洁的人和他们想做的事……

你说过：受上帝青睐，在诗和远方的伊甸园里走过有情有爱有信仰的春夏秋冬的人生，是超越红尘俗世、超越芸芸众生的至美人生。

我说过：在情和爱的世界里，我是一座因你而变得一天美似一天的清新伊甸园。在这座只属于你的园子里，我要你做我永远的“君王”。

你说过：我是你的天使，你的清新明媚阳光灿烂的世界，因我的出现而变得美丽，变得青春焕发、生机盎然……

我说过：喜欢一个人，始于颜值，陷于才华，结于人品。你可知道，这正是我爱你的心路历程的真实写照……

你说过：十七个春夏秋冬，无数个日日夜夜，绽放在你眼前的我，美到淋漓尽致，多情到无以复加……

我说过：今生今世，上帝让你耕耘我的心田，开发了我的情、我的爱、我的生命的每个角落。是因为有了你的阳光雨露的滋润和用心浇灌，我生命的绿色田园才如此这般的春色烂漫，生机盎然……

你说过：让我不要怀疑，如果有一天世界变成一片黑夜的时候，你会把我紧紧揽在你的怀里……

我说过：为了让你每时每刻都能把我揽在你温暖的怀里，我宁愿永远待在那不思白昼的黑夜里……

你说过：你是一碗迷魂的毒药，天真的我一定是喝了你这碗迷魂的毒药，才会如此年复一年长梦不醒，失去自我……

我说过：如果世间真有这样的迷药，我祈求上苍让我岁岁年年痛饮它三生三世……

你问我：我们举世难觅的情深，我们无人可及的爱，该用这世间怎样的语言才能够形容？

我说过：我们俩人拥有的梦幻般的一日之情，是这个世界无数人一生感情的浓缩……

你问我：终有一天，我会不会突然从梦中醒来，离你而去？

我说过：即便天塌了地陷了，五湖四海水干了，我对你的爱永远不变，因为你的灵魂早已长在了我的生命里——太阳和月亮将为你见证这人间不可再有的一切。

生命，幸福，真爱，永恒。这天地间最有分量的字眼儿，在我的生命旅程中，造物主用我无以言表的人生经验，为这几个字做了最美丽最透彻的注释。

一路走来，我生命的脚步越来越轻盈，我心中的阳光雨露越来越充盈，我人生旅途上的鲜花越来越烂漫，我的柔软的灵魂越来越丰润……我知道，你是为我造就这一切美好的源泉——你是我可以在这个世界上阳光生活的精神和能源。

虽说你是一位园艺设计师，可是这世界有哪个艺术家、文化学者能与你相比？在我的心中，只有你是至高无上的——从真实的意义上来说，你是上帝专门为我派来的灵魂如水晶般透明的使者。比起任何的信仰，我对您的信仰更具体，更直接，更触手可及。比起任何伟大神明，你离我更近，近到我可以每时每刻感受你的呼吸，触摸和拥抱你的灵魂……

谢谢你今生给我依恋你的机会，给我拥有和钟情你的机会！在我的心里，在我的精神和情感的世界里，你是我的全部，你是我的唯一，你是我的宇宙大千！没有你，我的世界将会空寂、将会黯然失色。对我而言，拥有你便是拥有了全世界！因为拥有你，我从此成了这世界上最富有最浪漫的女人！

我的“君王”，你是我生命里的那颗永恒的北极星，今生今世的太阳。

小溪

乔溪飞往日本的那一夜，北极做了一个梦。梦里，隔着一层洁白透明的轻纱，芙蓉一般迷人的乔溪，亭亭玉立站在他的面前，神情若天使。她一脸温馨地只对他说了一句：“今生，你是我的‘君王’，是我生命里的那颗北极星，今生今世的太阳！”

北极深情地凝望着她。隔着那层纱，他依然能感觉到乔溪身上散发的清新温润的芳香，感觉到她充满激情的心跳。他能清晰地看见她的整个的灵魂……可是，那一刻，他发现在自己所知道的所有词语中，竟然找不到任何一个可以表达他心中那份热切的合适词语。望着自己的天使，他用一个男人特有的温柔，轻轻道：“小溪，我的天使，难道你不也是我精神世界里的那轮清辉明月吗？”

后 篇

读者诸君，故事若能于此结束，那该是多么完美呢！可热衷玩喜剧的造物主，从来都是最善于跟红尘中的天真汉开玩笑的。而且他的玩笑从来都是玩不到极致绝不罢休。

是的，你无法相信，就在乔溪飞往日本的那一夜，就在北极做那个温馨美梦的前几个小时，或者更确切地说，就在北极依依不舍送乔溪进入候机大厅，乔溪紧紧拥抱他，深情道过那声“我爱你！”之后连一个小时都不到，她把自己号称用十七年的时光，用自己的身心建造起来的“无极宫殿”，在令人难以置信的不经意间，让其轰然坍塌——没错，是乔溪自己亲手摧毁了它，毁得连眼皮都没有眨那么一下。

须得承认，这个充满怪异和诡异的世界，有时就会出现一些突兀得让你猝不及防，让你没有丝毫道理可讲和无以解释的事情。

给乔溪带来“地震”的，是那个不知道该用什么样的语言形容的、让你无语的人。

机场安检的一刻，贴身跟在乔溪身后的那个人，不小心“踩破了”乔溪脚上那双根本不经踩的粉红色“达芙妮”，一切“猝不及防”……在北极的人生记忆里，12 月 28 日，是个永远该诅咒的日子！从北极十七年“迷药”中“突醒”过来的乔溪，心头猛烈地爆发出一股一路走来从未有过的另类兴奋不已的“无名欲火”。

身心异常到不能自控的乔溪，捧着一颗善变的、欲火喷涌的心，瞬间毫无保留地一口气清理了十七年来所有惊天动地的“不朽记忆”，摇身一扭将其粉碎扬尘，忘却了一切山穷水尽的“海誓山盟”，一路高声嚎叫着，逃离了她自言北极用十七年时光为她打造的伊甸园。突然间，极度兴奋的、金光四射的疯狂幻觉，从天上像陨石一般垂直砸下。被各种兴奋和欲望持续升温、极度膨胀的她，顿时觉得自己变成了令世界倾倒的明媚耀眼的明星，变成了居高临下的女皇，变成了霞光万丈的胜利女神……她的激动的心脏膨胀到濒临爆裂。

正当她春情燃烧急不可耐地想给整个世界高声宣泄一通之时，突然发现路边一处，不安分地蹦跶着一只被什么人废弃的变了形的敞口喇叭。她不顾一切地奔过去，却发现那变了形的喇叭是个发不出声的“哑巴”。亢奋不已的她，环顾四周，这才发现周围并没有什么人注意她的赫然存在；这才发现天很大地很广，广大得天边无际；她很小，渺小到几近可以被周围的空气忽略。适才惊天动地的一切，不过是一时狂欲爆发的幻象。

不无失落的她，举着嗓子再次呼号，而后满脑鸡血、无所顾忌地扑向了那个令她自以为是人生天堂的欲望去处……

几天后，在噩梦一般的冰天雪地里，身心吃了闷棍的北极，做梦一样僵在那里，辨别着电话那端乔溪冷酷决绝到让他无法相信、无法呼吸的声音。那是北极完全陌生的声音。那冷酷得像是从地下发出的令人后背发凉的声音，让没有任何心理准备的北极，只怀疑自己是不是掉进了噩梦般的地狱。可是当他终于明白自己不是在做梦的一刻，一股剧烈的严寒，无声地裹挟了他。北极没法相信，让身心从天堂到地狱的戏剧，在他这里突兀发生。

北极的心开始结冰。

头上，黑沉沉的乌云像飓风卷起的大浪，要把他吞没。天和地，黑沉沉连在一起，一道闪电刺向脚下大地的一瞬，北极顿时感觉到自己像是不在世间，而是被吞没在了一个黑暗去处。墨一般黑色的倾盆大雨突然而至，但那砸下来的不是雨，而是黑色的冰块和石头。黑冰，黑石头，硬生生砸进北极一路走来装满明媚、装满悠扬歌声的心……

他听见一个来自大地远处的声音：你这天真可悲的灵魂，请带着你的忏悔，消受你自作自受的黑色盛宴吧……

幻觉中，北极走进一片望不到边际的森林。林间的树木、藤蔓，还有那些原本满含生机的草们、花们，在北极的眼前黯然垂下眉眼。整座森林，在北极的眼前变得死一般寂静；漫无目的的行走中，他来到白雪茫茫的地之北极。在这片承载大地孤寂的冰雪世界，他听见冰山的崩裂声音；他继续前行，只见一座喷着熊熊火焰的悬崖，突兀地横在他的面前。脚下的地在隐约颤动。惊心的颤动中，那燃烧着的悬崖在他面前开始不停地崩塌……北极病了。

几天之后，于病中醒过来走出幻觉的北极，身心依然难以恢复平静。发生的一切，颠覆了他一路走来笃信的真情信仰，阻塞着他的呼吸。随即，“万物皆有因果”几个字，从北极心头如彗星般划过……

有道是，大千世界，唯“极情”超越理性主宰生命，唯生命蔑视一切主宰万物——这不仅是北极笃信的生命哲学，也是亘古以来从显赫帝王到芸芸生命，所不可超越的深刻哲学。

掉进“唯情死海”的北极，精神和情感的世界，像是被切断了能源，一时陷入一片昏暗。一路走来让他深信不疑的那束“今生今世”的魅惑之光，随之被风吹散。

当一切变得寂静的那一刻，北极听到了来自远方的声音：你的天真和逾矩是不可原谅的。你必须为你之虚妄你之所为买单，因为你该明不明、该懂不懂：无情的……天生本就属于……

因风声太大，那声音变得断断续续，让人没法听得真切。

但，随即来自遥远天外的一束光，带着一份润泽的温暖，照亮他走出混沌的路。

梦的记忆

引　子

一抹夕阳从病房窗外核桃树的枝叶间斜射进来，照在输液器上，照在一滴一滴掉进输液管里像眼泪一样亮晶的液体上。

她以为他睡着了，便靠在椅子上，轻轻闭上眼睛休息片刻。她已经两天两夜没怎么合眼，太累了。

1

他闭着眼睛，但是并没有真的睡去。管不住的心，在这一刻引领着管不住的思绪，自由地飞向遥远的过去。他想要把那记忆中曾经走过的每一个地方，再一次重新走过。重新走过，只为能去看看山里那些陪伴过儿时梦想的山菊、牵牛、水汪草和蜗牛石，听听风儿轻轻吹过山坡杨树林时发出的喃喃细语，听听柳树掩映的小河里咕咕咕的流水声，看看笑吟吟朝自己走来的小伙伴……

他来到记忆中这个偏远的小村庄。村头一溜挺挺的白杨树下，他遇见一个穿着半旧的蓝色布裤和有点脏兮兮的粗洋布小褂子的牧童。离得很远，可他一眼就认得出，那是童年时的自己。

那个时候，不缺阳光雨露的日子着实快乐。天空里南来北往如同赶路的云彩是快乐的，小河里不知疲倦的潺潺流水是快乐的，地上玩泥巴的光屁股娃是快乐的，光屁股娃们眼里五颜六色的一切全都是快乐的。再长大一些，采野草莓，抓黄鹂，逮松鼠，河坝里捡鹅卵石，和小伙伴们吹着柳笛去狐狸精时常出没的野狐沟放牛放驴赶牲灵，顺道偷上几颗麻脸麻胡子爷爷家的酸杏是快乐的。还有，一肚子坏水的二柱子教唆几个挨刀的逮一只暴君大蚂蚱串通一气放进狗剩的裤裆里，然后看着胆小如鼠的狗剩胡乱抓挖着裤裆哭爹喊娘鬼哭狼嚎的样子是快乐的。还有，还有……玩伴们所有的那些鸡零狗碎异想天开，全都是快乐的。

玩在一起的这一群小伙伴，几乎所有的人都喜欢他。因为他从来不欺负任何人，很有人缘。身体结实，脑子简单力气大、满肚里坏水的二柱子就不行，没有他的这般好人缘，因为讨人嫌的二柱子总爱欺负别人，时不时惹得大家不高兴。自从那次二蛋、狗剩、三娃他们三个合起伙来扒掉他的裤子拿了根荨麻给他的牛牛挠痒痒，疼得他像巫婆跳神一样哭爹喊娘团在地上直打滚之后，二柱子从此就老实多了。老人们常说“三岁看老”，这话不全对。二柱子长大后学好了，俨然变了个人儿似的。他后来去了煤矿，不幸的是，没等媳妇肚里的女儿出生，就在那次毒瓦斯爆炸的“6·20矿难”中被深深埋在了矿井里。倒是那个小时候可怜吧唧看不出任何出息的狗剩，长大后真是有了出息有了大名堂。狗剩后来做了一家建筑公司的包工头，明里暗里养了两个老婆，一个赛过一个的漂亮、贤惠、麻利。两老婆，一个在乡下，一个住城里，狗剩有一次头疼脑热拉肚子，大老婆小老婆一齐来照看。两个老婆同处一室伺候一个男人，相互道长问短，和平相处得就像是亲姊妹。不是亲眼所见的人，不相信世上会有这等怪事。人们虽然不停地骂狗剩是个该死的混蛋小子，但心底里没有几个不佩服狗剩的。他对狗剩就有几分佩服，佩服自己这位童年时窝里窝囊鼻涕擦不干净的小玩伴，长大之后人前人后竟有了这么大的出息和能耐，活得人模狗样。

“咕噜咕噜”一阵小车轮儿滚动的声音。进来一位值班护士。例行询问确认了患者的姓名，给他的输液袋里加了一支白色的不知道是什么的药物，再量量体温，眼睛并不看他。护士看上去是个年纪很小的女孩儿，白白净净，站在他旁边不停地咳嗽，还吸鼻子，像是感冒或是有慢性鼻炎的样子，让人看着怪心疼的。末了，女孩儿打开手中的夹子写上点什么，啥话也不说，走了。

他来到一座虽不起眼但干净整洁的小学堂。学童们大概是在上课吧，周边一片清净安宁，除了偶尔传来一两声黄鹂的鸣叫。学堂像一座宽敞的二进式四合院，外院有林荫花道，高的杨柳树矮的玫瑰花，不加修饰却生长得有层次。内院的三边是土木结构的教室。每边各有教室两间，没有教室的一边，是老师们的宿舍兼办公室。六间教室正好够六个班级使用，操场在校园的外面。进校门先要经过狭长的外院。是的，这是一条两边栽满了杨柳树和玫瑰花的通道，每到春夏花开季节，整座校园飘满玫瑰的香味。夹道两行的尽头，他遇到了好看得像小仙女一样的俊儿姐姐。俊儿姐姐大他不到半岁，小伙伴们人人都知道，俊儿姐姐是他的小相好，甚至有人说是他的“小媳妇”。说实话，那个时候，校园里的男孩子没有哪个不喜欢俊儿姐姐的。大家喜欢她粉嫩嫩的小脸蛋和长长的小辫子，还有小脸蛋上的俩小酒窝，还有她唱歌时像黄鹂一样好听的声音。俊儿姐姐给过他两样东西，一样是小学时悄悄塞给他一把大豆，一样是高中时给过他一双绣花的鞋垫。那把大豆他在衣兜里装了好长时间都舍不得吃。那双鞋垫他死活记不得后来跑哪去了。鞋垫被遗忘的原因是，大家伙传言俊儿姐姐高中时候跟自己的班主任老师好了。不光别人这么说，他也觉得是。真实的情况，据说是那个厚厚脸皮让人讨厌的班主任硬是引诱她。后来风声闹得有点大，在省城工作的父亲把自己的宝贝女儿带走了，他从此再也没有见过俊儿姐姐……

病房的门被轻轻推开，走进来男男女女六七个白大褂。最前面的那位，女的，一看就是有身份的。没错，从身边几位大夫三言两语的对话中听得出，她是院长。也可能是副院长，因为在我们这里，习惯性的礼节，各种副职，前面那个“副”字都是被习惯性忽略的。院长和大夫们是来会诊的，会诊前需要跟病人交流一些情况，这是惯例。

一声闷雷从遥远的天际传来。伴着记忆中的雷声，他回到了青春时光的那个炎炎夏日。中学毕业回乡劳动锻炼了两年的他，被安排到清河镇乡政府做实习秘书。那年他二十岁。就是在这里，他遇到了在卫生院工作的同乡巧儿。现在说起来，他和巧儿完全属于一见钟情的那种，第一次见面就对上了眼儿。可麻烦的是，巧儿当时已是名花有主的人了，大她六岁的未婚夫，是部队的一位连指导员。那个年月，谁要是跟军人的老婆或未婚妻有一丝半点的瓜葛，都会惹来大麻烦的，罪名是破坏军婚。巧儿跟她的未婚夫属于包办婚姻。她对自己的军官对象说不上喜欢还是不喜欢，总之对那军官一直不温不火的样子。但那男的可是着实喜欢这个身材高挑长得水灵的姑娘。他对她从里到外满意得不含糊，若不是女方家一再说巧儿年龄还小，估计他们早已经结婚生娃了。人生就是这样，该遇见的人总要遇见，该发生的事就会发生。他和巧儿相遇的那个下午，即刻心生好感的两个人都意识到，眼前这个人一定是自己前世里牵过手的扯心冤家。遇见了他，巧儿把自己的未婚夫不声不响塞到了心底里一个没有光亮的旮旯。她不愿再想起他。感情这玩意儿，有时候是根本管它不住的。巧儿和他就这样好上了，好到身心甜蜜、心花怒放，好到心心相印、一日不见如隔三秋……

这是那个走到半道遇上大雷雨的夏日周末。太阳高照，烈日炎炎。他俩约好了一同骑自行车回家。天气炎热心更热，里里外外热得他俩汗流浃背。半道上歇息，聊天忘了时间，结果遇到了大雷雨。天遂人愿，昏天暗地的大雷雨像是专门为他们设计的。他们跑到附近大树林边的一处废弃的简易棚子里避雨。

就是在这里，他第一次看到了、抚摸了自己爱得死去活来的仙女那冰清玉洁的身体，亲吻了她滚烫绵软的甜甜的红嘴唇。充满激情的大雨，倾盆而泻。一声声巨雷，像重型炸弹一样从天落到地上，像是要把整个大地掀翻……

要命的激情摧毁人的记忆。而今的他，除了记得当时口干舌燥喉咙冒烟天旋地转的感觉，其他一切都忘得一干二净了……

乡政府当了两年秘书之后，他以出色的成绩考上了北京大学。考上大学的那年，由于种种原因，相爱无果的巧儿，还是跟自己的未婚夫军官结了婚……

病房的门被一个走错了路的探视者推开。传来另一间病房听上去痛苦得要命的哀叹声。他仿佛看得见那病人扭曲的表情……

傍晚，那位小护士又来了。这回是给他发药。小药盒里是一枚白色的极小极小的药片。他心想，这么丁点儿个药片，治得了啥病呢？他看看药片，再看看护士，再看看妻子，疑惑的神情。

这是哪儿？噢，这是京城的那座人人皆知的巨大建筑。在这个月明星稀的秋夜。他们两个人坐在人人皆知的那座高大雄伟建筑的最高一级台阶上，引得夜间执勤的巡警带着疑惑的目光询问他们半天。巡警有点不相信深更半夜他们蹲在那儿只是两个好友聊聊天，因为全中国人没有几个会找那样的时间和地点，蹲在那里聊天。

那一夜，他们一直聊到午夜凌晨。她说他是自己这辈子最信任的蓝颜知己，她愿意把自己的所有心里话说给他听。她真像自己说的那样做了。从相识到这个夜晚，二十多年过去，他们之间算得上无话不说，但从来没有像这个夜晚。她给他说了那么多，该说的，不该说的，全都说了。不仅他感到吃惊，就连那轮明月，也吃惊地不时藏到云层的背后。这样一位红颜知己，所有熟悉他们的人都怀疑、都认定他们之间有非同一般的私情。但只有他和她心里明白，他们两个人清清白白，不像别人说的那样……

隔壁病房痛苦的呻吟听不见了。或许是那患者睡去了，或者……

东方大学的学术报告厅。人声鼎沸，所有人为他鼓掌，一场精彩的演讲刚刚结束。这样的演讲太多回了，他记不清了。对于现场的听众来说，这是少有的精彩。对他来说，这只是自己数不清的演讲中的一场。演讲由中央电视台那位国人无不熟悉的金牌播音主持人主持。他们是彼此欣赏和倾慕的知己好友……

怎么这么短暂？这么快，这么几个故事就是一个人的一生啊？

是的。

一生就这么短暂。不单是他，对于大多数人来说，有趣的故事或许就那么不多的几个……

2

躺在病床上的头一个月，并没有什么特别的不适和痛苦。

可是，一个月过去，他突然开始感觉到异常的从未有过的痛苦。他觉得自己的骨头，浑身上下大大小小的骨头像是被挤压、被灼烧、被电击、被严寒冰冻一般，睁开着无数双惊惧和痛苦无助的眼睛——锥刺刀割似的疼痛，就这样冷酷无情地开始了。

诊断的结果，癌细胞迅速骨转移。病情急剧恶化。医生为他安排了特级护理。

接下来的几日，遵从医嘱，护士开始给他插上一根又一根的管子。他开始变得动弹不得，大小便不能自理。

生命啊，大限到来之时，难道一定要这样的疼痛这样的冷酷吗？他在心里痛苦地问自己。

他从来没有想过，这曾经只能说说，只能想想，只能在别人身上看到，总觉得离自己遥远得没有时日的一切，竟然这么快就降临到了自己的身上。

疼痛，疼痛，除了疼痛还是疼痛。

无法形容的疼痛，让他觉得自己的身体正在被一群恶狼恶狗一样的魔鬼任意撕咬。不久前那个没有疼痛的身体，已经消失，已经不再属于自己。

疼痛的间歇，他可以用可怜的几秒钟思考和回忆。他想起自己打小开始那天生对疼痛的极端过敏：曾几何时，即便是手指扎了根蒺藜小刺，我都会疼得眉头紧皱忍不住淌下眼泪。可是这一阵，我所面临的一切，不再允许我给身边的医护人员说一声。自己这是在忍受着怎样的痛苦和煎熬啊，难道是神要把我一生该有的疼痛在这一刻全部降临到我的身上？

他想起小的时候，因为不小心腿上蹭破了一点皮，妈妈紧紧抱着他流下心疼的眼泪。可如今，自己的病服上、被单上，到处都是血。一辈子心疼自己的妈妈，却再也看不到这一切了。想到这里，他只在心底难过地默默唤一声“妈妈——”……

有一阵，不小心液体输到了皮下，可胳膊埋在被单下，没能及时发现。两个小时后，整整一条胳膊发青变了样，惨不忍睹。那极度可怕的眼睛和神情，该是因为极度的疼痛和难言的折磨吧？可他硬是没吭声，比起无法形容的骨头疼，那根本算不了什么。医生指责护士的疏忽，也指责守候在身边的她的大意。他吃力地摇摇头，说不疼。他要医生不要指责她们。

呼吸变得越来越困难，最后医生只好切开他的喉管用来呼吸。

喉管被锋利的手术刀切开的那一刻，他的整个视野被无声落下的黑灰色雨幕遮过了。

远处有个陌生的声音冰冷地无休止地敲打着他的脑壳，让他不得安宁。他闭上眼睛，知道自己的整个世界进入了不再有阳光和晴日的阴风苦雨天。面对这一切，他无力违抗，只有默默屈从。但他的意识是清醒的。他看见自己变成了一个被折磨得皮开肉绽断了骨头断了筋也没人理睬，被硬生生拖往法场的死囚。他看到了那个脏兮兮属于自己的冰冷的断头台。他看见自己变成了一头临近年关待宰的绝望的猪，被人拿粗壮的绳索胡乱控住，无论自己怎么绝望地哭喊吼叫挣扎哀求，也没人理睬。眼睁睁看着，那给自己准备的宰刀和冰冷屠案，越来越近……

曾几何时，玉树临风骄傲倜傥的生命，竟然噩梦一般变成了这番模样。任命被摆布的他，生不如死的他，终于闭上绝望的眼睛，接受命运之神的胡乱修理，终于忘记了今生什么叫痛苦……

尾声

这日清晨不同以往。他终于从痛苦的呻吟中安静下来了，带着不知是屈服还是和解的神情。

蜡黄的脸上、身上开始不停地冒汗，可摸上去是那样的冰凉，像是完全没有了体温。

她小心翼翼地给他加盖被褥。他现出痛苦神情，显然是因为被褥的沉重。他几乎没有可以说出话来的气力。

呼吸衰竭让他喘气越来越困难，供氧似乎没有任何的缓解。她赶紧跑过去打开窗户为他透气。一缕清风吹拂过来，见他痛苦和焦虑的神情有所好转。没多久，呼吸困难再一次发作。医生决定给他注射麻醉剂。麻醉剂的使用，似乎再次减轻了他的呼吸困难和焦虑。

两天没有进食了。问他是不是饥饿口渴，他轻轻摇头。下胃管喂食物和水，反倒引起呕吐。呕吐导致他开始痛苦挣扎。

他一直想要拔下插在鼻子里的氧气管，她硬是没允许，直到他的手彻底绝望地瘫软下去。

他与身边守护亲人的神情交流越来越少。睁开眼睛的时候，现出一种从未有过的别样的神情目光，像是看着一个遥远的地方。

看着如此神情，主治医师王博士把守在身边的她叫到隔壁的医生办公室。博士轻声告诉她："病人的时间恐怕不多了，适才的那番神情说明，他已经在渐渐远离外在的世界，开始和自己的心灵对话。"

听医生这么说，她感到十分惊奇，半信半疑地询问："人在临终之时，难道真会如此，如你所说?"

"真会如此!"王博士回答，显得很认真的样子。

她望着王博士问道："那我现在还应该做些什么?"

这位经验丰富的医学博士，给她道出下面这些：

"有些东西是可以肯定的，那就是，生命将要离开这个世界的时候，听觉是最后消失的。所以亲属务必记住：不想让病人听到的话，即便到了最后的时刻也不可以随便说出口。你不妨注意观察一下，病人的神情一定会表明这一点。

你看得到，他的身体现在显得异常冰凉，这是病人临终时的必然现象。其实他此刻一点都不冷，只是因为血液循环量锐减，他的身体才变得又湿又冷。此时他的感觉中，身体正在变轻，越来越轻，直至感觉渐渐地失去重量，开始漂浮，开始飞升……这时，即便是拿一条轻薄的被单盖在他的身上，都会让他感到无法忍受的重压，更何况你要覆在他身上的是厚厚的被褥。

对于临终者，最大的仁慈是避免不适当的治疗，尤其是带有创伤性的治疗。殊不知，那些所谓'不惜一切代价'的抢救，是多么的愚蠢和残忍。要知道，这时，哪怕是给他注射一点点葡萄糖，都会抵消病人这种异常的'欣快'感。想当然的一切'治疗'，无异于在他'美丽'的归途上，横出无情的刀枪棍棒……

生和死都是天地万物的自然现象。自然界把生命最后时光安排的那样有人情味，那样合理，那样的自然而然。只是活着的人横加干涉，让生命终结的过程，变得痛苦而漫长。"

王博士的一番讲解，听上去不无道理。可一直守候在身边悉心照料着爱人的她，出于私心出于爱，还是半信半疑。直至她再度经过一番仔细观察之后，发现王博士的说法完全正确：此前想当然所做的许许多多，不仅完全没有必要，而且极大地加剧了他的痛苦。

她像是感同身受一般，冥冥之中意识到：此时此刻，自己的心爱之人其实已经从病痛中解脱出来了。

病人现出越来越安详的超然神情。一切或许真如王博士所言：此时此刻的他，看到的天很蓝很蓝，风很轻很轻，七彩的花雨从天空缤纷落下，耳畔飘荡着从天堂传来的缥缈仙乐。大地上树木清脆，花儿鲜艳，鸟儿在鸣唱，清泉在流淌，一切就像他曾经读过的一本书中描述的那样……

如王博士所言：这个时候，亲人们应该做的，只是静静地守候着他，千万不要走开。因为灵魂最后回眸人间的一刻，他会寻找自己最牵肠挂肚的亲人。懂得了这一点，亲人们就不可以让他失望而去……

还有亲人那最后的哭声——听觉是生命去往归途的路上最后消失的感觉，没有听到亲人哭声的他，不知道是高兴还是凄然呢？

人总是要死的。带着轻松和美丽踏进另一个世界，回归之路一定会走得更好。活着的人，应该让即将离去的亲人的灵魂做最后的欣慰飞翔。

我相信，在自己的身体即将飞升起来的那最后一秒钟，一生从来没有信仰过的那个神，看着他，让他回答了人生最后一个问题：

世界不是随便来浪的——为了看一遭这世间的风景，有些代价是要你迟早付出的……

随即，他的身体开始轻盈地飞翔……

同 情

“布个隆咚呛！布个隆咚呛！布个隆咚呛呛呛！布个隆咚呛！”

胖子板修一边唱，一边朝家里走去。从她的背影和异常肥硕的臀部，你都能隐约瞧得见她那一脸的兴奋和喜悦。路过花园快到自家楼前的时候，随着嘴里的节奏，按捺不住扭动两下欠活泛的腰身，手舞足蹈差点蹦跶起来。

以超过平素一倍的速度爬上楼梯。进了家门，什么也没说，走过去，在忙着摆弄案头什物的丈夫那油光光肥囊囊的腮帮子上，“吧唧”了一口。

很久没有过这样的举动了。板修的这一举动直接吓了她男人一跳，搞得他很是不自在。

“神经病，这是咋地啦?”身体肥胖动作略迟缓的丈夫，提了提快要从大肚皮上滑溜下去的裤子，面无表情直杠杠来了这么一句，没有半点领老婆情的意思。

板修二话没说，接着又“吧唧”来了一口，道：“亲爱的老公，今天的午饭你不用做了。老婆做，给咱好好搞几个菜——我们要庆祝一下。”边说边笑着使给丈夫一个三流媚眼儿，随即嘴里唱起了那首一遇到开心事儿必唱无疑的保留曲《呱唧呱唧我的爱》。

你可能会问：板修今天为啥这么高兴，这么乐？没错，今天凑巧是板修的生日，但高兴的原因与其无关。原来啊，她男人生物研究所里那个让她恨得不得了的高研究员，由于受一个意外责任事故牵连，终于“倒霉”了。作为研究所办公室副主任的板修，第一时间获得了这一令人振奋的消息。

以往每天中午，板修都要睡午觉的。可这天中午，她兴奋得睡意全无。像往常晚上出去参加约会那样，捯饬半天，将自己早已不再光鲜的这张麻乎啦叽的四方平脸，抹上许多修补涂料。经修饰，看上去光电光电泛着青。然后开始一边扳着指头，一边快速眨巴着眼睛，算算自己在第一时间该邀请的朋友。很快算清楚了，便开始逐个打电话，邀请她们来给自己“过生日”。她边打电话边手舞足蹈地快速行动着，眉飞色舞一脸的喜悦向四周的空气里迅速发散着，仿佛对方能从她的电话里看到她丰富又喜悦的神色。

下午的“生日”聚会，老地方——她和这帮姐妹经常相聚和发布各自搜罗的五花八门新闻的“乌乐岛·美唧唧俱乐部”。

没错，“生日聚会”的主角自然是板修了。大家祝她“生日快乐”之后，她先跟姊妹们扯了一些无关紧要的话题。随即，便甚是巧妙地引入正题。脸上的表情也由刚才的阳光明媚转入阴间多云，一脸表示同情的真诚和凝重。

“唉，”她先是叹了口气，“有件事真是太遗憾了!”

“啥事?”那平日里超级爱管闲事，在熟人圈里有着“新闻中心主任”雅号的双下巴丰满女人，即刻伸长了脖子瞪大了眼睛。

“我们老韩所里那位老高，高研究员，大家应该知道的。”

“高研究员？噢，就是研究出棉花新品种，受到科学大会表彰的那位高研究员吗?”

“是。”

“噢，那么大名人，谁不知道啊!”

“唉，可是，这次他倒霉了！——倒大霉了!”板修一脸的伤感，伤感到声音中流露出一种愤怒。“他可是我们老韩的知心朋友啊！想起来，唉，我这心里呀，真是替我们的老朋友难过啊!”

物以类聚，人以群分。板修的这些朋友跟板修完全一溜儿样。没隔一夜功夫，借着信息时代的强大传播功能，板修迫切希望发散的消息，通过微信网络，传遍了她想要传播的每一个地方。

当然，这帮人中间板修的传播频率和发布质量是最高的。她将需要接受消息的对象按主次排了序。首先是这些年最“牵挂和惦记却又从来不曾联系过的”几位高研究员的昔日同窗。板修精心编辑、反复修改，直至最终完成那条她觉得心满意足的待发短信为止。短信的口气当然是充满了同情的，满含伤感的，甚至就像是高研究员死了以后的悼词一样，充满了哀伤。审读自己编写的长篇短信时，板修一度甚至差点忘我地进入角色。这样出色的表演天赋，此前恐怕连她自己都不曾发现。你看那脸上的表情，简直沉重得就像自己是高研究员三生三世的心上人儿似的。看着一切合乎自己的心意之后，便开始不厌其烦地复制发送给需要发送的每个人……

老韩和老高，共事已经十三年了。十三年前，老高作为特殊人才从别的单位调入研究所，两人开始一起共事。起初他们关系不错或者说很不错。尤其是板修，对待高妻的那份热情，不了解内情的人满以为她们是从一个娘肚子里出来的姊妹。可是后来，这种热情开始逐渐消退，直至最终成为表面上的应付。根本的原因是：他们两边儿天生就不是一路人。十三年来，老高一个又一个令人羡慕的研究成果，让一路只顾逢迎拍马费心讨好上司却鲜有科研成果的老韩，心里觉得不是滋味。这对夫妇尤其是板修心头的嫉妒和怨恨也就由此而生，且日积月累一天胜似一天。用时下的一句话说，就是高压锅一样极端的“羡慕嫉妒恨”。虽说板修夫妇背地里做尽了各种动作，但表面上还是装得客客气气，一副好朋友的热情模样。

真是祸不单行。

万万没想到，就在板修发布新闻的第二天，突然传来真正不幸的灭顶消息——高研究员得了肺癌。

据说，从几天前体检的片子上看，老高左胸有足足五公分的包块阴影。医生告诉老高的妻子，她丈夫的癌症已经到了晚期。也就是说，他在这世上大概没得几天活头了。

这一下可真是震惊了所有的朋友熟人。尤其是板修，那一瞬间，没人看得出，她那脸上的表情究竟该归属哪种类型，没人说得清那副神情，是悲，还是喜。

获得这一消息后，板修和他家老韩心情极端沉痛，第一时间驾车赶到了高研究员入住的医院。

进得病房，板修那不知是因为悲伤还是因为别的什么心情，那两股子眼泪呀，一下子就惊天动地下来了。

不顾丈夫老韩在旁，也不顾高研究员的妻子在旁，板修走到病床前，一把抓起老高的手。只叫了一声“老高”，当下就伤悲哽咽得再也出不来声儿了。你看那个心痛的样子啊，完全就像是此刻躺在病床上的老高不是别人，是与她三百年夫妻情深的男人。

望着板修那张充满痛苦令人感动的脸，还有那哗啦啦如同瀑布一样没完没了流淌着的眼泪，单纯得像孩子一样的老高，当下就被这人间的真情感动了。他像是完完全全看到了隐藏在板修眼泪中充满真情的温度和善良。于是，一向坚强的老高，百感交集的眼泪也随之止不住地流淌下来。

板修，哭丧着脸，从老高妻子的手里沉痛地拿过毛巾。拿了毛巾，动作无比轻柔、无比善良地开始给老高擦眼泪。那感觉，俨然就像是她才是老高的亲老婆。站在一旁挨不着边儿的老高妻子，倒像是个陌生人。可无论怎样，这一刻，老高妻子还是被眼前这一幕深深感动了。这便是人间的友善和真情啊！

面对病入膏肓的丈夫，老高妻子觉得往日板修给他们做下的许许多多

“好事”，在这一刻都烟消云散了。许多的不愉快，此刻全都随着板修那哗啦哗啦的眼泪一同流淌得不见了踪影，消失在看不见的黑沟沟里去了。她原谅了这些年板修和她的丈夫背地里给他们夫妇所做的一切，包括那些精心挖下的一个又一个大小不等的坑绊。此时此刻，在她的心头，一切就像那位智者高人所说：“人生，只有生死是大事，除了生死，一切都是小事。”

当天晚上，板修一脸真诚地提出要和老高妻子一道，在医院陪同病人。在高研究员夫妇乃至所有人的劝阻下，她才一脸哀伤地和自己的丈夫一道离开病房。

有时候，戏剧性故事的发生完全像是做梦一样。

夜幕降临，病房里只剩下高研究员和他的爱人。泪眼迷离的高妻，心碎地守候在丈夫身边，时间在生离死别的心痛和无言的倒计时中度过。寂静无言和无言的寂静中，跳动着两颗生死相依走过酸甜苦辣大半生的心……

这样过了许久。望着泪眼迷离万念俱灰的妻子，突然，老高猛地从病床上翻起身来，急切地要妻子赶紧去找主治医师，说他有要紧话要给医师说。妻子满以为老高因灭顶的病灾导致心情焦虑或是精神崩溃了。但无论怎样，心疼丈夫的她，还是听从老高的指使即刻请来了他的主治医师。

高研究员和主治医师一番交流之后，随即而来的是一个令老高的妻子完全意想不到的、比天还要大的惊喜！

医师喜笑颜开地告诉她：“X光片上的黑色阴影不是癌症包块——那是此前老高体检的时候所佩戴的、一时忘了摘掉的一块贴身玉佩所留下的阴影。”

脸的里子

为出席这次隆重的颁奖仪式，他折腾了整整两天，真有些累了。

获得如此高的个人荣誉，此刻他七仰八叉躺在办公室的沙发上，沉沉地睡着了，脸上堆满了安然和得意。

他的脸的里子——就是脸的背面，悄悄离开他，蹑手蹑脚来到宽敞的写字台上。

写字台上是小蜜送他的那只晶莹剔透的水晶杯。杯子里是他适才冲泡好却累得没顾上喝的狮峰龙井，此刻茶香漫溢。

脸的里子不声不响来到水晶杯旁，杯子着实吓了一跳。

"哪来的丑八怪？你是谁？"

"嗯？美人儿，我丑吗？"脸的里子笑了笑，边笑边转过身去，不慌不忙。杯子看到的是自己主人那张熟悉的、仪表堂堂的脸。

杯子倒吸一口冷气，扭头看看沙发上躺着的他，吃惊地发现自己的主人此刻真的变成了一个没脸的人。

"可是，你怎么离开他跑这儿来的？"

"噢，这个简单，简单得就像你一样。告诉你，每当他睡着的时候，我是可以自由地独来独往——只要我愿意。"脸的里子边说边回到沙发上，还原他一张好看的脸给她看。片刻之后，里子又来到杯子身边。

"你想干嘛？"杯子怯怯。

"不干嘛，想和你聊聊天呗。"边说边笑了笑，笑得特别难看。

"你这恶心的丑样，没人想和你聊天。"

"美人儿，别总是丑呀丑的。话别说这么难听好不好？你不是看到了吗，我只要转个身就不丑了，对吗？"

"是啊，可是你为什么不转过身来跟我说话？"

"真没劲。转过来还有意思吗？我转过身来说的全是假话，只有这样，才能跟你讲真话。"

“为啥?”

“可以让我喝了这杯茶再跟你讲吗?”

杯子有些腻味地皱皱眉，勉勉强强点点头。

“嗯，茶不错，不过跟你亲个嘴更是惬意。”

杯子很反感里子说话流里流气的口吻，很想骂他一句“臭流氓”，可最终还是忍住了。因为他毕竟是那张美脸的里子。

里子喝完了茶，清清嗓子道：“你从来没听过我说话。我就跟你聊聊我，聊聊我给他做脸里子的这个人吧。实话告诉你，脸的面子大多时候都是说鬼话的，而脸的里子也就是脸皮的背面，才是说真话的。我今天就给你说说真话，说说他的真话，听吗?”

杯子好奇地点点头。

“世间万物皆分阴阳，你说对吧?”

杯子点点头。

“这就对了，人的脸也一样，有里有面。脸的里子和面子从来各司其职。就说他吧，”边说边指了指沙发上没脸的他，“脸的面子仪表堂堂，在人前台面阳光底下打理他的那些面子工程；我呢，模样丑陋一辈子不被他待见，终年见不得阳光，好不憋屈。可待在黑屋子里的我，却能时时监控他的灵魂。”

杯子发现里子的话有点意思，暂时忘记了他的丑陋。她边听边瞅了一眼躺在沙发上的主人——在那儿，没脸的他正呼呼大睡。

“你给我做个面部按摩行不?”里子以央求的口吻。

“你也需要做按摩?”

“咋不呢？长期见不了阳光又得不到按摩，总感觉紧里吧唧的。你以为模样丑，就不需要按摩就不需要舒服了？美人儿，模样丑，不用面膜就是了。可追求享受的心理跟美脸没啥区别。你懂的。”

杯子耐着性子给他按摩，心里就像八只公老鼠在折腾。

“嗯，美人儿娇嫩的手可真是绵软。”

杯子从来没干过这活儿。气喘吁吁总算按摩完了。

“美人儿，你让我跳个舞再讲行不？我得放松一下我的肌肉，我已经紧紧绷了两三年了。”

“你咋这么啰嗦！随你便吧。”

脸的里子轻轻咳嗽两下，不知羞耻地跳了起来。动作简直难看得要命。跳完了，又凑到杯子旁边：“嗯，总算舒服了。这就可以跟你说话了。”

杯子心里好不反感，没搭话。

“那没脸的，你觉得是个好人吗?”他的眼睛紧紧盯着杯子。

“当然了。这还用说，大家公认的好人。”

“哈哈哈！我的美人儿啊，你只知其一不知其二呢。前面说过了，我，脸的里子，可是日夜监控着他的灵魂中不被人知的那一面。这也是我被他永远不待见的原因。”

杯子不解又好奇地望着里子。

“想听吗?”

“你说吧。”看着里子故意摆谱的样子，杯子越发反感了。

“我知道你不大喜欢我，可是你一定想知道我要说的。我给你随便提溜两样吧：他是个贼，是个骗子，你信不信？去年那个沸沸扬扬的“xmzj”案，就是他一手搞的鬼。别看他人模狗样，其实他一大半时间都是在装模作样。捎带说句私房话：他现在的那个明星小三是他二十年前老情人的女儿，恶心吧？……”

杯子瞠目结舌，以吃惊的目光望着里子：“这么说，他是个道貌岸然的伪君子。”不知为什么，说这话的时候她直想哭。

“话不能这样说。”里子一副不紧不慢的口气，“其实他也有好的一面。比如，那次有位小老板托他办事，送了十万元。第二天发生了那场八级大地震，他二话不说，大大方方取出其中一千元为灾区捐了款；还有，他是个难得的孝子，母亲患了癌症，他愿为老娘做肾移植；还有……”

杯子感到一阵晕厥，浑身难受，胃里折腾得厉害，像是要吐的样子。可是胃里空空，没啥可吐。

“你大可不必这样。他对你可是蛮好的。”里子看出杯子的心思。

“我不就是一只杯子吗？他对我有什么好的。”

“不对，可也对。没错，就因为你是一只杯子。你看，你晶莹剔透，冰清玉洁，肚里有啥没啥，一眼便看得清清楚楚。他很疼爱你，对你很放心。从某种意义上来讲，他根本离不开你，你已经成为他生活的一部分，这你是知道的……”

杯子一脸的痛苦，轻轻低下头来。

“有一点，你可能不完全知道。作为杯子，你天生被人看得一清二楚。所以你这辈子只能当个喝水的家当。这世上的人，尤其是像他那样的人，若是跟你一样简单亮堂里外透明，那就完了……”

杯子无言。

“我，脸的里子，其实也跟别人一样，需要说话，需要透气，否则就憋断肠子了。适才这些话，千万不要外传——他在外人眼里是个近乎完美的主儿，就像他那张仪表堂堂的脸，你可得保护他的名声。”

“对这样一个坏透了的伪君子，我有必要在乎他的名声?”

“美人儿此话差矣。他不算坏透了的人。你看看，比起他的那位上司——那个有人给贿赂了一百万，而赈灾募捐时只捐了一千元的没脸面大贪来说，比起那个来说，他算个好人。”

杯子沉默了。

“谢谢你听我唠叨。我是个诚实的脸里子。我只有在他睡着的时候才偶有自由。可是这世界没几个人愿意听我说话。他醒着的时候我是永远不可能跟外面的世界说话的，我只能做脸的里子。”

杯子突然觉得里子不再像开始那样可憎。

“这会儿他该醒了。我该回去了，拜拜。”里子边说边蹑手蹑脚回到原处。

躺在沙发上的他，有了脸。

有了脸，还原了原来的模样——仪表堂堂，一脸正能量。

醒过来的他，伸懒腰，打哈欠，拍拍脑门，重新恢复了精气神。

他想要喝茶，可发现杯子里的茶怎么不见了。挠挠下巴，眨巴眨巴眼睛，自言自语道：“对了，好像是睡梦中把茶给喝掉了。”

雨过天晴，室外阳光灿烂，又是一个好天。

孤 独

毕加索，上帝给了他一双跟常人很不一样的眼睛和一颗极度敏感的心灵。就是这双眼睛这颗心灵，让他成了这世上很少有人可以望其项背的艺术天才。

当毕加索的天才被举世公认之后，一边是他的声名超乎人们想象地与日俱增；另一边是他感觉自己成了一个越来越孤独的生命。行走在天地间，放眼望去他发现自己的周围到处都是陌生的灵魂。他的眼睛告诉自己，周围那些有灵性的人和自然界那些没有灵性的、不懂得他内心艺术的动植物，没啥两样。没人能成为他真正的挚友——他比谁都明白，上天给予他的那双具有特异功能的眼睛，不单是用来绘画的。它们还是用来透视世界、透视人类灵魂的。尤其是那些看似与自己走得近乎的灵魂。

几十年来，与他走得最近的人有三类：亲友，同行，异性红颜。

他的亲友，各种各样的人，从身边一些默默无闻的普通人到达官显贵无奇不有。但最终发现，他们都是想从他这里得到一些好处的人。

他的同行，甚至一些隔了门道的非同行，都是一些阳奉阴违、表面恭维、背地里却想尽办法诋毁他的人。他每创作一幅画，就等于给自己积攒了一次仇恨。上帝让他一生都在不舍昼夜地给自己拉仇恨——他一生画了两万多幅画，这些画扎扎实实给自己拉来了像阿尔卑斯山一样高的仇恨。

他的女人，或是因为虚荣，或是因为渴望优越的生活，以崇拜者的身份或是别的名堂，想着法子来到他的身边。可这些人没有几个是真正懂得他的艺术和内心追求的。她们出于各种目的向他示爱，向他献殷勤，却又从来都没有走进也不可能走进他的精神世界——除了那位无怨无悔陪伴他走到最后的比亚特丽斯——他今生的天使。

几类人中，亲友尤其是那些亲戚，按道理是跟自己最亲近的人。可是，不止一次发生在这些亲戚之间的事，让他最终看透了他们隐藏在这种“亲情”背后令他痛心的真实目的。他们或因为争夺一幅画，或因为从他这里获得的利益分配不均，甚至因为将来他离开这个世界以后的作品归属和财产继承等一些看似还不该急着考虑的问题，产生了越来越多的矛盾。甚至会当着他的面发生争执，大打出手，弄得头破血流……

一次次的教训，让他对庸俗的人情世故越来越失望。现实只能让他感受到人心的伪善和冷漠，让他看清人的永无止境的贪欲本性。在利益分赃面前，所谓亲情显得那样脆弱，那样不经磕碰。被称为“情义”的东西，随便一折腾，便退居到找不见踪影的地方去了……

艺术是他的避难所，也是他心灵的唯一安顿。唯有在自己的画架旁，毕加索才会暂时忘记世间令他感到悲哀和失望的一切，全身心地投入到他的艺术王国。画架上那一张张大大小小的画布，是他的心灵透视和折射这个世界喜怒哀乐的窗户。这扇窗户，与他真诚的心灵永远对应。在这敞开的窗户里，他可以让人们清晰地看到广阔无限的世间万物，那是千姿百态的人类心灵和他自已的喜怒哀乐的真诚袒露。

上帝给他一颗清澈透明的心灵。这颗心灵越是透明，就越是现出这个世界的污浊和人心的晦暗。这既让他痛苦，同时也促使他走出并超脱世俗的泥沼。这痛苦和超脱，最终让他升华到一个常人无法登临的高度——真正的人类智者方能达到的境地。是智者，就不可能永远沉溺在平庸者的痛苦之中。但无法逃避的是，当他最终到达那个无人可及的境地之后，他发现自已成了一个真正的孤独者。他懂得，精神的高度和心灵的孤独，是上帝替他安顿的一对精神世界的孪生姐妹。

毕加索的一生，施舍似乎成了他的“兴趣爱好”，也成了他释放内心孤独的良方。当他一天天接近人生的终点，生命的夜幕即将降临的时候，则越发如此……

那天，毕加索从附近的大街上走过，远远看见那位卖花女孩儿熟悉的身影，旁边是她衣衫破旧的弟弟。过了两个小时，等他转回来时，发现女孩儿篮子里的鲜花依旧没有卖出几枝。女孩儿把好不容易卖掉的一枝花赚来的一点钱，给一旁陪他的小弟弟买了一串冰糖葫芦。毕加索站在近旁，瞅了半天，脸上现出若有所思的神情。第二天，他特意走到卖花的女孩儿身边，送给他一幅画——画上是一位天真的卖花小女孩儿，小女孩儿的身边蹲着一个小男孩儿，男孩儿手里拿着一串冰糖葫芦。他一脸和善地告诉小女孩儿，把画儿拿到不远处的某个地方去卖，她以后就永远不用再卖花了。女孩儿接过那张看上去跟小弟弟的涂鸦差不多的画，脸上出现半信半疑的神情，两眼凝神望着眼前这个多少让她感到有点奇怪的老头。女孩儿很快从老人的眼睛里看出了令她可信的善良和真诚。她相信这一定是个好人，也相信他适才说的一番话，于是拉着弟弟的手给老爷爷深深地鞠了个躬……

再看看这位精心打理花园的园丁。在毕加索的心目中，园丁既是一位普通劳动者，更是一位富有童心的天真诗人。他对自己工作没完没了的投入，就像毕加索面对自己的艺术一样执着，一样痴心。面对自己修剪打理的花木，他忘我得就像是面对自己一往情深的恋人。这种认真到忘我的状态让毕加索十分感动。终有一天，毕加索像是一个闲得无聊找朋友玩儿的孩子一样，找着话题故意讨好一般，跟这位园丁搭讪套近乎。套近乎的结果是，毕加索将自己的一幅精美画作送给了这位性情中人。谁都知道，有了这幅画，园丁完全可以坐享其成不用再干苦力活。可是毕加索发现，这位朋友干得比以往更为起劲更为认真了。毕加索心里明白，这位园丁跟自己是天生的一路人。他的心中有诗有情有天真，和自己一样都是上帝的亲孩子……

最戏剧的莫过于晚年的毕加索跟那位安装工的故事。为了保证自己画作的存放安全，毕加索请来一位安装工给自己的居所安装防护栏。这工作一干就是两年。这位安装工就像是那位园丁，对自己的工作兢兢业业，一丝不苟。不仅如此，干活的间歇，总是陪着画家聊天，就像是老人贴心孝敬的亲儿子一样，讲一些让毕加索非常温暖贴心的话。毕加索从他的话语中感觉到，这是一个世间少有的诚实善良的人。有一天，毕加索主动要求给他画一幅肖像。安装工看看自己邋遢寒碜的样子，显出不好意思的神情，但看看毕加索是那样的一脸认真，便摸摸自己胡子拉碴的脸，腼腆地答应了。

肖像画好了。忠厚老实的安装工瞅了一眼，然后摸摸自己的鼻子，略带腼腆地说："我的鼻子没这么大，这看上去不像我。"然后怯生生不好意思地又说了一句："这画，我就不要了。"略微顿了顿，壮着胆子道："如果可以的话，能不能把您厨房的那把大扳手送给我？"毕加索听完哈哈大笑。那天，毕加索心情很好，经再三劝说，安装工"勉强"收下了那幅肖像画。至于他惦念的大扳手，自然也是一并送给了他。尽管这位安装工不懂得自己的艺术，但毕加索依然亲切地告诉他："你是我的朋友，我的知音！"

知音？是的，因为这位朴实厚道的安装工跟毕加索一样，有着一颗如同孩子一样天真纯粹的心。从那天开始，毕加索不断地给这位安装工送画，且告诉他只要卖掉其中一幅，他就可以过上好日子。

毕加索先后送给安装工近三百幅画——世上或许只有疯子才会这样。可同样奇怪的是，这位忠诚厚道的朋友没有卖掉其中的任何一幅——他和自己的妻子终其一生始终在勤恳工作，自食其力，过着简朴的日子。毕加索去世后，一次偶然的机会，安装工终于了解了那些画作的价值。再后来，这对老夫妇将这些画作全部捐献给了国家博物馆，价值过亿。

老人的捐赠理由很简单："毕加索生前说过，我是他的知音。知音的画作，我是不可以拿去换钱的。"

没错，毕加索生前随便给人施舍，不是因为他的画画得容易，更不是因为这些画不值钱。他的画，值钱到足以让天下人瞠目结舌——你可知道，他曾扔进纸篓的一幅巴掌大的小画，让捡到它的那位老太太换了一座别墅……

毕加索的画价值连城。他的施舍不计其数。可毕加索的做法有时难免让那些不懂得他的人费解。对于他愿意施舍的那些人，画或钱，或物，从来在所不惜。他有时像是世上最大方的人，有时却又像是最吝啬的人。他的施舍要看对象——即使身为皇室贵胄，如果他不情愿，无论来者怎样向他讨好献殷勤，也别想从他这儿弄走半张画；反之，只要他愿意，即便你是无名之辈甚至乞丐，他也会大方到让受施舍者感到吃惊。是的，在他的晚年，越是于他无求的人，便越是他愿意为其付出的对象。有句时髦的话"有钱难买我愿意"，就是给毕加索这样的人说的……

他活着的时候，已是如此得声名大振，成为世间最富有的艺术"大亨"，可他的心里竟是如此的孤独。他深知自己是这个世上最孤独的人。因为他始终没有几个真正的知音。

终有一天，弥留的幻觉之中，一位天使来到毕加索的面前。天使告诉他："你为人类创造了这么多无价之宝，你已经成为举世公认的精神贵族。可是在你的身边，就像你自己所感受的那样，你没有真正的知音。我受上帝的指使，要你去往美丽的天堂……"

比亚特丽斯是毕加索的红颜，更是他的知音。可是，这不幸的红颜丽人，却先于他，早早去了上帝那边……

曾经在他最郁闷的时候，是比亚特丽斯讲给他那句茅塞顿开的话，"当你身边所有的人全都对你'羡慕嫉妒恨'的时候，便是说明：你成功了。"

比亚特丽斯生前，毕加索多次提议把自己的一部分画作精品留给她，她却怎么都不愿接受。她坦然地说："无论从哪个意义上来讲，我都不能接受这些珍贵的作品。在我心目中，你的艺术是无价之宝。如果我拿他们当作金钱交易的物质财富据为己有，说明我对你并非真爱。若那样做，我与你那些挖空心思不择手段想要牟取这些财富的'朋友'还有什么区别？我若将它们作为艺术珍宝收藏起来，我深知自己没有这个能力。更不用说，世间一切珍贵的艺术品一旦被某一个人独有，这艺术品的生命已经处于半死状态了。我和你一样懂得，你的作品当属于整个人类。它们应该作为人类共有的精神财富，陈列在国家的博物馆。有朝一日，事实终将证明，我的理解，我的做法不仅是正确的，也是明智的……”

是的，事实最终证明，比亚特丽斯是正确的。她的话代表了艺术生命存在的真理。

生命的夜幕终于降临，通往天国的大门为他开启。

比亚特丽斯陪伴着他，听从天使的召唤，一路去往天堂。

怎么，这里就是天堂？

看看，他来到了一个怎样的去处。这是一个没有边际没有人烟的广袤原野。放眼望去，整个世界一片寂静。这里没有传说中五彩缤纷的七彩花朵，只有黑色而单调的一些杂草；这里没有高大茂密的林木，只有三三两两黑魆魆的小灌木。天是阴沉沉的，凝聚着大块大块的乌云，从他们的头顶一直延伸到遥远的天际，像是随时都会电闪雷鸣，大雨倾盆……

这里没有像样的路。只有一条杂草丛生的羊肠小道，蜿蜒着伸向远方。路的一边，是那条被太阳底下的浪漫诗人一千次一万次地赞颂为“月亮河”的天上河流。可此时此刻，在毕加索的眼里，这一切哪有半点的诗意可言？

比亚特丽斯引领着他，缓缓地走在前面。她只顾前行，并不转身看他。他，只能看着比亚特丽斯一袭洁白拖地长裙的背影，如同望着一位遥远的希腊女神……

天堂里竟是如此的孤寂，孤寂得没有半点生机——即便是有一生忠实的比亚特丽斯陪同，毕加索还是忍不住流下了孤独和悲伤的眼泪……

他终于明白：所谓旷世天才，所谓精神贵族，就是为了最终拥有这无边无际的孤寂——这就是他曾经生存的世界和伟大的上帝给予他这个天才的最终回报。无论生前还是死后，无论人间还是天堂，给予他的只有孤寂……

毕加索，走过人生九九。他心里明白，从生到死，唯有自己的艺术和眼前这个叫比亚特丽斯的天使一样的圣洁女子与他生死相依。比亚特丽斯，这人间难寻的心灵知音，于他没有任何索取，只懂得为他奉献，无怨无悔……

欲望之舞

理性昏睡时，灵魂中似有万千跳蚤作祟

——题记

华丽斯驾着最新款的凯迪拉克豪车从大院林荫道经过，成了这个住着近万居民大院的一道风景——一道给很多人强烈视觉冲击的异样风景。

华丽斯本名并非华丽斯。她是三年前经历了那番人生重大变故之后，换成了今天这个时髦的名字。已经“芳龄”五十的人了，可依然忘我地成天把自己精心打扮成十七八岁的纯情模样。上到每根头发丝下到十个红得发紫的脚指甲，打理得异常精致。整个人，前后左右通体上下，标准的“嗲嗲版”爱丽丝卡通娃娃。这在这座大院半个世纪的历史上，堪称空前。

没错，谁都知道，华丽斯的这种变化，源于她一夜之间的那场人生变故。话，还得从她那众人皆知的美满婚姻说起，得从她那本领过人、出人头地的丈夫说起。

华丽斯的男人，大名鼎鼎的史来旺，据说年轻的时候是个周边邻里无人不知的半浪混混。即便后来参军当了兵，也没完全改掉他骨子里的坏毛病，但这人也有一些明显的优点。比如跟朋友交往，尤其是对那些自己感觉到可能会长期打交道的朋友，他显得非常热情大方乃至仗义。史来旺的过人之处，就是天生脑瓜壳儿超级好使，在领导面前察言观色那是相当的有眼力见儿。熟悉的人经常说，史来旺那双一想事儿便会中间朝上两边下拉快速眨巴的眼睛，生在他那颗装满伶俐的脑袋上，简直绝配。

一个说偶然也偶然、说必然也必然的机会，让史来旺一夜之间时来运转。一切源自一个性命攸关的紧要档口——他背了自己上司的宝贝老婆一会儿。

事情是这样的：史来旺那天去单位一把手家办事儿，发现领导的新任老婆高美丽肚子疼得要死要活。史来旺的领导那天正好外出不在家，给领导的电话也死活打不通。情急之下，他立即背了领导的老婆，急慌慌地打车飞往医院。

急诊结果，宫外孕输卵管破裂。肚子里的血，已经流了一大碗。因手术及时，最终有惊无险。手术医生凑巧也是史来旺领导的铁杆朋友。他握着史来旺的手说，幸亏赶得紧，若是再迟来半步，后果不堪设想。

有了这番救命之恩，后面的一切需要打理的事儿，再也不费史来旺周折——人的好运气，往往就是这么来的。

史来旺从此成了上司夫妇的救命恩人，人生挚友。作为感恩回报，这位领导以信手拈来的一大堆“正当理由”，把许多人垂涎三尺、日思夜想的一份美差，给了史来旺。

正是在这个当时堪称肥得流油的美差上，没出几年工夫，史来旺就发了。

史来旺不仅是个敛财的高手，也是个特能捯饬运作和“善于经营”的能手。更别说，史来旺自己得了好处以后，始终不忘“回报”他的知遇之人。如此一来，顶头上司更是认为自己当初没有看错人，这史来旺绝对是个有情有义的可靠之人。于是，无论他们之间的关系，还是史来旺手头打理的一切“事务”，越来越顺，越来越形成“良性循环”。

跟史来旺熟悉的一帮朋友，谁都知道他是怎么发达的，也知道他到底有多富。但那年头，大家对这类事早已经见怪不怪了。知情者不过是茶余饭后背地里说说，从来没有人提到桌面上，也不好提到桌面上。大家心知肚明，史来旺，上面可是有人罩着的——不仅有他的那位顶头上司，还有那上司的上头——那是靠史来旺顶头上司的关系连上的线。加上史来旺的聪明脑壳，史来旺很快又成了受那位大领导赏识的熟人，更不用说漂亮聪明的史来旺媳妇还成了上头这位“大贵人”的“干女儿”。说白了，一切都源于这个灵光活泛的史来旺太有眼力，太能捯饬，太会琢磨挖抓领导肚子里的大肠小肠沟沟坎坎。人就是这样，眼力、捯饬加挖抓，那是场面上跟人交往做成事情不可或缺的能力。

物以类聚，人以群分。华丽斯和史来旺两个人看起来真是天生投缘的绝配。据说，当年谈恋爱那一阵，一方面是史来旺一眼相中了长腿翘臀华丽斯的模样气质，另一方面是华丽斯对脑瓜精明的史来旺那番办事能力的佩服和欣赏。两人算得上是各取所需“一见钟情”，天生的一对儿。在华丽斯心目中，史来旺的手脚勤快和办事干练，甚至包括在领导面前习以为常的点头哈腰和不遗余力的鞍前马后，华丽斯都认为那是一个“大男子汉”出人头地绝对不可或缺的才能和素养。更不用说，当她发现自己的男人正是靠了这一切，施展身手为她获得了她做梦想要的一切时，她更是确信了自己从一开始就不曾有过怀疑的那份精准判断。正因为这个有眼光的男人，让她从此拥有了春风得意滋润无比的人生享受——天生追求享受又能如愿以偿的华丽斯，打心底里崇拜这位“能屈能伸的大丈夫”，是理所当然情理之中的事。

世上没有不透风的墙。背地里对史来旺各式各样的说长道短甚至一些骂得甚是难听的话，时不时会传到史来旺和华丽斯的耳朵里。对这一点，华丽斯表现得完全跟她的男人史来旺一样淡定。如果说对诸如此类的事史来旺的那份充耳不闻是天生的，那华丽斯的这份同样充耳不闻的淡定，则纯粹是出于对自己男人的独到眼光的欣赏和崇拜。这个可是需要一点不同于常人的眼力和心理能量的。用华丽斯自己在朋友面前不无自豪地的一句话说，那就是：“无论别人用怎样难听的话骂我们家来旺，我都觉得我的男人就是这世界最能屈能伸的男子汉大丈夫——真英雄。”

华丽斯不能忘记史来旺一夜之间给她赚了上百万的那一回，那可真是把她乐疯癫了。这个幸福荡漾的女人，觉得自己浑身上下的每一个细胞都充满了对史来旺无限的爱意。那一夜，她暖暖地抱着她的大丈夫，撒着娇在不大的卧室里跳起了华尔兹。她是那样的妩媚。扭着身子在地上转了一圈又一圈，直到俩人转晕，倒在床上。那一夜，她美美地做了一个梦，嘴里大声喊叫着“火！火！火！哈哈哈哈哈……”从梦中笑醒。

有道是，人生一世，意想不到的祸福常在旦夕之间。

命运对日子过得有滋有味风光无限的史来旺和华丽斯夫妇来说，就是如此——巨大灾祸的突然降临，没对他们打半个字的招呼。

那日从高尔夫球场回来，史来旺告诉老婆觉得身体不适，想躺一会儿。最初，他们两人都以为是玩得太猛，累的，或是着凉感冒了，没当回事儿。可是，第二天看到检查结果，他们直接懵了——这回不仅有事儿，而且是大得不得了的事儿。

史来旺得了一种医生从来没有见过的怪病。已经病入膏肓却又病因不明，且病情发展异常迅猛。

面对如此的灭顶灾难，华丽斯表现出异常的魄力和对丈夫似高山大海一般的情深与真爱。她明确告诉主治医生，她一定要竭尽一切所能医治丈夫的病，即便倾家荡产也在所不惜。

愿望归愿望，但丈夫的病情丈夫的命，医生和旁观者比华丽斯心里明白：一切早已经完全掌握在黑脸阎王爷手里了。

让所有的人不无感动的是，在眼看史来旺的病情恶化已经无力回天之后，华丽斯表现得异常的坚强，坚强到近乎淡定。她最让人感动的一句话就是：只要人在，无论他变成啥样，我也愿意伺候他一辈子。

可是，老天像是完全没有听懂她的心思。既没有让她倾家荡产，也没有给她伺候史来旺一辈子的机会。

住院治疗的最后结果，史来旺浑身溃烂，先是腹部胸部，然后是四肢和脸部，整个人完全没了形状。身上溃烂的皮肉像豆腐渣一样往下掉，几近惨不忍睹，且发出一种令人窒息的熏天臭味……

看着病床上完全变了模样失去人形的丈夫，华丽斯觉得一切就像是一场噩梦。到了这一刻，她不得不承认，今生，无情的老天爷还是扎扎实实跟他们开了一场玩笑。

史来旺走后的那一夜，华丽斯瞅着自己男人的照片，静静坐了一夜。她眼里没有人们想象的那番泪水。她觉得自己的生命进入了一个见不到一丝光亮的黑色世界。她意识到自己的身心和身外的一切，处于伸手不见五指的一片漆黑之中。

黑夜，从来没有过的黑夜，没有人可以理解的令人恐怖的黑夜，从里到外沉沉地笼罩了华丽斯。

华丽斯就是华丽斯——她最终意识到，死一般的黑夜里，有一处是金光闪亮的。那亮光，才是她肉体和灵魂的依托。她像幽灵一样轻轻来到当作储物间而常年紧锁密闭的那间屋。开了灯，两眼顿时放出富有透射力的激光，全身心静静望着那十多个用胶带封住紧紧码在一起的大纸箱——那是她的史来旺经营二十余年，为她赚来的足够自己挥霍享乐几辈子的银子……

那一夜，她又做了一个梦——不知是一个噩梦还是鬼梦，变了调似的大声喊着“火！火！火！啊！啊……”从梦中惊醒。

丈夫走后半年，那个受友人邀请的私人会所——豪华“帝都水晶华苑”的狂欢之夜。像是从睡梦中醒来的命运之神，出于某种同情给了华丽斯一个通风透气的惬意安排。

豪华舞厅里，随着刺激得身心震颤的轰鸣音响，伴着桑巴伦巴迪斯科的疯狂节奏，让身居其间的每一个形形色色的灵魂，处于一种疯狂的灵肉极欲的诱惑之中。看着自己的前后左右那一张张忽明忽暗的男人和女人五颜十色的脸，还有那脸上不无放荡不无疯狂的“人鬼情未了”表情，还有那男男女女显得手忙脚乱又抓又挠的各种性感动作，感受着那个在自己身上肆无忌惮蹭来蹭去的干渴男人，还有那个在旋转的灯光下忽隐忽现、酷似史来旺的那位“大伞”年轻时相貌的倜傥男人和他那一身浓烈的法国香水味道……美人华丽斯的内心突然生出一种按捺不住的潮热和躁动。她觉得自己的身体里有八万个从浑然沉睡中苏醒过来的绿毛跳蚤，瞪着充满欲望的眼睛，开始猛烈地折腾。华丽斯，开始高烧般生出一种想要发泄的强烈欲望……

华丽斯的突然转身——华丽转身，从这疯狂之夜开始。

那天之后，她把自己的名字从原来的华秀秀变成了现今的华丽斯。不仅名字变了，人也变了——整个人，从头到脚，变得没有一丁点儿原来的样子。她的模样可以让人由此联想到这个华丽斯渴望脱胎换骨的猛烈愿望。

曾经的熟人朋友，没有几个能理解，华丽斯一夜之间竟有如此翻天覆地的改头换面。

是的，从那一天开始，她就成了华丽斯，成了今天人们看到的摩登得不能再摩登的模样。后来的一切，除了各式各样的揣测，没人知道其中的究竟……

凯迪拉克豪车从大院缓缓经过。车内音质纯正的高配置音响中，播放着时下当红歌手演唱的那首《为了你，我永远耐得住寂寞》。华丽斯夸张地挺着高高的、真伪难辨的美胸，身体一扭一扭略微晃动和抽搐着。好似香蕉苹果一样的脸上，精心描画得火红火红、性感异常的两瓣嘴唇，不停地、轻轻地开合着，一动，一动。像是在模仿歌手揪心勾魂的歌唱，做出神情蛮投入的样子。声音却轻到几乎听不见。

那位头发虽已花白，但脸色红润蛮有气度的人物，站在中心花园旁别墅的阳台落地窗旁。隔着一层几近透明的乳白色薄纱，他细心观望着从近旁缓缓驶过的凯迪拉克，目光和神情中流露出按捺不住的欣赏、喜悦和自豪。目送着缓缓离去的凯迪拉克，这白发老帅哥捋一捋自己的头发，打了一个清脆的响指，而后做出一个年轻小伙一样酷酷的动作……

如果不是当年的老熟人，恐怕没有几个会认得出，这位滋润的领导，正是史来旺当年那位领导的上司“贵人”——华丽斯的“干爹”。

而今，华丽斯活得潇洒浪漫，滋润得意，又一派风光无限的感觉。那感觉，像是生活中什么事情都不曾发生过。

异常春风荡漾的华丽斯，生活如此充满阳光，那一定是没有几个人可以懂得的……

蹭　金

人性的某些东西一定是与生俱来的。比如梦想成名。

梦想成名本不是什么太坏的事，但梦要做得合适。梦也得有度，失了度，就会做成“奢梦”“荒唐梦”。

奢梦是件挺麻烦的事。我的一位七八成熟人，大名余耀祖，就是这样一位奢梦者。此人患“梦想成名极端嗜好症”且因之远近闻了名。他这嗜好，显然是骨子里与生俱来的。他相貌生得不是很争气，本就天然一副猴腮样，且大有越来越严重之势。有人说那都是给日思夜想的“奢梦”害的。

年轻时毫无名堂那阵，也就是还在大学里做学生那一阵，本性里的一些东西便已流露出来（比这更早些时候的情况不得而知）。那时的他，已明显有了某些“嗜好”的症状，或者可称之为“病”的征兆。

那时的他，常会这样——跟你见了面，打声招呼，便即刻转话题道：“你猜怎么着，我昨天见到校领导那谁谁谁，离我很近！你猜怎么着，领导竟然特意地转过身来，微笑着看了我一眼，跟我打招呼呢。真没想到，像他那么大的领导，竟那样跟我微笑跟我打招呼。唉，真不知道我有啥值得领导注意的……”

或者会这样：“你猜怎么着，我遇到那谁谁谁了，就昨天下午。那么大的明星，你知道的，我本想远远地望上一眼也就足了，可做梦也没想到，我竟是到了她的跟前。呀！离得那么近，她说话的声儿真是好听，呀！那牙齿，洁白洁白，看着我，你猜怎么着？她笑了，不知为啥就笑了，呀！可是和蔼，跟我说了话，说了好几句话呢。真想不到，那么有名的大明星，我竟然有机会和她说了话……”

后来大学毕业，工作了，就他现在所在的那所大学里。从那时起，所有熟悉的人无人不知他的“好蹭”毛病，凡蹭之后又必然炫耀的毛病。一路走来始终这样。几十年了，他的蹭病和蹭后炫耀病，与时俱进，症状越来越甚。最终，便是彻底成了不治之症。你知道，从理论上讲，炫耀总得有炫耀的资本。这个在余耀祖那儿毫不犯愁，他具备“资本积累”的过人天赋——蹭。他的一切全靠蹭，大多情况下则是硬蹭。因为太能蹭，不知从哪天开始，蹭出了成就的余耀祖，赢得一个名副其实的名头：余蹭。甚至有人称余蹭的一套处世理念为“余氏蹭学”。

余蹭早些年很喜欢炫耀的事件之一，便是跟名人握手。他总是这样炫耀：你信不，我跟那谁谁谁握过手的。

当然了，余蹭握过手的那人一定是一个领导，或是明星，或是一位有钱人，总之一定是他眼里的要人。凡跟他握了手的要人，他会给你讲述得十分仔细——个头高低，相貌模样，衣饰行头，手的大小胖瘦，手的绵软程度，握手时的表情神态，说话的声音语调等等。当然，握手的人跟他说了什么话，一字一句，那是一定不会落掉的。至于那人是否真如他所说，真的跟他说了那些话，就不得而知了。

余蹭和领导、显贵、明星、要人、富豪“握手”的事儿，后来发展到了这般状况：你刚刚跟身边的朋友提及某个人——当然是个有些名头的人物，结果一旁的余蹭即刻凑过来插话：“哦？你们说那谁谁谁呀，我熟，我跟她握过手的……”经余蹭这么一插，原本聊话的俩人，本在说的事儿被搅和得再也接不上茬儿。回数多了，知道了他这毛病的人，一看余蹭在场，凡可能被他接茬的话题，也就免提了，免得被这个腻味给蹭来蹭去。

余蹭极喜欢炫耀的另一重要事件，便是蹭过的饭局：“我昨晚跟那谁谁谁一起吃了饭的。他请客，嚯，那叫个排场！大马哈鱼不错，海胆龙虾比我上次吃的差了很多……”饭局炫耀对余蹭而言是极重要的事，所以他一定会绘声绘色描述得相当细致。尤其是跟他心目中的重要人物吃过的饭，必定是不会放过任何一个细节的炫耀一番。凡被他逮着的炫耀对象，无论熟悉与否，他绝对不会放过。那是真正的蹭饭蹭人如蹭金的境界——不仅吃饭的过程，最终连同饭局大人物的身世，都给你交代得清清楚楚。有一回，有好事者想要证实一下，于是就余蹭之言特意核查一番，结果发现根本不是余蹭炫耀的那么回事。

余蹭吃饭，逢人无所不讲的最重大事件，相当于他的保留节目，那便是：“某省长有事求到我，请我吃饭，单是那从没见过的双头比目鱼，我一人就吃掉了 3000 元……”这双头比目鱼的事，听着满感新奇，因为几乎没人听过这种“双头比目鱼”。新奇归新奇，可被余蹭不厌其烦讲多了，便没有人再愿意听了。有一回，余蹭刚说了句“那省长请我吃比……”话只说了前半句，一旁的几位只“哼”了一声便张大了嘴巴打哈欠。见别人全在打哈欠，余蹭也就收了话。

余蹭也写文章。文章写多了，便决定出书。余蹭的第一本大作名曰《学术人生》，书名《学术人生》四个字是从世人皆知的那位文化大家的一件书法作品中扒下来拼凑在一起的。这个还真是妙！没想到拼凑在一起，“学术人生”四个字竟然看上去天衣无缝，像是大师专门为余蹭的专门题写，堪称妙蹭！得意之余，余蹭逢人便炫：“有朋友约我，跟那谁谁谁，一同喝了酒。都是豪爽之人，投缘，大师说我这个朋友他交定了，说一醉方休，结果我们便都醉了。大师听说我要出书，便主动拍了我的肩，提出一定给我题写书名。于是，趁着酒兴给我题写了书名，兴之所至，大师有点醉，不小心把酒洒在了墨宝上。过很久，那墨宝依然散发着大师的酒香之气，酒香墨香混在一起，非同一般，神了！大师就是大师，绝对不同于庸凡之辈。”余蹭边说边撇起嘴来，横着晃两下脑袋，很牛的样子。题写书名之事，为了避免不必要的麻烦，被余蹭剽窃了墨宝的文化大师之名，这里就不提了。

余蹭所有事件中，跟名人蹭照才是最最重要的人生大事。这些年一路蹭来，随着声誉日渐，跟名人合影是他最重视，也是动心思最多的人生大事。你知道的，唯一的不尽如人意，便是他那副先天不足、实在没法恭维的尊容——无论怎么费心，无论跟怎样的人物蹭在一起，天生偷鸡摸狗的模样，是怎么也无法改变的。那副不争气的尊容，多少让他感到失望。只怨老天就赐他这幅猥琐样，谁也是拿他没法子的。

这里重点介绍他蹭到的三幅照片——可以代表余蹭一路蹭来早、中、晚三个人生阶段。

第一幅是当年工作不久跟一位领导的合照，属于默默无闻的早期。余蹭不会忘记拍这幅照片之时的情景。当时系里德高望重的严老教授也在场。那领导尊重资深老教授，特意邀请在场的严老教授一同合影。严老先生是学校的老人，老资格，更不用说还是余蹭的老师。可那天余蹭硬是一点都没有客气。他装作疏忽大意的样子，把严老先生疏忽在一边，直接蹭到领导身边，一脸媚态地跟领导蹭话。蹭着话，也就顺便站在领导身边。领导满以为他是这里的领导，便不再多想。闪光灯“咔嚓”的关键时刻，余蹭摆出一副很是像模像样的姿势，俨然跟那领导甚是近乎、备受器重的样子。美中不足的是，无论怎么姿势，只可惜那横看竖看小偷模样的神情，是怎么也改变不了的。照就照了，不就一张普通照片，没啥可炫耀的。哪承想，照片中那领导后来发了迹，升上去了，成了一位绝非一般的大领导。对余蹭来说，这可就不得了了。于是，这张照片在余蹭眼里的价值那是翻了又翻——这张照片，满心得意的余蹭给多少人炫耀过，没人能说得清。更为重要的是，余蹭一再炫耀，当时是那领导特意把他拉到了自己的身边。因此，这幅照片在他人生经历中的珍贵程度，就不用说了。

另一幅，是跟一位大艺术家，一位极德高望重、真正国宝级老艺术家的合照。此照属于中期珍藏。你猜怎么着？那余蹭，紧紧搂了她的肩膀，或者说完全拿上半截身子压在老人的身上。没错，老人家是坐着的，个头本来就小，结果被他那么猛着劲儿一楼一挤一压，老人直接被压缩变了形。不仅坐姿变了形，脸上也变了神色——老人很吃力且有点不开心的样子，一切都写在脸上。想想，能不生气吗？猴头猪脑那么大一个人没皮没脸蹭压在老人身上，八十岁老人得怎么支撑着照完那张相呢？可余蹭完全另一副表情。脸上很亲很亲的样，感觉像是老人家的亲孙子。当然，有可能的话，他是极愿意给老人当孙子的。定格照片上的俩人，如前所述，余蹭很亲很亲的样子，可老人家的表情你是可想而知的。看着照片，国宝级大师的表情让余蹭心头不无遗憾，但是一切只能如此。遗憾归遗憾，可无论怎么说，蹭这么一幅照片太不容易，太珍贵了。必须重点珍藏。这幅照片，当时就装了框，堂而皇之挂在他办公室，人人都看。直到有一天，一位口无遮拦不留情面的熟人，毫不客气地往余蹭疼处刺了几句，余蹭这才不好意思地去掉了这幅照片。可三天之后，还是挂回原处。

第三幅，即后期那张照片。尤为重要。一次全国性的会议。凑巧，余蹭十分崇拜的一位部长出席了开幕式。对余蹭来说，这个机会太难得，万不可失。集体合影，部长自然要坐中间的，无论余蹭多么想蹭近部长，根本没门。这一点他心里明白。他踅摸：合影之后，必须得想尽一切办法逮了机会跟部长单独合影。谋划好了，待集体合影结束，余蹭箭步奔过去，蹭到部长眼前，大庭广众下提出要跟部长合影。由于紧张或激动，状态失控，动作迅猛，多少有点吓到部长。鲁莽归鲁莽，可他心里明白：当着这么多人面儿，大人物是不好回绝老百姓的，对他来说，这回乃一锤子的买卖，必须孤注一掷，一切以达到目的为目的。果然，一切如了余蹭的愿。这张照片拍的依然有意思：余蹭大大摆了个谱，虽说那神情，那架势看上去依然像个小偷，可是小偷也懂得怎样摆出一个身份较高的姿势。那姿势，俨然那领导是与他百年交情的老朋友。

三幅照片。他决定花重金一式多份大尺度做精心设计装裱，而后郑重其事挂在自家厅堂显眼位置，挂在办公室显眼位置，保证来往之人必须看到。不仅如此，他还用尽心思，七拐八弯写了专门与这些照片有关的文章，发在网上。还举办讲座，每回讲座从来不会忘记把这些照片放在其中，七拐八弯跟讲座内容联系起来。

余蹭最有影响的社会效应，是跟部长合影之后。借其“名人”背景，他应邀举办了一次国学讲座。国学讲座是主办方精心策划的一个系列活动，有来自全国近三十位专家主讲。余蹭是其一。正如你所想象的，余蹭讲座中自然是要讲他跟部长名人们的交往，尤其是学术领域的学者大师们的交往。当然，少不了展示他跟每位名人政要的合影。这次国学讲座之后，就有了余蹭以特别的手段获得的其他二十六个名人的“隆重签名活动”。这次活动，让余蹭空前体验到“蹭人蹭名皆蹭金”的巨大成就感。关于此事，此处不可细表——主要是考虑那二十六位名人的声誉……

跟名人蹭多了，自己终就成了名人——满世界无人不知无人不晓的名人。这很自然。从此以后，余蹭其人，只闻其名不详其人者，无不觉得他很牛，无不觉得他是闻名遐迩的大腕名人。就连那位远近闻名的大科学家某某，都特意接见他，可见余蹭已经是着实的名声在外了。当然，凡了解底细者，无人不知这余蹭是啥货色。

余蹭比谁都懂得这个理儿。他再明白不过，了解他“一路蹭来便成名”之底细者，终究是少之又少的。无边世界如此大，大世界里的万千之人，他们没人知道他的底细。他一再提醒自己：人活一世，只要成名，只要能成大名，无论怎么厚着脸皮去蹭，都不为过。蹭，乃人生真本事也！脸皮？啥叫个脸皮？不值几文钱的。

在外人的心目中，余蹭是毫无疑问的名人。凡大名人，距离隔得越远，名声传得越大。你知道的。余蹭就是这样。蹭，无疑是个滚雪球的游戏，滚雪球，雪球滚，滚来滚去自然是越滚越大。日积月累，余蹭有了五花八门各式各样的百八十个名头。在现如今很看好“名头”的时代，这些东西真是管用，很见成效——余蹭的这些名头，范围覆盖学界、商界乃至政界，给他带来越来越多实实在在的实惠。

有一阵，大马路遇到余蹭，那番神气在告诉你：你叫我余蹭，余蹭又咋样？我就是名人，就是大腕！他从自己的肠肚深处，把自己当成了货真价实头顶金冠的大家名人。以至于再后来便是彻底忘记了自己这一路原本是硬蹭过来的。

他本来想凭这一手，在国际上出名。后来打听一下，在国外，他这一套暂时还不大好使，于是他决定暂缓。虽说决定暂缓，可他还是逢人便说：“以我现在的成就，我是可以有更高更广更远大的影响的，我是可以有国际影响的。过不了多久，我会弄一个像模像样高水准的国际一流学术会议。该活动目前已在筹划之中……”

就在决定筹划大手笔国际学术会议的档口，有一天，突然听说余蹭病了——不是一般小病，是大病。

病因如下：余蹭梦见因自己的杰出贡献和巨大影响，上面决定给他举行一个规模隆重的庆典仪式。不知为何，那仪式上，他竟然带了一个假面具上场。虽说是假面具，可做工绝对细致、绝对精美、绝对漂亮、绝对一流，且镀了厚厚一层金。仪式正到关键时刻——重要领导致辞的关键时刻，余蹭突然感到喉咙里异常的瘙痒难忍，瘙痒难忍之下，就忍不住地“咔——”剧烈咳嗽一声。这一咳！来得可真不是时候——金灿灿的面具掉了。大家吃惊地发现，余蹭那脸烂里吧唧完全没有脸皮，恶心得根本没法看。不仅如此，烂里吧唧没法看的脸上——如果那也叫脸的话——竟然明晃晃刻着“蹭金先生”四个大字。就像古代被烙了字的囚徒一般，清清楚楚。

四座顿时哗然：“‘余大师’，原来是一个没脸的骗子!”

名人

1

东方大学。学术大厅座无虚席，著名学者年度报告会将在这里举行。WY学院全院师生停课听报告。

院长手里拿了整整三大页的“专家简介”，隆重介绍这位请来的专家：

贾竟操，滨海大学金牌教授，博导，博士后流动站首席站长，“大海”学者，滨海大学水货学院荣誉院长，学贯中西、汇通古今的科技、人文双料大师……

十分钟过去，大厅外依旧一片喧哗吵闹——考勤点名已经结束。执勤的学生会干部正在质问一群迟到的学生：“报告已经开始，如此重要如此难得的机会，你们怎么可以迟到？怎么可以如此随随便便?!”一边批评迟到的学生，一边发现已有学生三三两两退场溜出大厅。执勤干部一脸严肃，不再批评，声音反倒平和下来，用手指点着，一字一板不轻不重地告诉他们：“你们听着，院里一再强调，听完报告要讨论，要写体会，写分析报告。缺勤一律按旷课翻倍处理。”

贾竟操的头衔实在太多，院长上气不接下气宣读着甚是拗口的一些兼职。中途换气儿的时候，不小心突然咳嗽起来，喝口水，重重咳了两声，接着说。

好不容易介绍完毕，院长却被累得晕倒：只见她大汗淋漓，想必是虚脱了。院长被人搀扶着走下台来，呼了120，送往医院。

院长晕倒，场上难免有片刻骚动。几分钟后平息下来。报告不受影响。

报告很长。贾竟操讲的内容很丰富，很难用一个题目涵盖。他从文科讲到理科，从科学讲到艺术，古今中外，天文地理，貌似真正学贯中西，汇通古今。讲到高潮，贾竟操显然有些兴奋，有些忘乎所以，开始讲一些跟报告无关的远关系花絮——世间许多大师一般都这样，作报告讲究个随意——有相当一部分，漫谈他跟各位名人的关系……

报告结束，粉丝签名。求签名的队伍中，刚入学的新生居多，新生中女生又居多——这个不奇怪，因为进入高等学府的年轻人，哪里见过这么大的大腕名人，文化学者。

贾竟操，十足的派头。正是那副神情派头，给不明真相的粉丝带来巨大的魅力震撼。

贾竟操的讲座出场费是个大数目，这是他的底线。这个价码搞一次讲座，愿不愿意，那还得看他的心情。高大上的名人就是这个派头。不过大多数情况下，他是愿意的。按他的说法，钱是次要的，保持自己在学界的话语权才是主要的。

2

贾竟操的个人奋斗史是他坚信不疑的人生准则的忠实践行，那就是：人活着，就是为了成名，就是要金钱、名利、权势、地位……一切该想该要不该想不该要的，都得争，都得要，必须争，必须要。而想要成名，想要实现宏大的人生目标，就要有三头六臂、能屈能伸、有皮没脸、做爷当孙子使尽你所有的手段、技术、本领，想得到见得人见不得人的，都得充分发挥充分利用，不可放过任何一个机会，不可放过任何一种可能。没什么可忌讳。

贾竟操，就是凭着这样的人生理念，一路拼搏，竭尽潜能，终于赢得功成名就，业绩满满。

那年上面来人评估调研，学院要求教授们全面展示个人成果。贾竟操早已是闻名遐迩的学者名人。但让所有人折服到大跌眼球，是在评估调研这一次——贾竟操的成果让所有人开了眼界，长了见识。

贾竟操非常认同国家诸如此类的大规模评估调研，配合异常积极。那天，他不辞劳苦亲自扛了一麻袋名目繁多、品类齐全、文科理科、天文地理、官方民间、无名山寨的各类证书证件。除了各种获奖证书，还包括大量各类协会、学会、理事会的证件，即贾竟操所谓的“重量级多元学者身份证”。气喘吁吁往楼上爬，结果不小心，一脚踩个大空——滚了楼梯跌成重度骨折住了院。

贾竟操不幸住了医院，躺在病床上动弹不得。骨头断了疼得嗷嗷叫，可不能亲历专家赞许、众人称羡的评估场面，才是最大遗憾。连那额上渗出的冷汗珠子都写满了遗憾。跌断腿那一阵，他即刻唤来几个学生，一再叮嘱他们：务必把他的证书小心抬到现场。如何布置、怎么摆放、哪些摆前、哪些放后，一一做了详尽安排。

专家组长是国务院学部委员会一位了不起的伯乐。他当场大发感慨：他从未见过有如此多的获奖荣誉、如此多的身份、如此多的社会兼职的金牌教授，人才啊！绝对是难得的人才！遗憾的是，贾竟操没能亲眼目睹评估专家看到成果的那一刻吃惊不已的神情，没有看到专家对他的荣誉倍加赞赏的激动人心场面。

悄悄说一句，我们的各类协会、学会、理事会、联合会太多了以至于多到泛滥。别的不说，贾竟操单位的情况就很能说明问题：不到三十个教授，二十多个就是各类学会的主席、会长、委员、理事长、常务理事、理事之类。

各类烫金红皮证书给贾竟操带来了越来越多意想不到的好处。但回想起来，也是不容易，其中的详情此处不再赘述。

贾竟操终于功成名就，就凭这堆满屋子的“重量级多元学者身份证”。而今这些东西甚是显灵。贾竟操依了这些东西滚雪球，如今又滚进了某个民主党派，且谋到了一个有点名头的职位，成了市里的政协委员，再进而成了更高一级的政协委员等等。有了这一切，他开始用不同以往的口气跟领导说话；他可以拿他自认为符合身份的神态跟同事打招呼；他可以用看似谦和的神情和有涵养又不失分量的口气给领导提一些建议甚至施压；他可以以资深学者的名义堂而皇之办会；他可以以大名人的身份走遍天下；他可以拥有大把的各种名堂的科研经费吃喝玩乐全报销……

事实还将继续证明：贾竟操，凭了他的各类证书，做成很多事，或者说没有他做不成的事。而今，单位领导把他当成个宝，凡事都要敬他三分。

3

你想不到，回到家的贾竟操，可是如此这般。

进了家门的贾竟操，从来都是另种状态——七仰八叉往沙发上那么一躺，喊老婆前来伺候：或倒茶或按摩或听从指使。喊归喊，但老婆可以听得见也可以听不见，可以有声儿也可以没声儿，可以有时来有时不来。对此，贾竟操都感觉正常，这就叫啥爷啥地啥状态。有人说，贾竟操夫妻关系的最大特点，就是彼此捏得紧又放得松。这对一般人是有些难度的，但贾竟操做得到，因为他是非同一般的大名人。这名人的一张皮，天生既结实又韧性。

说起来你真难以相信。在贾竟操老婆这个临时图书管理员的眼里，自己的丈夫是个她想抬举便抬举不想抬举便可以扔一边甚至压在尻子底下的货。

贾竟操现任老婆是第二任。老婆小贾竟操十八岁，性感漂亮是远近闻了名的。她并不喜欢贾竟操，但手段高明凡事都从来难不倒他的贾竟操，百般手段，最终还是虏到了这个女人。女人婚前明确提出：贾竟操必须保证她的物质需求，必须给她个人生活的充分自由，精神生活方面各自独立。贾竟操一概允诺。

婚后，贾竟操并没有那么心甘情愿兑现自己的承诺——真兑现了就不是贾竟操了。但这老婆绝不是吃素的。虽说自己没有正式的工作，可那是因为她根本就不想干。以她的能耐，根本不可能为一个月就那么几个钱儿的所谓铁饭碗，而把自己拴得死死的。这个姿色过人既有“法宝”又有“法术”的女人，心里明白，她只要能像过来的日子那样有自己的强大靠山就足够了。贾竟操是个时刻都懂得权衡利弊的人。他深知老婆的能耐，更懂得好的枪手必须是“睁一只眼闭一只眼”，才能击中目标——每当要依靠老婆获取某种效益的时候，他便娴熟地使用自己一套招数。从某种意义讲，这俩人是“有意拿彼此没有办法”的，最终形成了“强强联手”互为调动、互为掣肘、互惠互利的理想局面。

老婆自称是贾竟操灵魂的超级解剖师。她了解自己的丈夫，她反感自己的丈夫，认为他在很大程度上不是个真正的男人，但她从未想过跟他离婚。她比谁都现实——她反感贾竟操这个人，但不反感他能弄到手的钱——她有来钱的门道，但没有拿到钱的合法理由。她“谈成的生意”最终必须得借了贾竟操这个名人之名。不想跟贾竟操离婚还有一个原因，按她的话讲那是：现如今，大多有权有势有名有钱的男人，都跟贾竟操一样的德行，没有几个是好的。

贾竟操明白自己征服不了老婆。日子越久，便越是明白这个道理。跟老婆相比，他更是从来没有想过要跟自己的老婆离婚。他心里明白，离了这个女人，好多悬在他眼前的大块肥肉是断然到不了自己嘴里的。生活在一起，因为老婆不爱他，所以尊重老婆也就谈不上。他可以一厢情愿地把一切灵魂世界的垃圾，都随便地扔给老婆。

不过，心情好的时候，贾竟操也会跟老婆好好聊天。老婆替他搞到第一笔大买卖的那下，喝得大醉的他，得意忘形厚颜无耻地给老婆炫耀自己的成功秘诀——所谓“成功人生”的四大真理：

脸皮厚是第一真理；拍马屁是第二真理；投机钻营第三真理；互相利用是第四真理。几十年来，贾竟操踏踏实实践行了自己认定的这些人生真理。

从那之后，人性中的下三滥东西，贾竟操在老婆面前毫不避讳，甚至会有意炫耀。不过话说回来，贾竟操跟老婆的谈话，最多的还是人际关系方面的鸡零狗碎。贾竟操天生有这方面的强烈嗜好和才情，比如：哪个人的小舅子的老丈人是什么级别干部，哪个人的学生的父亲是哪部门的什么官儿，哪个处长是靠了什么关系爬上去的，哪个领导的情人是谁谁谁的小姨子的妹妹，哪个科长是某年某月托了谁的关系升上去的，等等，如同有经验的屠夫整理下水，搞得明明白白，挖抓得清清楚楚。在这方面，贾竟操的脑子清楚好使得就像是一部超智能电脑……

下面这是他们夫妻惯常的一个生活场景：

老婆："贾竟操，把该返还我老同学牛厅长的三十万赶紧给人家打过去，我这都提醒你多少遍了？还有，GN市政府开发处横向合作项目那两百万该返还李处长的部分，也得尽快给人家搞清楚。照你这么拖，以后怎么跟人家打交道？真不自觉。"

贾竟操像是没听见老婆的话，斜着眼睛道："我晚上还有个重要应酬……"

老婆瞪大眼打断贾竟操的话："重要应酬跟这啥关系？你自觉点，否则以后别再跟老娘提这类要求！"

"好好好，知道了，就知道胳膊肘往你那些个臭男人们那儿拐！李处长的我尽快处理，老牛的那份他好意思要？给你老情人咋当的？不知道给你零花钱？"贾竟操现出一脸的痞子流氓无赖相。

"放你的臭屁！你自己看看你现在那副肮脏德行龌龊样！"

贾竟操像是没有听见老婆的臭骂，一脸的平静淡然，拐个弯儿："你给我那两个博士安排一下，让他们把我两周前交代的流动站的事儿务必在一周内全部做完。"

"你真好意思！学生的事儿一样都不管，连最起码大面儿上的东西都不应付！真是亏死人了！算哪门子导师？"

"我个小奶奶，你不看我忙吗？对了，还有，今天杂志社胡编打来用稿通知电话，要我们把发稿用费五万元尽快打过去。你抽空办一下。"

老婆没吱声。

贾竟操临出门又特意安排："告诉高博士，他最近完成的那篇准备发一级的稿子，我挂第一，刘倩第二，他第三。"

老婆直杠杠地盯着贾竟操，没好气地道："小高挂第三？凭什么？人家辛辛苦苦写论文，为什么自己挂第三？有你这样的道理吗！刘倩，又是哪个狐狸精？"

“别胡乱瞎扯好不好!?”

“我瞎扯？你要脸不要脸!?”

贾竟操狠狠瞪老婆一眼：“行啦行啦，嚷啥嚷？德行！人家这不是着急要评职副教授吗，帮个忙不可以?”

“刘倩就不说了，那你一个字没写，凭什么挂第一?”

“不是我要挂第一，是他们请我挂第一！懂吗？他们看好我的名，得借我的名人效应！你懂啥?”

“你真是脸皮太厚了!”

贾竟操突然转过身，用手指着老婆：“你别给脸不要脸，我的忍耐是有限度的!”

一边骂着，一边往屁股兜里别进一包烟，扬长而去。

看着这个男人的背影，老婆火冒三丈，怒声骂道：“滚，滚得远远的！名人，真亏了你八辈祖宗了！哪门子的名人？你就是个不可救药的癌症名人!”

按他老婆的结论：贾竟操不是一般的人格分裂，他是披着专家名人外衣、无道不上、无缝不钻的骗子流氓假学者。

你的菜

莫先生的雕塑艺术工作室。

莫先生，工作起来永远的充满激情，永远的热情高涨。那份专注执着的劲儿，跟三十年前参加工作那阵没有任何两样。他是个真正的艺术家，更是个永远长不大的天真孩子，童心得一塌糊涂。现实从来没有让他意识到，再过不久，自己就该退休了。

此刻，撸着袖子满身泥巴的他，和同样灰头土脸的十多位弟子一道，正在忘我地创作两周前定稿的群雕：诗和远方。

这是本学期的最后一节课。在莫先生的一再鼓励和督促下，弟子们卯足了劲儿，甚至还掌灯加了两个夜班，在本学期这最后一节课，终于完成了这组群雕的泥胎。

早超过点儿了。弟子们陆续离去。莫先生依然穿着脏兮兮的工作装，迟迟不愿离去。他围着做好的泥胎，这里瞅瞅那里摸摸，转了一圈又一圈，点点头，脸上露出满意的笑容。是的，望着眼前成形的泥胎，他仿佛看到了最终完成的作品。那是件令他满意且富有新意的佳作。

假期很快过去。开学第一天，莫先生来到教务办公室拿课表。干事抬头看他一眼，随口道："这学期没您的课。"

莫先生一愣，心想：怎么可能？

他以为自己耳朵不好使，听错了，于是凑近一点，仔细大声询问一遍："我拿课表。我雕塑课的课表。"

没错，他没有听错——教务干事声音提高八度重复一遍："我——知——道！这学期没您的课啦！"

莫先生："明明两个学期的课呀，只上了一个学期，怎么就停了？教学内容才进行到一半！"

教务干事："这不是您该管的事。上面怎么安排您怎么做不行吗？"一副无所谓的口气。

莫先生一时不知道该说什么。一脸茫然站在那儿。

教务干事不紧不慢地摆弄着手头的活儿。见他还不走，脸上露出不悦的神色。

莫先生闷着声儿无趣地站了一会儿，然后无趣地闷着声儿走出教务办公室，闷着声儿走在回家的路上。路边的树木、石头还有他做的雕塑们，都瞪大眼睛张着嘴，看着他，从未有过的目光。多少年来，他们从未见过这个叫莫问的教授，脸上有过这般郁闷的神色。

他百思不得解。心想：这也太莫名其妙了，现在怎么越来越变得啥事儿都不按常规出牌了？太夸张了吧？按教学计划我的课才进行了一半，怎么说停就停？招呼都不打一声，这算怎么会事儿啊？他自个儿在心里这么反反复复问着自己，跟自己过不去。

一种时兴说法：这年头，没本事，没出息，却又偏偏认真的人，从来就这个样。

他第一次感觉到自己这么郁闷，这么窝囊。

郁闷异常的莫先生，心想：虽不敢称自己是什么资深教授，但我在这里工作近四十年了，起码也是这里的一位老人了。更要紧的是，作为这辈子铁了心把一切死心塌地交给这里的人，我是真爱我的工作，我是真爱这个学校。作为院里管事的，课程调整，尤其是像这样的“课程叫停”，不管怎么说，也该和任课教师通个气，暂且不说什么征求意见，起码提个醒儿，是应该有的。即便就一句话也是个话。

可是，没有。他们就这样一声不吭，开到半拉的课，不声不响地叫了停。

蹲在家，要么翻翻画册，要么喝喝茶，或听听音乐、看看电视，莫先生以能想得到的方式安慰自己，打发心头郁闷。可他最终发现，一切于事无补，一切都是自欺欺人。越到后来，心里越发郁闷。

连着两三个晚上，一闭上眼就做梦，一做梦就梦见他的雕塑工作室，就梦见他和弟子们进行了一半的《诗和远方》。

艺术上，人人皆知，莫先生乃近乎偏执的理想主义和完美主义。这样一个人，哪有将课进行到一半撂下的道理?！这样没道理地随意叫停，是在跟他过不去，是在挑战他做人做事的底线！

不行。我得找管事儿的——他做出最后决定。

一向有自知之明，一向怕打扰领导不愿给领导找事的莫先生，这一会硬了头皮去找分管领导。按他的话说，这不是自己的私事儿，这是一个有职业道德者的责任底线。

他脑子一片懵懂，不知姓甚名谁地来到分管院长工作室门口。敲了好一阵，不见动静。刚要转身离去，门开了。开了门，里边那位瞅了一眼莫先生，惯常一样，点点头，气息中“嗯”或是“哼”了一下，算是招呼了。他向来都这样，熟悉的人早都适应了。转过身，又回到他的画案旁。艺术家都个性，越有身份的艺术家越个性。这种看似缺乏热情或没礼貌，莫先生从不介意。

分管院长的专业是国画，专工笔人物，算莫先生的学生辈。此刻正在作一幅婀娜仕女图。不知是因为莫问的到来，或者此前便是这样——只见分管院长，煞有介事地距离自己的大作忽远忽近，眼睛睁一阵眯一阵，左瞅瞅右瞧瞧，神情十分专注。像是没有意识到或是忘记了有个跟他一样长短的人站在他的艺术旁边——所谓专注忘我到“旁若无人之境”，说的可能就是这个境界。

看人家没有搭理的意思，莫先生只好硬了头皮开口。

莫先生：“院长，有件事儿想跟您请示……”

院长：“说吧。”语气中流露出一丝不耐烦。

“我想问问，我那雕塑课，怎么上了一半儿，就不声不响给停了？”

“什么叫不声不响？那是出于学院的宏观考虑，你照办就是了。”

“可是，这课，计划中定好一年的，只进行了一半儿啊！”

“一半儿有啥大不了？你就当他该是一半儿。”

莫先生一时语塞。顿了顿，还是硬了头皮补全一句：“啥事都得有起码的善始善终吧？半道儿莫名其妙地停课，不该有个起码的说法？”

“什么善始善终？要啥说法？人活一半儿断了气，也需要说法？”

莫先生被这话彻底噎没了气儿。

回到家，莫先生脑子一片空白。

当晚做了梦。梦里又是工作室，又是他那没完成的作品。

莫先生，最后想出一个两全主意：不告诉学院，我自个儿利用晚间的业余时间，义务给同学们上课，完成那件共同期盼的作品。想到这里，莫先生的脸上露出一丝欣慰的笑来。

莫先生不是没有自知之明的人。他了解也明白当下弥散在大学校园的教学风气：教师厌教，学生厌学。为了不惹来那些压根儿不愿意上课学生的埋怨，也为了不至于把自己搞得太被动，他特意声明：这个课，已被叫停，只是我本人不忍它半途而废才做如此安排。同学们上课，采取自愿，不想来者不强求。话虽这么说，可心底里还是很希望学生能够一个不少都来上课。他也相信学生定会来上课——不为别的，就为他的这份义务精神。

真是一个满心天真自我幻想的莫先生——事实没有如他所想。

按通知好的时间，莫先生提前半小时到了工作室。穿好工作服，瞅着完成一半的作品，满心期待，等候弟子们前来上课。

点到了。按点到的只有七八个学生。再过几分钟，又陆续来了几个——总共不到平时上课人数的三分之二。

果然不出所料，即便有莫问这样的老师情愿义务授课，学生这边，也并不是所有的人都领情，都愿意来上这个课。一阵心凉，他不无伤感地想起自己曾在课堂上面对一些厌学的同学说过的一句气话：现在有学生竟是如此厌学！我看即便罗丹和米开朗基罗亲自来给你们授课，也不见得人人都愿意听。

莫先生一脸无奈，满心凄然。他不愿相信这是真的。

无奈地望着半途而废的《诗和远方》泥胎，他像是听到了来自泥胎内心深处的声音："莫先生啊，我是多么期盼、多么渴望你们赋予我美丽的生命……"

莫先生看到了泥胎源自心底的郁闷和忧愁……

望着泥胎那一脸的忧愁，他不无伤感地自言自语："莫问啊，你可知道，人家眼里，你，和你的课，都没你想得那么重要……"

满心郁闷的莫先生，再次回想起管事儿的那横着放出来的声儿：什么善始善终？要啥说法？人活一半儿断了气，也需要说法？

他的心头突然生出一种从未有过的惨淡来。他看见灰色的浑浊空气，在无声无息地向下垂落，像是大戏结束之时，无声落下的帷幕……

青苹果

引　子

被村民的一片抗议惊动了上面的“双流村征地风波”，在不长不短的半年里经过有关方面的再三协调，所有的“折腾”在这摘完苹果的季节，终于平息了下来。一切最终得到了“妥善解决”。

龙川河流域的这一段，有着令人赞叹的绝美风光，风景如画。长期以来，只因交通不便，这片远在大山里的地方一直比较落后。改革开放以来尤其是近些年，各方面虽有改观，但还是缺乏与外界的更多联系。生活在这里的村民们也希望自己的家乡能够加快发展变化的脚步，但每个人心里明白，这一切必须得有个合理的路径，不能无原则、不平等地以失去祖祖辈辈赖以活命的土地为代价……

虽说在外已经三十余年，但杜总对这方紧邻故乡、景色如画的山山水水并不陌生，且怀有深深的感情。

杜总让司机将车子停在村口，然后独自一人大步流星向着那块而今属于他“星品房地产公司”名下的苹果园走去。望着已经属于自己名下的近百亩果园，他感慨万千。想想这半年的折腾，一边是包括“地头”在内的上下几个着实不好打理的官员，一边是靠土地生存的善良的村民，夹在中间的他一时真的感觉好难，甚至一度想要放弃这个项目……虽说是商人，但不讲公平，依着财大气粗仗势欺人的事情他不干，这是他做人和从商的原则。更不用说，他在这里投资的初衷，就是怀揣互利双赢的理想，真心想带动这里地方经济的发展。好在眼下一切都过去了。这一刻，他的脸上露出不无欣喜的神色，一种小小的成就感漫上心头。虽说这里不是生养自己的故乡，但也算是近邻，因此，在这里征收土地，并最终拥有土地使用权，心头难免有种别样的亲切。说得再到位点，多少有种衣锦还乡的感觉。此时此刻，冥冥幻觉中，他仿佛看见了在这片依山傍水、风水绝佳呈 S 型的苹果园，拔地而起的、美轮美奂的“星品·世外桃源度假村”……

突然传来的几声狗叫，把他从幻觉中拉回。

寻着狗的叫声望去，发现果园绿荫遮蔽的地方，有一座独门独户院落。

杜总不假思索朝那狗叫声，不，朝那绿树掩映的院落走去。

从庄院一边抱着一捆干树枝走来的妇女，朝那狂吠不已的大狗轻声呵斥两声，像是跟它说了声什么，那听话的大狗即刻停了叫。显然，她就是这院落这狗的女主人。

得到邀请，杜总走进这家院落。院落很整洁，打扫得干干净净。正对大门的一面，是一排六七成新的瓦房，院子中央是不大不小的一块菜地，几样时令蔬菜长得正好。没了适才的狗叫，院子里突然显得格外宁静。

杜总被女主人请到了正屋。他朝屋子四下打量一番，即刻意识到，虽说屋子收拾得干净整洁，但这户人家的光景像是过得不大好。

女主人端来一盘透红的大苹果。苹果是刚刚洗过的，女主人的手背上还有未干的水珠。

“吃个苹果吧。”说话间，轻轻的一丝笑意掠过女主人的唇角。你很难辨别，那掠过唇角的究竟是一丝笑意，还是不经意流露出的一丝经年累月的愁苦。

“你，你是……”仔细望着眼前的女主人，杜总的心突然不由自主一阵抽悸。从那掠过嘴角的一丝笑意，他猛然觉得眼前的这个女主人有些面熟——是的，她很像是自己三十年以前的那位“友人”。

看着杜总惊异的表情。女主人再次露出笑意，随之，轻轻点了点头，神情依然平静。

“你真是……”杜总越发睁大了眼睛。

“是。”女的回答，“你看，老得让你都认不出来了。”女主人声音很轻，就像此前跟自己的狗说话的声音。那种轻，像是习惯，像是天生从来没有大声说话的习惯。顿了顿，她接着道：“听见狗叫，我走过来，老远认得出站在那里的就是你。三十年过去，你可是没咋变……”

望着眼前这张布满岁月痕迹的面孔，杜总的思绪瞬间退回到三十年前。他的眼前浮现出那沉寂在小学和中学时代的清晰记忆……

1

读小学那阵，在杜怀宇心中，秋月无疑就是奶奶故事里的那个九天仙女。

怀宇和秋月的明显差别在于，秋月家的光景过得比怀宇家好很多。因为一同上学的小伙伴看见秋月上学时不时地带着白面馍馍，加上秋月生来模样端庄水灵，于是更加增添了怀宇心底深处无法掐灭的莫名其妙的自卑。可怀宇终究是个有志气的孩子，自尊心强到有时连他自己都觉得奇怪。怀宇不愿意把那动辄就会从心头冒出来的自卑在秋月面前露出一丝一毫。但无论怎样，秋月那怎么也挡不住的好身材好模样，她那双水汪汪的大眼睛，她的棱棱的鼻子和红红的嘴唇，尤其是那两条黑黝黝的长辫子，时时浮现在怀宇的眼前……

那个日子过得紧巴的年月，时常饿肚子是怀宇的最深记忆。和许多孩子一样，怀宇每天上学的干粮从来都是一块苞谷面粑粑，而且就这，能保证每天都有已经是很好的了。至于吃到秋月那样的白面馍馍，只能是一种想起来便忍不住偷偷咽口水的念想。

记得有一天去学校，同学们发现秋月带了比往日更大的一块白面馍馍。怀宇也看到了，但是他故意装作没看见。秋月真是个有心的。她看别的同学不在教室，掰下一大半，塞到怀宇手里。秋月啥话都没说，只是抬头闪了怀宇一眼，便低下头去。怀宇也是啥话都没说，没有任何推辞地接了秋月的白馍馍。那一刻，他感觉自己的脑子有点空白，空白之后有点激动，或是幸福。他不知道自己平时那份傲气跑哪里去了。秋月并没有立即离开，她羞涩地低着头，怀宇看不清她的眼神，只能看见她不停地忽闪着长长的睫毛，和那微微泛红的粉嫩嫩的脸庞……不巧的是，这一切被跑进教室的那个唯恐天下不乱的“坏小子”刘顺看了个正着。不出三分钟，一大群孩子嬉皮笑脸地涌到怀宇和秋月跟前。刘顺，带头喊了一声“两口子”，于是“两口子”顿时喊成一片。怀宇手里拿着那块白面馍馍，觉得自己浑身的血一咕噜全都涌到了脸上。不知为啥，他觉得自己受到了巨大的屈辱，甚至是侮辱。他觉得自己前所未有地丢了面子，失了尊严——一切皆因这块白面馍馍，而这一切都是秋月带来的。他突然火从中来，屈辱变成了满腔的怒火。随即冲这一群“瞎怂”大吼一声：“我，我揍死你！我和她不是两口子！”“哈哈哈，不是两口子？”“坏小子”刘顺跳起来道：“那秋月为啥偷偷给你白面馍馍？她为啥不给我们白面馍馍？为啥？哈哈哈，你说呀！羞羞羞羞羞。”怀宇涨红着脸，一时不知道说啥是好。“如果不是两口子，那你就打她一顿给我们看，你舍得不？舍得不？哈哈哈哈哈……”“哈哈哈哈……”众小子笑声未落，怀宇狠狠摔掉手中的白面馍馍，随即“啪”的一巴掌，不轻不重真打在了秋月脸上。

怀宇用这干脆利索的一巴掌，当众证实了自己和秋月不是“两口子”，证实了自己是一个有骨气的男子汉。

所有的笑声喧闹戛然而止，所有的恶作剧静了下来。

一分钟前还在吼叫的一帮同学包括闹事头刘顺，被眼前这一幕彻底怔住了。他们一个个半张着嘴巴，静静瞅着眼前的“两口子”，没人再说一句话。

秋月没有哭。她只是定定地看着怀宇，眼睛睁得大大的。从秋月那睁得大大的汪着泪水的眼睛里，从那亮晶晶的瞳仁里，怀宇看到了自己，看到了一个小小的自己——他发现那是一个自己不认识的野小子……

秋月恨透了怀宇。

她觉得世界上没有比这个叫怀宇的狠小子更坏、更可恨、更没有良心！没有人气的东西！他不是个人。

回到家，伤心委屈的秋月，当着爸妈的面忍不住放声痛哭起来。爸妈被女儿这从来没有过的状况吓着了。两口子赶忙问女儿，这究竟是咋了。秋月伤心得半句话也说不出来，哭得越来越凶。爸爸妈妈一看这情势，断定孩子一定是受了天大的委屈了。

秋月妈即刻跑到邻居家跟秋月一同上学的孩子打听。一看秋月妈的脸色，那孩子不敢说半句假话，将事情经过从头到尾一盘子全端给了秋月妈。一听这娃的述说，秋月妈又气又恨，一进门便一股脑全倒给了自家的男人。秋月爹一听，肺当场气得炸炸的。二话不说，直接找到怀宇家里去了。

一看秋月他爹那副凶神恶煞的样子，怀宇知道自己大难临头了。

只听一句“我把你个世上没良心的瞎怂！你欺人欺得没样子了！”没等怀宇的家人反应过来咋回事，怀宇已经被秋月爹揍趴地上了。

根据儿子的一贯表现，怀宇的爹妈知道自己的儿子一定没干啥人事儿。揍过这一通，秋月爹临出门冲着怀宇爹娘撂下一句话：“问问你家的龟儿子！问他干了啥好事！”

后果可想而知。怀宇爹赶忙留住秋月她爹，弄清了原委，他让儿子自个儿扒掉裤子，然后当着秋月爹的面，顺手捡起一根柳条在怀宇的屁股上猛抽一通，比刚才秋月她爹扎实太多，搞得原本正在火头的秋月爹，不得不出手拦挡。

听自己的爹回来述说他和怀宇他爹如何揍扁了怀宇那坏小子，一阵除仇解恨的快活，潮水一样浪打浪漫过秋月的心头。可是，随着解恨的潮水漫过三圈之后，很快，她突然感觉心里有种难受兮兮的不适应，而且那不适应越来越严重，于是就又开始哭起来了。她爹她妈哪里知道，这一回，秋月哭的可不全是自个儿。

是的。你我都想不到的是，听说怀宇领受了双份儿的揍赏，这个没出息的秋月，竟然自责的觉都睡不着了。她甚至不知不觉从心里原谅了怀宇，因为她知道，那天怀宇打她只是为了给自己争面子，否则他就不是她熟悉的那个怀宇——那个自尊心强到无人可比的怀宇。看看，这就是秋月的逻辑，一个没出息的女子。几天后见到躲躲闪闪不敢看自己的怀宇时，秋月的心一下子软了。她自个儿竟然又莫名其妙地哭了，眼泪流得稀里哗啦。又过几天，她竟然主动跟怀宇说话。

屁股还在隐隐作痛的怀宇，一个自认为堂堂的勇敢少年男子汉，竟被秋月的眼泪给生生地感动了。想起来，他对自己的那一巴掌可真是追悔莫及。他恨不得当着秋月的面，狠狠扇自个儿三个嘴巴子，狠狠地踹自己几脚，踹死自己都不解气。

2

“你喜欢吃啥，我说的是最最爱吃的那种?”怀宇问。

“我?我最喜欢吃鸡肉。”说完，秋月自个儿笑了。她这是故意跟怀宇开玩笑呢，搜肠刮肚说一个怀宇没法办到的。

怀宇记住了，秋月最喜欢吃鸡肉。

其实他也喜欢吃鸡肉。自己喜欢，想想也就罢了，但这回不一样，一听秋月喜欢吃鸡肉，他可是认认真真地搁在心上了。

虽说认真放在心上了，可真要搞到“鸡肉”着实是一件犯难的事——比起搞几个鸡蛋，难度大多了。是啊，如果秋月想吃的是鸡蛋而不是鸡肉，该多好。

他满脑子清亮亮想起去年春天吃“烧鸡蛋”的事来。

那个下午。刚进村口，就听见“坏小子”刘顺家的母鸡在扯着嗓子“呱呱蛋、呱呱蛋”。再走近一看，那老母鸡昂着头扬着脖子立在鸡窝外头没完没了地叫呢，一看有人来，就叫得更欢了，显然是在炫耀：“我下蛋啦！过来看嘛！蛋小了不打赏！”怀宇凑近一看，乖乖，好大一颗蛋！那蛋，静静守候在鸡窝里，像是正眯缝眼睛朝怀宇笑呢。“腾”一下，一个妙主意立马从怀宇后脑勺冒出：刘顺！你个坏小子经常捉弄我，今天我就“顺”你家一个鸡蛋，拿到小卖部，换本《邱少云》或是《黄继光》看看。主意就这么定了。鸡蛋拿到手里，热乎乎的，于是心里也立马热乎乎的……须得说明的是，那颗蛋，最终既没有拿去换《邱少云》，也没去换《黄继光》——那天他实在有点饿，肚子咕咕咕抗议，不停地在他耳边嘀咕。于是，他觉得还是先照顾肚子比较合算。于是，跑回家，找块旧报纸，包裹起来，放水桶里浸一浸，然后塞到烫烫的炕灰里……没过几分钟，好了。炕灰烧鸡蛋，那个香呀！可刚一吃完，就立马想起了连环画的事来，心头着实有点后悔。心里骂自己几声，然后，打定主意，第二天再去拜访拜访那老母鸡。

没想到，这一回实在太不尽如人意。

不知咋回事，那老母鸡呀，面红耳赤半天整不出个蛋来。怀宇，心心儿趴下身子一看，哇哦，蛋太大，老母鸡难产！没辙，他只好凑上去帮老母鸡扯蛋。经过一番努力，扯蛋成功。好大一颗蛋，好热一颗蛋，捧在手里，那个惊喜，那个成就感！他估摸着，这好大一颗蛋足够换两本连环画呢，直接乐呵得嘴都合不拢了……

可没等他转过身从地上爬起来，一只比他爹的大脚还给力的大脚，狠狠踏到了他的屁股上。“原来是你这坏怂偷我家鸡蛋呢！”晴天霹雳一般的声音。扭头一看，我的奶奶娘！——“夜叉”驾到！

你猜对了，这“夜叉”就是刘顺他娘！这婆娘远近闻名。她人高马大，因为太蛮、太厉害，经常把刘顺他那结巴爹打地满地找牙。不仅这样，村里好几个大男人，不知道啥原因，也被她整治得服服帖帖不敢吱声。村里人给她起了个“夜叉”绰号，也算实至名归。这些，怀宇本来知道的，可他就搞不清楚，“顺”鸡蛋的档口，鬼迷心窍的他，把可能撞枪口这档子事给忘干净了。被夜叉放开手脚一通整顿之后，他抹着鼻涕眼泪，一瘸一拐去了学校。

英雄报仇，十年不晚。刘顺娘那一顿猛揍，让怀宇深深记在了心里。大约一个月之后，入夏时节的一天，决心报仇雪恨的怀宇，像一位训练有素的小侦察兵，屏息凝神埋伏在了刘顺家的鸡窝附近。不久，老母鸡来了，没错，是它该“呱呱蛋、呱呱蛋”的时候了。蹑手蹑脚，轻轻地，怀宇凑上去，整个前半拉身子塞进鸡窝，全方位死死控制了老母鸡。紧接着，他以自己挖空心思独创的“妙招法术”，堵住了老母鸡的“弹（蛋）道”。你猜怎么着？只见那情急万分的老母鸡，因为生不出蛋来，憋得屁股发胀、眼冒金花，扯着嗓子“呱呱呱——”，开始跳一阵飞一阵，直起直落三尺高，惊天动地、失魂落魄……

上帝饶恕吧。在那年月，这极端恶作剧的一幕，等怀宇长大成人，等他真正懂事以后，成了他最不能原谅自己的一件事——他觉得自己一辈子都对不起那无辜的老母鸡。心想，狠揍了他的是刘顺他娘，跟无辜的老母鸡实在没有丝毫瓜葛，他真不该把一肚子的怨气撒到老母鸡身上……

咱言归正传。

为了给秋月吃到鸡肉，他对这事可是真的上心了。早些时候，听村里那个七门八道满肚子全是馊主意的马叔说过捉鸡的妙招。这下，怀宇觉得亲身实践的机会到了——是的，为了秋月，他必须得亲手试试。

没想到，马叔的那一招，真个灵验得不得了：

就在秋月说了爱吃鸡肉的第二天。正午时分，怀宇发现路边长满青草的小坡上，有几只母鸡正在一只大公鸡的带领下，悠闲自在地一边唱着小曲儿，一边觅食。看得出，唱歌游玩是重点，觅食不过是做做样子。他即刻想起了马叔的“妙招”。快速跑回家，拿了两张旧报纸，又跑进厨房摸了一盒火柴。等他回来，发现那大公鸡竟然离开自己的妻妾独自在那立着想心事呢。怀宇心想，这个一夫多妻的厚脸家伙，可能是看着自己的几个老婆在一起吃醋，嫌烦，所以独自一人跑一边儿打清闲来了。他一阵乐，心想，这不是专门等着让我收拾的？正好。他随即划根火柴点着旧报纸，在大公鸡眼前做法似的绕着圈儿晃动起来。你猜怎么着？灵！没晃几下，那公鸡果然晕头晕脑站着不动了。他凑上前，一把从那鸡脖子下手，逮住了大公鸡。

没想到那几只原本吃醋闹别扭的母鸡，尤其是那小的，到底是一家人，看见“老公”被抓，惊得魂飞魄散！关键时刻齐心协力，大声哭着喊着：“抓歹人啦！救命啊！……”

吼顶个啥用!?

傍晚时分，怀宇偷偷约见秋月。一张旧报纸里严严实实包着一个烧鸡，那股子穿心穿肺的香味，挡不住地四下弥散开来——报纸哪能包得住那股子香啊？大老远就被秋月闻见了。

秋月一脸的吃惊诧异。她瞪大眼睛，满是疑惑的神情。

“吃吧，这是用我家炕洞里的柴火烧的，柴火烧鸡，你闻闻，香死人了。”怀宇一脸的得意和欣喜。

“哪来的鸡？我说鸡是哪来的？”秋月立即一脸惊异地正色道。

看看秋月毫不含糊的表情，怀宇有点心虚泄气。他知道，一旦道出真相，秋月不但不会吃鸡，而且后果不堪设想，一切就都完了。他立刻计上心头，一本正经撒了个天大的谎：“我哪能生出个鸡来？我们家的那只大公鸡。我爹杀的，我妈烧的。说是上次我犯了大错，特意烧了这只柴火鸡，特意要我给你拿来，算是给你赔不是的。”

本该半信半疑的秋月，看怀宇一脸认真样，便马马虎虎的信了。怀宇立马拧下一根鸡大腿，笑嘻嘻举到秋月的嘴边……

在怀宇的记忆里，他和秋月的感情，就是从这次吃柴火鸡明确下来的——从秋月几次望着他的那番眼神里，他看得出，他相信，秋月是打心底里喜欢他的。

3

夏天去龙川河坝里打搅水是怀宇和小伙伴们的一大乐趣。这天午后，太阳照得大地静悄悄。远近连声狗叫的声儿都没有，真是打搅水的好时节。怀宇约了两个小伙伴下了河坝。个把钟头之后，该出水上学了，结果发现脱在草地上的衣裤不见了。原来，他们在水里忘乎所以戏水之际，衣裤被恶作剧的那小子——对，带头喊“两口子”的刘顺给藏起来了。等他们发现，那小子已经抱着衣裤跑远了。

没办法出水。他们几个只好乖乖待在水里，直至待得皮都泡的不像人皮了。无望的一刻，发现上学的秋月从远处走来。怀宇心里难为情极了，静静缩到水里，一动不动。但他转念一想，此时此刻恐怕只有秋月能帮上忙了。或者就让她帮忙跑家里取衣服来？或者……

他前所未有地大着胆子，叫了秋月一声。

秋月望着三个露出水面湿不溜秋的脑壳，在离他们一段距离的地方停住了。问他干嘛呢？

听了原委，着实难住了秋月。她觉得跑到家替他们取衣服着实难为情。再说，他们也不是一个人，总不能跑三家给三个光腚男孩子取衣服，再说，时间来不及了。

说来说去还是怀宇点子主意多。他喊近秋月，告诉她，叫她到不远处的柳树滩折一抱柳枝来。

“要柳枝干嘛？”

“你折来就是了。”

听了怀宇的命令，不一会儿，秋月便折了一大抱柳枝放到怀宇他们面前。

“好了，你赶紧上学去吧。”怀宇像指使自己的家里人一样指使着秋月。

听话的秋月，看看一本正经的怀宇，羞涩地抿嘴笑了笑，走了。

那天下午，怀宇哥儿仨是穿着系在腰里的柳条裙子离开水坝的——编柳树枝裙的主意是他想起了马叔——对，永远是那个马叔——讲的伏羲女娲穿柳叶裙跳双人舞的故事。

那天上学迟到是肯定的。老师问仨小子缘故，他们按事先设计好的一套给老师撒谎。那老师是个火眼金睛，瞪了他们仨一眼，啥话都没说，罚他们在全班同学面前站了一个小时。

那藏了衣裤的刘顺，为此付出了惨痛的代价——第二天放学回家路上，不仅饱尝了这哥儿仨一顿猛揍，而且还被扒了裤子——擅长爬树的怀宇，将那裤子安顿到高高的树杈上。等他们走远，发现那“坏怂”在光腚爬树取裤子。

4

怀宇这辈子最刻骨铭心的记忆，当属“青苹果”的一档子事。三十多年过去了，只要一想起这件事，他的心就开始阴雨绵绵……

夏日雨过天晴那天下午，空气清新极了。怀宇找个天花乱坠的理由约了秋月。

此刻，正一脸喜色满心忘我地和秋月边说边笑经过乡里的粮站。一路上他在踅摸着能在哪儿狠狠露一手，给秋月来一点点惊喜，让她开心开心。这么想着，结果机会就找上门来了。

“怀宇，你看看粮库旁边，那棵苹果树上像是结了好多的苹果。”

顺着秋月的目光，怀宇看见了大苹果树。“我们走近看看。”怀宇咧着嘴道。

到了苹果树下，秋月露出一脸的欣喜。

望着秋月粉嘟嘟苹果一样心疼的脸蛋，还有那微微张开的嘴唇和洁白整齐的牙齿，还有那瞅着苹果的忘我神情，怀宇即刻来了心情：“你喜不喜欢吃苹果？”

“我最喜欢吃苹果了。不过，苹果起码还得等上两个月吧？到了秋天才能长得好。”

“哎，你不知道，这个时候的苹果已经可以吃了，酸酸的，甜甜的，可脆嫩了。”

“哪里，早着呢！这个苹果肯定不能吃的，酸死了。”

“哎呀，酸不酸，摘下来你尝一口不就知道了？”

“不行，再说，这粮站的苹果是不许……”

秋月还在劝说，可怀宇已经像峨眉山的猴子一样爬到苹果树上去了。他手脚麻利地把自己的褂子从底襟两角抽紧打成死结，然后摘了苹果往里塞。鸡蛋大的青苹果，他足足摘了三四十个，心想，一定要让秋月开心，要让秋月和自己吃个满福，吃够了还有余头，给心上人秋月存着吃。

下得树来，衣肚儿鼓鼓像是怀了娃一样的怀宇，捧着肚子得意洋洋刚打算给秋月显摆一通，一转身，粮站管理员，包公一样黑着脸站在秋月身后不远处。完了。显然，这场像冰雹一样的天灾，就连秋月也丝毫没有发现。她太专注树上摘苹果的怀宇，担心他一不小心从树上掉下来，根本没发现那人高马大的粮站黑脸管理员，是啥时候从哪儿冒出来的。

逃跑是不可能的，再说他哪能丢下比啥都稀罕的秋月自个儿逃跑？况且，无论怎样，作为一个男子汉，在秋月面前不能丢面子。况且，看那凶神恶煞一般的管理员，虽说头皮发麻后背阵阵发凉，但必须得硬撑着。

被不轻不重揍了一通之后，怀宇乖乖走在前面，秋月低头在后面跟着，俩人被带进粮站院子里。

管理员半晌不说话，只是眼睛一眨不眨地盯着他俩。越是这样，怀宇心里就越是发毛，两只手兜着肚子上沉甸甸的苹果，感觉自己的腿开始在那发抖——这可是他从来没有过的。

“你俩说说，”管理员终于发话了，“想让我把你俩怎么处理？罚款？还是把你们直接送到你们校长那儿？”

“不要，叔叔，我以后再也不……”

“闭嘴，没有以后！”顿了顿，接着道，“要不这样吧，也不罚你们款，也不把你们交到学校，也不告诉你们家长，就把你们俩关那儿。”边说边指了指不远处的仓库，“等你俩啥时候吃完这些苹果，就啥时候出来，行不？”

“行。”怀宇边答应边点头。

随着怀宇的一声“行”，秋月的眼泪就哗啦啦下来了。

按适才的决议，怀宇和秋月被关进了那座粮库。为了能尽早“出狱”，进了粮库刚一坐下，怀宇和秋月就立即尝试着吃起苹果来。

秋月刚咬了一小口，即刻意识到，他俩要吃完这几十个苹果，简直就是今生今世天大的要命工程。她又开始哭了。这次哭得比刚才严重多了，那个眼泪呀，哗啦啦，哗啦啦。

一看秋月这架势，怀宇顿时心疼得满心抽起筋来。他实在是太自责了，觉得这一切都是自己没脑子招致的结果。怀宇立马想尽所有的法子来安慰秋月。他不再让秋月吃苹果。作为男子汉，他决定自己吃完那几十个苹果。可是等他咬了一口那跟木头蛋子没啥两样的苹果，发现又酸又涩实在难以下咽。即便这样，他还是横着劲儿硬是吃掉了五个。但全部的能耐也就这了——他发现自己的一嘴牙齿已经彻底酸倒了，哪怕想再咬那么一下下，也是绝对咬不下去了。

绝望的表情挂在怀宇的脸上。看着怀宇那表情，秋月突然止住了哭。她突然心疼起怀宇来，同时也开始自责：若不是自己提起苹果好吃，根本就不可能引来这一摊子麻烦。

他俩靠着仓库装满粮食的大麻袋，瞅着眼前的一堆苹果，不时望望那被管理员从外面上了锁的大门透进来的一缕光，心里一片空白。寂静的库房里，时间像是过得从来没有过的慢。突然，他听见老鼠"吱吱吱吱"叫，紧接着，两只肥头大耳的老鼠不知道是干架呢还是谈恋爱呢——老鼠那吱吱扭扭的语言，怀宇和秋月完全听不懂。只见那俩不愁吃不愁穿营养过剩的家伙，你追我赶，竟然直接朝他们这边冲来，无视他俩的存在。从小最怕老鼠的秋月，一见这阵势，浑身毛骨悚然，尖叫一声，超级快速，飞起来直接落到怀宇的怀里。

任何事情都是这样——没有绝对的好，也没有绝对的坏。怀宇和秋月的这次遭遇就是如此。不知道是粮站管理员故意的还是压根儿给忘了，他俩从下午一直关押到第二天早晨。这次遭遇的最大收获是：人生花季的秋月从此深深地喜欢上了怀宇。比起秋月，怀宇更是有过之而无不及——他心想，将来若能娶到秋月做媳妇，即便送来一打皇上的公主，他都不会瞟一眼。

但这次遭遇也给怀宇造成终身的心理阴影和遗憾——他从此再也不愿吃苹果，或者说根本不能吃苹果，一吃苹果胃里就不舒服，就胃疼。

对于怀宇和秋月而言，怀宇上大学那天的经历成了他俩的深深记忆。记得那天，天下着蒙蒙细雨，一夜没睡的秋月，早早起来，洗漱打扮，一切皆为了给怀宇送行。那番依依惜别的情景，俩人永远难忘。尤其是怀宇，看着秋月凝神望着他的那双睫毛长长泪花闪闪的眼睛，他发誓：今生今世非秋月不娶，否则我就不是人……

到了大学，开始还很坚决地记着秋月，给她写了好几封信。可是自从不久之后遇到那个总喜欢在他面前嘚瑟，爱唱爱跳爱显摆、花枝招展的何小莉，秋月就被不知不觉隐藏到越来越朦胧的烟雾里去了。怀宇每回跟何小莉约会之后，总是自言自语骂自个儿几句。然后，也就没有然后了……

尾 声

三十年后的今天，杜怀宇成了远近闻名的星品房地产大老板、董事长。

“吃吧，仅有的一亩苹果园卖了，这苹果，以后想吃也是没有了。”

秋月哪里知道，这些年来，杜怀宇事业红火，人生芝麻开花节节高。平日里吃香的喝辣的，可就是绝了吃苹果的福分，从某种意义上讲，那也是因为她……

秋月一脸平静地给怀宇讲述她三十年的人生沧桑：女儿争气考上了大学。为了养家，为了供孩子上学，心系妻女在外拼命打工的丈夫，因工不幸落下终身残疾，而今依然坚持打工……

听完秋月的讲述，怀宇不知道自己该说什么。那一刻，望着眼前一脸沧桑、褪去昔日俊俏容颜的秋月，他只觉得自己的五脏六腑内有一股山洪一般的泥石流，倾泻而下……

鞠　子

Morning！鞠子
——题记

鞠子来博士跟前工作已经整整一个月了。

自从鞠子来了，博士的生活气场发生了令人意想不到的焕然变化，像是一夜之间迈上了好多个不可思议的台阶，面貌一派清新。

鞠子在博士面前的身份是文秘，但她所从事的工作远远不止你所理解的文秘范畴，几近到了事无巨细。常人所说的“看主人眼色行事”一类之于鞠子，那是完全的小儿科——太低估她的能耐。毫不夸张地说，你这边心里想什么，她那头会读心术一般按你之所想做好你需要的一切，堪称地地道道的心有灵犀——若不小心拐个弯，心心相印也不是没有可能。

好久不用纸笔书写的博士，近来突然对书法——不，是对“书法手稿”大感起兴趣来，因为这个聪慧得不可思议的鞠子，写得一手漂亮到无可挑剔的硬笔书法。于是，博士私下里动起了心思：借鞠子书写来个既誊写重要文本又达到书法收藏一举两得的目的。作为文秘，打理一般的各色文案对于鞠子而言，乃小菜一碟。

鞠子的高山流水茶艺是一流的。冰清玉洁手一双，展示茶艺工序从来都是当了博士面的。你看，从摆置茶具到选茶、洗茶、沏茶、赏茶、闻茶、品茶、论茶，一概演示得头头是道，尽显茶艺的美感之妙。品茶可清心、可静神、可陶冶情操、去除杂念的一番道理，本是这位好茶的博士早就明白的。可这一切如今和着鞠子温婉的神情和同样温婉的语气，从她口中款款道来，一切清新温柔得犹如清晨的甘露一般沁人心脾、身心愉悦。茶艺在鞠子这里，真正变成了一种品茗艺术，更是成了一种以茶修身养性的诗意创造。

客厅和书房花架上那几盆花草，一直以来就像是故意跟博士作对似的——他越是用心，那花们就越发地不给脸，一天不如一天，半死不活蔫不拉唧，让他慢慢失去了招呼他们的兴致。可是到了鞠子手里，尽管水还是往日的水，肥还是曾经的肥，可你猜怎么着？那些花的姿色竟一天好似一天。这些花草们，俨然就像是有魂有灵有心思看人行事的花精。博士想了想，也对，天生丽质的花们也爱美，谁让鞠子天生丽质显得那么迷人呢。

博士工作累了的时候，便是他们的快乐聊天时光。这个时候，鞠子会一边聊天一边给“主人”按摩，揉揉肩捶捶背轻重缓急恰到好处。聊天的话题就像此刻你们家的天，宽广得无边无沿，天南地北、天文地理、天堂地狱，天马行空无所不谈。尤其是博士不甚了解的星宿天文广袤宇宙，没想到在鞠子这里，着实给了他许多的鲜为人知，醍醐灌顶，大大刷新了他的视界。每当此时，望着眼前这个不可思议的鞠子，博士恨不得想给她说：仙女，做我的导师吧，让我把一切从头再来。

一直以来，因为长时间的阅读用眼过度，博士的视力有所下降。这下好了。有了鞠子，阅读的问题迎刃而解——为了保护眼睛，以往的阅读变成了鞠子给博士朗读。鞠子的朗读从川端康成的《雪国》开始。有趣的是，博士本来给鞠子眼前摆了包括《雪国》在内的好几本书。结果，鞠子毫不迟疑地捧起了川端康成。博士心中暗喜——是的，川端康成，那可是他的最爱。必须强调一句，鞠子的朗读啊，音色真是纯正漂亮到无以复加。那一刻，鞠子的朗读声从书房缓缓弥散开来，犹如沁心的柠檬汁从舌从喉从心头，温润流过……

烹饪当是鞠子大显聪明才智的时候，因为她此前并没有尝试过烹饪。可是看了主人递给她的那本新版的《烹饪经典365》，她便做出了一道又一道的佳肴。品尝着鞠子烹制的各种极合博士口味的菜肴点心，他只觉得，有了鞠子如此这般的美食，再想想慈禧太后那摆满一桌的百八十样看着吃着感觉着都不咋样的老佛爷皇家大餐，就忍不住觉得大倒胃口。在博士看来，所谓神仙的日子，莫过眼前当下。

对了，你想知道的拾掇房间、打理室内卫生之类，就完全不在话下了，鞠子绝对是无可挑剔的服务员。有道是，每天看着鞠子手脚麻利动作灵巧地做这做那，博士一再提醒鞠子休息，可你越是提醒她便干得越勤；只要她自己眼里觉得还有没拾掇完的活，是从来不肯停下手来的。其实博士的心思是：打理此类杂务粗活，他宁愿自己动手，也不忍心让美若天仙的鞠子去做……

面对着聪慧异常无所不能的鞠子，博士总是不由得想起儿时童话书里讲过的一个个有关仙女下凡的故事。他一遍又一遍在心里念道：真是感谢而今这个无所不能的机器人时代啊！真没想到，这个时代让天女下凡的人类千年幻想，在安装了“心灵感应云芯片”的超智能机器人鞠子这里，一切全都变成了现实。

乖乖兔

我前世生在一个朦朦胧胧想不起名字的国度。

有人说那个国度好，也许吧，但我有点怕，怕一样东西——那国家，孩子出生三天就可以送幼儿园，真的。我就是出生没几天被送到幼儿园的。原因是，生了我的那个长腿长发蓝眼睛姑娘，她不喜欢小孩不愿意要我。她在医院急慌慌生下我的当晚，便逃之夭夭，从此杳无音讯。人们说，多数人最早只能记得自己三岁以后的事，可我不一样。不知为什么，我连自己出生当天的事儿都记得清清楚楚。

我不知道我前世的父亲几只眼睛几条腿，长啥模样。很奇怪，我总感觉我生来压根儿就没父亲，即便有，大概也只是顺便飘来的一阵风撞着了生我那姑娘的腰。这也没啥，因为我听说过，世间没爸的娃比有爸的要聪明得多。

我的名字叫简。我的前世很短暂，勉强只活了五岁多点就夭折了。夭折是因为得了病，急性宝宝炎，肺上的那种，就在寄养我的那个幼儿园。那家幼儿园可没给我留下什么好印象。那个凶得要命的黑衣保姆，压根儿没有好好照顾我。我每天都要看见她那张左右不对称的平板麻子脸，我永远都忘不掉，世上没有比那更难看的一张脸，真是难看到要命。

幼儿园唯一让我喜欢让我留恋的，就是我的好朋友单。他跟我一样不幸。他的妈妈在他不到两岁的时候，跟一个早有预谋的、有好多好多钱的老男人私奔了，只剩下他那犯夜游症的爹。这爹，最大特点，就是夜生活非常丰富，吃喝玩乐一应俱全，压根儿一个不靠谱的浪荡爹。在他两岁的时候，单被他的亲生父亲安顿到了寄宿幼儿园，也就是我所在的幼儿园。他说他爸爸挺好，他从心里感激他的父亲，因为这个父亲毕竟没把自己的孩子扔掉或怎么着，而是让他寄宿活了下来，马马虎虎还算个有良心的。

单是我五岁之前人世生活的唯一快乐。记忆中我第一次望见他那双眼睛的时候，我就觉得那是我早就认识、早就熟悉的一双眼睛，像是早就在哪儿见过似的。那双眼睛大大的，亮亮的，静静地望着我，好善良的样子，让我喜欢得就像梦中的菠萝蜜冰激凌。当他发现我同样注意他的那一刻，他立即朝我笑了。他笑起来真可爱，一点小羞涩又迷人的那种。我相信世界上没有比那更明亮、更好看、更可爱的眼睛。如同淡紫色粉红色的双面胶一样，我们第一次见面就彼此黏糊留下了极好的印象——尽管我很小，可我心中就是这感觉，说不上为什么。

单比我大一岁，我一岁多会走路的时候遇见的他。他总喜欢牵着我的手，领我一起走路，天天都是。有时我会不小心摔倒，他总是想办法想要抱起我来。绊倒了，我从来都不会哭的，因为有他扶我，我觉得很开心。和单在一起，快乐的时光走得快，很快我就三岁了。每天用餐我们从来都是在一起的，他总坐在我对面的小凳上，看着我，我也看着他，于是，觉得饭也好吃，菜也可口，吃饭的小碗小叉小汤勺也一样的好看。最初，芹菜和茄子都是我不喜欢吃的，可他坚持说芹菜、茄子有营养，要我好好吃，很认真的口气。看他吃得挺好，我也就学着他吃了，慢慢也就觉得好吃了，再说，我又是那么愿意听单的话。最难为情的是，有时我不小心尿了床，面如悬崖的保姆和那个送菜的大胡子玩得忘乎所以正来劲，根本顾不上给我换被褥，我没法睡，单就让我和他一起睡到他的小床上。和单睡在一起可真好呀，我俩可以彼此拉着手，也可以一直望着彼此，可以小声轻轻说话，可以听他给我讲故事，可开心可开心的感觉，那可真是我们的幸福时光……

单为我的离去伤心欲绝，流了数不清的眼泪。

我死之后的好一段时间，我的灵魂没有离开，一切就是因为依恋单。我不停地流着眼泪，呼唤着他的名字，盘旋在他头顶不远处。我看见他一直在流眼泪，可我不知道他是否听得见我心的呼唤，看得见那个为他伤心流泪的我。看他那样子，好像是看不见也听不见我。好些日子，我发现他每天不愿吃饭，黑漆漆的夜里，总是一个人蹲在屋子的角落里流泪，眼睛一直望着我住过的那张小床……

我听说，死去的人，灵魂若不远去，活着的亲人就会一直一直地想他，因为他们有心灵感应。为了不再让单蹲在黑夜的角落里哭泣，我决定离去。在那个外面下着雨的深秋夜晚，在我看着单进入深深梦乡之后，我来到他的小床边，俯下身，亲吻了单挂在眼角的泪水，亲吻了他可爱的小脸蛋，然后在夜雨中离去。那一刻，我的心，难过得就像是外面漆黑的夜色里淅淅沥沥哭泣着没有头绪的秋雨……

离开了我的好朋友，我的灵魂一直在漫无目地到处飘。就这样，过了不知道多少时日。

飘的日子其实蛮快乐的。唯一的不快乐，就是想起单的时候。每当此时，我的灵魂深处总能望见他，望见他的哭泣，听见他的不开心，看见他独自蹲在那个角落里，静静望着我那张小床的眼睛。

飘的日子里，我去过好多地方。辽阔的蓝天，无边的大海，开满野花的草地，森林里是动物们的自由王国——在我心中，好多善良可爱的小动物都是我的好朋友。其实很好的，我喜欢自己那样的生活，自由自在。无论如何，外面的世界比我那个幼儿园好很多。

有一天，一个像是很遥远又像是在近旁的空旷声音告诉我："简，你不能再这么飘来荡去的没个完。你该转世落脚个人家了。"

"转世？转世是啥意思？转哪个世？"我问。

"转世，就是要你重新回到有生命让人看得见你的世界里。"那似远又近的声音对我说。

"啊？不去行吗？就这么自自在在地游荡着？"

"不行，必须去。"声音很坚决。

无奈，我梳梳头发洗洗脸，照照镜子美美颜，整理一番，然后飘荡着，开始寻找人家。成天踅摸投胎转世的事儿，心里蛮烦躁。

投胎转世的机会多得是，可以转各种动物，也可以转各种植物，那得看你的心心念念，有时也是闷头撞大运。比如投到皇后妃子肚子里你就是个小王子小公主，投到母猪肚里是个聪明可爱的双眼皮小猪仔；投到癞蛤蟆肚子里就只是个一条尾巴四条腿的丑蛤蟆，呱呱呱，呱呱呱……

为了投胎，为了冥冥中的心愿，我的灵魂就不停地飘啊飘。六月十三那天，据说是个吉祥的日子，我终于飘到一个地方，你猜猜什么地方？一个大车间样的房子。好精致呀！你看看，那里摆满了各式各样的小兔子，凑近一看，哇，全是小闹钟——各种表情各种模样的兔子小闹钟，把我乐的呀。其中一只，用心疼的眼睛瞅着我，就像是遥远的日子里，我亲爱的好朋友单时常逗我开心时的那般眼神，看上去好可爱，萌萌的。我心里真的有点喜欢……刚这么一想，咦？你猜怎么着？我的魂儿瞬间就被小兔子闹钟给"嗖——"地吸过去了。

就这样，我的魂儿无声无息地附到这心疼的兔子小闹钟上了——我终究既没成为什么公主王子，也没成为小猪仔。当然，像我这么天生可爱样，变成难看的癞蛤蟆是不可能的。自个儿不放心，又在镜子里左瞧瞧右瞅瞅，发现变成小兔闹钟的自己好可爱。我对自己投胎转世灵魂归宿满意得很，喜欢得很。

全世界没有任何人知道，成千上万的小兔子闹钟里，竟然有一只是有灵性的。

没多久，我被装箱搬运离开车间，最终摆在一家大超市里。那家超市，就像你熟悉的那样，好大好大，每天都有很多顾客从我眼前走过，可他们所有的人都像是走马观花，我一点都没看出有谁用心关注我。再说，那些不在乎我的也没有让我瞧上眼的。

那个初雪的周日，超市来了好多人。那个朝我走来的，我一眼看见就喜欢，觉得她跟所有的人都不一样，觉得她的眼神呀，像冰激凌一样，甜甜的，她的心就像她身上的粉红色小棉袄，暖暖的。我的心呀，不由得快速跳了起来，砰砰砰的。我很久没有这样的激动这样的心跳了，真的。我明白，我是希望她能发现我，看上我，喜欢我，带我回家的。

我是个幸运的。她走到我面前，左瞅瞅右瞅瞅，瞅着瞅着就笑了。不知是看我心疼还是知道我的心思，总之她真的带我回了家。

我被带到一个温馨有阳光的家里。从那一天开始，我就真的有家了。我自个儿主动当那主人夫妇就是我的爸爸妈妈了。再说，他们是那样的稀罕和疼爱我——尽管他们知道我只是一个小闹钟。

开始我待在哥哥的钢琴上，每天看他练琴很开心。这会儿，趁着哥哥离我比较远的机会，我要偷偷说句哥哥的坏话：他，也有贪玩偷懒的时候。他有时练琴不是很情愿，不情愿也就不专心，瞅着他那模样，我把他的心思看得一清二楚。有的时候，他人在弹琴，可心里想的是他的阿兹猫，他的飞行坦克、四驱车，他的小红帽，他的奥特曼……脑子抛锚心不在焉的时候，就开始抓耳挠腮抠鼻子……摆在钢琴上的乐谱和乐谱上的豆芽们，一个个噘着嘴，蛮不情愿和他赌气的样子。有一天，爸妈外出的时候，嘱咐他在家好好练琴，他满口答应。可是，爸妈刚一走，他就轻手轻脚去玩起了他那部新买的游戏机，投入得一塌糊涂——他哪里想得到，家里还有个看家的我呢。

这真是一个好有趣的家呀，家里有各种我感兴趣的东西。我特别喜欢爸爸的书房，还有那些可爱的花。书架上的书，会经常开各种各样的辩论会，哎呦呦，那些书，满心五颜六色的思想、满脑子上天入地的智慧，辩论起来个个都是高手。每一位的世界辽阔得就像是大海，高远得就像是蓝天，旷远得就像是无边无沿的大千世界；那些花最有趣了，他们会偷偷谈恋爱，我看得见他们的心思，我听得见他们的心跳，很曼妙。他们高兴了会唱歌，伤心了会流泪，半夜三更还会说些朦朦胧胧云里雾里的梦话……

容我狗胆包天透露一下亲爱爸爸的秘密。爸爸的养生之道会让你笑得眼珠子发酸。比如妈妈生气准备教训他的时候，他会立即道：“老佛爷，我错了。”而且从来都是连说三遍，且边说边给妈妈嘴上抹一点山花蜜或是嘴里塞一块芒果味、草莓味、菠萝味、荔枝味、香蕉味、山楂味而不是榴莲味的水果糖，他说这样妈妈可以立即消气不会收拾他，而且心情会立即变好——心情好了身体好，身体好了啥都好。爸爸的理论是：生气一定不能超过三分钟，超过三分钟，体内的伤肝、伤脾、伤胃、伤心、伤肺、伤这伤那的毒素就会形成，对于爸爸这样的养生家庭来说，那是绝对不可以的。爸爸经常会一本正经跟妈妈提出各种各样的申请——真正的申请。比如申请给她跳舞、给她唱歌、给她演电影、给她翻跟头、给她金鸡独立、给她猪八戒劈叉、给她孙悟空亮相、给她端茶、给她煮咖啡、揪她耳朵、摸她鼻子、挠她脚后心，直至她开心地笑。每种申请，仪式感是必须的，很重要，不过一切必须得经过妈妈正式同意才行，得听见妈妈像老佛爷对着小李子那样捏着嗓子来一声“可以——”，方能执行……这不过是爸爸养生之道的冰山一角，剩下的还多着呢。总之，一切为的都是让妈妈心情好，心情好了身体好，身体好了啥都好，啥都好了你好我也好。爸爸的养生之道，开始我既觉得新奇，又觉得身上的肉肉呀，着实有点麻烦，可越到后来就越是觉得，这种感觉真的很好很好。

对我来说，这个家就是传说中的伊甸园，没人的时候，整个世界都是我独自享受。

哥哥上大学后，我就跟爸爸妈妈待在一起，每天的职责你懂的，是的，就是准时唤醒他们，然后就去天马行空地玩。有时清晨看妈妈还在做美梦，真不想叫她，可是没办法，她得上班啊，得挣钱。于是，我只好放开嗓子：懒虫起床，懒虫起床……

后来有一天，我刚一声“懒虫起床，懒虫……”没喊完整，结果把妈妈从冰糖葫芦美梦里给惊醒了，妈妈不小心一伸手把我扒拉到了地板上。我差点儿疼抽筋晕过去，为此我的一只耳朵给甩掉了。

妈妈醒了，发现躺在地上只剩下一只耳朵的我，心疼得呀，差点岔过气儿。

看她那般的痛苦揪心，我一时忘记了自己的疼痛，倒是有点心疼起妈妈来。

爸爸，是个举世无双的显微外科高手，透视眼，第一时间五分钟给我做了显微手术。手术成功没得说，没有留下任何的后遗症。爸爸的手呀，那个灵巧，那个温暖。

受了这一次伤，爸爸妈妈更加疼爱我了，小心翼翼地呵护我。我呀，可真没见过那么心疼呵护自家宝宝的爸爸妈妈，我觉得自己真的太幸福了。这阵我好想好想唱歌，就像爸爸那样，想唱那首世上只有爸爸妈妈好……

我一直在想一个问题：世间所有的灵魂投胎转世的时候，如果都能像我一样，那该多么幸运。感谢上天，我能生活在这么一个温馨有爱的家。

昨晚，我做了个奇异的梦，一个奇异到惊天动地的梦——梦里我见到了我亲爱的单，白马王子一样的英俊潇洒小帅哥。他一脸的笑，清新明媚得就像四月天里清晨的太阳哥哥。他双手紧紧拉着我的手，没好意思亲我的脸。他轻轻地问我："亲爱的，你知道你现在的爸爸是谁吗?"

"谁?"我好奇又吃惊地问道，眼睛直直望着他。

"他呀？他就是……"

"懒虫起床，懒虫起床……"

唉，最关键时刻，就差半秒，没来得及听到单关于"爸爸是谁"的回答——妈妈定好的清晨闹铃响了。

左青眼镜

这是周一一早的英语翻译课。费教授无精打采像尊木乃伊一样在台上干巴巴讲着。

昨晚和左青（本名左小青，为着叫起来顺口，陈明给删了中间的“小”字）看完电影又去了“哔哩哔哩”酒吧，回来太晚。陈明（本名陈大明，为着叫起来顺口，左青给减了中间的“大”字）的脑袋这阵子不顾一切地打着盹儿，完全不听使唤，无法照顾费教授的情绪——毫不隐晦，他对这个课厌恶至极，若不是为着牵了魂儿的左青，今儿他是绝不会来上这个课的。客观讲，陈明的中文可真不差，甚至蛮出色。然而他的外语感悟力实在不敢恭维，高考英语只得了15分。他自个儿说，他的语言中枢外语那块儿是一个被彻底屏蔽了的天然盲区，压根儿铁打的实木心子那种。

费教授这节课是听不成了。无论怎么坚持，最终，陈明还是抵抗不过厉害瞌睡虫的全面进攻，脑袋软软搁在桌子上，昏昏然找周公去了……

依然是西区10号楼106阶梯教室，依然是英文翻译课，依然是费教授，依然是那有气无力的神样。陈明发现左右几个呆子竟然全都两眼直愣愣盯着费教授，定定摆出一副听得极其认真的样子。

费教授那张貌似永远合不拢的嘴，上了自动发条了一般吧嗒吧嗒不停地动着。陈明一句都听不进他在那说些什么。他对这个课，对费教授，甚至对那些定定像是听得津津有味的“呆子”们，反感至极。他的眼里只有身边的左青。亲爱的左青，那是他有生以来所见过的第一“百分百”，无可挑剔的天仙子，是全世界他最喜欢的。陈明喜欢左青真不是没道理的。你看看左青，那般的聪明，那般的漂亮，那般的清新，那般的气质可人。是的，百分百，作为世间女子里里外外一切的好，都可在她身上找到……正这么想着，一眨眼身边左青不见了。急得陈明心里兔子跳，提了心正想喊，却发现左青笑眯眯，站在自己身旁。

左青轻轻俯下身来，贴着他的耳朵，开心要命地轻轻道：“我告诉你一个天大秘密。”边说边牵了陈明的手来到一个僻静处。

“啥秘密？”

“我的一个惊人发明。”

“你？发明？我这没听错吧？”

“嗯，没错，我的发明，天大的发明。”

左青边说边即刻动起手来：她给陈明戴了一副眼镜，一副看似跟平常眼镜并无太大异样的眼镜，随即又将一个如同小纽扣大小的微芯片，轻轻贴在了陈明的右侧太阳穴处。

“你这是做什么？”

左青笑而不答。随即从书包里取出一本英文书，翻开，密密麻麻天书一样的文字，搁在陈明眼前。

奇迹出现了：陈明发现，书上的英文随着自己眼睛的移动，妥妥的，全都翻译成了顺溜的中文。更神奇的是，你阅读速度多快，翻译速度便有多快。好厉害！陈明抑制不住兴奋地蹦了起来，把天底下最最聪明的左青紧紧搂在怀里。

随之，左青又分别拿出俄文、法文、希腊和意大利文几本书一一给陈明演示。同样，这神奇的眼镜，全都可以准确辨识，同步翻译，顺顺溜溜，毫不费力。

“左青，哪来的这个神器？”

“哈哈，当然是我发明的‘左青眼镜’，爱它用它就是了。”

随即，左青告诉陈明：“这神器，可以他控，也可自控，更可智能控——自由心理感应控。所谓自由心理感应控，就是通过贴在太阳穴处的微芯片，读者根据自己的翻译需求，在心里默默发出指令，‘左青眼镜’便可顺利操作，还可调整字体大小等等。比如，发出俄译指令，便是俄译，发出英译指令，便是英译，同时还可发出清晰的标准提示语音……这智能芯片，目前只可以翻译 20 多种语言。很快，它将继续做扩展性开发完善，直至双向翻译整个人类所有的语言文字……”

下课铃声响了。陈明被铃声惊醒，发现身旁的左青也美美地伏在桌子上，比自己睡得还沉。

友 情

我的朋友张处长，真正的热心肠大好人一个。

老张总是忙，好不容易积攒了一点闲暇时光，想优雅地溜达溜达逛个风景，结果不小心误入这家时尚的“吉尼斯云乐园”。进到乐园又不小心误入一家新生代 7G 刷屏“AI 新穿越命运随机检测俱乐部”。

俱乐部摆放着一台大小适中的感应式触摸装置。触摸屏上有很多个有趣的选项——事业、家庭、爱情、健康、心情、时运、娱乐……凡跟你人生紧密相关的一切关键位穴，无所不包，皆在其内。

老张一脸好奇地瞅着，不知该从哪个穴口下手。正踅摸之时，只见那左上角的“友情”一项，像个勾魂的小妖精一般，不停地朝他挤眉弄眼。老张顿生好奇，便顺手朝那“友情”选项戳了下去。

点击进入，展现在眼前对话框的文字，伴着清晰的 AI 语音，即刻令老张脑根子闪了一个惊心的激灵：“先生您好！请准确输入您的姓名、性别和生辰八字，而后无所不能的 7G 智能超脑将随机唤醒你的若干友情对象，人数不限，随你所愿。”

生辰八字？这个还真是从来都没使唤过。老张心想。

“不知道没关系，只要心里想一想，就有了。”AI 系统提示。老张惊得心跳加快。

随机？人数不限？

老张心想，我这为官一生，一路走来，朋友知己不计其数，我随机该“随”多少个人合适呢？八十？二百五？三百六？有点多。脑子一个忽闪，主意便立即有了：我泱泱大国不是有五十六个民族吗？没错，我就“随”上五十六个朋友。

老张在人数一栏输入“56”，随后被眼前的景象再次惊得目瞪口呆：随机五十六个名字在触摸屏上一一出现。丝毫没有差错——五十六个人，关系远近不等，全都是自己或久远或近交的朋友。让他觉得有趣的是，有的朋友名字下是一段文字，简要叙述他们友情的渊源、过程、未来、结局等，末了是最要紧的一项——他们相互间友情持续的时间，即所谓友情效期，其间的来龙去脉清清楚楚。而有的朋友名下则是一副或几副须得劳神费心一番的图画和实际友情效期。老张觉得最为有趣的就是这些或清楚明了或云里雾里的图画。根据老张讲述，这里呈来几幅觉得颇有趣的“友情图”，与亲爱的读者共享，并希望各位能够读图破解。至于那些朋友的大名，遵从老张特别嘱托，作为他的个人隐私，此处一概略去，望看官们见谅。

友一。那朋友的名下，是非常简单的一幅画面：夏日时光，烈日炎炎，路边一棵大树下面，两个光腚小孩，正在聚精会神瞅着一群搬家的蚂蚁。画的下端注明了友情效期：二十九年五个月零六天。时日怎么会精确到如此地步？老张很是不解，但没时间多想，只急着想看后面的。

友十五。朋友名下的图画：光秃秃一道矮矮的墙，土灰灰不长毛的墙头上画了一棵干了吧唧的梭梭草，草的近旁是一个骑在墙头、生着一双奇奇怪怪向左右两边溜溜散了眼的小孩儿。那墙的一边是一片西瓜地，一边是一片苹果园……友情效期：三年九个月，又加一个月，又加十四天。这个画面，尤其是这个神秘费解的有效期表述，让老张看了好一阵却始终难解其意。

友十六。朋友名下的图画：年轻的老张一手举着雨伞一手紧紧搂着朋友的肩，从滂沱大雨中走过。那伞有点小，根本遮不住那么大的雨。老张将伞倾向朋友一边，自己的身子被淋湿了一大半……友情效期：四年又三天。老张脸上顿时落下一抹你能想得到的那种表情。

友二十九。朋友名下的图画：一根高压电线上，卧了一只翻白眼的胖鸟。因为白眼翻得厉害，几近看不到黑眼珠，就像是得了严重的鸟夜叉白内障。那神态，有点像“哭之笑之”八大山人画中的那款鸟。这一幅，老张看得懂，边看边在嘴里轻轻嘟哝一句脏话，随即摇摇头，笑了。友情效期：二年又十三天。

友三十七。朋友名下的图画：面对一片乌泱泱的黑泥沼，站着一个特别奇怪的人。那人，头很大很大，且头长得不甚规则，眼睛超小。只见稀里哗啦的鼻涕、眼泪、哈喇子全都挂在脸上，现出被啥事情惊吓得不轻之状，像是当场就要晕倒的样子……一看那副模样，老张忍不住哈哈大笑。友情效期：一年零九十三天。

友三十八。朋友名下的画面里并列安顿着三幅景致，分别是：鲜花烂漫的春天，冰雪严寒的冬季，烈日炎炎的夏天。友情效期：加、减、乘、除共计两年零九天。

友四十。朋友的名下，画中展示着一场豪华的酒宴，席间又吃又喝、嘻嘻哈哈的食客们，脸上挂着近乎统一的神情。那神情，那模样，一看就是好得天衣无缝的那种。你看老张那朋友，尤其笑得如同弥勒佛，本来就小的眼睛，经那么一笑就干脆连眼缝儿都没了……友情效期：十四天。俱乐部温度有点低，老张突然觉得肚子有点鼓气有点胀。

友五十六。画中那个朋友的名字，如果不是在此间随即遇到，几近被永远尘封在老张遥远的记忆里了。画上，是一副万籁俱寂的漆黑夜晚景象，只见深山密林一座屋子的窗户缝里，透出一束宁静的光……友情效期：长效。有别于其他的画，这幅画的下面，附有这样一行简短且直白的文字：有时候，有些不来打扰和被你遗忘的人，还有那藏在心里的牵挂，才是最为恒久和珍贵的。

……

关于友情，老张说某高人曾如此直言："以利相交，利尽则散；以势相交，势去则倾；以权相交，权失则弃；以义相交，地久天长。"面对最后一条，老张心想：以义相交的友情，那也是关于友情双方的事情。世间没有哪个有义者单方面张着嘴面对过路的驴子和西北风表白的友情。无语的老张，环顾红尘大千细一琢磨，发现这世上"以义相交"的人，不是没有，可的确是少之又少的。回想那些与他以义相交的朋友，因为彼此互不相欠，时而想起时而遗忘，彼此"轻轻松松"的同时也时常觉得"可有可无"，于是友情于他们就像是"君子之交"的那碗白开水一样寡淡，甚至如若挂在柳树上风干了三十年的那张老羊皮，更是寡淡又寡淡。

前不久我们再度会面，老张说他悟出一个道理：人们时常赞美儿时友情之纯粹，其实儿时的友情，人简单友情也简单，简单得就像玩的那团尿泥一般，说到底也没什么可大赞特赞的，只不过不像许多成年人的那般"友情"罢了。成年人，很多时候的"友情"，你知道的，顿了顿，他神情寡淡补充道：这世上的友情，有几个不是以权、以势、以利相交的？扒了"友情"的外衣便会发现，一旦牵扯了利益，你就会看得清那"友情"的脑子上长了几根毛。朋友是否跟你有友情，得等到你瘦得无利可图的时候才能看得出来。

老张最后做了如是总结：

友情，有保鲜期，有保质期，有脑中风期，还有死灰复燃期，更有其寿命的必然终结点——一切到期。那传说中永生不死万古长青的友情，十有八九都是瞎扯的。正如你所见的那般，友情，形形色色，五花八门。生活有多么花里胡哨，所谓的友情就有多么五花八门。

远方那片海

生命中的有些孤独，是任何办法都
不可能奏效的——如果那孤独是长在了你的灵魂里
——题记

常言道，事不过三。

可这本《过往》，她这已经是读第四遍了。

一本书能被她翻来覆去读四遍，只因其中一段话（其实只是书中一个啰里啰嗦的例证）宿命般纠结了她的眼睛和心情。那段话原文如下：

> 你问他何时有空——对，你是想要见到他，或是跟他打个电话聊聊心。若那边在电话里不假思索地告诉你："我很忙，各种的事，各种的忙，每天都在忙……"好了，有了这样的回答便是意味着：你把你那份守望的心思该折叠起来了。

此刻，她又一次正好读到上面这段话。本来早已烂熟于心的话，可她还是忍不住反复看了好几遍。看着看着，这些文字变成了仿佛听得见的声音，那是一个异常熟悉的声音。听着幻觉中的声音，她的心头一片黯然。

这回来势凶猛的疫情，把她死死困在了这座遥远的孤岛上。好在一个月前出来的时候，旅行箱里塞了一大摞书。以往外出度假也带书，但从来没带这么多过。明知道只是短暂的度假旅行，读不了这么多书，可向来执着的她还是较劲似的跟自己过不去，精挑细选了这么一大堆，看着哪本都放不下。这习惯，或者说这癖好，这辈子恐怕是注定改不了的。世上的事，往往就是这样的歪打正着——她怎么也没有想到，这些书变成了自己的"闺蜜"，日日夜夜陪她度过寂静、孤独乃至焦灼的时光。一切像是冥冥之中的安排。

尽管有书可读，酒店的环境也很好——海景房，每个夜晚，可以遂她的心愿，让天生爱海的她听到自己永远听不烦的潮起潮落。清晨推开窗，便是满眼的蔚蓝，展现眼前的，是辽阔大海那深沉又多情的温柔。依她的心愿，每个清晨那处子般的沙滩上可以留下属于她自己的第一串脚印……可她，心头依然泛起一天胜似一天的孤独——是的，那是真正的孤独。一切就像朋友文澜君一本书里写的那样："生命中的有些孤独，是任何办法都不可能奏效的——如果那孤独是长在了你的灵魂里。"此刻的她，似乎完全应验了这句话。

一个人待在如此遥远的天涯孤岛，除了阅读，不由自主地翻翻手机也成了每天割舍不下的必需。是的，她心神不宁，她想了解疫情，她想知道疫情每时每刻的变化。她像牵挂自己的亲人一样牵挂天下角角落落所有的生命。满心的纠结，满心的伤感和悲悯。翻到手机上觉得重要的信息，她总是忍不住与远在国内的亲人们分享，这其中也有他。她有一份天生的小任性，这任性与生俱来，想改也改不掉。这些年，无论什么时候，只要想念那人，便会忍不住地给他发信息，且总会第一时间收到对方的回复，八九不离十。可后来，更准确说是近来，一切像是在悄无声息地变化着。她给他的信息，收到的回复越来越简单。起初还能收到他的回复，即便只是只言片语。可渐渐的，他的回复越来越少，有时会简单到只有一两个字。那可有可无的一两个字，自然是感受不到任何的温度的。从那简单回复中，仿佛能看得见对方的眉目神情。与熟悉的记忆相比，那是判若两人的感觉。于是，连带着，身心周遭的实物和空气也随之开始变得冰冷起来。记得有几次的信息是隔天才回的——他告诉她，没有及时回复是因为太忙，没有发现她的信息……最后一次，于满心的平静中，她轻轻回复了这样几个字：知道了，你忙吧。

是的，她心有感应，从此便不再发了——即便是那些她特别想跟他交流的问题，特别想跟他述说的心里话。

孤独，无以言说的孤独，像突来的暴风雨一样，猛烈地击打在她的心头。

她把书反过来扣在沙发一侧的茶几上。摘下眼镜，望着窗外远处的海面。其实，那里啥都没有，可啥都没有的那里，又觉得啥都有。缥缈的视野里，浮现出十多年前那个霏霏细雨的清晨，就像今天这样的清晨。他举着雨伞，笑吟吟出现在她的面前……

停止吧，不要再往下想——她这样不无执拗地在心底提醒和告诫自己。

离开酒店房间，她独自去往无人的、洁净得有点泛白的海滩。与乳白色的沙滩对比，大海好像变成了深黛色，犹如曾经的那个夏日——葡萄牙南端罗卡角的深黛色海面。眼前，浪涛翻滚，如此汹涌。可不知为何，置身于没有半点人影的海滩，尽管海浪汹涌，涛声震天，可她觉得整个世界，整个宇宙都开始变得空旷寂寥，显得清静异常。她仿佛栖居于另一个荒凉的、没有人烟的星球之上。是的，身处孤岛，狂风骇浪，此刻，她的心中只有一生从未有过的孤独。这孤独，硬是拧着劲，没有商量地把她的思绪再次拽回到过往……

“恐怕没有人会像我们这样绕着这么大个静海转两圈的。”她笑着跟他说。

“肯定。”他一脸的迷人与愉悦，“其实这才对了，因为我们跟世上任何人都不一样，所以我们的所思所想、所作所为，也必然不同寻常。”

不但静海，大明湖也是，他们也会绕着转两圈、三圈，从下午一直走到华灯初上。常人眼里，这样的行为似乎很傻很夸张，但是这样的傻事这样的夸张，于她却是无比的惬意，无比的曼妙，那是为不同寻常的心准备的阳光礼物，带给你心头的是难用语言形容的幸福和诗一样的心情。她最是懂得：人活着，携了一些不合常规的天真和夸张走在阳光下，那才算得上人生的山珍海味，它会让你的生命从此变得不同寻常，变得有情有趣有意义。

偌大的皇家花园，偌大的静海，沿湖的人行道了无行人。无比的空寥和宁静，给他们带来身居世外的惬意和随心所欲。其实，他们也并不是非要刻意绕着静海走两圈，而是彼此心里有太多的话。那像是永远都说不完的话，别说走两圈，即便一直一直地走下去，也是讲不完的。常言道，酒逢知己千杯少，殊不知，话逢知己万言不嫌多。当两个人心海里真有话说时，脚下的路就变短了，时光流逝之于你们，就彻底变得不知不觉了。

“还记得我们的第一次相会吗？”望着宁静的湖水，她侧过身来问他。

“咋会不记得，怎么能忘呢，空谷幽兰。那可是我第一次喝到洞庭湖的君山银针。那天我们聊了很多。没人相信，两个第一次见面的人，会聊那么多的话。”

“还记得我们说的第一句话吗？”

“记得，不过不是第一句话，而是……”

“什么？”她现出略带疑惑的神情。

“你的特别的神情。你站在两米之外，静静望着我的那副神情。”

“哈哈哈。”她忍不住笑了，“那你猜猜我记住了什么？”

“啥？”他现出疑惑的神情。

“你的神情，更准确地说是你的眼睛。”

“眼睛？”

“是的，你的眼睛。那一刻，我不由得想，世上怎么会有像菩萨一样和善又清澈的眼神？站在我眼前的你，一切就像是一天前被我在电话里‘听见’的你的模样，太神奇了。”

“哈哈哈，这话本该是我说的。”他说。

“那一刻，望着你的眼神，心底的声音告诉我，拥有这样清澈眼神的人，他定会拥有一个清新明媚、阳光普照的天堂般的精神家园，大海一样的精神家园。”她的神情有点激动。

“你可还记得，当时我们站了很久，忘记了坐。”

“是的，正是站着忘记了坐的两个人，将那一刻的所有，镌刻在了彼此的记忆里。”她说着，神情像是陷入了一种对曾经过往的回忆。

“是的，谢谢，谢谢你给我那么好的一刻时光，何其珍贵呢！谢谢你让我的世界里从此住进你举世难觅的灵魂。”他不无深情地说。

是的。记忆中的第一次相会，望见彼此的那一刻，其实他俩都在互相验证：眼前的这个人，跟二十四小时前电话里说话的那个人，是否相符，是否对应。

对她来说，电话里一开始那个声音胆怯，语不连贯甚至前言不搭后语向自己进行“咨询”的那个来自远方的陌生男子，着实给她留下了从未有过的特别印象。若在寻常，那样的胆怯声音和词不达意，肯定不会给人留下什么好印象。可是这个人，竟然有种说不清道不明的不一样，那种语调甚至连同那电话里的呼吸，都有一种超越所有的不一样，真是太奇怪了。那一刻，她不由自主地想，有那样讲话、那样声音、那样深长呼吸的，会是个什么模样的人呢？她竟然在自己的大脑深处莫名其妙地勾画出他的神情、他的模样、他的身形全貌，并透过那幻想的神情进而看到他的内心。世上的事情有时真就这么奇妙——次日，当这个她幻想的人出现在自己面前的一刻，她竟然发现站在眼前的正是此前脑中想象过的神情甚至连同他的俊朗形貌都一样。从这声音、这模样，她再次断定，电话里的那番声音和胆怯表达，来自一个人的灵魂的“处子”状态。望着他干净无比的神情，她听得见他同样美妙的心跳。于是，她的心再也按捺不住地随之快速跳动起来……

于他而言，站在眼前的这位女神——是的，从昨天打完电话的那一刻开始，“女神”二字便挡不住地硬生生浮现于他的脑际——正是自己想象中的模样。那超凡脱俗的神情和容颜，发散出一种挡不住的魅力，没有商量地辐射和洗涮着他的身心……也正是从电话里听到了这样一种神情和有着如此神情的女神，引领他从最初的胆怯、最初的语无伦次，最终上升为大大方方的真心邀请。望着眼前人，他不由自主想到了位于南山寺的那尊南海观音菩萨。

世事如梦。一晃，十五年过去了。十五年，所有的过往，此刻电影一般皆现眼前……

那个霏霏细雨的清晨，他举着雨伞，笑吟吟出现在她的面前。惊喜，让她的心蹦到嗓子眼儿跳起舞来。人生难得知己，从那么遥远的地方，坐了整整两天一夜的火车，就为了看上她一眼——瞅着她，离得近近的，看一眼她菩萨一样的眼睛。那一刻，虽说外面下着细雨，可她的心头，花雨缤纷，清泉流淌。激情荡漾的她，觉得自己的生活顿时阳光灿烂，霞光万丈。望着眼前人，回想那命里注定的相遇，回想有君山银针伴随的时光，是冥冥之中的造物主让他们成为无话不说的人生知己。这知音，用一种像是融化和升华的神奇力量，扫荡又加持着彼此的身心和灵魂，透彻和澄清着他们对人生、对这个世界上五花八门之所有一切的看法。是的，他们将这当作是上天的特殊恩赐。一个人，能够无声无息地长在你的精神里，便是无声无息地长在了你的生命里——他之于她或者她之于他，就是这样。

一路走来，那无微不至的关心和珍惜，一切的一切，只能用一句“说不完、道不尽”来表达。

知道她喜欢读书，于是就给她买来一套又一套的书，且用心到连那书签都是极个性的。那些书，无不合乎她的心意，因为他最是懂得、永远懂得她的阅读情趣。他喜欢听她读书的声音，看她读书的神情。他们在一起的时候如此，彼此遥居天涯之时，他依然想听，于是，视频里，她会为他朗读。时光，足以忘记身外一切的怡人时光，就这样在她悦耳的读书声中静静流淌……

他总是说：“你的模样生得像观音菩萨，也许你就是菩萨化身。”每当此时，她会羞怯，眉眼中现出一抹优雅得令人心动的美丽羞涩。但是，那无以言表的温馨和幸福也同样会挂在她白里透粉的脸庞，因为，她说这个世界，她最喜欢的就是菩萨。她说无论醒着还是梦里，都有菩萨住在她的心间。她是真的想把自己活成菩萨。他无数次忍不住地说，你看你的手，这一定是世界上最美的手，只有菩萨才会有这样的手。轻轻闭上眼睛，幻梦中握住这双温润的手，每每都会觉得有股净化般的温柔之力，电流一样遍及他的整个身心，美妙无比地扫荡他的灵魂，融化他的一切……为了这双只有菩萨才会有的手，他为之用心拍了无数的照。

她将他的一切可保存的都悉心珍藏下来，包括第一次喝过的茶败。这一定是很多人所想不到的。只有她心里明白，人若有情时，连同那茶香殆尽的茶败，都是有情有心的……

有一回，他到了沙漠，竟然给她带来一小瓶五彩砂砾。他说，那些五彩砂砾，也是历经千年万年风吹日晒的。他期望人世间的一切真情与美好，都能够经得起千年万世的风吹日晒……

有了手机视频功能后，极其珍惜时光的他们，却舍得将大把时间耗在了视频交流。借助视频的“面对面”交流，消除了彼此遥远的空间距离。他们甚至说，视频功能乃是上帝得知之后，给予他们的特别恩赐。特别想给发明了这一超级功能的科学达人，真心地上三炷香。俩人视频，往往会花去整整一个上午或下午，忘了时间。彼此间的交流永远无穷无尽，那是要把世界的一切，都纳入他们心的交流范围。或许，只有上苍看得清，人世间如此这般的知心交流，是何等的超然，何等的美妙富足。这个世界，来自灵魂深处的心甘情愿，和心甘情愿的交流与默契，让他们感觉今生能有如此知己，岁月不再虚度，生命不再虚妄，即便彼此遥隔天涯。用他们的话说：灵魂的交流铸就不朽人生……

有一回，她玩笑似的问道：“有一天，你会不会淡忘了我?”

他回道：“山无棱，天地合，乃敢与君绝——今生，你是我美丽的精神花园，是我永远看不够阅不尽的大海。”

啊，山无棱，天地合……啊，精神花园，阅不尽的大海……

深黛色的大海，海浪越发汹涌，远处海天相接，黑沉沉的天，像是要把大海压得喘不过气来。远处，从酒店游魂一样慢悠悠晃出一个人来，没戴口罩。可一看见她，那人便即刻返了回去，可能是意识到自己没戴口罩不合适。

她慢慢往回走。心想，人生梦一样的一切终会悄无声息地过去吗？人世间一切美丽迷人的梦，最终都要过去的吗？……她听见一个声音回响在耳畔，又像是在自己的内心深处说：精神和情感的世界里，最怕的，或许就是你把一切放得太大，看得太重，认得太真……是的，过往的日子，真情之于她，那是世间无可比拟的被注入了不容置疑的情感与理性的真金子。可最终，她又不得不怀疑，这个世界上许多的事，也许并不是她想的那样……

对于知音，生来简单的她一直的理解是：不求朝朝暮暮，而是在你孤独无助的时候，那温暖的念想，可在温馨和静谧中，与你拥有精神的交流，灵魂的对话。可终有一天，她不无疑惑地这样想：自己的有些愿望，是否有点太奢侈太不接地气了？人生一世，有些东西，也许就是一种根本不可能的天真与奢侈，是一种自导自演的空空之梦……

大海澎湃浪滔天，曾经沧海已杳然。面朝大海的她，隐约明白，人生的许多，一切或许只能留在远去的记忆里。眼前，对于远方之人的淡漠和隐约，满心黯然的她，没有百思不得其解。她不想追究，不想知道因为什么……

突然吹来一阵清凉的海风，让她的心轻轻打了一个激灵。越过眼前汹涌的海面，幻觉中，她望见了远方的那片海。云天深处那片海，永远那样浩瀚，永远那样辽阔。此刻，却出现前所未有的平静。海市蜃楼一般，她默默地望着大海渐渐远去的背影……

和陌生人说话

隐私，美丽的隐私，那是有幸沐浴过上苍的雨露才会有的。美丽的人生是由美丽的隐私精彩出来的，不是吗？

——陌生人

小溪左边的远处山坡，茂密的森林一直延伸到山的背后，让你不由觉得那蜿蜒的森林该是无边无际的。午后，我决定去森林的边缘走走。其实几天来，我几次三番这样预谋着，却总是放弃，因为走过去着实有点远。

云，白得耀眼。洁白的云和瓦蓝的天互为映衬，美得令人心动。不到草原，真是很难见到这样洁净、这样如画的蓝天白云。静静流淌的溪水，清澈见底。水流平缓貌似停滞的地方，有蓝天白云落入其中。水下的鹅卵石被洗刷得干干净净，像是从来没有过任何的污染。四周草原和点缀其间的山百合、矢车菊、修叶马兰和一些叫不上名来的山花，生机无限地悠然在午后的阳光下，让整个世界宁馨在一片忘却尘世的安静里。

踩着一块块踏脚石过了小溪，我顺着小溪逆流而上。过了约莫一刻钟，发现有个背影在前面的草地上晃动，像是专心在挖着什么。就一个人，看她专心的样子，像是在刨挖埋在地下的金银财宝。

走近一些，便认出那人来，是和我住在同一景区帐篷房（一种外形像房子一样的帐篷）的一位游客，算我的近邻。

淡紫色的裙子，外加一件白色短袖上衣，上衣背部有个叫不上名来的大耳朵卡通头像，给人一种又像大人又像小孩的时髦。我止了步，不再往前，只是远远瞅着，瞅那刨土的女子和她背上的卡通大耳朵。

她侧过头，朝我看了一眼，然后无所谓地转过头去，像是啥也没看见似的，继续她的工程。

立在远处这么看人，且又被人家发现，感觉有点不礼貌，于是索性走了过去。

“您好，这挖什么呢?”

“你站哪儿瞅什么呢?”她没直接回答，反倒问了我这么一句，而且是在延迟了几秒钟之后。

“哈哈，看你忙活呢。”吃了尴尬的我，脸上挂了不自在的笑，除了这么尴尬地应付一句，不知道该怎么回答。

山坡森林边再没去——眼前这人和她的忙活，让我觉着有点好玩，于是没有商量地留住了我的脚步。

环顾四下，原来她是看着草地上有几堆特别松软的土，圆鼓鼓冒起来像个小山包。她选了其中看上去最有情况的一堆，做挖掘“考察”呢。

“你觉得这小土包下面会有啥?”她问我。那口气，好像我是她一个熟人。

“难说，或许有只田鼠、鼹鼠、灰老鼠什么的。”

她没吱声，继续刨。

“或许……里边会有一条绿尾巴的扁头蛇什么的。”我故意恶作剧一句。

她像是当下被蛇咬了一口，受惊似的，立即秒速跳起身，后退两步。悬着两只沾满黑土的手，嘴闭得紧紧，她定定看着我。那表情，说不上友好不友好，只就那么看着。

“你一个人吗?”我随口问了一句，可话刚一出口，立即觉得我问了句让人厌恶的废话。

“是啊，”顿了顿，又补了一句，“现在，多了个你。”

她显然没了再继续刨土的兴趣了。我知道是我影响了她，扫了她的兴致，但张不开道歉的嘴，或者心里根本没有想要跟她道歉的意思。

“我本来是要去森林那边走走的。”我无话找话，一种没盐没醋的自作多情。

“哦，挺好的。”

“不过，我这阵也不想去了。”

“呃，是吗……我先回了，再见。”

“要不，咱们一起回吧?”

“好吧。”她面无表情，像是在想什么心事。

我从来没有觉得自己这么笨头笨脑无趣过。一种凉兮兮没面子的感觉，让我恨不得立即转身重去森林那边，离她远远的。

我们并行往回走，顺着自由自在窃窃私语的小溪。

“你刚才站远处看我了好一阵，我没说错吧？”这回是她先开了口。

“我……”

“你此前就看过我的，有没？我说是过来这几天。”

“没有，没有……吧？”

“看过。”她一脸平静地说，“比如透过我帐篷的窗户，门帘啥的，没有？”

我一时语塞，难为情到不知说啥是好。其实我真注意过她，但绝没有像她说的那样看过，那不是我的风格。虽如此，但又无法解释——跟一个陌生人一旦做这样的解释，就没有一点点意思了。

“其实，我也仔细看过你的。”

“什么时候？”我以一种吃惊的口气问道，头皮着凉似的有点发紧。

“你走路的时候。”

“哦……”

“你走路的背影蛮有教养的。”

“走路的样子还能看出教养？”

“是啊，太能看得出了！”她停下脚步说道。

“我觉得，你和我有点像，我们，应该是同类。”她接着道。

“是吗？谢谢！可是咱们不相识，何谈像？”话虽这么说，可心头悄悄窜出莫名的欣喜来。

“哈哈哈，从你走路的样子看出来的呀，这么简单个事儿。”突如其来的一阵爽朗笑声，让她那挂在脸上的明媚神情显得更加明媚。不知怎的，我脑中突然闪出过去好久的那个三毛来。同时，更是觉得，眼前这个情绪跳跃多少有点怪怪的女子，像是一位来自伊甸园的天使。

边说边走，转眼到了我们的旅游帐篷区。

“到我屋里坐坐？”她神情明媚地邀请了我。

我没说去还是不去，用喜悦的神情回答了她，直接跟着进了她的帐篷。

她临时的“家”，最显眼的是茶几上插在饮料瓶里的一束野花，除了野百合，其他的叫不上名来。床上有电脑、平板电脑，还有三五本书，还有展在床上的“空谷幽兰”大床单（显然是她来时自带的），还有……

“喝啥？”

“随便。”

“最不爱的，就是随便了——我，还有你，都不喜欢随便，对吗？”边说边给我沏了一杯大红袍——不，给我们两人各沏了一杯。

“请问，您从哪来？”我随口问她，用极自然的语气。

“你有仇人吗？”她没接我话茬，像是根本没听见我的问话。我又吃惊又尴尬，感觉比前一次更为没趣。后来我慢慢发现，和这女子聊，我只能顺着她的话才会有话说，才不至于自寻尴尬。

“我想不起来。你有吗？仇人。”我反问。

“没有。”她顿了顿接着道，“有时候，我真想有个仇人，体验一下有仇人的感觉，或者被仇人来算账的情景。哈哈，可是我根本找不到。”

“体验仇人，这还不容易？你就故意整出个事端，搞出个仇人来试试。”我乐乐地开了句玩笑。

“你说是现在？整出个事端？比如我突然卡你的脖子，或者拧掉你一只耳朵半拉鼻子，把你弄成仇人吗？哈哈哈哈。”

你看她那开心的样子，一派的忘乎所以，有点像小孩儿的样子。我忍不住笑了。面对这样情景，你的脑子毛乱毛乱的。

“我有一把特别好看的遮阳伞，花纹好漂亮的那种，我特别爱它。”

“带了吗？”

“没有，有次遇到一个很漂亮的淑女姐姐，就送她了。”

我心想，她的思绪她的记忆怎么会一下子跳到那儿去了。

“不过，最主要还是因为那姐姐说了一句让我觉得特别好听的话。”

“好听的话？有多好听？”

“她说，你这人真好。”

“就这？”

“不，她说，你这人真好，好得就像是从开满山花的大自然里长出来的……”

“哇，这话，还真不是一般人能说得出来的。”

“你说，人是不是都爱听好听的？”

“应该是吧，人性之常态啊。”

“你呢？”

“我？爱听真话。”

“虚伪。”

“这怎么虚伪了？”

“可不？人能做到既爱听好话又爱听真话，那已经算不俗得很了，你懂的。”

仔细一想，可不是嘛，这世上能有几个人是只愿听真话而不想听好话、奉承话的？

“那漂亮姐姐看我被她夸赞得如此开心，又接着夸赞‘你这把伞真好看，很配你’，于是我就把伞当下送给了如此懂我的她。伞给了她，我感到很开心，觉得那天的太阳也格外好，喜悦布满了我的心。”说这话时，女子神情灿烂得就像是自己干过一件特别值得欣喜的事情。

“啊，不错，我也觉得你这人特别好，好得就像是从开满山花的大自然里长出来的……”

“你觉得讥笑挖苦人很好吗?”说了这话，她脸上的明媚立即落了。

“没没没，我是开玩笑呢，但你这人真的……很好。”我即刻意识到了自己的不得体。无论怎样，我跟眼前这位“从开满山花的大自然里长出来的”女子，认识还不到两小时。

听了我这话，她脸上的明媚又开始从云朵后面露了出来。

“那，你也能送我个啥吗?”我开个友好的玩笑。

“你?哈哈，那就更可以了，哈哈。”

“听大人说，我小时候好傻，你信吗?哈哈。”笑完了，依然一脸长长的笑意清澈地滞留在那。

“你这么聪明，怎么会好傻?”

“会，哈哈哈哈。”她笑得爽朗，“小时候，我什么都敢抓。”

“蛇和老鼠也敢抓吗?”

“差不多。我会把老鼠、青蛙、壁虎啥的，像稀罕宝贝一样抓起来装在兜里玩。有一次，逮着一只青蛙，小心翼翼捂着口袋回到家，趁不注意，哧溜放到我妈妈怀里，妈妈当下吓晕了过去……可我越是长大就越是不能肯定那一切是真的还是恶作剧的梦，哈哈哈哈哈。”

她话没说完自己早已经笑翻了。可一旁的我，听得心惊肉跳，想想被她吓到的妈妈，我感同身受，只觉得那青蛙不是塞进她妈妈怀里，而是贴着身塞进了我的后背。我打小看到老鼠、青蛙、癞蛤蟆之类，立即满身的鸡皮疙瘩……长大之后，就更不行了。胆小，真是一个人的天性。

“长大之后，不知咋的，胆子变得越来越小。尤其是有一次被一条哗啦哗啦吐信子的大黑蛇扎扎实实吓到过以后，再不敢摸各种动物，躲得远远的，心惊肉跳。”

我的心咚咚咚跳个不停。她妈妈遥远的惊吓表情，还有那哗啦哗啦吐信子的大黑蛇，不断放大，越来越清晰，一个劲儿在我眼前晃动。

“你怎么了?”她瞅着我问。

“哎吆，我的姐姐，咱能不能换个话题，不说老鼠、青蛙、癞蛤蟆行不行？”

“哈哈哈哈哈哈。”

“你相信相由心生吗？”她喝口茶，终于换了话题，换了我感兴趣的话题，顿时有种心有灵犀的感觉。

“相信，应该说特别相信。”

“说说看？”一副专注的样子瞅着我。

“比如，像你这样‘从开满山花的大自然里长出来的’模样生得如同莫高窟里的菩萨一样，一定是善良的，善良得一塌糊涂的那种。”我认认真真道。

“哈哈哈哈哈，这样夸我呀，真的假的？”见我表情，这回她不再生气。

“真的。”

“谢谢呀，我太乐了。菩萨，我喜欢，而且还是莫高窟的菩萨，哈哈哈哈哈，我真的喜欢。”

笑过之后，她突然安静了下来。安静时的神情，那干干净净、异常清澈的眼神，越发像莫高窟的菩萨了。说真话，她着实长得很美——不是寻常意义上人们理解的那种漂亮，是美。准确讲，是属于清新、漂亮又有内涵的那种，甚至比这还要丰富些。

“曾有人说过，这个世界，这世上的人如果都天真如我，我们的世界会变成山花烂漫的伊甸园，我们的社会会向前发展一百年不止，你相信吗？”

“我相信。”

“你不真诚。你都不认识我，就这么轻易相信？相信啥？”

“不，我真相信别人对你的这般评价。”我变得更加认真起来，“有的人，只听他一句话，就会由此感悟很多，就会知道他的内心，就会知道他值不值得你相信。比如你，我就觉得值得相信。更不用说，你长得那么像莫高窟的……”

她突然露出一丝羞涩，脸上泛出一抹红晕，因为她发现我的确在认认真真夸赞她。

“相由心生，看来，你我都相信的。”她轻声道，眼里现出若有所思的神情。

“嗯，是的，相由心生。不是你我，这世界很多人都相信的。”紧接着，我又近乎目空一切地补充一句，“相由心生，以貌识人，乃人类第八大真理。”

“读余秋雨的书吗？”扫了一眼搁在床上的几本书，她随口问我。

“读的，而且蛮欣赏。”

“可是，那么多人都骂他，你不觉得骂得有道理?”

“我觉得没道理。”

“没道理？你忘了世上有‘群众的眼睛是雪亮的’这句话吗?”

“没忘。但是唯独在此人身上，有些‘群众’的眼睛真出了毛病，或者是故意出了毛病——羡慕妒忌恨，人性深处的羡慕嫉妒恨让他们眼睛犯了‘仇恨瞎’。”

“你觉得余是个君子好人，还是个伪君子?”

“你觉得呢?”

“我？你觉得我会接受一个让我感觉讨厌的人，接受他的书、他的灵魂陪我入眠吗?”边说边指了指搁在床上的《文化苦旅》。

“看来，你是他的左金粉。”

“《文化苦旅》真的很好，但我相信，和这书一样好的，是写了这书的人。文如其人，我从来觉得，写了这本书的人，是一个灵魂干净的人。”

我没有说话，而是深深地点了点头。“灵魂干净的人”，这句原本时常挂在我心头的话，属于我的话，此刻经这陌生女子口中讲出，犹如重新淬了火的洁净如玉的真理，前所未有地撞击了我的神经。

“灵魂干净的人。那你觉得《文化苦旅》作者有隐私吗?”我开玩笑似的笑问她。

“隐私？有吧，像他那么丰富的人，怎么可能没有隐私?”

“丰富的人就必须得有隐私?”

“是啊，一个人没有隐私，多苍白啊？隐私，美丽的隐私，那是有幸沐浴过上苍的阳光雨露才会有的。美丽的隐私可以让你的人生变得丰富，变得精彩，变得诗意烂漫。美丽的人生是由美丽的隐私精彩出来的，不是吗?”

说真的，我有点被她的妙论感动了，一时陷入沉思之中。

“怎么？你认为隐私跟一个人的灵魂干不干净有关系吗?”她眼睛直视着我。

“不，不不，没有关系。”我立即摇摇头，为自己不小心说出的苍白废话表示歉意。“其实，我跟你的观点一致。”我认认真真补上一句。

她点点头，示意要我接着说下去。

“人是复杂的。任何一个人都有自己的隐私。判断人之好坏，判断他是不是伪君子，肯定不可以跟隐私挂钩。我觉得，‘苦旅’的作者属于这个世界少有的善良干净和纯粹的人，甚至他的卓越品格远不止此。我始终以为，辱骂此人是我们这个时代最畸形的现象之一。依我之见，辱骂他的大多数人完全是出于嫉妒，各种的嫉妒，要么就是彻底地不懂他。至于那些口若悬河自以为是的所谓批评家，纯属一种变了态的不正常心理。打个不怎么恰当的比喻，辱骂‘苦旅’作者之现象就好比：一帮三个月不洗脸脏兮兮臭烘烘的邋遢婆娘，对着一位貌美如花冰清如玉的新娘，指手画脚说三道四，殊不知自己鼻塌嘴歪满身污垢，根本没个合适的模样……”

没等我说完，她忍不住哈哈大笑起来，前所未有的笑，整座帐篷屋也随之跟着笑了起来。她明媚的神情里出现异常的激动来，那激动的神情在告诉我，这个从开满山花的大自然里长出来的女子，她完全赞同我的观点。

“我们干一杯，不，我敬你一杯，就用茶。”她边说边举起手中的茶来。

“你写作吗？”她问我。

“不，没有。”

“不，你写的。我敢肯定，你是个作家，瞒不过我的。”她一副不容置疑的口气和表情。

“为啥？”

“不为啥。你的脸上写着‘作家’两个字。”

我忍不住笑了，以不再辩解表示默认。而后望着她说了声：“相由心生吗？谢谢您！”

“写作是有背景音乐好还是没有好？”她如此跳跃性问我。我想，她竟然感兴趣这样一个大可不必的问题。

“这个，恐怕要因人而异吧？且同一个人，不同时候也会有不同需求。”

“你呢？我是说，你写作时用背景音乐吗？”她追问道。

“不一定，有时需要。其实我的感觉是，当写作进入状态的时候，有啥没啥都没关系。我有时需要特别安静，有时很想有音乐陪伴。如果有，那音乐是不会干扰你的，它只能滋润你的灵感，滋润你的心灵，孕育你的幻境，让你获得更好更通透的写作状态。”

“哈哈，‘滋润你的心灵，孕育你的幻境’，太美了，完全赞同，因为我也有此同感。”边说边再次举起手中的茶。

由此，我知道，她也是个作家，而且是个品位不俗的作家。

手机响了，铃声是贝多芬《田园交响曲》第二乐章开始主题。

等我接完电话，她顺势问一句：“喜欢贝多芬？”

“喜欢。其实，不只贝多芬，还有很多音乐家，我都喜欢。”

“你觉得贝多芬是个暴怒粗人吗？”

“不，一点儿都不，他极度细腻、敏感，他的柔情是很多人望尘莫及的。”

我话语有点激动，随即补上一句，“我们这个世界，误解贝多芬太深太深了……”

听我这么述说贝多芬，她的眼睛里突然流淌出月光一样的清澈来。

“你觉得贝多芬的‘田园’写景多还是抒情多？”

我没有立即回答，而是深深望着她，心头泛起一种按捺不住的诧异。我在想，她怎么懂音乐这么多，且这么深入？眼前这是个什么样的女子呢？“贝多芬，不，我是说‘田园’，我以为抒情多于写景，其实贝多芬自己也是这样说的。”

她轻轻点点头。“你觉得爱尔玛是不是真爱马勒？”

我再次吃惊。我的脑仁儿开始瞪大眼睛：这个精彩了得的“陌生”女子，她的说话，随时转调，自由自在，无边无沿，竟然会跳跃得让我的脑子跟不上趟。

“我相信，爱尔玛一定爱马勒，很爱很爱的那种。”

“那，那个建筑师呢？她也爱吗？”

“他就算了吧，完全不能跟马勒同日而语。”

“嗯，我也讨厌他，很讨厌的那种，尽管他的确也是个天才。哈哈，干杯。”

我没说出口，对那人，不知为啥，我可能比她的讨厌更甚。

“我留长发好，还是短发？”她满脸的天真神情，坦诚得像是跟我相识很久很久的老朋友。

“就现在的这样，长发。美女都留长发。”受她感染，我的语气无意间变得肆意妄为起来。

此刻，望着眼前“陌生”人一片清澈的神情，觉得是个合适的时机，很想问问她叫什么名字，但仔细一想又立刻转念，怕再次弄出个尴尬，最终还是没好意思问。

“你说，人的才华、性情是后天长成的，还是先天生就的？”

“哈哈，说不好，听您高见。”

“就拿我说吧，我觉得基本是先天生就的。”她脸上出现一副很自信、很真诚的样子。

“哈哈，同意，真心话，我差不多是个蛮固执的天才论者。”我坦言。

一句“天才论者”，像是再次击中和引发了她新的谈话兴趣。新的更深更有趣的话题由此打开：“我天生极度敏感，我极容易受外界影响，也极容易接受我愿接受的东西。”

“这应该是一个人的优点，难得的优点。”我以肯定的口气道。

“我经常剖析我自己，比如，剖析今天的我是先天生就的还是后天长成的这样的问题。”

“结果呢？”

“我毫不怀疑地认为，我，天生一大半，后天一小半。”

我没有插话，注视着她，点点头要她继续说下去。

“我坚信，我的许多东西，是娘胎里带来的。后天的各种，只是对‘已经’于娘胎里的那个我的滋润、养护和补充，后天的一切是我的空气、阳光和雨露，这一切固然重要，但比起我与生俱来的一切，他们是其次的。没有那个先天‘已经’的我，后天的任何东西都于今天这样一个我无济于事。有位智者说过一句话，我极端认同：‘能够学来的东西叫知识，学不来的东西叫天赋；知识是人人可以学到的，但天赋永远不可以更改，不可以复制，不可以互换；可学的知识让很多人上到一个共同平台，唯有超凡的天赋让少数人或少数中的少数人，登上一览众山小的绝顶——普通人做事靠知识，靠属于普通人的本领，而成就一位艺术大师，则必须靠天赋。对于真正的大师而言，天赋在先，勤奋在后，永远，永远。’”

她入了境，越说越兴奋，不容我插话喝口茶继续道：“对了，再回到前面的话题，敏感，我没有说完。”

“哈哈，请继续。”我是真心愿意听她一直这样讲下去。

“敏感害了我，可也成就了我。但最终，我还是要感谢敏感，十二分的感谢。”

“怎么讲？”

“真的，我极容易受外界影响，极容易接受我愿意接受的一切。对于一个艺术家来说，敏感真是太可贵了，没有敏感，一事无成，你同意吗？我打个比方吧，比如咱俩，你好比是一块溜光溜光的鹅卵石，而我是一块海绵。把咱俩放进知识、放进艺术的海洋，捞出来，我浑身吸满了‘水’，满满的水，而你，除了表面沾点水，放进去捞出来其实都一个样，始终都是一块石头，那‘水’，于你毫无关系，而我，就不一样了——别生气，我只是打个比方，我不是说你石头——我知道，咱俩，你肯定比我更像海绵，我只是想让你知道让你明白，我是怎样的。哈哈哈，不好意思。”

我说我被她弄得目瞪口呆一点都不夸张。这女子，太深刻，太哲理，太形象了！问题是，这样的一个比喻是我多少次在人前讲过的，其中好多几乎是如她这样的原话，可她怎么会跟我讲的一模一样呢？我再次用诧异的眼神盯着她，张不开嘴讲不出话来。

“怎么？不同意吗？”

“不不不，完全同意，完全同意！”我边说边连连点头。

“你有情人吗？”突然，我像是脑子断了片一样，犯傻一般问了这么一个突兀得要命的问题。我在等着她再次给我的尴尬，可这回没有，真有点出乎预料。

她很爽快地回答：“有。准确地来讲，是别人有个情人我。因为他说他爱我比我爱他爱好多好多。尽管有时候我觉得我俩爱得一样一样的。明天一早，或者就今夜，他会开车来接我。”

至此，我依然不知道她叫什么名字，此刻我大着胆子问了句：“能否告诉我您的大名？”

“情人。”她随口回答。

我以为她没听清，于是接着问了一句：“我是问您叫什么名字？”边说便忍不住笑了。

“情——人——，我的名字，可听清否？”一脸平静样，没有玩笑的意思。

见她突然间又变得这么不靠谱，我不再说话，心头泛起一大堆的无奈和沮丧。

“愿意收我一件礼物吗？”她笑着对我说。

“啊，好啊，非常感谢！”

她取了几本书中最底下装帧极精美的一本，双手递给我。书名《空谷幽兰》，一本此前从未见过的书。

接过礼物，我满心喜悦。像是早知道书中藏着我想要知道的秘密似的，一边感谢，一边轻轻揭开扉页。打开书，发现扉页右下端写着一个字——“轩”。

“轩”，我想，应该就是她的名。

那晚，我失眠了。

听着草原的万籁俱寂，很久睡不着，脑子里全是这位熟悉又陌生的“情人”，还有她讲过的五彩斑斓的各种“惊奇”。其实，睡不着还有一个原因，一个同样重要的原因，那就是想听听他的“情人”随时可能来接她的汽车马达声。

不知什么时候，我还是不小心被犯嫉妒的梦神引诱了，拖着我睡得死死的。

等天亮，我从梦中惊醒，下意识打了一个激灵，翻起身来，像是误了飞机一样，立即蹦出自已的帐篷，跑到“情人”的帐篷房外。

那座帐篷的门窗都敞开着，里边没有半个人影。很显然。“情人”已经离开了。

我睡得太死，终究没有听见她爱的和爱她的那位情人接她的汽车马达声。定定立在那里，我的心中生出一片阴雨天般的怅然若失来。

这个熟悉的陌生女子，跟她讲了那么多的话，可有关她的身世来历，除了知道她叫“情人”，还有书的扉页上那个“轩”，其余一概不知，不知道她来自何方去往何处，也不知道她的真实名字。

世上的事情有时真的很奇妙，有些抬头低头天天见的人，你从来想不起他，比陌生人还陌生。可有的人，比如这个敞亮又神秘的“情人·轩”，一个“从开满山花的大自然里长出来的”缥缈得像梦一样的陌生人，却深深印在了我注定永远不能忘却的记忆里……

狼

夕阳西下，夜色渐渐降临。

身处川西荒原林地的动物保护者，她，从荒原深处有S型小溪的那片林地走过。

隐隐地，她听到哭泣一般的哀鸣，似狗非狗，一声，又一声，很凄厉的那种。

循着哀鸣声走去，她看到了那只“狗”。再近一点，定神仔细看过，发现那不是一只狗，是狗的远房亲戚——一只狼，一只母狼。母狼怀里趴着一只小狼崽，一只像才出了满月的小狗小猫一般大小的小狼崽，瑟瑟发抖着。

母狼受伤很重的样子。一条腿显然是断了，只连着一点皮，露出了一截骨头……尽管是狼，但看着那露在外面的血糊糊的骨头，她的心像是被拧紧似的颤抖了一下。她感到了那条腿的疼痛，竟一时忘记了这是一只会伤人的狼……

虽是动物保护者，但如此近距离的面对一只狼，还是第一次。她看清了狼的神色。

她从来没有想过，狼，竟然会有眼前这么可怜、这么失去恶意和如此令人同情的时候。从眼前这只母狼的神情里，她看到一种跟人类没有什么两样的痛苦、哀怜和绝望。她不知道，这狼，此前究竟经历了怎样的灭顶之灾，且能于劫难中逃命，苟延残喘于此，还不忘自己的孩子。但她可以想见，一定是发生了非常惨烈的事情。

她看到母狼眼里流着泪，流着跟人类一样的眼泪，一脸的乞求神情。或许是失血过多的缘故，浑身在不停地颤抖着。母狼，头在上下上下地动着，很无力的样子，缓缓地，像是在给她磕头，用仅存的一点力气。若不是亲眼所见，她不能相信，狼会有那样哀伤的乞求神情。

慢慢地，母狼不再磕头了，显然，她已精疲力竭了。她只是垂着头定定地望着她。她看得出，母狼毫无半点攻击的意思，眼神里只剩下生命熄灭前的凄然和哀怜。

浑身颤抖的小狼崽，发出一声幼稚的、像是婴儿啼哭一般的哀鸣，紧接着，母狼用她的低沉的气息，发出了一声近似叹息般的哀鸣，声音是那么弱。透过这哀鸣，突然，她懂得了，她全然懂得了。她明白了母狼那副眼神和哀鸣——那是在给她“托付”，要她救下她的“孩子”。她试着向母狼靠近，母狼颤巍巍缓缓低下自己的头。

就在她抱起小狼的一刻，母狼眼里再度淌下了两行泪水。她明白，那是这只母狼从心灵深处流出的万般皎洁的母性的最后泪水……

圆圆的月亮，从森林的背后升起，大地一片安宁。

望着离去的她，母狼突然挣扎着坐了起来，哭泣般叫了一声，而后远远地望着她，像是在目送她和她的小狼离去。

已经走出一段距离了，朗朗月色下，她隐隐发现母狼还那样坐着，一动不动。她心想，母狼一定是放心不下自己的孩子。于是，动了恻隐之心的她，抱着小狼重新回到狼妈妈的身边。可是，她发现那母狼已经气绝。断了气的母狼，变成了一座像是凝固已久的狼塑。

那一刻，她的心被前所未有地震撼了。她感觉到，这个世界在她的眼里以从未有过的颜色和气氛，无边无际地漫延开来。伤感中，她觉得有一种气场在向她辐射和裹挟而来。她感到了整个世界的温馨和宁谧，善良和宽广，那是对大地上一切无量母性的同情和哀怜……

那夜，回到驻地帐篷的她，入睡不久便从梦中惊醒，而后便一夜未眠。她突然担心路过那里的人会弄走母狼，然后剥了她的皮，吃了她的肉。

第二天，天刚蒙蒙亮，她便急匆匆赶到那里。只见母狼依然跟昨天夜里一样，丝纹不动地蹲着。眼睛睁着，望着昨晚她和小狼远去的方向。那一刻，她像是听到了母狼发自内心深处的声音……她忍不住流下了眼泪。

清晨的草原很静很静，她听得到身后的森林和空气平静的呼吸。她坐在母狼一边，将母性，将善恶，将人世的爱恨，将生命世界里的许多事情，从头想过。

等她的心静了下来，她悉心选择，在距离小溪不远的一处安静角落，一颗大树下，像是安葬一位故交，悉心地安葬了她——小狼的母亲。

她开始像养育一个孩子一样喂养这只小狼。喂养他的日子里，这小狼，一次又一次给她留下一桩桩一幕幕让她出乎意料、让她铭刻于心的记忆。

邻居家有一只听得懂人话的极可爱的小狗。于是，她尝试着让小狼跟小狗一起玩。可是她发现，一天天长大的小狼，比那只听得懂人话的小狗更懂事——当那只总是喜欢仗着主人之势的小狗跟他争宠争玩具的时候，小狼总会让着小狗，只是站一旁，用心看着对方……

当他做错了什么，看到她生气和责备的眼神，他的愧疚立即会现在眼神里，就像一个懂事的孩子，等候大人的责罚……她由此对这只小狼，对狼性有了越来越多的新的认识。

等他长大一些，她想要他有一些亲近自然的生活，有一些属于他自己的天地和生活。她尝试着让他走近牧羊人的藏獒，且让牧羊人给那雄狮样的藏獒做好交代，友善对待小狼。可是她发现，无论小狼怎么用心表现自己的礼让，那凶狠的藏獒都会蛮狠地欺负他，直至咬伤他，可是小狼儿压根没有一点反抗，像是不懂得自己是一只狼……

有一回，她病了，发高烧连续两天躺在帐篷里起不来床，也没有准备好足够的食品。小狼日夜守候着她，一脸的焦虑和无奈。那天夜里，等她醒来，发现小狼不见了。她即刻明白，小狼定是见她生病不能照顾他，自个儿跑掉讨生活去了。可没过多久，凌晨，小狼嘴里衔着一只冻得硬邦邦的野兔回来了，他将野兔放到她的面前，叫唤两声，然后趴在那里静静望着她。她知道，小狼根本没有猎杀野兔的能力，那一定是他斗胆窃取了同类冬藏的食物，送给病中需要营养的她……

小狼已经过了一岁，他长大了。这通人性的狼崽，让她动辄忘记他天生的狼性。她一再地想：这狼，这由我豢养了一年的狼，这跟我一同生活了一年的狼，跟世人们豢养的狗，好像没有什么两样。如果一定说有啥不一样，那就是：狼比狗似乎更加聪明，更通人性。

离别的日子到来了。那一刻，她才发现，她跟小狼，竟然生出那样深的情愫……

朋友再三劝告她将小狼放回森林。纠结了那么多的日日夜夜，最终她决意将小狼放回森林，尽管从心底来讲，她有着常人难以理解的纠结与不舍。

那天的情景，小狼那望着她的眼神，永远刻在了她的记忆里……

放小狼回到森林的一刻。他们彼此看了很久。她给小狼说了很多话，做了很多交代和安顿，要他到了森林之后，如何与同类相处，如何保护自己……之后，小狼缓缓地走向森林。而她，转过身的那一刻，眼泪如泉涌一般止不住流淌下来。狼和人，也会心有灵犀——当她回望小狼的时候，她发现，小狼也正好回过头望着她。

让她没有想到的是，当她回到住处不久，她发现他又跑回来了，像孩子一样望着她，一脸的伤悲和哀求……

这样反复着，当小狼第三次回来，她都有点不忍心再打发他走了。可是，转念一想，不行，马上就要离开林地的她，怎么可以带上一只“狼”进入大都市呢？再说，将小狼放回森林，于它，才是长久之计。

她搂着小狼，又跟他说了很多话。这一次，小狼像是听懂了。

这次送走后，小狼没有再回来。

这世上，奇迹不常有，但真的有——十年之后，一个极其偶然的机会，当她再次走向那片森林的时候，她和当年养育的这只小狼，意想不到地相遇了。那小狼，就像是千里之外心有灵犀，知道她那天定会来到似的，约了他的同伴，俨然以狼族的礼仪，守候在那里。

他们的相会，那一幕，就像是人世间最动人的相遇。早已完全成年的小狼，就像是见到了自己的亲人，见到了自己的母亲，一阵凝神相视之后，开始嗅她，亲她，蹭她，拥抱她，撒娇，千般的亲昵，万般的情感，就像终于见到了失散多年的亲人……而静观这一幕的狼群，如仪仗礼兵一般，肃然立在远处，俨然像是在举行一场大地上的庄严仪式……

以后的日子，回想遇到这小狼的前后过往，她不禁地想：被她养育的小狼，也许本就不是一只普通的狼，而是上帝为了抚爱和滋养她的人性，特意给她赐来的一个灵类。

狼，不单单有它被人类所共知的凶残的那一面。狼的聪明，狼的灵性，狼的感情，狼的感恩……并不都是我们人类所能想得到的。

烟 鸟

这世界，真正的无奇不有。

与生命科学院吴教授吃茶闲聊，真是大长了一番见识，从此知道世间竟有“烟鸟”这样一种奇特无比也怪异无比的鸟。

起初，我满以为此鸟之名为“艳鸟”。因吴教授随手给我浏览了手机拍摄的几张此鸟之“艳照”——只见那鸟，一身华丽无比令人目眩的九彩羽毛，甚是艳丽，若称其为惑人眼目、迷心走神的“艳鸟”，还真是恰当不过的。后来经他解释一番，我方才明白是“烟”，烟柳的烟，而非艳丽的艳。

吴教授说，此鸟生活在遥远的丛林里，其习性怪异，不同于我们所知道所听过的任何鸟类。见我好奇，吴教授给我大致介绍了此鸟的一些纯属天然的习性癖好。说心里话，打一开始，我就觉得老吴是在跟我胡诌，但他讲得有鼻子有眼的，所以想要不听、想要不信都做不到。

我猜你一定想要知道，它为何名为烟鸟。吴教授说，这种鸟，身上有一只烟囊。这烟囊是直接影响和控制此鸟整个生命中枢神经的，其重要性不言而喻。你可能会问，那烟囊是作何用处的？对了，烟囊，顾名思义，就是个包藏烟气的透明肉袋子。这囊，日复一日，会由此鸟体内激素自然生成一种有极端能量的鸟类荷尔蒙烟雾，直至有一天烟雾饱和充满整个烟囊，致使烟囊最终突然爆裂。烟囊何时爆裂，周期不定，时间或长或短，长则三年两载，短则一年半载甚至更短的时日，有很大的随机性。对于烟鸟而言，烟囊之爆裂于其生命无碍。虽不会要其性命，但绝对坏事，坏大事——它会让这鸟儿瞬间毁灭掉它可以毁灭殆尽的一些重要记忆，毫不怜惜。

首先毁掉的是烟鸟自己的大事。比如，本来正跟自己缠缠绵绵的爱侣卿卿我我地聊天、觅食，或是游山玩水遨游天外，或是正做着一些闲情逸致的事情。可就在那一刻，那可怕的时辰就正好到了，烟囊中的烟雾胀得满满，达到了峰值，于是，声音不大不小就那么一下，那么“嘭”的一下，就爆了，丝毫不耽误时辰。爆了的那一刻，令人难以置信的、看似可恶实则很是可悲的烟鸟，即刻脑子空白，翻脸不辨人事，扔掉自己分分钟前还爱得惊天动地的伴侣，逃之夭夭，飞得无影无踪了。一切如同瞬间消散的烟雾一般。

感觉最可惜又可悲的莫过于：这鸟，正常的时候竟然天生是个极端爱美的，用我们人类的话讲，就是理想主义，是地地道道的完美主义，是幻想家中的梦想主义。你看，它会花上一个月、两个月、三个月甚至更长的时间，全身心投入地筑巢做窝，打造令人刮目相看的绚丽家园。为了修筑那舒适惬意的漂亮窝巢，它会不遗余力一丝不苟地精心修饰打扮。为了让巢穴看着完美无缺，它会使尽浑身解数，甚至不惜忍受令人难以置信的钻心裂肺之疼痛，一次又一次拔掉自己身上的羽毛，而且是身上最好看但也是神经最密集、最疼痛、最敏感之处的漂亮羽毛，和着心血来装扮自己的窝巢。其耗费的心思、下的功夫，比起人类感兴趣的什么燕子窝、孔雀巢、麻鹩子居之类的精工细作、精品工程，不知要精美复杂了多少。可悲的是，那窝巢或许刚刚弄好，或许和自己的情侣还没享受上几个时辰，结果，烟囊爆裂的时辰到了。烟囊爆裂，烟鸟那特有的毁灭激素，立即开始在体内漫延开来，核聚变一样急剧发作。于是，只见那鸟，瞬间变了个样，嘶吼着，颠倒着，鸣叫着，折腾着，三两下就将那心血窝巢毁坏得一干二净。剩下的，只有令人心痛的华丽鸟毛。

还有令人无语的是，那烟囊的重新恢复过程会让烟鸟出现一系列的反常情绪。这个时候，便是林中其他鸟类的灾难之时。

烟囊养生复原期，这鸟，体内新生的兴奋激素与日俱增，从里到外地变成了激情"夜来疯"。每到夜幕降临霓虹乍现之时，烟鸟就心血来潮，声调高旋低徊，长音、短音、断音、连音……鸣叫个不停，用人类的话讲就是纵情高歌。它唱呀唱呀，歌声赛过夜鸭、赛过青隆山上的绿毛长腿麻鹩子，整得林子里的所有鸟都不得安生，死活不得入眠。

烟囊养生复原期，这鸟瞅准了哪家可它心的鸟，即便人家正在热恋，或是正在做着点什么事情，它只要一时起了"烟兴"，便一切皆休。

这鸟，说来其实也挺可悲的，因为它所做的一切你都不能怪它，一点儿都不能怪它——那无可奈何由不得它自己的火兴火灭，从来无法把控。它天生就是这样，跟那种生来失去理智的人类一样，造化赐予它的这份特殊天性，是命定难以改变的。若要怪，也只能怪那该死的烟雾。可那，压根儿不是它自己能够把控得了的。

上苍创造万物，从来不忘把握一个公正得体的平衡点。这烟鸟，我们平常人觉得不可思议，而它自己对其一切所做所为毫不在意，也无法在意。它不会为这一切的悲剧感到半点的痛苦，因为这鸟还有一项不同于其它鸟类的怪异之处：压根儿没有存储记忆的生理功能——这方面几乎是个彻底实心子的白丁。生活中的一切至于它，如同猴子掰苞谷，边掰边扔，随走随散，随晴随阴，随生随灭，犹如过往烟尘，毫不在乎。一切的过往之于它，就像那些患了严重的失心疯或是失去了灵魂的人类，该是深藏于记忆中的一切，无论珍贵与否，无论深情几何，一概荡然无存。之所以如此，皆因烟鸟长大成鸟之后，便贪食一种天然野生草本植物——茌颈草，此物味美可口，食之极易上瘾，说白了，就是通常所说的慢性食物中毒。日复一日贪食此物不仅让烟鸟血液里生发出一种非同寻常的毒素，其心也开始变得像麻木铁石一块，且一天胜似一天地丧失存储记忆的所有功能。

其实，老天对于这鸟类也是够刻薄的了。你看，但凡它烟兴发作的时候，便一边怪声怪调嘶鸣着，一边疯疯癫癫狂飞着。因为携带毒素，这鸟落到哪根树枝上，那不幸的树枝过不了多久就会面黄肌瘦，就会患病，就会枯死。这让旁边的近邻树枝看得冷气倒抽，毛骨悚然。更有甚者，据说有一次，这鸟一时兴之所至，驻足到一块刚好沉睡在梦里的巨大鹅卵石上，小折腾几下，弄醒了睡梦中的老石头。这鸟，还跟老石头天南海北地聊起《山海经》来，惹得老石头情不自禁欣赏起它那一身漂亮的羽毛来……等烟鸟离去没多久，你猜怎么着？那石头上被那鸟爪子挨过的地儿，都变了色，让一旁的石头邻里看了不由得大惊失色，心惊肉跳……后来，这受过伤的石头不时听到有关烟鸟有一打没一打不无夸张的传说，它心头五味杂陈，不无心寒地感慨道：即便像我这样的老石头，心肠也不至于到它这般地步，真是鸟不可貌相啊，唉……

吴教授见我彻底被他的故事带入，听得如此入神，开玩笑要我就此写篇小说。说来也正是因为有了吴教授的提醒，于是就有了这篇拙文，就权当其为“小说”吧。

烟鸟，怪事多多，这里不再赘述。

无根草

见M，源于一个电话。

那日电话里聊得不尽兴，于是，借这次外出机会，特意取道，专程前往他的所在地——位于南海绿岛的“休养院”看望他。

休养院所在的绿岛，离海岸线大约半个小时的轮渡距离。轮渡驶向他之所在，远远望得见的小岛被满眼绿色覆盖，如若仙境，是一座名副其实的“绿岛”。浓厚的绿色间，可以看到星星点点的白色建筑。离近了，发现那全都是造型各异的别墅。这些别墅，便是M所说的“休养院”。下了轮渡，神情怡然的M，绅士一般挥手朝我微笑着，早已候在那里。

走近他的居所，一股清新得不知道该怎么呼吸的气息，带着一分舒心的温润扑面而来。这是何等温馨、何等养心养眼的去处啊！我从未见过这样的一座小院。容我稍稍为你多描述两句：通往庭院的门，是一副造型素雅不过一人高的乳白色栅栏。过了栅栏门，是一条用了不过一尺大小且形状各异的平面龟背石铺就的通幽曲径，每块铺路石间的泥土缝隙里，密匝匝长满了犹如石竹样的淡紫色小花。别具心裁的是，宽不过两米的曲径两侧，同样乳白色的篱笆上，缀满了开得正艳的藤本粉蔷薇和紫牵牛。让你惊奇的是，这些花儿，全都像是从高处垂下来的。细看才发现，他们都是种在栅栏背面的半高处。这样独出心裁的绝佳效果真是令人赞叹。来到小院，安立在院落中央的，是一棵缀满了雪白小花、散着淡淡幽香的不知名的树（很像樱花，但这不是樱花盛开的季节），院落右侧，有活水源源不断的精致小荷池，池子里鲜嫩的浮萍和乳白色、粉色、乳黄色的睡莲们，安静其上开得正好。距荷池不远，有安置在一旁的休闲椅和一品书几。造型漂亮简洁的独层别墅，坐北面南，半隐在那花树的正后几米处……一切给人无以形容的赏心悦目。他告诉我，这是几年前国内一位知名的“文化大商”斥巨资开发的品牌休闲地。这座人间仙境般的绿岛，本是H城辖地范围的海军疗养院所在地。那文化商人能在此地合法合规开发如此高档雅致的休闲度假别墅群，可见他有着何等不一般的实力。听说附近区域，这样的庭院别墅共有三十余处，每处风格不同，布局各异，大小有别，M住的这一座还算不上是最高档的。每座庭院常年都有人住，且必须提前预订，他们这次来，因为时间赶得有点急，还是托了熟人才给订制的。原本不住这么久的，结果遇上家里那边疫情严重，一时回不去了。与其回家出不了门，还不如顺势在这里多住些时日，也算是老天给他们一个享受闲情逸致的好机会。我不无感慨道："这世上，富人可真是不少啊。"听我这么说，他笑了。他明白我的意思，知道我是把他也归属那些富人之列了。这下，我大概懂得了他为什么把这里称之为"休养院"的意思了。我作为一个缺少见识的孤陋之人，何曾见过这样宜于修养心身的去处。有钱的他（其实是他的夫人），住这样的地方，合适。

M原本跟我工作生活在同一座城市，是我有着二十年交情的朋友。自从他调去了现在的单位，我们已经有整整五年没有见过面了。他这次是得到单位的特别照顾，揣着自己的"工作"，来这里陪同夫人"小妹"疗养的——他时常以"小妹"称呼自己的夫人，熟人们都知道的。因为跟他是好朋友的关系，我跟他的"小妹"也就成了朋友。到了他临时的"家"，发现这里还有人在。"小妹"告诉我，这是她的闺蜜，专程来看她。从M在"小妹"面前的一举一动，一个神情、一句温情话语，看得出，现在的M，心思全都熨帖在"小妹"这儿了。他神情愉悦，悄声告诉我："现在，我想把一天变成十天，珍惜跟她在一起的每一分、每一秒。在我的心里，她就是今生今世上天派来呵护我的天使。"话说得酸溜溜的。真是看不出，眼下这个驯顺的好男人，是曾伤了"小妹"心的那个M。

来得早不如来得巧——那晚，有闺蜜在家陪同"小妹"，他便不无神秘地告诉我，有个再安静不过绝对合我心意的绝佳去处，要我和他到那儿，边喝茶边海阔天空。我以为这样甚好。五年不见的好友，彼此有太多可叙的"旧"。

果然如其所言。M领我来到一座极其安静且舒适的高档茶居，一个号称"雅居"的包间，灯光格外柔和，一切无可挑剔的惬意。两个人"坐拥"此间，真是太过奢侈，却不得不说，如此惬意不过的聊天好去处，奢侈一回值得。借此机会我先插一句，曾几何时，作为艺术家、文化名人的M，事业、名声何等耀眼辉煌，于是偶尔难免飘然。但看眼前显得一脸静气的他，曾经的一切，像是随风远去的尘埃，消失得不见了踪影。按那天他电话里曾跟我聊过的："人，该平静时，一切终究归于平静。"

今晚，跟前台说好了，不要服务生。

他给我一边沏茶一边不无揶揄地轻声道："都五年不见了，难得跟我'导师'用心沏茶。"

"别，这个承受不起，你从来都是我导师。"我即刻回敬他。

"哎，"他表情立马像是严肃下来，不无认真道，"真心话，你曾经的'教诲'——那些让我一时不能完全参透的箴言，真让我终身受益。就凭这，我永远都得称你为师。"

我知道他说的是啥，于是哈哈了之，不再接话。

见他茶艺娴熟，满脸喜色一副认真样，便看得出，他如今的心情有多平静、多清爽。就凭那副专注怡然的神情，就知道，我的到来是真的受他欢迎和期待的。

这夜，我们从晚上八点聊到凌晨三点，满满当当五个小时，说了积攒五年想要说的话。先是茶，后是酒——茶是岛上云雾茶，酒是上好的法国原装"朵拉"。不愧是好酒，喝到了一定数，那好东西诱惑他把该说的全都说了。看那股子劲儿，唯恐我不愿意陪他听下去似的。

五个小时，说了太多，无关紧要的那些此处无须赘述。我掐头去尾，直接拣最要紧、或是最离奇的——他和我都认为最要紧最离奇的说说。

"我的奇遇，"他瞅着我道，"今天是该狠狠兜给你的时候了。"

我笑了笑，意思是他要讲的那些个我大概都知道的。

"你别笑。你不知道。"他看出我笑的意思，便表情严肃地说了这么一句。

借着酒劲，他竹筒倒豆子，该讲的不该讲的，都讲了（这里允许我先剧透一句：听完他讲，我半晌无语。我本以为他的那些陈年往事我全都知道，可当他讲完之后我才发现，他的很多"收藏"，我这个做朋友的还真不知道。我不仅惊异于他的"故事"，还刮目了他的口才——交往这么多年，从来没有发现，他的口才，他的"演说"，语言精彩到如此地步。我相信，那绝不是因为"朵拉"的缘故）。

"正题前，给你讲个故事——其实是三个故事，讲我曾经做过的三个梦。你不知道，让我特别不得其解的是，这三个梦，"他略作停顿道，"后来吧，不同程度都在我的生活中得到了'应验'。"他说这是他一直认为非常奇怪的事（我也觉得奇怪）。刚才说过，他的过往，其实我真的知道不少——有些是我亲眼看到的，有些是道听途说的，但应该都是确有其事。过去我当他面八卦他的一些人和事，揭他的老底，他笑笑，从不忌讳……好了，就从他的"三个梦"开始，我们听他说了些什么——抱歉，我根本记不住他那些有如神助的精彩"演说"，而只能用我自己笨拙的语言，颠三倒四勉强概括一下其大意而已。

第一个梦。

隐约间，他身不由己进到一座晶莹剔透的水晶房子。那房子，像是在另一座星球，因为他在这个世界里从来没见过、也没听说过有那样的一座房子——明明是水晶房子，手却怎么都触摸不到水晶玻璃。水晶的四周，清一色缀满了鲜嫩青翠欲滴的紫藤，那才开的紫藤们，每个花瓣，模样全都长得像晶莹剔透的小提琴样，都像是不曾被尘世间任何的灰尘沾染和亵渎过。瞬间，那垂下的紫藤，摇曳着，学着小提琴发出风铃一般的声儿来，声音是那般的清脆悦耳，天籁般犹如从遥远的天外御风而来。正看着可爱的发着风铃样清脆声儿的紫藤，便从紫藤间望见了她。那是个让他眼前一亮的冰清玉洁的人儿，是他平生从未遇见过的、好到找不见一丁点儿瑕疵的人间天使。记忆中，望见那人的第一眼，便彻底电击了他那不争气的心脏。一种美得无以言说的兑了酒和蜜的清流，从他的心上流淌而过。那一刻，他知道自己没救了。那是何等的玉洁容颜呢！按他的原话说，面对这样的女子，你不由得瞬间想起远处的海伦，近处的王昭君，甚至有过之而不及……那一刻，他想起一句话“明知不可为而为之”。没错，他不顾一切，身心不可救药地塌陷在了梦里那个冰清玉洁的人面前。在各种交集的矛盾中，她接受了他。梦里，她为他暖心；她成就了他数不清的梦；她让他活在飘飘然花前月下鸟语花香的诗样世界里。漫长的做梦日子里，彼此越陷越深……直至梦醒时分。

奇巧无比的是。后来，在现实的生活中，他真就遇见了梦里那个人。现实里的她，不仅与那梦中人模样长得极为相像，而且连那步态神情、说话的音调，都一样……他颠三倒四的理论是：活着的你，如果遇到了这般比你的热情还要十倍的热情，比你的痴迷还要十倍的痴迷，比你的梦想还要十倍的梦想，那么，如果你最终却没由头地选择了放弃，那你就得彻底怀疑自己的人生。甚至比这更为极端地说：遇见这样的人却不懂得去追去爱，那，你根本就不是个正常男人……那迷心的人，面对他，俨然梦里遇见她时一般，一切的美好，如他心愿一一上演……可是有一天，从梦中惊醒的她，在一个月明星稀之夜，悄然不见了。离去之前，被神明加持的理智终究战胜迷情的那一刻，那“冰清玉洁”只写下一个跟借条一样简洁的字条留给他。那字条说：我不能在虚无的时空里消费美梦、吃喝幻想，我需要真实的生活——你的英俊模样，你的美妙歌声，你的……都不能给我当饭吃。她终究是有福的，她寻觅到了自己的理想——那个他，是让她不再“消费美梦”，不用“吃喝幻想”的那种人。为此，他捂着自己痛得失去知觉的心，用了最大的真诚，对着月亮祝福她，祝福他们。

第二个梦。

那个仲夏时节的午后，鬼使神差，他不知怎的竟误入一座神奇无比的园子，一座名为“久久无根草”的秘密大花园。怎么进的园子，他一时糊涂竟给忘记了。进到花园内，一时间怎么也看不见也找不到可以出去的门。几经找寻，就是找不到适才进来的门，于是索性暂且放弃。话说，虽后退无门，可他丝毫不觉得着急，行走其间，很快便忘记了回去的事，美滋滋欣赏起园子里的万般景色来。活到现在，他从来没听说过、更没见过这么迷人的园子。园子里的植物一派蓊郁，比西双版纳的国家植物园还要茂盛丰裕，花朵比十三朝皇都的花卉大观园还要丰富。园内一派宁静，虽有鸟鸣，但在这样一座园子里，鸟鸣仿佛更增添了园子的安宁氛围。徜徉其间，他被茂密的花木吸引，为姹紫嫣红馨香四溢的花们着迷。令他无比震惊的是：突然间，他发现，此间所有的花，全都没有根须——不对，他们有根有须，可那粗细长短色泽各不相同的根须，没有一支根系是生长在土里的。是的，那花们，竟然全都悬在空中，不接地气。不接地气的花，却偏又开得如此娇艳。也不对，等他仔细再瞧，发现那花们随开随谢，眼看这才开得好好的，转眼间却又不是那么回事儿了。他的心，不由得抽了一下，心想，世间竟有这等怪事！正在纳闷之时，突然有歌声从远处飘来，顺溜溜不拐弯儿飘进他的耳朵。顺着歌声，沿一条两边开满各色无根花的曲径通幽小道，来到园子里一个世外桃源般的去处。这里有山有水有亭台水榭。只见身着绿色薄纱的一妖娆女子，正在那里柳叶一般摇曳着轻歌曼舞。没有头绪的歌，听那词儿大概是《有种漂亮叫脸上泛起红晕，那说的是恋爱中的女人》。是的，题目有点累赘有点怪，但又不知道该怎么简洁。那婀娜的舞姿，那荡魂的歌声，一副旁若无人的样子。那女子貌似无视他的来到，可他相信那是故意装的。后来的事实证明，那果然是故意的……就在沉浸于情意缠绵的歌声时，他突然发现，那舞者投在水面上的影子竟是一个非人的异类——投在水面上的，若隐若现俨然是一个地地道道的异类，拖着九条漂亮的尾……他当即吓出一身冷汗，整整折腾半个时辰，才从梦中醒来。奇怪的是，从梦中醒来的他，却一点儿都不觉得害怕。不仅不怕，反倒觉得蛮有趣：那梦，该是做下去才好。

奇妙无比的是，没隔多少时日，他在生活中真就遇见了梦里的人——不仅与那梦中人模样长得极为相像，而且连那神情步态、说话的语调、传情的眉目，全都一模一样，且别个名号竟然唤作“美媚”。回想梦中情景，虽说梦中人那落在水面上的影子曾经吓他个半死，但是到了现实里则完全不是那么回事儿。非但如此，望着眼前举手投足仙女样的美媚，他竟然顺着风做起蒲松龄的聊斋美梦来。他动了按捺不住的好奇心思，神魂颠倒梦想着体验一番风情万种人间狐仙的花前月下……那是在他事业人生最辉煌的时候，这风情万种的妖娆媚仙，是在一个风光无限好的“名流”集会上，闪亮出现在他眼前的。用他的话说，情感记忆史上，那是一个绝无仅有、海誓山盟将他活活拖入不归路的“迷梦传奇”……既然是迷梦传奇，必然有谢幕的一天——那媚仙，大大方方毫不商量地“上线”，毫不商量利利索索悄然离他而去，也同样是闪电式的；走近他是因为他“风光无限好”时的气场和魅力；离开他是因为那媚仙发现那种气场与她没多大用处。夸张的是，被那股子“仙气”裹挟了的他，一度精神几近塌陷。更可悲的是，就是这个“媚仙”，活活气晕了无辜的“小妹”，直至登了寻人启事。两周以后，在遥远南海边上的南山“无忧寺”，他终于见到精神严重抑郁、好不容易才慢慢缓过气儿的“小妹”。按这“好男人”的话说，那“媚仙”，是他前世修来的惊魂梦魇。

这段“媚仙作祟”的传奇剧，对他造成了不堪回首的伤筋动骨之痛。

“冷静下来的我，”他响着声儿道，“突然醒悟到，就凭那‘妖娆仙子’能把她曾经的N个知己，全都以夸张的无情方式，一个个清理得那么干净利索，我就该吸取教训！可是，我没有。恰恰相反，彻底鬼迷了心窍的我，不无得意蹦到火坑边上跳起舞来。每想到这儿，我就觉得我跟那满大街跑的贱男人没啥两样。”

看他如此痛恨又痛彻心扉地贬损着自我，我一时哑然，不知道该说什么。

“天上地下的所有媚仙，”他眼睛睁得老大老大的，“我告诉你，那全都是一千五百年永远出不了道的九尾狐变的。那是专来惩治人世间如我这样的贱男人的。”

听他这么讲，再看他那副痛恨自己的神情模样，我终于忍不住哈哈大笑起来。

见我笑，他非但不笑，且愈发显得严肃起来。就着一脸的严肃神情，以一种无比正式的语气，慢腾腾一字一句道：“如今，懂得把许许多多都放下的我，已经不愿再说狠话。今晚，当着你的面，重提过往的这些狠话，着实有违被我呵护过的心境。可话说回来，在你面前失个态也挺好，行走在尘世间的我，毕竟不是圣人。”他顿了顿又接着道：“唉，这世上呀，最不堪一击的，就是那些‘野生的’所谓‘情情爱爱’。海誓山盟，可真不是个什么玩意儿！真不是！”

等痛痛快快骂过了这些，他闭上眼睛。一种让过往成为过往的淡然神情，渐渐地，顺着他眉宇间焕发出来的淡然神色，静静流淌出来。于是，一切归于平静。

第三个梦。

同样离奇得不着边儿。梦里，正在阅读的他，见蜡烛上结出一颗超大的灯花秀儿。正好奇间，一眨眼突然发现自己竟置身于一座寂静的寺院。明明是一座寺院，脑中却不断提醒，这里就是传说中的莫高窟。心里一阵疑惑，莫高窟去过不知多少回了，烂熟于心的地方，怎么就变成了这般模样。正嘀咕间，发现自己已经进到一座大殿，一座如同许多寺院中的大殿那样的去处。殿内一派肃然且十分安静整洁。大殿一侧置一紫檀书案。一位眉清目秀，容貌如大千居士笔下66窟观音菩萨样的仙女，正在那里抄写经书。那月仙一般的女子并没有说话，但他听见窗外一个声音轻轻告诉他，那修行女子，正是“妙音”。妙音仙女与他彼此见礼之后，便又坐在那里抄写经书。他稍稍瞥了一眼，发现女子手里抄写的是《般若波罗蜜多心经》。他没有被经书吸引，而是被那女子的一手好不漂亮的书法惊了眼睛——真没想到，这叫妙音的，竟然写得如此漂亮的一手小楷书法。正看时，突然发现那《心经》的文字隐隐约约变幻成了一篇《百合经》。《百合经》？这是出自哪方的经？世间何曾有过这般经，从未听说过。妙音站起来，神情如若一位从九天下凡的瑶池仙子，轻声道：“这《百合经》是我专门写给你的，我已经在这儿写了一十九年了……山无棱，天地合，乃敢与君绝。”从梦中惊醒，发现适才的一切，竟是离奇得不着边际的黄粱大梦。

令人不无惊异的后续，想必你已经猜到了。是的，现实中，不久他便真就遇到了曾经梦里的那位“妙音”。

妙音遥居地球的另一端，是相识十九年又一度失去音讯的知友。这些年虽无以见面，但他们的隔空书信往来从未中断。喜欢他，敬慕他，倾心关注他，按妙音信里的话说是因为他是“一个与生俱来形而上的地道唯美主义、理想主义……这，符合我的审美理念，独一无二”。自以为“大彻大悟”、明白了“世间情为何物”的M，心境已静，或是心已怠惰，不想“再近人间烟火”——即便只是在柏拉图式精神层面的世界里。但当他看到妙音用隽秀无比的书法为他亲笔写下的那句“山无棱，天地合，乃敢与君绝”之后，他那貌似灰烬死灭了的、本该属于明媚春天里的心情，又一次被温润着复活过来。原本从“媚仙”那儿开始，再也不相信“即便黄河的水干了，我都……”山盟海誓的他，对着月亮，祈愿让他再信一次人世间的浪漫之情……此“妙音”跟彼妙音一样，不仅模样生得如同那位月亮仙子，且正好写得一手异常漂亮的字。心里念想着这一切，他劝解自己：人活一世，不要一朝遭蛇咬百年惧井绳，有一个如此美好的心灵知音与他柏拉图式“鸿雁传情”，与他“高山流水”，岂非人生一大幸事雅事？于是，再度踏入精神和情感迷魂阵的他，隔着一层空间地的纱幕，像宗教一般高大上地信仰为他道出了“山无棱，天地合，乃敢与君绝”的妙音。享受着精神世界山珍海味的他，对着遥远的妙音，终于用心道出一句在他看来堪称绝无仅有的经典：“精神的世界里，这世上如果有一个对我不离不弃的知音，我相信，这个人一定是你。”

听到这话，想必天上那位老爷子当下便忍不住地笑了……是的，忠贞女神再度跟他开了个玩笑——无论那妙音怎么信誓旦旦说过“山无棱，天地合，乃敢与君绝”，怎么说过他是她精神世界里的“独一无二、绝无仅有”。一切，终究又一次以令人叹婉落下帷幕。更令人无语的是，原本天涯海角云里雾里的妙音，梦一样远他而去的时候，竟然不做任何解释，就像是突然得了失心疯一样，忘掉了心里心外的一切。那导火索，是可以忽略不计的“一丁点儿”几乎要用高倍显微镜才能看得见的“问题”和“误会”。他当然明白，一切只是想要远他而去的借口。留给他的是无言的伤感和无语。作为“知音”，妙音给予他的这种伤感、无语、想不通，让他一时间既不能平静也没法愤怒。只剩下无语的他，连想要发泄两句的心思都提不起来。

三个“梦”在他的不能理解中冷然抛他而去之后，他仿佛听到一个响彻头顶的声音：“像你这样的天真蠢货，上帝揍扁你的天真。”而这句警言，才真正击准了他的神经软肋。

“妙音这样的人，我不能说她什么，我只能说上天不小心硬是把她的脑子给整坏了，把她心的眼睛好生蒙蔽了，让她的脑和心一同发了病，于是再也没法主宰她自己的一切，我只能做这样的解释，也只能这样安顿一时无语的自己……”这故事给他最终的启发，就是：“我至死再也不会相信人间有什么永恒的知己。”看得出，正是这个妙音，化成了他梦醒之后，亲手供奉于头顶之上的人生教科书。这高悬头顶的教科书，让他懂得并从此再也不相信人类的情感世界，再也不相信任何模样的“海誓山盟”。让他从此坚信，越是海誓山盟的七情六爱，就越是人世间经不得风雨的“无根之草”。

他也从此懂得，人生，既得信因果，也得信缘分。只是这缘分，从来是分了善缘和孽缘的。

那年，在南海的半年时间里，变得寡言少语的小妹，几乎每天都去无忧寺，每天都在属于她的那面蒲团上打坐几个时辰。即便有M陪伴在旁，她始终安静在自己的世界里。小妹对他从来没有多的话，也从来不跟他发脾气，跟以往换了个人似的。每当这样的时刻，他都会独自去往离寺院近在咫尺的海边。

那个风平浪静的月圆之夜，他如同往常一样来到海边，像是受到一种非自然之力的召唤，开始在海边打坐。望着浩渺又平静的大海，冥想中的他，突然觉得被月光沐浴下的大海，那浩渺平静的大海，就像是“小妹”的心怀……就在这凝望大海的冥想中，他仿佛看到一座白色的教堂从夜幕下的海上升起。而后，那教堂缓缓进入他的心。于是，他这心里从此就有了一座教堂，他便不无肃然不无虔诚地进入到这属于自己的教堂。他的心，受超然之力的沐浴，如浮躁的尘埃落定一般，安静下来。安静下来的心，开始了自己人生第一次真正的清理、盘点和忏悔。心怀诚恳的他，认真检视自己的过往。没有消极、寂寥和低迷，有的只是真诚的面对和清理。相比寻常众生的忏悔，他那更像是在自己的洗礼堂，对自我身心开启一番必须的荡涤和净洁。那是一种智者对灵魂家园的严肃审视、盘查、过滤和取舍。心的平静中，所有的过往，所有的美好和不如意，都从心中如电影一样走过。其间，他格外冷静地审视和过滤他的“三个梦”。忏悔中，有对自己该有的一切反省，还有对人性的再思考、再认知——那是对该认识的一切事物的思考和认知。就这样，在自己的教堂里，仿佛基督合着儒释道一同为他灌顶为他加持，让他身居以往从没有过的智慧之所，审视自我，审视世界，当然也审视人间那五颜六色、杂草丛生的所谓情和爱。心，在审视、忏悔和过滤中，获得平静、澄明和上升。比起庸常的所谓忏悔者，那种一味的纯粹、洁然、超然等等，于他倒是谈不上。因为心境澄明的他，懂得让自己既观照人性的美和善，同时还看到红尘大千的各种恶与丑。

关于红尘俗世里的情和爱，走出平庸的他，最后得出的结论是：“对于那些庸常的灵魂，精神世界的、形而上的东西，是不能长久吸引对方的，除非，那个人也跟你一样在诗与远方的世界里，为精神和信仰而活。”

按他的话说：“世间太多处在所谓情爱里的人，每时每刻上演的，是彼此间貌似美好其实不然的‘迷心’无为之戏。在那无为的戏里，角色双方，都是幽魂，只不过是不同的幽魂而已——如果不是幽魂，哪有梦里梦外那样的巧合呢？……”后面还有话，被我给忘记了。

他把脸朝向一边跟我讲这番话。他不看我，那低着头而眼睛始终朝上的神情，像是在盯着他所讲述的那些过往的人和事。

我想要从他的神情里读出他更多的内心，却发现那是一种淡定到毫无表情的表情。可正是从这看似毫无表情的表情里，深藏着他内心成千上万的意思。只是，那一切都被沉淀了，被无比理智地安静放在那里。是的，他把一切都安静放在那里，寂静放在那里，只供自己审视、检阅和批判。在这样的自我审视和阅览中，取舍、忏悔并重生。

一刻的宁静过后，他接着发表了如下一大篇堪称红尘众生情感哲学的宏论：

“你记住，感情从来都是人性的、灵魂的忠实折射和显现。世间所有野生的、不三不四的情和爱，一开始都是热火朝天，然后每况愈下，最终左一块伤疤、右一个窟窿直至鼻塌嘴歪偃旗息鼓。说白了，那是一条命里注定了的、不可救药的、景色越来越惨淡的下坡路。这其间，很多人的所谓‘情和爱’打一开始就是有所企图的——这种所图，或喜乐、美好，或龌龊、势利。而后者从来居多——你走运、你有势、你有光可蹭有利可图时，一切都好，一切就像皇宫里的免费午餐。于是，殷勤的、献媚的、黏你的、爱你的，络绎不绝，你想要撵都撵不走、甩也甩不掉；而当你背运失利的时候，看看还能有几个真爱你？这个时候，一切烟消云散，你那情爱的世界里，转眼只剩下清清静静、门可罗雀的景色。

无论如何，世间所有野生的所谓情侣之爱，十之八九，都注定是没有结果的，无论他们曾经是多么的情投意合，恩爱缠绵，惊天动地。

我说，人，青春萌动不成熟时期的爱最是天真，也最是纯粹。花前月下梦里梦外天花乱坠的爱之梦，那番新鲜，那番迷醉，总有过去的一天。最终，全都得落到‘实’处——要么金钱，要么权势、地位。这两者，其实是一回事儿，虚头巴脑的东西，即便在曾经貌似“过命”的海誓山盟者那里，也得统统去见那有鼻子没下巴的魍魉。

一段易逝的露水样的野生之情，它只就是一段存在。仅此而已。别指望更多，更别指望它长久。就跟世间一切不接地气的东西一样，没有结果的。在这个问题上，要永远记住‘过眼云烟’一词。”

口若悬河的他，在我面前俨然成了哲学家。时隔五年后的今天，我不得不刮目看他。

“照你这么说，这个世界就没有真情真爱了？”我定定瞅着他，等候他的回答。

“有啊，有啊！”他盯着我一脸严肃道，“太有了！——养你的，你养的，还有风里雨里陪伴你走到最后，身心俱碎看你闭上眼睛的，还有你的手足、亲人，还有如你我这样的朋友，都算。这就够了。除了他们，其余各种各样形形色色的男女间的什么情啊爱啊，都是有一时没一时、有今天没明天的。

说白了，全是些命数有限的无根草。”

“你看得见，”他顿了顿又接着道，“这一切，也是从我自身的经验得出。”

我望着他，意思是要他接着讲下去。

“比如说，作为歌唱家，我嗓子坏了，但我的灵魂没有坏啊！你看那口口声声敬慕我‘天才’‘情趣’‘灵魂’的人，转个身不见了。何也？那时的我，没有钱。”

他讲话跳跃，我一时脑子有点乱，有点跟不上他的思路。

“你要记住，感情这玩意儿，钱越多，磁性越大——很多人都这样。”

“这就是你对人性、对感情思考的结果？”我问他。

“是。我每天都在反省、在忏悔，更在深思，正是这种反省和思考，让我理清思路。我最大的收获，便是从骨子里明白了适才这番可以永恒一万年的人间道理。”

我以为他的宏论到此为止，没想到，间断不到半分钟，他的话题再度接了下去。

“今天，我是把你看作我最信赖的朋友，甚至看作一个牧师，面对你，将我的心理，将我的灵魂全都袒露给你。算是身居教堂的我，面对你，面对我的牧师的真诚表白。”

“我最深切最痛心的认知就是，人心是永远看不透的。人说女人的心是柔软的，我多么希望这是永恒的真理，可是，现实拿了钢做的鞭子狠狠地抽打我，让我睁开自己的眼睛，终于看个清楚——事实不是那样，真不是那样。我不敢说，我不能说女人不善良。我只是说，世间的‘不善良’，就是掐着点儿凑巧被我遇到了。女人，有些个女人，那狠劲儿上来，让你连换口气儿的工夫劲儿都没了。……啊，曾经那个我，是何等的可悲、可厌，何等的不值得同情……我过往的心底有多么五味杂陈，你是我可以信赖的见证人呐……”

“你总不能彻底否定曾经的真实存在吧？”不知道该说什么的我，词不达意凑上这么一句。

“是。不过，怎么看，那得取决于你的心思，所谓价值观。”

听他这么说，我突然觉得自己真的有了话说。“老弟，你听我讲……”就在我开始讲述的一刻，蓦然，在我幻觉般被雨露滋润的视野里，似有一挂来自天外的迷人瀑布，延展着，梦一样飞泻而下。在晶莹剔透、水花飞溅的瀑布映衬中，有黄鹂、百灵、小燕子鸣叫着翩然飞过。世间无尽的花样美好，在诗样的温馨与美轮美奂中，熠熠映现……“受你启示，我想说，人活着不能太偏激，不能从一个极端走向另一个极端——当然，我说的话里也包括过去的那个你。‘随缘’是永远不可忘记的千古真理。这世间的情和爱，该来的都要来，该去的都得去；来的皆美好，去的都合适，即随缘。我以为，生命过往中的一切遇见，那都是你注定的该遇见；人生漫漫，任何的一段经历，那便是板上钉钉记录在案的一份真实，抹也抹不掉，删也删不除，说能忘却、能删除、能烟消云散那恐怕是自欺欺人。遇见了，如果是美好的，如果是善意的，如果是天意的，那任何的一个人，任何的一个遇见，都要你善待。过往的一切，无论酸涩苦辣，无论得意失意，只能作为人生借鉴，而无法依其喜好而修改删除……我没有你思考那么多，我的话，供你置身于心间教堂的一刻，随心随缘观照……”

说完这么一席话，我认定他一定会跟我论证一番，或反驳，或些许认可。可是，一切出乎我所料——他只是深深盯着我，像是在审视我，末了，除了闭着眼睛缓缓地狠狠摇了三下头，嘴闭得紧紧一个字都没说。

他的高论，还有高论之后如此的肃然和摇头，令我哑然。我觉得这一刻的他，真是成了一个让我似懂非懂的人。心想，他莫非从此只坚信自己忏悔和思考过的认知?

正在这时，他终于开口了，声音不高，却格外有劲道：“今天给你说完了，我就不再说了。过往的人和事，过往的无根草，我讲述他们的时候，菩萨已经让我真心为她们遮上一层美丽的纱，不让你、也不让我看到那些过往的真实的面目。因为，我的心在不停地提醒我，一切的过往，必须宽容。宽容归宽容，可我们必须懂得：明白真相、明辨是非之后的宽容，跟糊里糊涂一闭眼一睁眼浑然一片的混沌宽容，是完全不同的两码事——脑子清晰明白是非的宽容，那属于对理智与情感的必要的合乎情理的裁决。”

听到这里，我懂了他。懂了他的不再争辩和不再埋怨。他把人性中的许多视为先天，视为正常，归为“与生俱来的”不可改变。于是，以平静淡然的不争辩不埋怨之心，对待一切从此宽容了。

见我一时沉默。他九十度转个话题，面带一分隐隐约约“不明真相”的笑意道：“你写书，写了那么多的、各式各样的书。”边说边轻轻点点头，仍旧笑着道，“你书里写了各种的好，大有一番不写尽人间各种的好、各种的善、各种的美妙而誓不罢休的架势。现实中，你的那些幻想，真有？我的永远可爱的朋友……”

听得出，他话里显然有质疑我创作的意思。我一时语塞，笑笑，不作回应。其实，我也是一时不知道该做怎样的回应合适——我需要矛盾着去我的教堂反省。

对于M这样的人，无论是我，还是那些乐于叉着手说大话的正人君子，都不能给他一个简单的结论，或是直接以一句嗤之以鼻的脏话了事。其实，对于M，本来就是不能以任何的简单方式做断然结论。在我的概念中，他算得上一个可爱的人，一个很不一般的形而上之人，一个好人。他的真诚、坦白、形而上、一根筋，是我熟悉的人中少有的。很多方面，其实我是赞同或者很赞同他的——替他做这样的一句并不为过的辩护，无疑是危险的。弄不好，我也就成了他的同类。

同类？想想，其实也没什么。

作为好友，回来后思索两日，整理思路于大概，便背着他记录下这个关于“无根草”之说的故事。我是真心期望他永远都看不到我的这些凌乱文字。

舒伯特的情人

生命会消逝，但艺术不会变老
用心面对，看到灵魂
这里有梦想天空下的最好的舒伯特
——题记

这个明媚的初夏之日，是她的生命中一个有纪念意义的日子，且恰是最芳华的她的生日。

大师课安排在启用不久的华彩音乐厅。蜚声乐坛的F大师未听完她的演奏，早已看出她那极好的、远远超出她这个年龄的过人艺术敏感与气质禀赋。先生不无激动地看着眼前这个聪慧的不凡女子，喜爱与欣赏之情溢于言表。F大师对她的艺术表现备加赞赏。一番无不精妙的点评之后，特别提到她一首新的曲目——真是太巧，竟然是她一向极爱的舒伯特的奏鸣曲。

宁谧的仲夏夜色。户外突然传来一阵夜莺的迷人歌声，那甜蜜的鸟，唱得从未有过的好，好到不像是鸟的歌唱。和着悦耳鸟鸣，她的心里泛起舒伯特《小夜曲》的旋律……多么迷人的鸟鸣，多么动听的旋律，本该令人心静神清的夜晚，一阵透心的甜意涌上心来，漫过全身，不知何故，恍惚间，她眼前固执地出现了克里姆特的那个经典画面——那个无数次令她心旌摇曳、心往神迷的沉醉画面。朦胧中，她只觉得一阵醉了酒似的莫名困意在她周围弥漫开来。她轻轻伏在琴上，恍惚中，周围的空气渐渐变成了粉红色，紧接着是紫罗兰的颜色。那不断变化着的、无比温馨的颜色里，沁人心脾的花香携着她进入不曾见过的幻境……

邂逅正在浓荫下散步的舒伯特，真是巧得令人难以置信。

像是久违的朋友，瞅着我，舒伯特笑了，面部的酒窝里盛满了无法掩饰的腼腆。

舒伯特一再说，他早就见过我的。说话间，他顺手摘下路边一朵野玫瑰，蓝色的，递到我的眼前说道："你看，这不是你一直最喜欢的？"面对此景，我完全惊呆了，因为那真是我生来最喜爱的花——野玫瑰，而且是极罕见的蓝色。

舒伯特的房子——对，舒伯特的家，竟是那样的简陋，简陋到令初来乍到的我感到寒碜。早就听说他穷，但还是没有想到穷到如此境地。除了那架钢琴和散乱之上的一堆乐谱，还有那只上好的、与这个环境不太匹配的水杯。这只好看的口杯，有人说是他的那位贵族朋友舒贝尔送与他的，可我记得那明明是忠实的斯帕文送给他的，我敢肯定。屋内其他的物件，几乎没有一样看上去入眼的。所有家当，当破烂扔到户外，我敢肯定不会有人捡的……无论怎样，越是这样，我越是喜爱眼前之人。我看得出，透过我的眼睛，舒伯特分明望见了我的心——一颗纯净到纤尘不染的少女之心……

舒伯特用手轻拂自己的胸口，顿时奇迹乍现：我竟然看到了舒伯特整颗的心，随即，他又随手轻拂自己的心，于是，更大的惊奇出现了——只见那心，顿时开了一扇翡翠般的门扉。是的，对着我，舒伯特轻轻打开了自己的心扉。敞开在眼前的情景，惊得我目瞪口呆，心跳加快。被打开的舒伯特之心，那里，竟然是一个令人无法相信的，于清新明媚、于星河灿烂之间却又蒙了些许阴云愁绪的曼妙世界。

舒伯特何时牵了我的手，或是我们无意间随心牵了彼此的手，我全然不知。等一阵玫瑰的芳香从心头漫过，我这才意识到，我的手，已被轻轻牵在他的手里。那一刻，一种无以言表的幸福和温馨，电流一般穿过我的全身。就像是世间所有的贴心恋人那样，心有默契地牵了彼此的手。我们随即款款走进那心，走进舒伯特的心。是的，那里是一个无所不有、无奇不有的大千世界。情不自已牵着手，我心跳得厉害。见我脸上出现惊异、兴奋和羞怯之色，受之感染的舒伯特像是比我更为腼腆和羞涩。羞怯中，他笑了，腼腆中，出现只有舒伯特这样的男人才有的诗意和温柔……

周围的一切清静极了。可奇妙的是，眼前的世界里，满目清新，万物皆有生气。突然传来乐声，那是仙境里才有的天籁般的乐音；花草皆流淌出清泉一样的诗，那是人间难以寻觅的另一番浪漫。

阳光和煦，微风荡漾，我们被天地间的美和温馨包围着。此时此刻，诗一样的幸福流淌在舒伯特的眉宇之间。他眯缝着眼睛眺望，像是在一个无限远的地方，寻求他的所思、所想、所期、所盼。见他如此屏气凝神，我一时不敢有丝毫的惊扰。

他突然转过脸来用十分怡然的口气跟我说："亲爱的，我是这个世上最自由的音乐家，你信吗?"我即刻点点头，不假思索地，因为对此我深信不疑。

听着舒伯特的款款表白，我的思绪变得前所未有的激动和活跃。跟很多人一样，舒伯特的创作，那令人难以置信的高质又高量的创作，一直是我心头的一个谜。依傍着他，爱与温馨漫过心头，我不无新奇又身心怡然地问道："亲爱的，请告诉我，你是怎么创作的?"

他眼睛突然变得很亮很亮，神情像个天真的孩子，乐乐地说："音乐之于我，那就是比通常说话更合适更方便也更达我意的'说话'——你知道，我说话总是说不好，笨嘴笨舌，用音乐说话就不存在这个问题，容易多了。我和我的忘年老哥莫扎特多次交流过这个问题，他说他和我的感觉一模一样：当我们的手触到琴键，那身体里的音乐细胞就全都醒了，兴奋的像精灵一样，即刻瞪着眼睛，像赶狂欢节一样，或是像幼儿园放了学的孩子看见候在门口的爷爷奶奶、爸爸妈妈一样，喊着、叫着、争着、抢着往外跑。那个急切，那个拥挤，有时你根本都来不及安顿和打理她们。我告诉你，我的躯壳我的灵魂里，装满了五花八门的音乐。"他顿了顿又接着道："当然，也就音乐，除了音乐，我真是穷得一无所有。"说完这话，一丝不可轻易发现的阴郁，流过他的眉宇之间。

一阵鸟鸣和潺潺流水，将我们从一时的沉思和静默中唤醒。我发现，我俩竟来到了贝多芬钟情的小溪边。

我问他："经常见到贝多芬吧？你们离得如此之近。"

他摇摇头，停顿了一会儿，显然是在回想什么，然后轻轻道："贝多芬爱我。他那是真的关爱我，很少有人理解。虽然醒着的时候不得相见——你知道的，我天生胆怯腼腆，怕见生人，尤其怕见我敬仰的人，而让我敬仰的人，则莫过于贝多芬。是的，在我心中，他永远无人可及。或许，不见也不单是因为我的羞怯。我之所以'怕'，不是人们庸常所理解的那种怕，你懂的。我有时总怀疑贝多芬不喜欢我这种性子，也不喜欢我这种音乐的气质。"他顿了顿又接着道："可是梦里，我们不时相见，我们无话不说，他说我是他的知音，说得很认真的样子——恕我直言，我的有些音乐，贝多芬从不正面评说。有些东西，我认为我比他还要好——当然这话我只能跟你说。贝多芬，我们之间所说的有些话，这个世界的人，想都想不到。有一次，他两眼定定瞅着我，不无神秘地说，'我们两人，最终会相依为命，直到这世界的末日降临。'"

我凝神聆听他如此的一席话，觉得甚是新奇，但我不敢肯定，他的话我全都听得明白。有些话，包括他说话时的一番神情，就像是飘在云雾之间，显然有种“隐隐约约”的另番深意含在其中。

我和他在一处浓密的树荫下小憩。你知道，这里也是贝多芬时常光顾的去处。森林、原野、小溪、空气、阳光和阵阵鸟鸣，眼前的景色令人心旷神怡。他突然转过头来，笑意盈盈地问我：“那个写了《缪斯的情人》的家伙，你可相熟?”我现出茫然神情，轻轻摇摇头，因为我真的想不起来，或者曾经有听说过，一时想不起来。“你应该认识他的。我告诉你：他，真是一个天真透顶的家伙。”他顿了顿接着道，“他给我写过好多信，算得上我一个不多得的知音，有时甚至连做梦都做得跟我一样。说心里话，他比我圈里的一些人要好很多……”

见我不经意间目光停留在他的衣饰上，尽管只有那么短暂的一瞬，但还是被生性极端敏感的他意识到了。望着远方，他突然道：“钱，真是个可恶至极的好东西。”我听得见，不，我看得见，一股显然的愤懑之气从他的鼻腔里沉重地呼出。“我经常被这东西无端地折磨，折磨。我经常陷入人们难以想象的拮据和贫困。”听到这话，我突然想起一时陷入窘困的这个非凡灵魂，拿了自己钟爱的作品换一盘烧土豆的那个传说。望着他紧闭的嘴唇，一阵挡不住的伤感漫上我的心头……“出版商，哦，那些乐谱出版商，总是一些长着不够意思的可恶脑袋的奸猾家伙，他们是最擅长算计、最擅长盘剥人的家伙。”他接着道，脸上现出一份无可奈何的神情。“你看我那个作品——对，就你知道的那个，看我陷于窘困境地，只扔给我两块硬币，可结果，那个家伙，反手赚了两三万，竟赚得心安理得。你说这世道，这人!”说完这话，他的脸上再次掠过一抹不常见的愤然。

听到这话，望着他的表情，我心不由己地握紧了他的手。我突然觉得他是那样的孤独。而他，像是有一双望穿我灵魂的眼睛，紧接了我的心思道：“我不孤独，从来都不，因为有缪斯、有圣母、有我亲爱的音乐陪伴我。”他微笑中满含深情地朝我道：“此刻，还有你，我的心爱之人。”我凝望着他，不知道该用什么样的语言表达我此刻的心情和感动。我知道，从我的眼神里，他看得出我心底的一切，看出对他的爱，对他的崇拜和毫不掩饰、不存杂念的信仰。他接着道“我有缪斯，我有圣母。我相信，缪斯让我时常活在圣母的牵挂中。我心里有了悲伤和难过的时候，圣母都会降临，用她万般之爱的手，轻轻抚平我心头的伤痛。只有圣母看得见，我的这一颗心是剔透的，一尘不染的。除了圣母，今天又多了一个，你也会看到，我的心是剔透的。我的这颗心，这颗有圣母抚慰、被音乐浸润、被你所爱的剔透之心，不愿、也不会被尘世的肮脏污染。所谓天使之心，就是指我这样的心。你懂的，因为圣洁的你是我永恒的知音。”

啊，缪斯之神啊，这是我听到世上的人讲过的最动听、最渗入我灵魂的话。我对他说：“亲爱的，我会从此活在你心中。因为你，我要让自己也有一颗剔透的心，一颗和你一样的天使之心，从此也会让自己活在缪斯的呵护，活在圣母的牵挂中。人的一生，这样活过是值得的。”

听我这样说，他点点头，轻轻闭上眼睛。我知道，他是为我的这番话感动。“亲爱的，你知道，比起我的幸福，比起我心中安静的孤独，世态炎凉算不得什么。我相信，如我一样的所有人，艺术和大自然都能成为他身心再好不过的避难所。”

我是如此理解和认同我所爱之人的这番见解，且突然意识到：这世间，或许只有我们两个人的心灵才能和谐默契到如此境地。

……

我没有想过要在他面前唱歌，可他坚持说，我的歌声很美很美。那说话的神情语调，就像是曾经听过我无数次唱歌的样子。我唱了他的《菩提树》和《夜与梦》。没想到，一张嘴，我的声音真是那般的好听，好到连我自己都不能相信——这会是我的声音，我的歌声竟是如此的美妙。舒伯特为我伴奏，一开始，他不无拘谨，弹得那样的小心翼翼，脸上挂着一抹永远属于他的羞涩和腼腆。我心想，在恋人面前无须这般拘束的。可一转念又觉得，或许正是因为在我面前，为我伴奏，才有了这因爱而生的小心翼翼和拘谨腼腆，就像所有的人在他心爱的人面前所表现的那样。舒伯特的琴声竟如此柔美——此前曾听过那么多舒伯特的伴奏，可我敢说，从来没有一个人的伴奏弹得像舒伯特自己这样。他们没有舒伯特这样的音色，也没有如此恰到好处的声音质感。那梦幻般柔美的琴声让我意识到不是我在演绎他的歌，而是他的伴奏在更高更深也更贴切默契的层面，用他的爱加持和阐释着我的歌声。越过他的琴声，我望得见他心里那常人所永远望尘莫及的深刻、成熟和人类所期盼的诗意与真情。这一切告诉我，眼前的这个人，是多么完美无缺的艺术天才。

我忍不住再一次不无好奇又半玩笑地问：“亲爱的，你怎么可以写出那么多感人至深的音乐来？连你的好朋友都说，你作曲是有神灵附体的。有人说，你是一位‘通灵者’，真的吗？”

他歪着头，调皮地朝我一笑，右手在眼前不无幽默地轻轻画个小圈儿，瞅着我，表情突然变得严肃起来：“我的爱人，你要相信我，他们那完全是毫无根据的胡说八道。我告诉你我的所有秘密，我的灵魂是海绵做的，任何凡是我爱的东西，只要我愿意，他们立即会与我的灵魂融合，就像超能吸水的海绵那样，达成无极限的默契。从巴赫、亨德尔到海顿、莫扎特、贝多芬，等等，凡是我喜欢的杰作，我几乎可以做到过目不忘——对，就像世间所有的天才那样，上帝赐给我不同寻常的记忆，那是我对音乐、对一切美好事物的神奇记忆。在这方面，还有一个人，我俩很像，你猜猜是谁？”他瞅着我略作停顿，紧接着将脸凑近我，不无神秘地轻声道出那个无限迷人的名字：“莫扎特，对，沃尔夫冈·莫扎特……”听他这么说，我惊得目瞪口呆，可是转念一想，既然能写下那么多妙不可言的作品，如果不是如他所说的这般，还会怎样呢？

面对亲爱的舒伯特，我感受到自己的身心在分分秒秒中所发生的奇妙变化，那是一种从未有过的被净化，被清澈，被升华，被爱无边无际地裹挟的感觉。

陷入沉思的他，突然转了话题，他声音低沉地告诉我：“你知道，我有不少的朋友，斯帕文，弗格尔，都是真的好啊！史恩也是我心上永远的珍贵。至于与我一直形影不离的舒贝尔，啊……”他望着天空，若有所思，突然紧闭嘴唇。我甚至感觉得到，他连牙齿都是咬紧了的。就这样停顿片刻，而后又接着道：“你可知，在我的灵魂深处，有一个不为世界所知、也不为你得知而只有圣玛利亚所知的没有窗户的屋子，一个关押着‘不受管束的魔鬼’的黑屋子，那里会经常的‘闹鬼’……啊，舒贝尔，舒-贝-尔！”

听到舒贝尔这个名字，我心头一阵阵的不舒服。我始终执拗地认为：就是这个舒贝尔，一度将我深爱的人的躯壳于梦里拖入深渊……唉，真是，成也舒贝尔，败也舒贝尔……

“你怎么有这么可爱的名字？Yi-di-雅，能够告诉我，什么意思呀？”他突然笑着问道。

我抿了嘴，忍不住笑了：“就这个意思呀，你不懂得还有谁能懂得呢？”说完，我接着又笑了，笑得从未有过的开心。隐隐约约的神秘与朦胧中，一种紫罗兰样的温馨与甜蜜漫上我的心头。

“你孤身一人，为啥一直不结婚？”我冷不丁问他。

舒伯特莞尔一笑：“你不到来，要我跟谁结？”

“你的女伯爵还好吧？”我故作若无其事地冒了这么一句。听我这样说，他脸上的笑容瞬时不见了。

“你最喜欢我的哪个作品？”他将话题一百八十度转了弯。我知道，他是故意不接我的话头。

“我所知道的所有作品，只要你写的，全都喜欢，是的，全都。”我说。

“能有个具体的吗？比如——”他脸上现出期待的神情，小孩一般，很是认真的样子。

“除了众人皆爱的，我极爱《C大调第九交响曲》、《d小调第十四弦乐四重奏“死神与少女”》。还有没几个人真正懂得甚至被歪曲的那个《八重奏》，还有最后的几首钢琴奏鸣曲，他们都是我心爱的杰作。你可知道，正是从那里，我能感受到你，也感受得到我们的身心的痛苦和心灵的升华。它们给我伟大的启示，让我从中懂得：终有一天，生命将会消逝，但这终会消逝的生命和你的艺术一样，永远不会变老。”听我如此表白，我亲爱的人，情不自禁地深深拥抱我……有大滴的水珠滴落到我的脸庞，随即流进我的嘴唇，流进我的心里。我知道，这是我心爱之人的动情泪水……我突然莫名地问他：“有一天，你会死吗？”他望着我，用一种望穿我灵魂的神情道：“有如你这般的天使爱着我和我的音乐，我怎么会死去呢？”

……

临别，我和我的爱人深深拥吻……融化在他的温柔怀抱里，我激动得又一次心跳加快，一时不知道自己身居何方。伏在他的心口，我的心深深埋进了他那万古不朽的《小夜曲》……约好了下次见面的日子，我心爱的人，面带羞涩，特意将他常戴的那条几近褪色的围巾给了我，且轻轻告诉我：“亲爱的，带着它，便是拥有了我的灵魂，我的一切……”

梦醒。窗外夜莺的歌声越发迷人。

适才的一切历历在目，舒伯特的声音仿佛依然回响在耳畔，夹杂着蓝色野玫瑰的芳香。她再次轻轻闭上眼睛，无名的眼泪止不住流淌下来，身心再也不情愿从那无限美好的梦境中走出来。

眼前的琴，像是被神明赋予了灵气。有了灵气的琴，静静地瞅着她，候着她。一阵温馨的气息暖暖地流过她的心头，传遍她的全身。她仿佛听见自己心爱的琴在同她轻轻私语……温馨气息淡淡弥漫，当她用自己如玉般的手指再度轻轻触键的一刻，连她自己都无法相信，那样轻灵通透、如若天籁一般的声音，竟是从自己的指尖流出。

不久之后的那个舒伯特专场音乐会。特别地，她身着一袭深色带星的拖地礼裙。款款走上舞台的那一刻，神情高贵、优雅得如同遥远的希腊女神降临人间。那夜，她的演奏让所有在场的人，无不感到惊叹，无不身心着迷。所有的听者一致认为，那才是地地道道的舒伯特——世间最好的舒伯特。

人们的一片惊叹声此起彼伏，只有她自己明白，那一切的奥秘之所在……

是的，一切，只有一个解释，也只有一个秘密——舒伯特灵魂附体。

就是从这一天开始，她在心里默默立下誓言：我要用一生的爱与真情，怀着宗教般的虔诚和信仰，深情演绎舒伯特所有的钢琴作品。我要成为这个世界上演奏舒伯特最好的钢琴家。

用心面对，得见灵魂。我要让自己成为舒伯特的音乐之魂。

幻想曲

1

三天前，刚刚结束了令人难忘的柏林专场音乐会。此刻，在经过仅仅一天多的紧张排练之后，在这个温馨的五月之夜，姚雪又在音乐圣殿——维也纳音乐大厅，隆重举行继哥本哈根和柏林之后的第三场交响音乐会。这也是他此次精彩巡演的最后一场音乐会。

交响乐《长恨歌》的最后一个和音，于梦幻般渐行渐远、带着无限哀愁的绕梁余韵中结束。在一阵仿佛听得见彼此心跳的屏息凝神的静寂之后，整座大厅内，爆发出雷鸣般的掌声——这一切，在姚雪的意料之中。

《长恨歌》是他近年来的一部呕心沥血之作。为了这部作品，他构思多年，但一直不肯动笔或者说难以动笔。因为写好这部作品，是他许久以来的一个重大心愿，更是一个不了的心结。在经过了几年的酝酿和深思熟虑之后，他终于动笔了。而且当他真正动起笔来的时候，一部长达一个小时、充满戏剧张力的交响乐作品，仅仅花了两周多的时间便宣告完成。整部作品，一气呵成，天衣无缝。姚雪心里明白，经过几年时间的用心酿造，当激情涌动的厚重乐思一天天聚满他的整个心扉，伴着他的血液日夜流淌的时候，他的整个身心在告诉他：不能够，也不可以再继续等待下去了。

当晚的音乐会演出了他的两部作品。上半场的钢琴协奏曲，即两年前创作的那部有着高技术难度且又气势恢宏的交响协奏作品，由姚雪本人担任钢琴独奏，当下欧洲最耀眼的指挥家西蒙·科赫执棒；下半场的压轴之作，便是他的这部新作《长恨歌》，由作曲家姚雪本人指挥。如前所述，乐曲的最后一个音符结束，一阵寂静过后，雷鸣般的掌声充满大厅，经久不息。作品能被热爱音乐的听众接受并获得成功，这是意料之中的，因为三天前的柏林音乐会已经证实了这一点。更不用说，音乐会的前半场又是由作曲家本人演奏钢琴，这无疑更是增添了观众的好奇与兴致。面对姚雪充满魅力的辉煌技巧和他本人无可比拟的音乐诠释，现场的听众没法不被他的魔力折服。但尽管如此，此时此刻维也纳观众的认可以及达到如此境地的热烈程度，确是出乎姚雪意料的。

作曲家一次又一次上台谢幕。演出的成功让这位早已驰名乐坛的音乐天才、东方音乐学院的青年教授，比以往任何时候更显得神情优雅、魅力四射。作为一名有着国际声誉的青年作曲家和钢琴演奏家，尽管以前有过那么多的成功演出，但在姚雪的记忆中，没有一次能像今晚这样，让他感到一种前所未有的幸福、开心和喜悦。此时此刻，美丽的金色大厅，和着姚雪的明媚与幸福、和着观众的热情与崇拜，显示出前所未有的金碧辉煌，光芒四射——一切，皆因今夜这美妙动人的艺术。

经久不息持续着的掌声中，一位身着白色丝裙、气质高贵的飘逸身影，出现在观众的视野。她俨然一位洁白的梦幻天使，款款向着指挥台前的姚雪走来。当他看清女子天使般容颜的一刻，姚雪像是被惊呆了——这不是电影《泰坦尼克》中的女主角吗？可是……不……眼前这个女子显然比那女主角更年轻、更美丽，也更为清纯——如妙龄时代的奥黛丽·赫本那样，可以荡涤人的心灵一般的清纯。此时此刻，从少女神情中流淌出来的，是一种令人惊魂的清新和美丽。

女子走上前来，无比温情而又不失大方地微笑着，献上一捧鲜艳的红玫瑰，然后和姚雪深深拥抱。紧紧拥抱的一刻，女子在姚雪的耳边用极其悦耳动听的语调说了句什么，但因为台上台下顿时爆出的比先前更为强烈的掌声，姚雪没能听清女子的话语。而让他更为吃惊的是，就在女子说完那句动听的话语之时，于不经意间，亲吻了姚雪的脸颊。这一切令姚雪措手不及而又心醉神迷。

在姚雪的记忆里，音乐会之后人们的喝彩、献花以及粉丝们的拥抱，本是平常的事情。但这一次，不知为了什么，一切都是那样的不同寻常——当女子拥抱他的那一刻，姚雪觉得自己的整个身心，被一种无力抵挡的巨大磁场穿透了。

他不知道该如何是好。心想，大庭广众之下，这女子过于温情的举动，一定是被所有在场的观众看在了眼里。姚雪只觉得一阵眩晕。难为情的姚雪，这个看似内向和略显腼腆的音乐天才，意识到了自己的失态。

当他回过神来的时候，那天使般的女子已经在他的视野中消失，无影无踪，不知去向。回响在他耳畔的，是为美妙的艺术而不肯离席的观众们一浪高过一浪的热烈而又激情的掌声，还有夹杂其中的友好的起哄声、口哨声。

2

音乐会结束后，姚雪的维也纳“贴友”们一定要为他音乐会的成功庆贺一番。友人中除了使馆的文化官员，还有他大学时期的同窗好友，以及来这里留学的东方音乐学院的姚雪的弟子。

朋友们驱车簇拥着他，来到紧邻维也纳森林附近位于多瑙河上这家名为“春之声”的豪华游艇式酒店。多么迷人的夜晚，多么迷人的多瑙河呀！温柔的夜色里，平静的河水在缓缓地流淌，岸边的灯光倒映在河面，如梦似幻；再看看身居其间的豪华酒店——多么堂皇而又温馨优雅的“春之声”呀！此时此刻，约翰·施特劳斯不朽的《维也纳的气质》正在耳边轻轻回响。

美丽的维也纳，蓝色的多瑙河，在这令人悠然的夜晚，你像是人间的天堂。

宵夜归来，朋友们送姚雪回到下榻的酒店。回到房间，时间已晚，想到第二天的行程，他想这一阵必须命令自己即刻休息。然而，躺到床上，他翻来覆去怎么也睡不着。姚雪心里明白，这一切不仅仅因为演出的成功，也不单是因为适才令人陶醉的多瑙河夜色，同时还因为那个天使一样清新美丽的女子。

他熄了灯，强迫自己躺在那里。然而，他一丝睡意都没有，甚至脑子越来越清醒。他不由自主地用手轻轻抚摸了一下自己的左侧脸颊——在他的意识里，那美丽女子的亲吻，像生了根一样，要永远留在他的脸颊。

他打开床头灯，随即又打开这次赴欧随身携带的诺贝尔文学奖获得者川端康成的小说集，顺手翻到夹着书签此前正好读到的一页。此刻，映入姚雪眼帘的，是如下的文字——

“那是多好的人啊，多美的女子啊。在这个世界上，真是难得有人美得像她这样使人如此倾心。想想，同这样的女子萍水相逢，或许是在马路上擦肩而过，或许是在剧场里边比邻而坐，或许从音乐会场前并肩走下台阶——就这般相遇，就这样分手，一生中是再也不会见到第二次的。尽管如此，又不能把这不相识的人叫住，跟她搭话。人生就是这样的吗？这种时候，我简直悲痛欲绝，我真想一路跟踪她走到这个世界的尽头……”

这是川端小说《湖》的主人公——桃井银平对他的一位萍水相逢的倾慕女子的深情独白，充满其间的，是人生何等的爱的纯粹、凄然与悲愁啊！

读过这段文字，姚雪心想：为什么？为什么这回出来我偏偏带了川端康成？为什么今夜随手打开的一页偏偏又是此篇？为什么川端康成在这里偏偏写上了这样的文字？是的，为什么？他想到了那神奇美丽的女子。莫非，这一切都是冥冥中的安排？——姚雪在心里这样反复地问着自己。

像是安慰自己一样，姚雪心想：与桃井银平相比而言，今天的我无疑要比他幸福得多——我不是在马路上和那“天使”擦肩而过，也不是在剧场里和她比邻而坐，更不仅仅是从音乐会场前与她陌生着并肩走下台阶。我要幸福得多——我不仅在金色大厅梦幻般的世界里，在那展示着我艺术辉煌的音乐会上，遇到了如同或胜似桃井银平所倾慕的人一样“美若天仙”的绝代佳人，而且这美丽的“天使”还亲自走上前来，送了我一捧鲜艳的红玫瑰，给了我一个刻骨铭心的亲吻，还有伴着亲吻的那句造物主像是有意不让我听清、要我用一生去猜想的轻轻话语……

想到这里，那女子的身影仿佛再一次出现在了姚雪的眼前：多么美丽的女子呀！仿佛蓝天里飘过的一朵白云，是那样的超然脱俗；仿佛清澈湖面上泛起的一丝涟漪，是那样的清新怡然。在姚雪的意识里，一切都是那样的令人如痴如醉……

有一刻，他突然意识到，这神奇的女子，和他离得很近，近在咫尺；然而，他终究还是清晰地意识到，他们隔得很远很远，远如天涯。这样一个如梦如幻般的人，所有与她有关的一切，从此将成为他永恒的记忆，连同有缘与她相会、相拥，以及此刻就在离自己不远处的散发着馨香的红玫瑰，还有那宛若天籁的一句轻轻话语……

他不由自主地叹息着、自言自语道：“天使一样的女子，你到底是何许人呢？你来自哪里？你去了何方？”

3

过了很久，好不容易总算睡着了。可是，捉弄人的造物主很快将他拖入了难以脱身的梦幻之境。

姚雪做了一个奇异的梦。

梦境中，整个金色大厅的演出现场，以及那里前前后后发生的一切，又一一再现——他的演奏、指挥、音乐会盛况、被他的艺术点燃的狂热，还有……一切都是那样激情、热烈；一切都是那样的温馨和真实。

梦境中，姚雪的耳畔突然传来说不清是用何种乐器演奏的、天籁般的美妙乐声。这是他从来没有听过的音乐，它是那样的美妙，那样的飘逸和沁人心脾。在轻柔的乐声中，他眼前所看到的一切连同美妙的乐声，一同变成了温馨的淡蓝色。在淡蓝色的时空和乐声中，那天使般清新美丽的女子，如轻盈的梦一样飘然而至。

她笑盈盈来到姚雪的身边，用极温柔的声音轻轻问他："亲爱的，认识我吧？可曾想到我会再来?"

"啊，怎么会不认识呢！可是，我不知道你从哪里来，更不知道你的芳名?"

"我从一个极美丽的国度来，"女子微笑着道，"你无须多问，有一天你自然会知道我叫什么名字。现在，你就叫我'梦中人'好了。"

"啊，梦中人，原来是美丽的梦神啊！今夜在那音乐圣殿，你为我送来芬芳的玫瑰，可转眼之间不见了踪影。你可知道，从那一刻起，我心多么怅然……"

"亲爱的，有什么可怅然的，我这不又来了?"梦神依旧微笑着。

"是啊是啊，谢谢亲爱的梦神，谢谢你能再来！否则，我真不知道我会如何的思恋你呢!"

"你可知道我为何而来吗?"

"我想，是因为你听到了我心的呼唤吧！亲爱的梦神，你可知道，从第一眼看见你的那一刻，我就知道，今生我已无法将你忘怀！我永远都想看见你，就像现在这样。"

"亲爱的，你可知道，听你讲出这样的话，我的心中有多么喜悦和欣慰！缪斯女神告诉我，你是我前世命定的恋人，所以必然会有我们今天的相会。"

"啊，美丽的缪斯女神，我艺术的光明之神！我该如何虔诚地向你俯首，向你膜拜呢!"听了梦神的这番话，姚雪激动得一时不知道该如何表达是好，他只有在心底一次又一次地感谢伟大的造物主，感谢神奇的缪斯女神。

"我是听从心的召唤，"梦神道，"寻着你的乐声而来——先是在伟大的安徒生和美人鱼的脚下，而后又是在迷人的黑森林，然后是这辉煌的音乐圣殿。你可知道，你的音乐——那来自你心灵深处的音乐，是何等的美妙呀！就为这美妙的音乐，我已把你当成了我永恒的恋人……"

听了这番话，姚雪的身心因过于激动而无法控制地颤栗起来。他无法抑制自己的感情，像是面对圣洁的缪斯神灵一般，捧着自己满心的爱与虔诚，走向美丽的梦神。可就在距她咫尺、伸出双臂向她屈膝的一刻，梦神不见了。

姚雪从梦中惊醒，他翻身坐了起来。环顾四周，房间内一片黑暗和寂静。

等脑子清醒了一点，这才反应过来：刚才的一切原是一场梦，但它是那样的明晰和真切，宛若真实发生过一样。由于梦境中的过于激动，此刻他的心还在狂跳。面对屋内的寂静，他的心中浮起一阵难以安顿的怅然和忧愁。

4

按约，维也纳演出之后，主办方特意安排姚雪前往德国南部景色迷人的旅游胜地——梦特纳赫游览观光。

临行前，经纪人克莱文和他的秘书海伦·米勒小姐来到姚雪下榻的宾馆。此前安排好了的，他俩陪同姚雪一同前往梦特纳赫。见了姚雪，一向绅士的克莱文望着姚雪，轻轻拍了拍他的肩膀，脸上露出一丝友好中伴着诡秘的神情。然后，打开手提包，从中拿出一个信封状纸袋，在手里轻轻拍了两下，像是故意逗姚雪似的递到他的手中。

“好好看看吧。”说话间，克莱文“不怀好意”似的朝姚雪做了个鬼脸。

这是克莱文的摄影师特意拍下的昨晚演出现场照片，有十多张。姚雪一张接一张快速地翻阅着，就像是早已知道其中会有他特别期盼的“那一张”似的——果然，翻到最后，他终于看到了令他心跳加剧的照片——那是一张摄人魂魄的照片。定格在照片上的，是那个与他紧紧拥抱、正在亲吻他的迷人瞬间。看着照片上令他永生难忘的美丽“梦神”的梦幻背影，音乐会的情景和着昨夜的神奇梦境，又一次浮现在姚雪的眼前。

他的心开始不由自主地颤抖了——一种前所未有的大海般的狂潮，携着难以抹去的伤感和思恋，漫上他的心头……

5

位于德国南部的梦特纳赫小镇，是欧洲乃至世界闻名的旅游胜地。此地依山傍水，景色宜人，号称“人间天堂”。小镇常住人口不过一万。虽说是闻名世界的旅游胜地，但由于消费水准极高，大多游人只是路过顺道观光，很少在这里驻留。能够在此驻留的，都是世界各地一些有身份地位的豪门显贵或文化名流。正因如此，所以这个所谓的“旅游胜地”，绝非寻常人可以随便光顾，所以也就没有常人想象中的那份热闹和拥挤。恰恰相反，这里总是显得异常的悠然清静。这样的世外桃源，正是合了姚雪的情趣和兴致。

其实，姚雪选择梦特纳赫有一个至为重要的原因，甚至是他选择来这里的唯一原因，那就是，伟大的马勒生前曾不止一次在此驻留，构思并创作他那不朽的鸿篇巨制。熟悉姚雪的朋友都知道，马勒，那是姚雪音乐生命中的挚爱。所以姚雪早已决定，借这次欧洲巡演，他一定要来向往已久的梦特纳赫朝圣。他想要在这里感受马勒曾感受过的阳光，呼吸马勒曾呼吸过的空气，拥抱马勒曾拥抱过的足可荡涤心灵的湖光山色和神奇的自然之力。

按克莱文事先安排，他们住在小镇南端靠近河边的一家名为“梦中天堂”的酒店，这里环境优雅，酒店四周景色美到令人心醉。

姚雪一行三人，到达酒店已是夜色蒙蒙。原本说好，大家可以肆无忌惮睡到随便什么时候，然后由克莱文和海伦陪伴姚雪外出游玩。然而，第二天清晨，姚雪一早就被窗外小鸟的清脆歌声唤醒。打开窗户，清新的空气携着四野花香扑鼻而来，令人神清气爽。姚雪再也待不住了。他心想，趁克莱文和海伦他们还没有醒来，先一个人在附近走走。于是，便带了他的袖珍相机独自出门。说心里话，他更希望这样一个人走走，而不是由热情的克莱文和海伦陪伴。

他先来到酒店附近的梦特纳赫河畔。在姚雪的眼里，这是一条美丽宁静到难以言表的河流。河的两岸离水面约一米高，是一条望不到尽头的天然花带，那婆娑低垂的各色野花，将它们婀娜的身躯和灿烂的笑脸朝向水面，像是要亲吻缓缓流淌的河水一般。早晨晴朗如洗的天空映在河中，于是河面也变成了宁馨的蓝色。姚雪从未见过保护得如此好的自然环境，也没有见过流淌得如此平缓和宁静的河流。如果不到近旁仔细观看，几乎难以看出河水的流动。姚雪从不同角度拍摄了几张河流的美景，然后情不自已在河边坐了下来。他静静地望着缓缓流淌的河水，望着倒映在河面的高远的蓝天。面对如此美景，感受着大自然天籁般的宁谧，姚雪犹如置身世外桃源 。

依依不舍地离开美丽的河畔，他不愿返回酒店，索性顺着一条鹅卵石铺就的同样宁静的街道，漫无目的，信步朝前走去。看看表，发现自己出来已有好一阵了。心想，克莱文和海伦或许正在找他呢。可是他管不了这些，暗自笑了笑，继续朝前走去。

街道上行人稀少，近旁有一家装点得十分漂亮的花店，看来店主也是才准备开始一天的营业。店主是一位优雅得如同音乐学院的钢琴教授一般的女士，年龄三十出头。这一刻，她正在那里忙着摆弄那些鲜花。店内万紫千红的鲜花，真是美不胜收。

姚雪凑上前去，跟热情的店主打声招呼，而后任情观赏一阵。离开花店，前面不远处，他望见一座造型极其漂亮的哥特式小教堂，他想要过去看看。

就在这时，在教堂附近距离姚雪不出二三十米的地方，一位身影飘逸、一袭洁白的女子正朝街道对面走去。姚雪十分惊异地停下脚步，想要看个仔细，因为他觉得，那个女子俨然就是他的美丽梦神。然而，那女子轻盈飘逸的身影一闪而过，待姚雪凝神而视，发现视野里已是一片空然。姚雪觉得太奇怪了，他相信那女子一定没有走远，于是不假思索地加快脚步追逐而去。

到了前面，姚雪发现那里是一条极其美丽的林荫道，却没有适才女子的身影。心想，她不可能走这么快的。于是便开始怀疑，刚才会不会是自己的幻觉？而且他自己也只有这样说服和安顿自己了。但心底里，还像是抱有某种幻想似的——他越发不愿意回去，而是顺着他以为那女子走去的街道，漫步前行。

这真是一条集自然与人工于一体的美丽无比的街道，比刚才走来的那条更干净、更整洁优雅。看看街道两边的整齐而造型各异的建筑，掩映在林荫之中，每座屋舍的窗户门扉都饰以鲜花。街道的一边有清澈的小溪缓缓流淌，小溪中也同样开着鲜花，鲜花在溪水的流动中轻轻摇曳。这条街道挺长，但是由于极度迷人的景致，姚雪并没有意识到自己走了多远。等他反应过来的时候，他发现自己已经来到郊外。这是一个令他无法用语言形容的心旷神怡的去处。面对如此美景，他即刻明白了人们为什么将这里称作“人间天堂”。

姚雪相信，他一定是冥冥之中受了某种非自然之力的引领，来到了这天然图画一般的人间天堂。此刻映入眼帘的，是早晨的阳光照射下波光粼粼、若明镜一般的湖水。俯首脚下绿色如茵、鲜花点缀的草地，遥看远处森林覆盖、青翠欲滴的苍然山峦，一切令人心旌摇曳，如梦如幻。蓝天和着青翠的山峦倒映湖中，使得开阔无比的湖面，显出了镶着绿边的宝石一般的湛蓝。

常言道，走遍德奥，处处皆美景，遍地是花园。尽管如此，但如眼前这般的美景，一定是不多见的。姚雪发出了由衷的感叹：难怪马勒会在这里留连忘返，难怪会在这样的流连忘返中，创造出他那真正堪与这般美景相媲美的不朽杰作。心想，当年贝多芬若是发现这样的地方，也许今天人们听到的《田园交响曲》或许会更加美妙呢！啊，上帝、造化……

踩着脚下的绿色，沿着波光粼粼的湖岸，姚雪漫步前行。在一个背靠茂密的森林，显得十分幽静的临湖去处，姚雪发现有一处造型极其漂亮的巴洛克风格别墅。整座建筑通体蓝白相间，格调极为高雅，一看便知别墅主人的品位。围着别墅，是一座打理得清新井然而又诗意盎然的大小适中的花园，园内鲜花盛开、五彩斑斓。

姚雪环顾四周，却不见一个人影。在距离别墅五六十米的草地上，有一间非常可爱的红房子，在草地和周围绿色的掩映下，显得极为安静优雅。他情不自禁地幻想着：莫非，这就是当年马勒创作他的“那部”交响曲的地方？啊，若真是这样，那该多好呢！

就在附近，他发现在湖边一角的几棵树冠巨大却又叫不上名来的树下，有一条供游人小憩的休闲靠椅。他坐了下来，开始舒心地领略眼前美丽的湖光山色。周围真是幽静极了，这是何等的舒心和惬意呀。姚雪深信，此时此刻，这方由造物主施舍的悠然天地中，除了迷人的湖光山色，除了万能的上帝，只有他和这一路走来心中无尽思恋和幻想着的“美丽梦神”。

满心惬意中，他从贴心口袋里，取出“美丽梦神”的照片。自从昨天克莱文给了他之后，他便将这张照片“藏”在了此处。凝视着照片上的她，姚雪的心跳不由加快——金色大厅的一切即刻浮现眼前。而就在这时，他眼前波光粼粼的湖面，朦朦胧胧浮现出“四维立体”的奇幻景象——他的梦神飘然而至。姚雪简直不敢相信自己的眼睛，他惊异得差点叫出声来。然而，一切不过是瞬间的海市蜃楼——当他再次回过神来的时候，适才的一切又消失得无影无踪。

这一次，让他确信了这是自己的幻觉，是自己妄想般的幻觉。

6

三天后，姚雪从法兰克福机场乘国际航班回国。此时此刻的姚雪，心中有种难以抑制的失落，伴随着从未有过的焦虑和伤感。这次的欧洲之行，演出的成功于他而言仿佛已经淡远，留在他心中的，只有难以抹去的失落。他觉得，自己好像把整个心，遗失在了那里。

坐在飞机上，满脑子除了“她”还是“她”——啊，美丽的女子，美丽的梦神！姚雪心想：造物主，你为什么要这样折磨人呢？他试着想让自己的心情获得些许的平静，但一切都无济于事，他陷入深深的回忆中……

不经意间，他透过飞机的舷窗朝外望去，望见遥远天际涌动着的绵绵无际的云海。云海洁白如雪，甚是壮观。姚雪从心里感叹大自然的神奇造化。他开始静静观赏这令人心旷神怡的美丽云海，期望以此分散自己的注意力。然而没过一分钟，曾在梦特纳赫湖上出现的四维幻境，再次清晰地浮现于云海之间。这一次，他不再有先前那样的激动，他痛苦地闭上了眼睛。他知道，自己一定是得“病”了。

姚雪在欧洲演出的成功，通过媒体，早已传到国内，传到他所在的音乐学府——东方音乐学院，传到所有关心和热爱着他和他的音乐的学生、友人和粉丝们中间。回到国内，校方及其友人们的热情祝贺是免不了的。但对这一切，姚雪似乎不是很在乎。大家从他的脸上看不到往日那熟悉的神情，那大家料想中的阳光明媚和喜形于色好像消失了。朋友们看见的，是从他神情中流露出来的某种难以掩饰的忧郁。尽管如此，却没有任何一个人真正了解其中的奥秘。

一种无法克制的焦虑裹挟着姚雪的身心。几天来，他近乎整夜的失眠，这样的折磨真是让他痛苦不堪。没办法，他决定去求医问药。他找到一家大医院，挂了神经科门诊。

给他看病的，是一位年轻的女医生。只见出出进进的医护人员都恭恭敬敬地称呼她“博士”。据说这是一位著名医学院毕业的大名鼎鼎的神经内科博士，看上去挺像一位医术高明的医生。女博士想要详细地询问姚雪的病情，但姚雪总是磕磕巴巴，像是语言表述有问题似的，总是说不大清楚——想想看，他怎么可能说得清楚呢？最后他只好说，自己这段时间总是莫名其妙的失眠，要么整夜睡不着觉，要么睡着以后便是连续做梦。他希望医生能给他开一些具有特殊疗效的、治疗失眠和不做或者少做梦的药物。

女博士即刻道：“这是小毛病，没什么大不了的。我给你开一些最新研制的修复大脑睡眠神经，快速高效促进睡眠的药物——‘复方叽里咕噜氯芬丹纳’。”

博士在电脑上麻利地边开处方边说道：“这种药物疗效很好，是我的导师和他的科研团队最新研制，并获得国内年度医学科学大奖的一个产品。它的最大特点，正好就在于既可以治疗失眠，又可以彻底消除你的‘睡眠多梦症’！不过就是价位高了一点。你服用一个疗程，肯定见效。”

姚雪一听甚是高兴，马上接着道：“价位再高都没有问题，只要能治病就可以。”一向好奇的姚雪，觉得这种新药的名称听上去挺有意思，可是药名那一大串字太长，他没有听清楚。于是又不好意思地问：“医生，您刚才说这药品叫什么名字来着？”

博士轻轻摇了摇头：“‘复方叽里咕噜氯芬丹纳’。通俗地讲，就是‘复方睡眠宝’。你没必要记这个的。”博士轻轻地皱了皱眉，语气中像是有点不耐烦。

拿了药，姚雪像是自己的毛病已经根除了一半似的，心情即刻好了许多，满怀希望回到自己的居所。根据医嘱，药是需要在晚上临睡前服用的，可是这天，他在午休前就急不可耐地服了。

服药之后，即刻躺在床上等待入眠。你别说，这药物还真是管用——服了没过一会儿就睡着了。但问题是这药物只治失眠，根本不像“女博士”所说的那样，可以消除“睡眠多梦症”，不仅不能消除，而且梦境中的一切比以前来得更为清晰、更为猛烈。

从梦中醒来，姚雪心想：只服了一次，怎么可能即刻见效呢？听医生的，等服够一个疗程，想必见效。

然而要命的是，还没等他服够半个疗程，失眠是被“彻底治好了”，但又随之产生了新的问题：服了药，人虽然可以很快入睡，但是一旦睡去，二十四小时都别想醒过来。

不仅如此，更为要命的是，一旦入睡，那就根本不是睡觉，而是地地道道地进入了“梦乡”，彻彻底底地进入没完没了、令人惊惧的“梦的无底深渊”。该梦见的不该梦见的，全都找上门来了。

姚雪清楚地意识到，这药真是太可怕了，绝对不可以再服用了。于是他即刻停了药。停药之后，症状反倒好了许多。虽说睡眠依然不好，但是“梦”比服药的时候少了许多，除了他的“美丽梦神”，其他各路“讨吃要喝的孤魂野鬼”基本上不来造访了。

后来，他自己倒是琢磨出来一个挺有效的办法。有一次，见自己实在难以入眠，便拿出珍藏的那张“圣洁天使·美丽梦神”与他拥抱的照片端详，看着看着，竟于不知不觉间睡着了。从此之后，只要遇到难以入眠的情形，他便如法炮制，只要看看那张被他称之为“梦之吻”的照片，看看照片上那美丽异常的天使背影，便会很快进入梦乡。再到后来，他干脆将那张照片夹在一本书内搁在自己的枕边，发现挺管用。

最后，还是姚雪自己给自己的疾病做了结论性诊断。他给自己所下的结论是：他得了“情上瘾”，或者叫“情中毒”，甚至还可以用一个更为直白一点的名称——“幻爱上瘾”。这样的状况，让姚雪觉得既幸福又焦虑。幸福的是，他可以在梦境中见到令他心醉神迷的天使，他的美丽梦神；痛苦的是，他知道这属于见不得人的“病”。

姚雪，作为一个有着国际声誉、事业如日中天的青年音乐家，向来注重个人声誉和尊严的他心里明白：无论如何，是万不敢将这一切拿出去晒太阳的。这一切，他只有悄悄地隐藏在自己的心中，然后又独自悄悄地品尝那份夹杂着焦虑和痛苦的幸福与甜美。

7

睡眠问题是解决了，但是想要减轻睡眠中的“多梦症”，看来是没有任何好的办法了。“情上瘾”，这在姚雪看来，似乎注定要成了他一生的不治之症。

整整一年过去了。在这一年里，美丽梦神在姚雪的生活中可谓无处不在。只要他愿意，只要他想要见到她，那奇妙的“四维幻觉”几乎可以在各种各样的情境下出现。不光是在梦中，也可以在光天化日之下。无论是在四季交替的春夏还是秋冬；无论遇到风雨还是雷电；无论在大地上的花丛中，还是宁静夜晚的月色中，都会出现“美丽梦神”那摄人心魄的身影。而出现最多的：一旦当姚雪在钢琴上演奏的时候，“她”总会随着琴键上流淌的音符、带着她天使般的笑容浮现在他的眼前。

一次偶然的机会，从一位朋友那里，得知某某医院有位手段高明的心理医生。见朋友把他说得神乎其神，姚雪抱着试一试的心理，决定再找这位神医尝试一次。

为了能让自己的“病情”真有所改观，这一次，姚雪向这位心理医生比较真实地描述了自己的病情以及发病的原因。同时特别的嘱托这位心理医生，不要将自己“患病”的情况告诉任何人。

然而，不久之后发生的事情表明，他“患病”的消息像是生了翅膀一样，于无声无息之间被很多人知道了。后来他终于从一位深爱他的弟子那里得知，问题就出在心理医生这里——这位看上去挺有职业操守的心理医生，是东方音乐学院姚雪一位同事的朋友。而这位同事也是姚雪众人皆知的一位“朋友”。此人虽说是一位不学无术、嫉妒成性之人，但是依靠他的另种“聪明才智”，在国内乐坛成了一位有着相当身份地位和影响的“名人”。

他“患病”消息的“不胫而走”，换来的，自然是一双双满含怪异的眼神。姚雪，他明白人性的弱点和无法克服的虚荣等都在他的身上存在。他心想，这样“见不得人的疾病”传出去，散播开来，对他这样有着如此身份、地位和影响的人来说，会产生怎样的影响？一夜之间，人们，尤其是他的那些粉丝、崇拜者，会发现他竟然有着如此见不得人的心理疾病！想到这里，他有点害怕了。从这时起，他开始变得异常敏感起来。他觉得，自己从此不得不行走在世人们的鄙视和讥笑之中。面对一些猜疑的眼神，袭上他心头的是无声的焦虑和痛苦。

他一次次地想：“情上瘾”“情中毒”乃至“幻爱”？你真的是人类见不

得人的心理疾病吗？如果是，那么，人类怎样才能根除？何时才能根除这样的疾病呢？

在一种无形而又强大的心理压力下，像是对造物主虔诚祈祷一般，姚雪期望：那折磨人的梦境和幻觉永远都不要再出现，即便是令他心醉神迷流恋不已的美丽梦神，他也希望从此能够彻底从他的梦中消失。可是，出乎姚雪预料的是，造物主的安排竟然会来得如此的“前所未有”……

8

这是一个曼妙的温柔之夜。

姚雪置身于一座美丽的宫殿之中。虽说是身居帷幔紧闭的室内，但除了室内的一切，他特别惊奇地发现：自己对室外和周边的一切却都能看得一清二楚。他的心中有个声音在告诉他：这地方自己此前来过。没错，借着洒向湖面和岸边林野的月光，他认出来了，自己这是又一次来到了美丽的梦特纳赫。此时此刻，他就置身于湖畔那座漂亮的巴洛克风格的别墅。外面花园里的阵阵花香，穿过温柔的夜色，弥漫于整个房间。

这里是整座别墅的一层，宽敞的大厅显然是会客用的。大厅中央的水晶吊灯看上去像是数十上百的蜡烛，实则是经过装饰的电灯。墙壁四周饰以各种不同风格的油画，脚下的地毯则是典型的土耳其风格。在柔和的灯光映照下，大厅内显得十分温馨。此时此刻，这里一派宁静，即便绣针落地或是外面的一片树叶翻身，姚雪都能听得清楚。

大厅左侧的门敞开着，姚雪轻轻走了进去。走廊的灯亮着，他发现这里有好几间房子。他顺便走进离他最近的一间，姚雪惊呆了——他发现这里竟然是一间布置得十分雅致而宽敞的画廊，墙壁上错落有致地挂满了他熟悉的或不熟悉的文艺复兴时期巴洛克风格的名家画作。非常有意思的是，室内的其他陈设也是巴洛克风格的。见此，他不无好奇地紧接着浏览了其他几个房间，结果发现每个房间都挂着不同时期绘画大师的艺术杰作，有的房间还摆放着一些精美的雕塑作品。每个房间的陈设和装饰风格，与这里的绘画风格搭配得十分谐和、相得益彰。在姚雪的眼里，整座别墅就像是一座地地道道的艺术宫殿。而且看得出，房主人有着超绝的雅兴和艺术品位。

好奇心促使姚雪去浏览别墅其他的两层。他轻轻迈上楼梯来到别墅的二层，发现这里只有一个房间的门是敞开着的，进屋来才发现这里是一间精致的书房。室内的陈设是清一色巴洛克风格，连同摆在这里的一架钢琴，琴身四周都饰满了漂亮的巴洛克风格装饰纹样，显然是手工制作的杰作。琴盖开着，姚雪忍不住轻轻试了试，发现这琴的音色漂亮至极。姚雪再次为眼前的景物而惊叹。

别墅的三层有一间阔大而雅洁的卧室。进得屋来，姚雪发现这里各式各样的卧具、用品一应俱全，摆放有致。每个窗户都饰以洁白的落地窗幔，窗户间的墙壁上，挂着文艺复兴时期威尼斯画派杰出大师提香的几幅画作。靠近床的一边，挂着维也纳分离派克里姆特的两幅表现人间情爱的作品。一张造型漂亮而装饰洁白的大床，摆置在姚雪正对的一面，床的右侧是一面大窗户，窗户直对着别墅外面的花园，越过花园，可以望见开阔的湖面。

一阵困意开始在姚雪的脑际和全身弥漫——等他反应过来的时候，发现自己已经在这里安静睡着多时。

而就在这时，他发现，卧室的门开了，月亮的清辉随之洒满房间。奇怪的是，那门不知为什么改变了方向——不是在原来的一边，而是在面向花园和湖面的一边，在那飘动着洁白窗纱的一边。朦胧的月色里，令姚雪神迷的“美丽梦神”飘然而至。

在这样的温馨之夜，看到自己深深眷恋的梦神飘然而至，姚雪心里的那份激动，没法用任何的语言来形容。他不能相信，这一切会是真的。他想要呼唤她，可是怎么都发不出声来；他想要翻起身来，可是他发现自己怎么也动不了。“美丽梦神”来到他的床前，她站在他的头顶一边，他想要看却又偏偏看不见；她对着他的脸轻轻伏下身来，美丽的秀发垂落到他的脸上。他能闻到她的芳香，他能感受到她的呼吸，可他依旧动弹不得。随后，他的梦神绕过床端来到床边，她站在那里不说话，只是向着他微笑。啊，那笑容是多么的迷人呢！而后，她轻轻掀起盖在他身上的被单，那动作轻盈得如同柔弱的风。她轻轻躺在他的身边，虽说隔着一层柔纱，但他能够清晰地感受到她的体温，还有源自她的身体向他辐射而来的淡淡芳香。

她亲吻了他——这如若天使一般的、温柔甜美的亲吻，让姚雪心醉神迷……

此时此刻，房间里弥漫着一层诗意梦幻般的淡蓝，真是温馨至极！可是，姚雪多想仔细地看看她，看看自己这美丽的梦神啊！可是，他发现，就在手边的床灯开关，无论如何都打不开。他心里纳闷：好端端的开关，怎么会失灵呢？……

“叮铃铃铃铃——”姚雪被一阵手机的铃声从梦中惊醒。仿佛还在梦境中的他，一时反应不过来自己这是在哪里？但等清醒过来，他方才知道，自己这是做了一个梦，一个前所未有的美梦。他看看表，已经是上午九点了。

电话是他的好友、电影导演韩美美打来的——询问一个月前交给他的电影《唐韵》的配乐进展。姚雪觉得，韩美美这通电话打得真不是时候。韩美美算是姚雪的挚友。几年来，他们始终合作得非常愉快。艺术上的默契与合作，让她成了姚雪最要好的甚至近乎无话不谈的异性好友。

《唐韵》是韩美美花了将近一年时间，精心打造的一部充满戏剧性又不失唯美的力作。在韩美美看来，这部影片的配乐，姚雪当是不二人选。她打算好了，要拿这部电影参加近在眼前的一个欧洲电影节，并将这一切告诉了姚雪，说由他创作该片的音乐，必然会极大地提升影片的艺术质量和整体影响力。此前俩人多次充分交换意见，设计音乐创作方案。依照他们既定的创作方案，两天前，姚雪完成了整部电影的全部配乐。剩下的，就是想要对其中部分段落再做一点修改润色。

听说姚雪已经完成全部创作，韩美美在电话里显得十分兴奋。说是要即刻过来见姚雪。

“不用，你先别急着过来”姚雪道。

“为什么？”

“我还得做做修改。”

“我来看看你还不行吗？想你了，和你喝杯咖啡。”

“我这里有人，你来不方便。”

“你就瞎蒙吧，有谁？”

“我的梦神。”

“疯子，乱七八糟胡说些什么！”

姚雪突然像是严肃起来，开始说一些让韩美美摸不着边的话：“美美，前段时间看电视，说很多美国人患了一种病，叫做‘性上瘾’，听说了没有？”

“知道啊！”她不解地问姚雪，“人家上瘾，跟你有什么关系？”

姚雪顿了顿，接着说：“美美，我患了‘情上瘾’‘情中毒’了。”

“姚雪，你今天这是咋啦，没个正经。”

“我是在跟你说正经的。我的‘病’很多人都知道，你没听说？”

美美那边一时没了声音。过了一会，她不冷不热地问道：“说说，你跟谁“上瘾”了？”

“梦神。”

美美忍不住笑了起来：“喂，我说你是不是吃错药了？怎么变得这么没正经！”

话说到这份儿上，姚雪不想瞒着自己的好友，于是，也不再顾忌自己的面子，他把自己“患病”的经过和情形告诉了韩美美。

听了姚雪的叙说，美美也开始变得严肃起来：“我说姚雪，我正好有位熟悉的心理医生，我介绍你去看看咋样？”

“不，”姚雪道，“我觉得我这‘病’有点麻烦，不大好治，因为我越来越觉得患这样的‘病’可能属于人性本真。对于我来说，这样的幻觉该是属于我的‘特异’功能，别人想有还不一定会有。”

讲出这样的话，换了从前，恐怕连姚雪自己都难以理解，自己怎么会有这般“胆大妄为”的勇气。现在看来，这份勇气一定是源自他昨天那无尽迷人的“爱之梦”。

9

跟自己的好友通完电话，姚雪有种如释重负之感，心情随之舒展许多。他决定借这样的好心情，修改韩美美的电影配乐，想必一定会有好的效果。

由于昨晚一夜沉湎和陶醉于“美丽梦神”的造访，工作了几个小时后，他觉得有点困顿，于是顺便伏在琴上，闭目养神一刻。没想到这一闭目，却让他顺势昏然而眠。

迷蒙之中，他自个儿像是在心中隐隐约约提示自己：多么希望昨夜的梦境能够延续……

果然，我说是果然！他的“美丽梦神”又一次出现了——

……

他们说了很多，但更多的时候都是姚雪在忘我表白。临了，当“梦神”飘然离去的一刻，她突然转身道：“亲爱的，我爱恋你这么久了，你难道不想拿什么珍贵的礼物赠予我？”

姚雪道：“我的梦神，你可知道，我是多么渴望拿一件真正称得上珍贵的礼物赠送与你！可是，你看我这里没有一样看上眼的东西，我能拿出什么送给你呢？”

“用你最美的东西！”

“我的爱人啊，我最美、最珍贵的东西就是我的心，我的真情，可是，我把它们已经全给你了。”

梦神笑了，她说：“我告诉你，如果你真的想要身心安宁，就一定得设法把我——把你的梦神好好‘安顿’了。而且你必须得让我满意，让我绝对满意才是。至于拿什么来安顿，你自己好好想去吧！”

说完，梦神在一串美妙的笑声中飘然而去。

梦中醒来，姚雪清晰地感觉到，心中有种越来越强烈的渴望在召唤。他像是醍醐灌顶一般醒悟过来，即刻意识到：我是该，不，不是“该”，是必须创作一部作品，创作一部前所未有的作品，来安顿自己、安顿我生命中的“美丽梦神”。

可是，我该创作一部什么样的作品呢？

姚雪陷入沉思。

10

就在这个晚上，激情如潮水般涌动的姚雪，再次与他的“美丽梦神”相会。这一次，才是他们真正前所未有的“相会”呢。

姚雪像是又到了一个好似梦特纳赫一样的地方。但他心里明白，此处并不是梦特纳赫。这里比梦特纳赫的风光更加迷人。他一时不清楚自己这回究竟到了何方，身居何处。

当他正朝着四周凝神观望的时候，“梦神”轻盈无比的身影出现了。她身披洁白的轻纱，头戴缀满鲜花的桂冠，在如梦似幻的七彩花雨伴随下，从高高云端飘然而下。只见她身上的轻纱薄如蝉翼，那透着无限青春活力的、冰清玉洁的美丽身姿，散着花一样的芳香，展现在姚雪的眼前，胜过波提切利笔下的春神。

梦神缓缓而来的一刻，姚雪发现她的神情不同以往任何时候。她微笑着站在姚雪面前，那神情那笑容，仿佛雨后的绚烂彩虹。

姚雪听得到自己的心跳。他轻轻问道：“我的梦神啊，这里是何方，世间怎会有如此美丽的地方？”

美丽梦神道：“我亲爱的人，这里就是传说中的天国花园。”说话间，梦神所示之处，出现了绮丽迷人、美若幻境的景物——

天堂花园。梦幻般的苍穹中五彩祥云缓缓飘动，七色霞光透过祥和的彩云洒向充满生机的大地。透过薄如纱幕的微微晨曦，无数晶莹剔透的银色小水珠随着习习和风飘散而下。在宛若少女胸脯一般韵律起伏的温柔大地上，林海绵绵、山花烂漫，玉河弯弯、流水潺潺，有如绿色丝毯的梦的原野，缀满了万紫千红的各色花瓣，和风飘来，花香四溢……

天堂花园，真是四处皆美、无处不妙啊！看，此时此刻，一群生得可爱的小天使，飞到了离梦幻般的月亮不远的去处。他们来到一个如童话世界般迷人的地方。他们的眼前是清澈如镜的月亮湖，他们的身后是他们如同用蜡笔亲手画出来的翠绿森林。苍翠蓊郁的森林中，身披彩色羽衣的鸟儿们正在以它们美妙的歌喉，唱着《蓝色的月亮河》——他们是在为上帝和他的天使们举行“梦幻天国音乐会”；在他们的脚下，是青草和野花编织成的绵绵无际的彩色地毯。在绵延无尽的万紫千红间，可爱的小草和兰花正在天真地交朋友，勤劳的蜜蜂正在忠诚地劳作，无忧无虑的蟋蟀正在唱着自己的浪漫曲，而美丽的蝴蝶正在忘我缠绵地恋爱……美丽天使的眼前，一条湛蓝蓝的月亮河正在缓缓流过，河水清澈见底，斑斓的鱼儿们，正怡然自得地游弋期间，河面不时飘来片片花瓣，四溢的香气随风飘散……

姚雪为眼前无以言述的美景深深陶醉，他用自己的心声默默对着造物主诉说：我多么愿意将自己整个的身心，匍匐和淹没在这令人沉醉的、梦幻般的世界。

望着姚雪一脸的幸福模样，美丽梦神露出清新灿烂的笑容。姚雪看得出，那笑容中深含无限爱意。姚雪俯身轻轻挽起梦神的手，满心虔诚地亲吻它。就在这时，如同那次音乐会谢幕一样，梦神和他紧紧拥抱，并深深亲吻了他——这无限美丽的天使爱之吻，顷刻之间，让姚雪身心摇曳、飘飘欲仙。

“亲爱的，现在，我要问你几句话呢。”天使的话将姚雪从梦幻般的痴迷与沉醉中唤醒，“你听清了，当我与你亲吻之时，你可在心里默默许下最美丽的心愿。”

姚雪幸福地允诺着。在美丽梦神的甜美亲吻中，他闭上眼睛，用他深深的爱与虔诚，默默许下一个心愿：“我想见到我心向往的缪斯女神，看看这位音乐神明圣洁的容颜……”

一切就是这样的神奇。

缪斯果然出现了——她头戴桂冠，怀抱里拉，在天籁般美妙的乐声中，微笑着从姚雪的眼前飘然而过。那神情，竟然如眼前的美丽梦神一般。

看着姚雪满眼的惊异与喜悦神色，梦神道：“亲爱的，今天，我可以让你连许三个心愿。现在，你可以许下你的第二个心愿。”

姚雪幸福地允诺着。在梦神令人沉醉的亲吻中，用他全部的爱与虔诚，默默许下第二个心愿：我想见到我心中敬仰的音乐大师们。

刚刚这样想着，结果奇迹即刻出现了——

他多少年来深深敬仰的大师们，一个个宛若天国的圣灵，带着一脸的清澈与澄明，款款向他走来——莫扎特、贝多芬、舒伯特、舒曼、柏辽兹、肖邦、李斯特、瓦格纳、勃拉姆斯、格里格、柴可夫斯基、马勒……全都是他灵魂的最爱。当这些心怀大爱大美、沐浴上帝荣光的圣灵从他的面前经过，姚雪如忠实的仆人一般，俯身向他们顶礼膜拜。梦神告诉姚雪：这些上帝的仆人，正是因你而前来参加这天国花园的“鲜花盛宴”。听了梦神之言，姚雪一时不解其意，神情茫然。

“亲爱的，你要想好了，现在，许下你的第三个心愿，也就是你今天的最后一个心愿。”

姚雪幸福地允诺着。在梦神无限温柔的亲吻中，用他无比的爱与虔诚，默默许下第三个心愿：“我想写出一部前所未有、美如梦幻的作品！我要将它献给你——我的爱人，我的圣洁天使、美丽梦神！”

听到来自姚雪心底的第三个心愿，他的圣洁天使笑了。她告诉姚雪：“我的爱人，你要听好了，现在，我要你牵着我的手，我要你随我一同走进‘圣洁生命’的‘过去、今天和未来’，体验你的‘艺术生命之旅。’”

美丽梦神话音刚落，未等姚雪思考，在他们的眼前出现了一派无比神奇的景象——

整个视野变得开阔而辽远。清澈无比的月亮湖近在咫尺，湖水中映现蓝天白云，水中的白云变换成五彩画卷。水天相接处，是一幅巨大的多维画屏，随即，那画屏就像是变化着焦距一般，向着他们扑面而来——适才梦神所说的“圣洁生命的过去、今天和未来”，就像是一幅幅立体的画卷，或是超清立体幻灯一般，从他们的眼前缓缓流动，飘然而过。

更为神奇的是，当这显示圣洁生命之旅的画卷在他们眼前变幻着伸展开来的时候，姚雪发现：目之所及，各种各样的花草林木像是被赋予了生命一般，向着他们微笑；林间五彩缤纷的飘然花雨，瞬间变成了各种各样的乐器。刹那间，一个超大交响乐队出现在他的面前——

一阵晶莹剔透的风铃声从姚雪和梦神的耳畔飘然而过，那带着春的气息，开启清新生命帷幕的号管之音，好似从遥远的天际传来。随即，变幻无尽的画面和着令人陶醉的天籁，好似在整个宇宙之间，震撼着响彻起来。

随着生命的画卷像魔术一般伸展铺呈，姚雪听到的是与这生命画卷浑然天成的音乐。这无限美妙、令姚雪的灵魂颤动的音乐啊！真是他的生命中从未有过的体验。而指挥着神奇乐队的，正是他深深仰慕的音乐神明马勒。此时此刻，他发现此前从他眼前款款走过的那些令他景仰的音乐巨人们，正在离他们不远的、被锦簇花环包围着的地方，欣赏着神奇的乐队那神奇而迷人的演奏。面对此情此景，姚雪即刻茅塞顿开，明白了适才美丽梦神告诉他的有关“鲜花盛宴”之事。

和美丽梦神一同沉醉于这天籁的姚雪，再也无法抑制自己早已与眼前的一切融为一体的身心感情。他的幸福和激动的热泪，像山泉一样奔涌而出。面对身旁的梦神，除了与她的深情凝视，除了对前世造化的感叹，他一句话都说不出来。

梦神要他观赏的“圣洁生命之旅”共分三幕，也就是梦神所说的“过去，今天和未来”。看完了奇妙跌宕、令人心境难平的前两幕，姚雪的视野中出现了非常迷人的景象——来自天际的光芒洒向大地，照亮了一扇掩映在绿色林荫中的金色大门。大门的周围覆盖着同样翠绿色的藤蔓。当金色的大门徐徐打开，金色的阳光和着金色的乐音透出门扉的一刻，姚雪被眼前心旷神怡的景色，被能使心灵沐以荣光的灿烂的音乐震撼了！就在这时，如同一个俏皮的孩子一般，梦神突然用她那温柔的玉手，轻轻蒙住了姚雪的眼睛。当梦神松开双手的一刻，眼前的奇妙景象消失了，那些音乐的圣哲们也不见了，原本响彻天宇的美妙音乐，也随之淡出了他们的耳际，缥缈着消失在天的尽头。映入眼帘的，只有天堂花园的美丽景色……

姚雪急切地问她：“还没有看到‘未来’呢，你怎么让他们消失了？”

梦神微笑道：“我的爱人，‘未来’是不能让你看的——它们正等待着你去创造呢。”

梦神以前所未有的温柔回答他。听到如此的回答，姚雪即刻悟出了梦神的言外之意。

姚雪深情凝望着他的圣洁天使。梦神再次与他紧紧相拥，不无依恋地对他说：“我的爱人，现在该是我回去的时候了。你不是一直想要知道我的身世吗？现在还想知道吗？”

“啊，亲爱的，我想知道，太想知道了！”

“那我告诉你：我就是人们所说的音乐‘灵感女神’。我的母亲就是司音乐的缪斯女神，我是她唯一的女儿……”

姚雪惊得说不出话来。他是那样的震惊，那样的激动，那样的幸福！他即刻俯下身来，亲吻圣洁女神的双手：“啊，我的圣洁天使，我的灵感女神，难怪缪斯出现在我眼前的一刻，看上去跟你的神情、身形相似！”

姚雪真是难以相信这一切会是真的！但是看看眼前如此美丽、正在对着她微笑的美丽梦神，看看此刻正被他轻轻握着的纤纤玉手，他知道这一切都是真的。

姚雪的眼泪再一次止不住流淌下来："我的灵感女神，我的美丽梦神啊，我不知道，何时才能与你再次相会?"

"你想要见我的时候即可见到我。"

"啊，我的梦神，你可知道，我多么想每时每刻都能见到你呀!"

灵感女神笑了，笑得那么清新灿烂："那不行，那样太辛苦你了。"

"怎么会辛苦呢，见到你就是我生命中最大的幸福和快乐！幸福和快乐的人，是不会感到辛苦的。"

女神又一次笑了，笑得比刚才更为清新："这样吧，你只要让我永驻你的心间，在我以为你该见到我的时候，我会随时来到你的身边。"

临别之时，美丽梦神将自己头上那顶漂亮的桂冠摘取下来，像是缪斯举行加冕一般，亲手将它戴在姚雪的头上。这一刻，心灵受到极大震撼的姚雪，屈膝在美丽梦神的面前，若膜拜光明之神一般，向着自己的圣洁天使，深情托起他满心的爱与真情。这一刻，他只觉得自己的灵魂像是生出了轻盈的翅膀，随着美丽梦神展翅飞翔。

望着沉浸在幸福与激情中的姚雪，美丽梦神像是突然想起似的，神情灿烂地告诉他："你可知道，有位和你一样可爱的缪斯使者，几天前在这月亮湖边与我相会，告诉我一件他的心事，并特意征询我的意见。他说，他想要将你的这段心灵经历写成一部故事，名为《美丽梦神》或《灵感女神》或《通灵之吻》或《爱之梦》或《幻爱》，我同意了。"

11

梦中醒来，姚雪依然深深沉浸在梦境的震撼之中，梦中的一切历历在目，如在眼前。

甚至在他刚刚睁开眼睛的一刹那，他仿佛看见女神的轻纱缓缓地从他的视线中飘然散去。已经梦醒的他，却抑制不住自己感情的狂潮，眼泪瞬间流淌下来——为他的美丽梦神，为他的通灵之吻，为他艺术与灵魂的荡涤与升华。

他的心在颤动，一种强烈的欲念，一种想要把心中正在向外喷涌和漫溢的乐思，即刻变成听得见、看得见甚至触手可及的音乐。他的心在告诉他——必须即刻创作。

面对铺展开来的谱纸，他的手在颤动，他的心在颤动，他的灵魂在颤动!他那晶莹剔透的乐思、翡翠一般的激情，若万丈飞瀑一般，开始不可遏制地狂泻和奔腾起来。

他的大脑变成了神奇音响的宇宙。他的视觉变成了活脱脱的全景式银屏——梦中的奇遇、奇景、奇幻、奇境，和着他刻骨铭心的身心体验、刻骨铭心的爱，在美妙无比的音乐烘托下，以前所未有的、俨然想要覆盖大地、响彻天宇的音画交响，如完整的电影一般，开始在他的灵魂中隆重上演。

他能清晰地看得见充塞脑际的仿佛现成的乐谱。他只需将梦中的一切——不，将亲眼看见的一切，将此时此刻脑子里正在激情上演着、霍然交响着的音乐，轻而易举地记录下来。一切仿佛不费吹灰之力。一向写谱神速的他，这一刻，只觉得自己手上的速度，与他心的期望相距太远，怎么也跟不上自己仿佛能量无限的大脑——那些密集的、像是高度压缩了的乐思，像山泉、像瀑布一样奔涌而来。他根本来不及记录。许多时候，他只能用即兴想到的一些符号，快速做出大概的标记，而后再作详细的订正——一切就像传说中的莫扎特。

一切神奇得令他难以想象也难以相信。他难以相信自己的能力，更难以相信自己超然的灵感。但是，只有他知道，这美妙得令人难以置信乃至无法解释的旋律究竟从何而来，蕴含其中的奇妙的和声和超乎寻常的奇妙音色从何而来。他不仅能够听见，而且还能看见作品中的每一处和声与配器的、哪怕是最细微的效果。一切在他的脑际真正变成了立体的联合，那是清晰的视觉与听觉的巧夺天工、珠联璧合。

梦境中，他的美丽梦神原本只让他领受了充满哲学意味的“圣洁生命之旅”三部曲的前两部。然而在他的创作过程中，在强烈的爱与生命之力的作用下，在热情与渴望的驱使下，在超然灵感那巨大惯性的推动下，那原本属于“未来”的第三部分写得尤为精彩。俨然就像是有着非自然之力的神明相助一般，最终让自己的这部焕发着耀眼的天才之光、人性之力的作品一气成，成为当今音乐创作中鬼斧神工的艺术存在。

作品很快完成了，整个创作过程只用了两天的时间——整整两个昼夜，他废寝忘食，不曾有片刻的休息——其间，为了不让自己大脑中漫溢和交响着的乐思中断，他只用最简单的快餐补充一点身体所必需的营养。

原本创作神速的他，此前从来没有以如此短的时间，完成这样一部绝妙的大型交响作品。若是换了别人，那就更是不可能了。说心里话，这样的创作状态和作品的诞生过程，姚雪是绝对不敢告诉别人的。因为他知道根本没有人会相信，弄不好还以为他在说疯话。但他能清楚地看见，有一个人是绝对相信他的。这个人就是缪斯的女儿，灵感女神，他深爱的美丽梦神。对于他来说，这就足够了。

他将完成的这部奇异之作，命名为《蓝色爱之梦——一位艺术家梦幻之旅的音乐注释》。他深信，这体现和蕴含着“圣洁生命之过去、今天和未来”的音乐，这堪称“圣洁生命之旅”的音乐，是他迄今为止前所未有的一部作品。

12

作品完成后，他突然觉得自己很累。一种异乎寻常的、前所未有的身体上的疲惫——那是常人终其一生都难以体验的、幸福而美妙的“疲惫”。

他虽无比的困顿，但有着从未有过的幸福、甜美、惬意和满足。他捧着自己刚刚完成并写了题词的沉甸甸的手稿，像是捧着自己永恒的恋人一般，一次又一次抚摸和亲吻它。然后，像对待一件圣物一样，将它轻轻摆在枕边——他是要它陪着自己一同入眠，以此消除自己这一年多来累积起来的、足足可以装满整座房间的疲惫。

没有人相信，他这一觉睡去了多长时间！奇怪的是，在如此漫长的沉睡之中，姚雪就像完全死过去了一般，竟然不曾有任何的梦境与幻觉出现。

终于睡醒了。看看放置在枕边的手表，他感到疑惑——怎么？时针竟然还停留在自己入睡时的那个点。这怎么可能呢？再仔细看看手机上的日期，不禁令他大吃一惊——自己整整睡了两天两夜！

他禁不住笑了，笑得那样开心。舒展一下极度放松的四肢，姚雪觉得自己有种前所未有的舒适和神清气爽——两天两夜的睡眠，仿佛消除了他几个世纪积累起来的所有疲惫与困顿。此时此刻，他感到如此的平静与安宁。与此同时，他的心中又不免浮起一丝淡淡的失落：沉睡，有生以来从未有过的、漫长得令人难以置信的沉睡！可就在这样漫长的沉睡中，我竟然没有做梦？没有梦见这漫长的日子里，几乎时时刻刻都会出现在我梦里的“她”呢？

他想起了灵感女神给他的临别之言。从这以后，那原本无尽困扰着他的“幸福的梦幻”，真如他的美丽梦神所说的那样——在不合时宜的时候，从来没有打扰过他。

13

作品完成一个月后的一天，姚雪突然接到音乐经纪人克莱文的电话和传真——再次签约请他赴欧巡回演出。这对于姚雪来说，真是梦寐以求的喜讯。心想，在这个时候，在他最需要的时候，竟然收到克莱文的邀请，真是太巧了！想想，世上哪有这等天之巧合的好事呢？姚雪深信：这一定是冥冥之中缪斯女神的刻意安排。

与此同时，值得庆贺的是：由他配乐的电影《唐韵》，刚刚获得韩美美向往的那个国际电影节包括音乐在内的好几个奖项。影片的获奖仿佛进一步燃起了韩美美的信心和激情。她告诉姚雪，打算以此片进军即将来临的另一个更重要的大奖。她特别提到对该片的编剧、导演和音乐抱有很大的信心，希望它们至少能够获得该大奖的提名。

一个多月以后，在飞往维也纳的国际航班上，姚雪身边的文件包里，装着他心爱的《蓝色爱之梦》的总谱手稿——这部只有他自己知道有多么奇妙的作品，将在那里举行它诞生后的首场演出。此前，经纪人克莱文在电话里兴奋不已地告诉他，音乐会的海报一个月前已经打出去了，而更令人难以置信的是：音乐会的门票在打出海报的第二天，于一天之内全部售罄。

不仅如此，姚雪心怀前所未有的自信，相信几天之后的演出定能获得成功，除非爱乐者失去了他们的爱美之心，失去了他们艺术品位和高雅的欣赏趣味。而对于那些被美妙的艺术滋润和娇生惯养出来的维也纳听众，那些平常显得异常挑剔而在真正美妙的音乐面前，从来都是虔敬无比的维也纳听众来说，这样的“除非”是基本不存在的。以前写过那样多的作品，获得过那样多的成功与喝彩，但是如同眼下如此这般毋庸置疑的自信，此前真还从来没有过。因为从根本上来讲，这部作品不是由他一个人创作，而是由他和他的灵感女神——“美丽的梦神”一同完成的。

是啊，姚雪心想：我的美丽的梦神，你这音乐的灵感女神！世间一切爱乐爱美之人，怎么可能不爱这蕴含着源自你神奇的爱与美的艺术呢？……

透过舷窗，姚雪望见机翼下的视野无限开阔，令人心旷神怡。

欧洲平原的上空，远处又现美丽的云海，可这一次，无论如何，那曾经无数次出现在姚雪视野中的幻觉，却怎么都不再出现。约莫一刻钟后，他发现机翼下面是一望无际的绿色。听到机上的播音员用悦耳的声音告诉乘客：二十分钟之后，航班将准时到达维也纳国际机场。想想不久就要到达心之向往的地方，就要见到曾将自己的灵魂引入美丽梦幻之境的金色大厅，一种按捺不住的激情，顿时涌上姚雪的心头。

像是对着万能之神默默祈祷一般，姚雪在心里不由自主地轻轻问自己：“当我再次出现在金色大厅的时候，我的美丽的梦神，我的灵感女神，‘她’

还会再次出现在我的眼前吗？造物主啊，我多么希望她能再次如天使般飘然而至啊！假如真能够如我所愿，我一定会将我的这部作品，将我亲手誊写得如此整洁的手稿，献给我艺术生命中的美丽梦神！”

想到这里，他情不自禁地打开身边的公文包，从中取出《蓝色爱之梦》的总谱。望着自己亲手题写在总谱封面的“题词”，一抹掩饰不住的幸福的微笑，顿时浮现在他的脸上。

记得整部作品完成的那个黎明，因如释重负而一时陷入狂喜的姚雪，望着窗外东方微露的晨曦，激情涌动，心境难平。那一刻，就像是有神明引领一般，突然想起他所敬仰的那位德国文学巨人，想起他的那部不朽的文学杰作。也许正是受了这位文学巨人的灵魂召唤，姚雪一时灵感迸发，即刻在这部用自己的心血、爱与真情凝结而成的作品封面，题写了这句真正能够代表他的爱与真情的题词——

“圣洁女性，美丽梦神，你是宇宙星河的主宰，引领人类的灵魂上升！”